Mani Beckmann · Sodom und Gomera

Mani Beckmann

Sodom und Gomera

Kriminalroman

Zech Verlag

Dieser Roman erschien erstmals 1999 im Bastei Lübbe Verlag, Bergisch Gladbach. Die vorliegende Ausgabe ist vollständig überarbeitet und entspricht den Regeln der neuen Rechtschreibung.

Bibliografische Information: Die Deutsche Nationalbibliothek verzeichnet diese Publikation in der Deutschen Nationalbibliografie; detaillierte bibliografische Daten sind im Internet abrufbar über http://dnb.dnb.de.

Tel./Fax: (34) 922-302596 · E-Mail: info@zech-verlag.com
www.zech-verlag.com

Text und Zeichnung: Mani Beckmann
Umschlaggestaltung: Karin Tauer unter Verwendung eines
Fotos von: Bruno Dittrich
Druck und Bindung: Gráficas La Paz
Depósito legal: J-812-2009

ISBN 978-84-934857-7-1
Printed in Spain

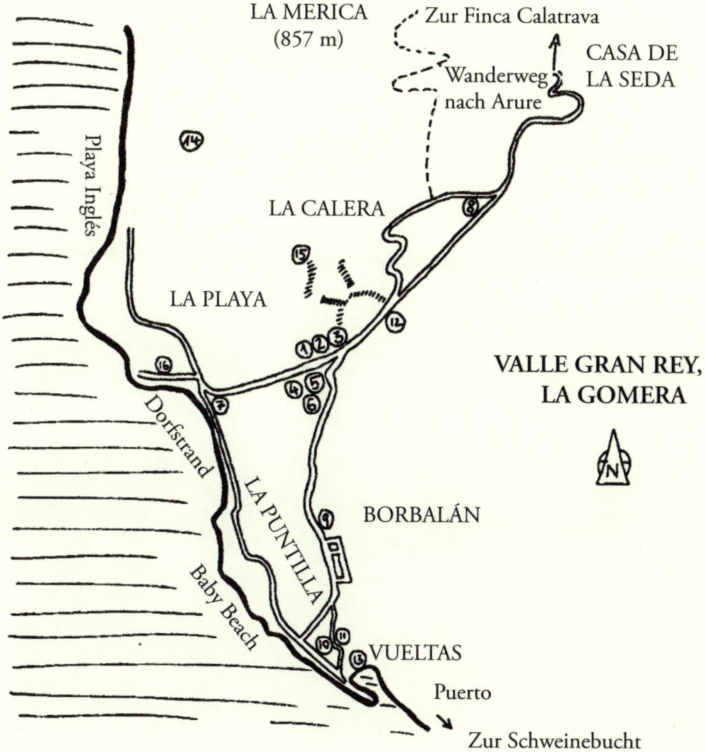

1 – Caja de Ahorros/Sparkasse
2 – Zumería/Saftbar
3 – ›Parada‹-Bar
4 – Apartamentos Gran Rey (Casa Isabella)
5 – Parroquia Los Santos Reyes/ Kirche
6 – Gasolinera/Tankstelle
7 – ›Las Jornadas‹-Bar (Casa María)
8 – Praxis Dr. Álvarez
9 – Casa Mireia & Dirk
10 – ›Taka-Tuka‹-Bar
11 – Café der anderen Art
12 – Parada/Bushaltestelle
13 – Discoteca ›Esmeralda‹
14 – Campo de Fútbol/ Fußballplatz
15 – Casa Brigitte
16 – El Fotógrafo

PROLOG

»Wir glauben, das Publikum in Kenntnis setzen zu müssen, dass (...) wir für die Echtheit dieser geschilderten Vorkommnisse nicht bürgen können, und dass wir sogar triftige Gründe haben zu glauben, es sei nur ein Roman.«

Choderlos De Laclos, »Die gefährlichen Liebschaften«

Erster Briefwechsel

Frau … an Herrn Mani Beckmann

16. Januar …

Sehr geehrter Herr Beckmann,
herzlichen Dank für Ihren Brief vom 6. Januar, er hat mich einerseits sehr amüsiert und zugleich irritiert. In einer Justizvollzugsanstalt gibt es bekanntlich nur selten Abwechslung, das ist schließlich auch nicht ihr Sinn und Zweck, und deshalb bin ich Ihnen umso dankbarer für die ebenso erheiternden wie verstörenden Zeilen, und ich muss gestehen, ich bin überrascht: ein Angebot wie das Ihre hatte ich ganz gewiss nicht erwartet. Entweder sind Sie enorm naiv oder verdammt gerissen, ich bin mir darüber noch nicht im Klaren. Sie kommen mir also mit Literatur. Interessant.

Sie dürften zweifellos in Erfahrung gebracht haben, dass ich bereits etliche recht lukrative Angebote diverser einschlägiger Zeitschriften und Fernsehsender abgelehnt habe. All diese Damen und Herren redeten von Realitätsnähe und sozialen Bezügen, von Geschichten, die das Leben schreibe und nur das Leben selbst schreiben könne, vom öffentlichen Interesse an wahren Begebenheiten und ungeschminkten menschlichen Schicksalen. All diese Herrschaften heuchelten Anteilnahme, vergossen Krokodilstränen, zückten ihre Bleistifte und wedelten mit ihren Schecks. Und mussten unverrichteter Dinge wieder umkehren.

Sie, Herr Beckmann, haben eine andere Taktik. Obwohl oder gerade weil Sie wissen, dass ich keinerlei Interviews gebe und mich beharrlich weigere, irgendwelche Exklusivrechte an meiner »Geschichte« zu verkaufen, schlagen Sie mir vor, mich zu einer Figur eines Kriminalromans zu machen. Sie ködern mich mit Fiktion. Sie wollen nichts enthüllen, beweisen, aufdecken oder entlarven, Sie wollen lediglich ein spannende Geschichte erzählen und Lesevergnügen bereiten. (Als sei ein Mordfall vergnüglich!) Kein Wort von Geldsummen, kein Versuch, mich zu kaufen. Nein, Sie wollen mich zu einer strahlenden, tragischen oder womöglich düsteren Romanheldin machen. Zweifelhafte und vermutlich nicht sehr schmeichelhafte Unsterblichkeit in gedruckter Form, die mir allerdings und zu allem Überfluss finanziell nichts einbringen wird.

Ich kann nicht mit Bestimmtheit sagen, was mich dazu bewegt, aber ich muss gestehen, dass ich Gefallen an diesem Gedanken finde. Vielleicht ist es die ungestüme und herzerfrischende Begeisterung, mit der Sie mir Ihr Anliegen vortragen, die mich für Ihren Plan einnimmt. Wahrscheinlich liegt es daran, dass Sie mich zum Lachen gebracht, statt falsche Tränen der Rührung vergossen zu haben. Hätten Sie mir Geld für meine Geschichte geboten, ich hätte Ihren Brief auf der Stelle zerrissen, und Sie hätten niemals eine Antwort erhalten. Wie gesagt, ich bin mir nicht sicher, ob Sie ein Schaf oder ein Fuchs sind. Dies ist vielleicht auch gar nicht wichtig. Wider jede Vernunft (Eitelkeit ist nicht gerade eine Tugend), trotz nicht zu leugnenden Unbehagens und entgegen den dringlichen Ratschlägen meines Anwalts (der schlechte Erfahrungen mit Schriftstellern gemacht zu haben scheint) habe ich die Absicht, Ihnen ein Angebot zu machen, das Sie kaum imstande sein werden abzulehnen: Ich schenke (!) Ihnen meine Geschichte, knüpfe dieses Geschenk aber an einige strikt einzuhaltende Bedingungen.

An meinem Grundsatz, keine Interviews mehr zu geben, hat sich nicht das Geringste geändert. Sollten Sie also den Wunsch haben, persönlich mit mir zu sprechen, so muss ich Sie enttäuschen. Ich werde Ihretwegen keine Ausnahme machen und sehe auch keine Veranlassung dazu. Es ist gar nicht nötig, ein weiteres Wort über meinen Fall zu verlieren, schließlich ist alles hübsch ordentlich in Wort und Bild dokumentiert und festgehalten. Und damit meine ich weder die Gerichtsakten noch die Protokolle der Polizei. (Ich vermute, Sie horchen an dieser Stelle auf?)

Mein Anwalt, Herr …, hat ein kleines Päckchen in seinem Verwahrsam, das er Ihnen (sofern Sie und ich uns denn einigen werden) zukommen lassen wird. In diesem Päckchen befinden sich Dokumente der unterschiedlichsten Art, die anlässlich des Gerichtsverfahrens von meinem Verteidiger zusammengetragen wurden: es handelt sich um Briefe und Postkarten, von mir geschrieben oder an mich adressiert, Tagebücher oder Auszüge und Fotokopien daraus, Tonbandaufzeichnungen und Gesprächsprotokolle, Zeitungsausschnitte sowie einige Fotos und Dias. Eine wahre Schatzkiste für Krimiautoren, das kann ich Ihnen in aller Bescheidenheit versprechen. Für mich allerdings eher eine unheilvolle Büchse der Pandora.

Wenn Sie, Herr Beckmann, an einer spannenden Geschichte interessiert sind, dann werden Sie hier fündig werden. Da Sie (berufsbedingt) Gefallen an gräulichen Dingen haben, werden Ihnen die Dokumente zusagen. Mir läuft allein bei dem Gedanken eine Gänsehaut über den Rücken.

Sie brauchen die Papiere und Bänder nur chronologisch (oder wie es Ihnen sonst angemessen erscheint) zu ordnen und in entsprechende Form zu bringen. Das Material steht Ihnen zur freien Verfügung, machen Sie daraus Ihren Roman, kürzen Sie oder schmücken Sie aus, raffen oder strecken Sie, wie es Ihnen beliebt. Da die Dokumente nicht mit dem Hintergedanken der Veröffentlichung erstellt wurden, dürfte eine »Literarisierung« der Papiere unumgänglich sein. Ihnen wird schon etwas Passendes einfallen.

Doch freuen Sie sich nicht zu früh! Gerade hinsichtlich der Bearbeitung der Dokumente stelle ich meine Konditionen, über die ich nicht diskutieren oder verhandeln werde.

Entweder Sie schlucken sie, oder unser Projekt ist gestorben: Ich verlange, dass sämtliche Namen (Vor- und Nachnamen!) geändert werden, damit Rückschlüsse auf die wahren Personen von vornherein ausgeschlossen sind. Dies bezieht sich, wie sich von selbst versteht, auch auf meine eigene Person. Bei der Beschreibung der Physiognomien wünsche ich ebenfalls, dass sie in auffallendem Maße von der Realität abweicht. Wenn also eine Figur meiner Geschichte groß und blond ist und eine Adlernase hat, so machen Sie daraus bitte einen pummeligen Rothaarigen mit einer Boxernase. Das mag Ihnen angesichts der Namensänderung albern und überflüssig erscheinen, es ist dennoch eine meiner Grundbedingungen. Was für die Personen gilt, trifft selbstverständlich ebenso auf die Jahreszahlen und vor allem die Orte zu. Ich wünsche, dass aus dem Roman nicht zu erschließen ist, in welchem Jahr, in welcher deutschen Stadt und auf welcher sonnigen Urlaubsinsel sich die Geschichte abspielt. Da Sie aus Berlin stammen, wäre es vielleicht ratsam und nahe liegend, die ganze Angelegenheit dorthin zu verlegen, aber das bleibt natürlich und letztlich Ihnen überlassen.

Eine weitere meiner Konditionen betrifft den Titel des zu schreibenden Romans. Mit Schrecken habe ich bei einem Gang durch die Gefängnisbibliothek feststellen müssen, dass bei etwa jedem zweiten Kriminalroman die Begriffe »Mord« oder »Tod« im Titel enthalten sind: »Mord bei Regen«, »Der Tote in der Badewanne«, »Mord im Pfarrhaus« und vergleichbarer Unfug. Sollten Sie die Absicht haben, einen ähnlich plakativen Titel zu wählen, so betrachten Sie unsere Zusammenarbeit bitte für beendet.

So, und nun der wirkliche Pferdefuß: die Hauptbedingung.

Ich erwarte und verlange, dass die Endkontrolle des anzufertigenden Manuskripts in meinen Händen liegt und dass kein einziger Buchstabe erscheint, den ich nicht vorher gelesen und gutgeheißen habe. Dabei geht es mir nicht um die Beurteilung irgendwelcher literarischen, stilistischen oder erzählerischen Fähigkeiten (ich verstehe viel zu wenig von Literatur im allgemeinen und Kriminalromanen im speziellen), sondern allein um die Einhaltung der obigen Konditionen. Halten Sie sich an unsere Abmachungen, dann werden wir wunderbar miteinander auskommen. (Ich bin nicht ganz so fürchterlich, wie ich in der Regenbogenpresse dargestellt wurde.) Jeder Vertragsbruch wird jedoch umgehend mit einem Veto meinerseits quittiert. Ich habe meinen Anwalt beauftragt, einen Vertrag entsprechend meinen Wünschen aufzusetzen. Sollten Sie nach wie vor Interesse haben, so setzen Sie sich bitte mit ihm in Verbindung. Er wird alles weitere regeln.

Sie haben nun die Wahl, Herr Beckmann: »Friss, Vogel, oder stirb!«, wie es so treffend im Volksmund heißt.

Ich freue mich auf unsere Zusammenarbeit und fürchte sie zugleich.

Mit freundlichen Grüßen

…

Mani Beckmann an Frau …

Berlin, 21. Januar …

Liebe Frau …,

ich darf Ihnen mit Freude mitteilen, dass ich heute Vormittag bei Ihrem Anwalt war, um den von ihm aufgesetzten Vertrag zu unterschreiben. Wie Sie dem entnehmen können, haben Ihre Bedingungen und Konditionen nichts an meiner »ungestümen und herzerfrischenden Begeisterung« geändert. Allerdings schien Ihr Rechtsbeistand tatsächlich nicht besonders angetan von unserem Vorhaben und machte keine großen Anstalten, sein Missfallen zu verbergen. Wie dem auch sei, das ominöse Päckchen befindet sich nunmehr in meinem Besitz, und die Arbeit kann beginnen.

Um Ihnen, liebe Frau …, die inhaltliche Mitarbeit und Einflussnahme auf das Manuskript zu erleichtern, werde ich Ihnen nicht erst den fertigen Roman, sondern jedes einzelne beendete Kapitel zukommen lassen, damit Ihre Anmerkungen in die Arbeit einfließen können.

Nach einigem Zögern und einer kontroversen Diskussion mit meiner Lektorin habe ich mich entschieden, die Geschichte zwar streng chronologisch, aber in drei Teilen und aus zwei verschiedenen Perspektiven zu erzählen. Als einführender Erzähler fungiert dabei Ihr Freund und Nachbar (den ich Martin Brandt nennen und zu einem Journalisten umfunktionieren möchte). Im Anschluss daran werden Sie selbst zu Wort kommen und den Fortgang der Geschichte präsentieren. Zwar habe ich mich noch nicht endgültig entschlossen, aber ich tendiere im Moment dazu, Sie in dem Roman Ute Ikemann zu nennen. (Sollte Ihnen dieser Name missfallen oder Ihnen ein besserer einfallen, so lassen Sie es mich bitte wissen.) Aus Gründen, die sich aus der Abfolge der Ereignisse ergeben, wird sich zum Finale erneut Martin Brandt melden und die Erzählung aus seiner Sicht beenden.

Ihr Vorschlag, die Geschichte in Berlin anzusiedeln, entspricht durchaus meinen Wünschen und Vorstellungen. Und auch hinsichtlich der Urlaubsinsel habe ich mir bereits ein paar Gedanken gemacht und mich für die Kanareninsel Gomera entschieden, auf der ich im vergangenen Jahr einen dreiwöchigen Urlaub verbracht habe und von der ich glaube, dass sie der tatsächlichen Insel (geographisch wie touristisch) nicht unähnlich ist.

Was den Titel des Romans anbelangt, so liebäugele ich im Moment mit einem kleinen Wortspiel. Was halten Sie von »Sodom und Gomera«?

Auch ich freue mich auf unsere gemeinsame Arbeit und hoffe und glaube, dass Ihre Befürchtungen unbegründet sein werden.

Herzliche Grüße und bis bald.

Mani Beckmann

Frau … an Herrn Mani Beckmann

25. Januar …

Sehr geehrter Herr Beckmann,
an Ihren etwas skurrilen Sinn für Humor scheine ich mich wohl erst gewöhnen zu müssen. Ich weiß nie, ob Sie etwas so meinen, wie Sie es schreiben, oder ob Sie mich auf den Arm nehmen wollen.

»Sodom und Gomera«? Ist das Ihr Ernst?!

Nun ja, warum eigentlich nicht? Sie werden schon wissen, was Sie tun. Ob ich das von mir auch behaupten kann, ist fraglich.

Mit freundlichen Grüßen

…

PS: Der Name Ute Ikemann gefällt mir durchaus; er ähnelt meinem tatsächlichen so wenig, wie ich es mir nur wünschen kann.

ERSTER TEIL – GOMERA

Erzählung begonnen von Martin Brandt

»›Unsere Familie …‹, sie zögerte, und da war was in ihren Augen, das sie da nicht haben wollte. So fuhr sie atemlos fort: ›Unsere Familie ist nicht so eine Familie.‹«

Raymond Chandler, »Die kleine Schwester«

1

Das Flugzeug landete mit einer halben Stunde Verspätung um kurz vor drei Uhr nachmittags auf dem Flughafen Reina Sofia. Noch vor sechs Stunden hatte ich bei elf Grad fröstelnd im Berliner Regen gestanden und auf mein Taxi gewartet, das mich zum Flughafen Tegel bringen sollte, und nun empfing mich strahlender Sonnenschein und eine brütende Hitze auf der Kanareninsel Teneriffa.

»Auf das Wetter ist da unten immer Verlass«, hatte Ute mir versprochen und wie immer recht behalten. »Das Schlimmste, was dir passieren kann, ist der Schirokko. Aber der kommt selten.«

»Aha«, hatte ich geantwortet und nicht recht gewusst, wovon sie sprach.

Ich stand in der Abfertigungshalle und sammelte mein Gepäck ein (wie nicht anders zu erwarten, war es das letzte, das auf dem Förderband erschien). Ich verstaute Jeansjacke und Pullover im Rucksack, setzte meine Sonnenbrille auf, stellte die Armbanduhr um eine Stunde zurück und begann allmählich zu begreifen, dass soeben mein erster längerer Urlaub seit Jahren begonnen hatte. Erst am Vortag hatte ich ein Last-Minute-Pauschalticket erstanden, und noch vor drei Tagen hatte ich nicht die leiseste Ahnung gehabt, dass ich mich an diesem Dienstagnachmittag in der Nähe des 28. Breitengrades auf einer Insel im Atlantischen Ozean befinden würde. Eigentlich sind spontane Entscheidungen nicht gerade meine Stärke, aber diesmal ging alles ganz plötzlich und erfolgte ohne lange Planung.

Es begann damit, dass Wuttke, mein Redakteur beim »Berliner Abendblatt«, mir bei einer Kulturpreisverleihung am Samstag zu verstehen gab, es sähe in der nächsten Zeit ungünstig mit Aufträgen aus. Er wisse, dass man es als Freiberufler nicht einfach habe, und es tue ihm ja auch leid, aber so sei es halt im Journalismus. Nicht dass er mit meinen Texten unzufrieden sei, das nun gerade nicht, aber ob ich denn nicht schon einmal überlegt hätte, das Feuilleton aufzugeben und, sagen wir mal, in die Lokalberichterstattung zu wechseln. Im lokalen Sport würden zum Beispiel immer mal wieder patente Leute gebraucht. Eine verbale Ohrfeige durch die Blume!

»Das ist das Sommerloch, da sieht es immer ein wenig mau aus.« Wuttke lächelte unecht. Von wegen Sommerloch! Es war September!

Um nicht auf der Stelle loszuheulen oder ihm an die Gurgel zu springen, grinste ich unbeholfen und stammelte etwas ähnliches wie: »Ich hatte eh vor, erst mal ein wenig Urlaub zu machen.«

»Na prima!« Er klopfte mir väterlich auf die Schulter. »Vielleicht sieht's ja in drei, vier Wochen wieder etwas besser aus. Und ich werde auf jeden Fall bei den Kollegen von der Lokalen ein gutes Wort für Sie einlegen.« Wieder ein Schulterklopfer, dann ein aufbauendes Wort des Trostes: »Sie sind doch jung und flexibel. Ihnen gehört die Zukunft, mein lieber Brandt. Wie ich Sie beneide!« Damit war für Wuttke das Thema beendet, und er wendete sich wieder dem üppigen Büfett und der ebenso reichlich ausgestatteten Brünetten zu, die an einem Hähnchenschenkel knabberte und bewundernd an seinen Lippen hing.

Und ich war dazu verdonnert worden, in Urlaub zu fahren.

Auch wenn dies natürlich nicht der einzige und eigentliche Grund war, warum ich nun an diesem herrlichen Spätsommertag vor dem Gebäude des Flughafens Teneriffa-Süd stand und ausfindig zu machen versuchte, wie ich am besten und schnellsten zum Hafen von Los Cristianos gelangte. Schließlich war ich in quasi-detektivischer Mission unterwegs.

Ich schaute mich hilflos und suchend im Flughafengebäude um und beneidete die anderen Fluggäste, die genau zu wissen schienen, wohin sie wollten und wie sie dorthin gelangten. Zwar hatte ich mir am Vorabend einen Reiseführer besorgt und ihn sogleich in die Innentasche meiner Lederjacke gesteckt, um ihn auf keinen Fall zu vergessen und im Flugzeug zur ersten Recherche zur Hand zu haben. Doch leider hatte ich mich heute morgen entschieden, statt der winterlichen Leder- die sommerliche Jeansjacke mitzunehmen, und so ruhte der Reiseführer wohlbehalten in meiner Wohnung, während ich einigermaßen orientierungslos im sonnigen Süden gelandet war. Zu allem Überfluss war ich des Spanischen nicht mächtig und beherrschte außer den Titeln einiger spanischer Spielfilme wenig mehr als die Namen diverser karibischer Cocktails.

»Deutsch reicht da unten völlig«, hatte Ute am Sonntag gemeint, als wir uns in einem Café in der Nähe des Kreuzberger Victoriaparks zu einem französischen Frühstück getroffen hatten. »Gomera ist genau wie Mallorca, nur ganz anders.« Dann hatte sie meine Hand genommen und mich traurig lächelnd angeschaut. »Würdest du das wirklich für mich tun?«

»Für dich würde ich alles tun«, hatte ich scherzhaft geantwortet und ihr dabei nicht in die Augen geschaut, um ihr nicht zu erkennen zu geben, dass ich es keineswegs nur als Scherz gemeint hatte.

»Bist du sicher, dass das eine gute Idee ist?«

Ich grinste nickend und meinte: »Klar! Wer weiß, vielleicht finde ich ja sogar Spaß am Detektivspielen: Martin Brandt, ein Mann für alle Fälle. Außerdem war ich noch nie auf den kanarischen Inseln. Wird mal Zeit!«

Im Moment allerdings zweifelte ich daran, ein sonderlich guter Detektiv zu sein. Nicht einmal den Taxistand konnte ich ausfindig machen.

»Du Halbdackel«, hörte ich plötzlich eine piepsende Stimme hinter mir. »Wo haschden jetscht den Bruschtbeudel gelassen?« Ich drehte mich um, da ich dachte, ich sei gemeint, und sah ein etwa achtzehnjähriges, rothaariges Mädchen, das sich an dem Rucksack eines eingeschüchterten und gleichaltrigen Jungen zu schaffen machte. Schwaben, wie der Tonfall verriet. Und um zwei Jahrzehnte verspätete Blumenkinder, wie sich unschwer der Kleidung entnehmen ließ: Ledersandalen, bunte und geblümte beziehungsweise gestreifte Pluderhosen, Batikhemd und geflochtene Armbändchen. Das Mädchen hatte das Gesuchte gefunden und schnauzte ihren Freund an: »Du bisch echt 'n Grasdackel!«

»Wisst ihr, wie ich zum Hafen komme?«, fragte ich die beiden.

»Wo willschten hin?«, fragte das Mädchen.

»Zum Hafen.« Ich war mir beinahe sicher, es gerade erst gesagt zu haben.

»Noi, wo du hinwillscht?« Das Blumenkind strich sich die mittelgescheitelten und hennagefärbten Haare hinter die Ohren.

Ich bereute bereits, die beiden angesprochen zu haben. Kommunikation mit Süddeutschen war immer so anstrengend, sie dachten so grundsätzlich anders als ich. Ich wiederholte also: »Los Cristianos.«

»Der Hafen«, antwortete sie, »das hascht schon gesagt.«

Allmählich glaubte ich zu verstehen, worauf das Mädchen hinauswollte, und sagte: »Ich möchte gern nach Gomera.«

»Da wollen wir auch hin. Kannscht gleich mitkommen.« Sie nickte mir zu und winkte einem Taxi. »Zu dritt isch billiger.«

Bevor ich mich recht versah oder dagegen wehren konnte, saß ich mit dem Schwabenpärchen in einem klapprigen Toyota und fuhr an der unansehnlichen und durch betonierte Hotelanlagen verschandelten Südküste Teneriffas entlang gen Westen. Das verspätete Hippiemädchen (sie hieß Sandra, nannte sich aber Sunny oder Sandy) redete ohne Unterlass auf mich ein, während ihr blond gelockter und schlaksiger Begleiter (den Sandy als Michael oder besser: Mike beziehungsweise Micki vorstellte) die ganze Zeit über keine Silbe sagte. Er starrte dümmlich vor sich hin und schaukelte mit dem Oberkörper (Hospitalismus, vermutete ich). Während der Taxifahrt erfuhr ich, dass die beiden aus Böbingen an der Rems stammten, im Frühjahr Abitur gemacht hatten und im kommenden Monat ihr Studium in Berlin beginnen wollten: Sandy hatte sich für Germanistik entschieden (»Deutsch als Fremdsprache?«, hätte ich beinahe gefragt, ließ es dann aber), und Micki wollte Psychologie studieren (ausgerechnet!). Allerdings erhielt ich auch einige nützliche Informationen über die Insel Gomera.

Ich zeigte Sandy die Postkarte, die Ute mir mitgegeben hatte, und deutete auf den Stempel mit dem Schriftzug »La Calera«. Sandy nahm mir die Karte aus der Hand, las interessiert die Adresse und fragte: »Wer ischen Ute Ikemann?«

Ich antwortete, das ginge sie gar nichts an, und tippte erneut auf den Stempel.

»Des isch im Valle«, erklärte Sandy desinteressiert und kümmerte sich wieder um die handschriftlichen Zeilen auf der Karte. Sie las den Text und die Unterschrift und fragte: »Und wer isch Julia?«

Obwohl sie es mir nicht sehr leicht machte, erfuhr ich von Sandy, dass La Calera ein Ortsteil der Gemeinde Valle Gran Rey war, unweit der Südwestküste der Insel. Das Tal des großen Königs (so lautete wohl die Übersetzung) bestand aus einem guten Dutzend kleinerer Dörfer und Siedlungen und war das Zentrum des Tourismus auf Gomera, vor allem des Alternativtourismus.

»Alle sind da so grell abgefahren und voll cool, viele Freaks und Aussteiger und Leute wie wir«, wie Sandy nicht ohne Genugtuung betonte. »Die sind ungeheuer easy drauf, weischt?«

Klar gebe es auch Normalos und sogar einige wenige Pauschalreisende (dass meine Wenigkeit ebenfalls zu diesen gehörte, verschwieg ich tunlichst), aber insgesamt sei das Valle doch noch »ziemlich freakig und voll krass, gell!«

Das Taxi hielt, Micki zahlte die 2.500 Peseten (er tat dies wortlos), und Sandy forderte von mir die Hälfte des Fahrpreises, indem sie sagte: »Fifty-fifty, ganz reell!« Als sie meinen fragenden Blick sah, fügte sie achselzuckend hinzu: »Wir sind zwei Parteien: du und wir. Also jeder die Hälfte.«

Kopfschüttelnd gab ich ihr 1.500 Peseten und war etwas erstaunt, als sie sie einsteckte, ohne Anstalten zu machen, mir den Rest herauszugeben.

Wieder sah sie mein Stirnrunzeln und meinte in vorwurfsvollem Ton: »Bisch du etwa 'n Pfennigfuchser?«

Ich lächelte nachsichtig und verneinte ihre Frage.

»Siehscht?«, fragte Sandy. »Da vorn isch auch schon die Fähre, wo nach San Sebaschtián fährt.«

»San Sebastián?«

»Des isch die Hauptstadt von Gomera. Und der Hafen. Das Valle isch auf der anderen Seite der Insel.«

Auch während der gut einstündigen und erstaunlich schaukelfreien Schifffahrt mit der »Ferry Gomera« gelang es mir nicht, den Redeschwall meiner neuen Bekannten zu bremsen oder auf eine andere Person (zum Beispiel ihren apathisch schweigenden Freund) zu lenken. Sie erzählte vermeintlich ulkige Anekdoten von vergangenen Urlaubstrips (sie reiste zum vierten Mal »ins Valle«), schwärmte von dem mojo bei Maria (eine Art Soße oder Dip, angeblich eine kulinarische Spezialität auf der Insel), dozierte über die »Guanchen«, die geheimnisumwitterten Ureinwohner der Kanaren, und berichtete von der so genannten Schweinebucht und den Freaks und Spähippies, die dort direkt am Wasser in Höhlen lebten, sich von Joints und freier Liebe ernährten und denen sich Sandy und Micki (selbstredend) auf der Stelle anschließen wollten.

Mein erster optischer Eindruck von der Insel Gomera war ein höchst angenehmer. Nach der Fahrt durch das monoton ockerfarbene und trostlose Ödland an der Südspitze Teneriffas und weil ich Postkarten von sandigen Mondlandschaften anderer Kanareninseln gesehen hatte, war ich nicht wenig überrascht, als ich vom Schiff aus eine erstaunlich grüne, bergige und relativ kleine Insel sah.

»Niedlich, gell?«, sprach Sandy aus, was mir gerade durch den Kopf ging.

Ich nickte und erwiderte: »Sieht aus wie Lummerland.«

»Eine Insel mit zwei Bergen«, begann sie sogleich zu trällern und grinste mich an. »Aber eine Lok wie in Lummerland gibt's hier nicht. Wir müssen leider den Bus nehmen.«

Die Haltestelle, zu der Sandy ihre beiden männlichen Begleiter wie eine Entenmutter ihre Küken geleitete, befand sich direkt an der Mole. Bevor ich auch nur einen Blick auf die Hafenstadt hatte werfen können, saß ich bereits auf den brütend heißen, kunstoffbeschichteten Sitzen des öffentlichen Busses, der in einem waghalsigen Tempo die Berge erklomm, um die neuen Gäste auf die gegenüberliegende westliche Seite der Insel zu transportieren. Die Busfahrt dauerte knappe zwei Stunden und war ebenso kurvenreich wie schwindelerregend. Trotz zunehmenden Drucks auf den Ohren und eines unwohligen Grummelns in der Magengegend bewunderte ich den Ausblick auf die bewaldeten Hügel und Täler. Je höher wir kamen, desto nebliger wurde es, und als wir schließlich einen dichten und verwunschen anmutenden Wald aus Lorbeerbäumen und riesigen Heidegehölzen durchquerten, befanden wir uns in einer dicken Wolkensuppe.

»Des isch vom Passatwind«, erklärte Sandy, ohne dass ich sie um Erklärung gebeten hätte. »Die Wolken gibsch aber nur hier auf der Oschtseite.« Sie sah sich genötigt, weitere Erläuterungen folgen zu lassen und sich über Klima, Vegetation und Wasservorkommen auf der Insel auszulassen. Während Sandy zischelnd und ausschweifend auf mich »einschwätschte«, was das Zeug hielt und ich mit Respekt und Unbehagen in die tiefen Schluchten starrte, dachte ich an den vergangenen Samstagabend zurück, den Abend, an dem ich von Utes Zwillingsschwester erfahren hatte.

Ich hatte Ute in ihrer Wohnung abholen wollen, um mit ihr zu einer Galaveranstaltung zu gehen (ebenjene Festivität, auf der ich dann meinen Job verlor), doch in dem Moment, da sie die Wohnungstür öffnete, wusste ich, dass Ute unsere Verabredung vergessen hatte. Sie lugte vorsichtig durch einen Spalt ins Treppenhaus und stierte mich lange und ungläubig an, wahrscheinlich wegen meiner allzu schnieken Gala-Ausstattung, in der ich mich selbst zuvor im Spiegel kaum erkannt hatte. Sie lächelte verlegen und fragte: »Martin?«

Sie sah gut aus, unglaublich gut sogar. Eigentlich. Ihre Haut war sonnengebräunt, das dunkelblonde Haar etwas kürzer und heller, schulterlang und durch die Sonne gebleicht. Unzählige Sommersprossen zierten ihr sehr schmales Gesicht, sie schien in den zwei Wochen abgenommen zu haben. Es stand ihr, sie sah blendend aus. Und dennoch stimmte irgendetwas mit ihr nicht. Sie wirkte verstört und starrte mich an, als sähe sie ein Gespenst. Wer weiß, wäre ihre Sonnenbräune nicht gewesen, vielleicht wäre sie bleich um die Nase gewesen. Sie trat von einem Bein aufs andere und machte keine Anstalten, mich in die Wohnung zu lassen.

»Du hast den Ball vergessen?«, fragte ich.

»Den Ball?«

»Ja, den Ball.«

»Ach so, der Ball. Ich weiß nicht.«

Ein Dialog, wie aus einer Derrick-Folge. Allmählich machte ich mir ernstlich Sorgen um meine Nachbarin. Wir hatten uns schon vor Wochen, noch vor ihrem Urlaub, für den heutigen Samstagabend verabredet. Sie hatte mich geradezu angebettelt, sie zur Kulturpreisverleihung in den Zoo-Palast mitzunehmen. Im Gegensatz zu mir liebte Ute schicke Galas und hochoffizielle Empfänge, und mir bereitete es unbändiges Vergnügen, in ihrer Begleitung zu sein. Mit Ute als Partnerin wagte ich mich sogar aufs Tanzparkett.

»Entschuldige.« Mit einem verkrampften Lächeln im Gesicht öffnete sie die Tür, damit ich eintreten konnte. »Komm rein!«

Ich trottete hinter ihr her durch den schmalen Flur. Zwei Koffer standen an der Garderobe, der eine verschlossen, der andere geöffnet, aber noch nicht ausgepackt. In der Wohnung war es stickig und duster, es roch abgestanden und muffig, die Jalousien waren heruntergelassen, die Fenster geschlossen.

Als hätte sie meine Gedanken gelesen, sagte sie: »Tut mir leid, die Maschine hatte ein paar Stunden Verspätung, ich bin erst heute Abend angekommen.«

»War's schön?«

»Hm, na ja. Urlaub halt.«

Komische Antwort!

Ich folgte ihr ins Wohnzimmer und setzte mich aufs Sofa, während sie zum Fenster ging, es auf Kippe stellte und die Jalousien hochzog, um frische Luft hereinzulassen. Auf dem Tisch lagen Fotoalben und Tagebücher, in denen sie geblättert zu haben schien. Sie sah meinen Blick, kramte hastig die Alben zusammen und verstaute sie neben dem Sofa. Dann stand sie vor mir, verschränkte die Arme und schwieg.

»Was hast du getrieben?« Ich deutete auf die Fotoalben: »Vergangenheitsbewältigung oder schon die ersten Urlaubsfotos eingeklebt?«

»Was? Wieso? Nein!« Wieder schaute sie mit diesem verängstigten Blick, den ich noch nie an ihr bemerkt hatte. Nichts zu sehen von ihrem verschmitzten Grinsen und dem Funkeln in ihren grünen Augen, das sonst ihr Markenzeichen war und mich jedes Mal zum Schmelzen brachte.

»Hey, was ist denn mit dir los?«, fragte ich besorgt.

»Mit mir? Nichts. Gar nichts. Was soll sein? Wahrscheinlich bin ich in Gedanken immer noch auf Gomera.«

»Gomera?«, wunderte ich mich. »Ich dachte, du warst auf Kreta?!«

»Ja, natürlich, Kreta, wo sonst?« Sie stand vor mir, schaute durch mich hindurch, als sei ich gar nicht vorhanden, und rieb sich nervös die Hände, spielte mit einem Ring an ihrem Mittelfinger, den ich ebenfalls noch nicht an ihr gesehen hatte. Ein großer, ovaler, roter Stein in Goldfassung, ziemlich auffällig.

»Rubin?« Ich deutete auf ihre Hand.

»Nein, Granat«, antwortete sie knapp. »Im Urlaub gekauft.«

Ute zitterte am ganzen Körper, drehte immer hektischer an ihrem Ring. Und plötzlich begann sie jämmerlich zu schluchzen und zu weinen, es brach regelrecht aus ihr heraus.

Ich sprang erschrocken auf, wusste nicht, ob und wie ich mich ihr nähern sollte, und nahm sie schließlich ungeschickt in die Arme. Ich hielt sie fest, streichelte ihren Rücken und ertappte mich dabei, wie ich an ihren Haaren schnupperte. Sie rochen immer noch ein wenig nach Sonne und Salz. Ich konnte Utes Herz schlagen fühlen, und mein eigenes raste vor Aufregung. Atemlos fragte ich: »Willst du mir nicht erzählen, was passiert ist?«

»Julia!«, rief sie tränenerstickt. »Sie hat geschrieben!«

»Wer ist Julia?«

»Meine kleine Schwester.« Sie wischte sich die Tränen aus den Augen, befreite sich aus meiner Umarmung, drückte aber dankbar meine Hand und meinte: »Tut mir leid.«

»Du hast eine Schwester?«

Sie zuckte mit den Schultern und nickte dann andeutungsweise, sah mich aber nicht an. Es war offenkundig, dass die Gedanken, die ihr durch den Kopf gingen, nicht sonderlich angenehm waren. Sie seufzte leise: »Mm-hm.« Dann sagte sie: »Julia ist meine Zwillingsschwester.«

»Im Ernst? Davon hast du nie etwas erwähnt.«

»Das hat schon seine Gründe«, erwiderte sie sibyllinisch.

Ich wohnte bereits seit zwei Jahren Tür an Tür mit Ute, war ebenso lange mit ihr befreundet und hatte bislang gedacht, sie ziemlich genau zu kennen oder doch einiges über sie und ihre familiären Verhältnisse zu wissen. Sie hatte mir von ihren verstorbenen Eltern erzählt, von ihrem Vater, der Bürgermeister in einer Kleinstadt an der holländischen Grenze gewesen war, von ihrem jüngeren Bruder Jonas, der in den USA studierte und jedes Jahr zu Weihnachten eine kitschige Postkarte schickte und sich ansonsten rar machte. Und von ihrem Ex-Mann Dirk natürlich, der sich vor einigen Jahren mit einer hübschen Spanierin auf und davon gemacht hatte. Aber eine Schwester hatte sie nie erwähnt. Geschweige denn eine Zwillingsschwester!

»Und was schreibt sie?«, wollte ich wissen.

Ute ging, sich immer noch die Tränen trocknend, zu ihrem Sekretär, kramte in Briefen, die auf der Ablage gehäuft waren, und kam mit einer Postkarte zurück. Sie hielt sie mir hin und sagte: »Lies selbst!«

Ich betrachtete kurz das Foto auf der Rückseite: Nacktbadende auf schwarzem Sandstrand vor rötlich schimmernden Felsen. Ich drehte die Karte um und las:

»Liebe Ute, viele herzliche Grüße von der sonnigen Insel Gomera sendet Dir Deine Schwester Julia. Das Wetter ist herrlich, ich faulenze den ganzen Tag, liege am Strand und trinke frisch gepressten Orangensaft. Ich hoffe, wir sehen uns bald einmal. Alles Liebe, tausend Küsse. Deine Julia.«

Diese harmlose Karte war also der Grund, weshalb Ute weinend und völlig aufgelöst vor mir stand? Und einen Kulturball vergessen hatte, auf den sie sich wochenlang wie ein kleines Kind gefreut hatte? Ich sah Ute fragend an.

»Das kannst du nicht verstehen«, rief sie. »Diese Karte ist ein Hilfeschrei.«

Ich staunte und las erneut. Entweder war die Postkarte in einem Geheimcode geschrieben, oder Ute hatte Halluzinationen. Oder ich hatte schlicht nicht genug Phantasie. »Ein Hilfeschrei? Wie kommst du darauf?«

»Julia würde mir niemals eine solch banale Karte schicken. Nicht nach sechs Jahren.« Ute schluckte und starrte zu Boden. »Nicht nach allem, was gewesen ist!« Sie schluckte erneut und verstummte.

Ich sah ihr ins Gesicht, sah die traurig schauenden, rotgeränderten Augen, das nervöse Zucken ihrer Mundwinkel, das unbeholfene Lächeln, das nicht gelingen wollte. Wenn ich nun darüber nachdachte, so musste ich mir eingestehen, dass es vor allem dieser hilfeflehende Blick gewesen war, der mich dazu gebrachte hatte, mich überhaupt auf die ganze Sache einzulassen.

»La Calera!«, sagte dieser Blick. Und dann noch einmal: »La Calera!«

Sandys Stimme riss mich unsanft aus meinen Gedanken: »He, Martin, aufwachen, du bisch da!«

»Wie? Was?« Ich rieb mir die Augen und versuchte, mich zu orientieren. Ich blinzelte durch die Frontscheibe des Busses und sah direkt aufs Meer und in die untergehende Sonne. Von dem verwunschenen Wald und den Passatwolken war nichts mehr zu sehen. Ich räusperte mich und fragte: »Wo sind wir?«

»Hier isch Calera. Du muscht raus! Sonscht darfscht die Strecke vom Strand zurücklaufen.«

»Danke!« Ich stand auf, um mein Gepäck zusammenzusuchen. »War nett, euch kennenzulernen.«

Sandy gab mir einen Kuss auf die Wange und drohte: »Bisch bald!«

Und dann geschah das Wunder.

Ich gab Micki die Hand, und plötzlich öffnete dieser den Mund und sprach!

Er sagte: »Hier läuft man sich eh ständig über den Weg, ist gar nicht zu vermeiden. Entweder an der Saftbar oder bei Maria. So groß ist der Ort ja nicht.« Ebenso überraschend wie die Tatsache, dass er überhaupt redete, war der Umstand, dass er dabei keinerlei Akzent erkennen ließ.

»Wir werden sehen.« Ich stieg aus und begab mich auf die Suche nach der »Casa Brigitte«, in der das Reisebüro für mich ein apartamento gebucht hatte.

La Calera war ein sehr hübscher, malerisch am Berghang gelegener Ort, noch nicht verbaut, sondern relativ ursprünglich erhalten, mit weißgetünchten Häuschen, schmalen Gassen, gewundenen Wegen und Treppen und wundervoller Aussicht aufs Meer. Auf den Hafenort Vueltas zur Linken, die Strandsiedlung La Playa zur Rechten und die Bananenplantagen dazwischen.

Ich stapfte keuchend und müden Schrittes die unzähligen Treppenstufen hinauf und fand das »Haus Brigitte« am obersten Rand des Dorfes. Die Besitzerin, eine grauhaarige, etwa fünfzigjährige Deutsche mit leichtem Hamburger Akzent, wartete bereits auf mich und fragte, warum ich nicht mit dem Kleinbus des Reiseveranstalters gefahren sei. Die hätten am Flughafen auf mich gewartet, um mich zur Insel und ins Valle zu bringen.

»Kleinbus?«, war alles, was ich schnaufend erwidern konnte.

»Ja, sicher. Wofür hast du denn pauschal gebucht?«

»Ach so«, sagte ich und dachte: Hätte ich das gewusst! (Dieser Urlaub war meine erste Pauschalreise.) Dann setzte ich hinzu: »Ich hoffe, Sie haben nicht allzu lange auf mich gewartet.«

»Halb so wild. Und du kannst Gitte zu mir sagen, wir duzen uns hier alle.«

Sie gab mir ein Zeichen, ihr die Treppe hinauf zu folgen, und zeigte mir das Apartment im dritten Stock: es hatte eine Dusche, ein großes Bett und einen ebensolchen Balkon mit atemberaubenden Seeblick. Was wollte ich mehr?!

Der Urlaub konnte beginnen.

2

Das Restaurant »Las Jornadas«, das von allen Touristen und Einheimischen nur »Casa Maria« genannt wurde, lag strategisch äußerst günstig, nahe am Strand und mit Blick auf die untergehende Sonne, für die es nun allerdings schon zu spät war. Das zweistöckige Gebäude stand direkt an der einzigen Straße, die in den Ortsteil La Playa hinunterführte (von meinem Apartment aus ein Fußweg von etwa fünfzehn Minuten). Wer zu den Stränden wollte (außer dem Dorfstrand gab es noch einen Nacktbadestrand, die Playa Inglés), musste an Marias Laden vorbeiflanieren und sich von deren Gästen begutachten lassen. Die Straße hatte etwas von einem Laufsteg. Man sah und wurde gesehen.

Ich machte es mir auf der schmalen Terrasse gemütlich, beobachtete das Treiben um mich herum und überlegte, wie ich nun weiter vorgehen wollte. Ute hatte mir zwei

Fotos mitgegeben. Das eine zeigte Julia in ihrer Berliner Wohnung und war vor etwa sieben Jahren aufgenommen worden. Sie hatte sehr kurze Haare und einen mürrischen Gesichtsausdruck, ansonsten aber war sie tatsächlich das exakte Abbild ihrer um wenige Minuten älteren Schwester. Das andere Foto war eine aktuelle Automatenaufnahme von Ute (mit schulterlangem Haar). Wahrscheinlich war es am günstigsten und aussichtsreichsten, so dachte ich mir, die Bedienungen in Restaurants und Kneipen zu fragen. Barkeeper hatten erfahrungsgemäß ein ziemliches gutes Erinnerungsvermögen. Und Julia Ikemann war eine Frau, an die man sich erinnern würde (so glaubte und hoffte ich).

Der Kellner, ein nordisch aussehender Mann mit blondem Schnauzer, kam an meinen Tisch, nahm stumm meine Bestellung entgegen und ignorierte es schlichtweg, als ich ihm die Fotos präsentieren wollte. Auch wenige Minuten später, als er das Essen brachte, reagierte er nicht auf meine Bemühungen, ihn auf die Bilder aufmerksam zu machen. Nicht gerade ein Sanguiniker.

Der Koch des Ladens jedoch schien weniger leidenschaftslos zu sein, er hatte mir ein Essen bereitet, an das ich mich noch lange Zeit erinnern würde. Das Thunfischsteak war sauer mariniert, die papas (Kartoffeln) runzlig, ungeschält und in höchstem Maße salzig, die rote Soße (mojo rojo) extrem scharf und triefend vor Knoblauchöl. Mein Magen würde einige Zeit brauchen, um sich an die deftige gomerische Küche zu gewöhnen.

Um meinen Innereien die bevorstehende Verdauungsarbeit ein wenig zu erleichtern, ging ich nach dem Essen an den Tresen und bestellte, wie Sandy es mir ans Herz gelegt hatte, einen sol y sombra (halb Brandy, halb Anislikör), den mir ein junger Mann mit schläfrigem Gesichtsausdruck vor die (bereits sonnenverbrannte) Nase setzte. Sein eigenes Riechorgan war ein echtes Prachtexemplar, gebogen wie eine

Haifischflosse und ebenso herausragend. Es erinnerte mich an die Profile römischer Legionäre in den Asterix-Comics.

Ich kramte das Foto von Julia heraus, zeigte es dem Barkeeper und stammelte: »Usted ... äh ... vista ... esta chica?«

Das ergab wahrscheinlich keinen rechten Sinn, aber wenn er nicht gänzlich debil war, sollte der Barmann erahnen können, was ich wollte. Doch er zeigte keinerlei Reaktion, starrte mich nur regungslos an, sagte kein Wort. Lediglich die Nasenflügel seines Riesenzinkens vibrierten. Ich versuchte es mit dem Passfoto von Ute. Die gleiche Nicht-Reaktion des Barkeepers, das gleiche gelangweilte Vibrieren der Nasenflügel, er schüttelte nicht einmal den Kopf. Wahrscheinlich war es den Bediensteten dieses Etablissements strengstens untersagt, mit den Gästen zu reden oder auch nur gestisch mit ihnen zu kommunizieren.

»Gracias.« Ich nahm mein Getränk und trollte mich.

»De nada«, knurrte der Legionär. Es klang nicht sehr freundlich.

An meinem Tisch saß derweil ein deutsches Pärchen, das sich angeregt unterhielt. Ich setzte mich an meinen Platz und nickte ihnen zu. Sie nickten nicht zurück, hatten offenkundig Wichtiges zu besprechen. »Du, weißt du«, sagte der Typ mit weinerlichem Tonfall, »das hat schon auch wehgetan.« Er war einige Jahre jünger als seine Begleiterin, Mitte Zwanzig vielleicht, trug einen Prinz-Eisenherz-Haarschnitt und ein Kassengestell auf der Nase. »Ich fand's irgendwo ein Stückweit nicht in Ordnung, wie du mir bei der letzten Sitzung über den Mund gefahren bist.«

»Ja, das hab ich gemerkt. Mit Kritik kannst du nicht so recht umgehen, was?« Die Frau hatte kurze hellblonde Haare, trug ein T-Shirt mit Spaghetti-Trägern und präsentierte einen derben Sonnenbrand auf ihren Schultern. Und auf der Nase. Sowohl hinsichtlich ihrer dynamisch fönfrisierten Frisur wie auch in Bezug auf ihre aufgesetzt forsche Sprechweise erinnerte sie mich an die Moderatorinnen nachmittäglicher Streit-Talkshows im Privatfernsehen. Mit stechendem Blick, verkniffenem Gesichtsausdruck und dem vorgegebenen Ziel, Zwietracht zu säen. »Kann das sein«, fuhr sie fort, »dass dein Selbstwertgefühl irgendwie nicht das beste ist?«

Ich horchte und schaute auf. Gleiches tat Prinz Eisenherz.

»Da ist vielleicht was dran«, sagte er und rückte die Hornbrille zurecht. »Und ich weiß mittlerweile auch, wieso.« (Aufhorchen bei der Frau – und bei mir.) »Das hat wahrscheinlich alles irgendwo mit meiner dominanten Mutter zu tun. Ich kann mich noch erinnern, da war ich zwölf Jahre alt ...«

Ich konnte nicht anders, ich musste laut loslachen.

»Was gibt's denn da zu lachen?«, empörte sich die Frau, der nicht entgangen war, dass ich eifrig zugehört hatte.

»Nichts.« Ich versuchte mein Lachen mit dem Digestif hinunterzuschlucken. »Ich musste nur gerade an jemanden denken.« Ich verschwieg, dass es sich dabei um Norman Bates aus »Psycho« handelte. Ich sah unseren Prinzen schon mit Wischmob das blutige Bad säubern und hörte ihn stammeln: »Mutter, was hast du getan?!«

Die blonde Frau schien meine Erklärung nicht zu befriedigen, sie schleuderte mir böse Blicke entgegen und wollte gerade zum nächsten verbalen Angriff ansetzen, doch Eisenherz kam ihr zuvor, er lächelte mich leutselig an und meinte: »Ach, das ist ja interessant.« Wieder dieses alberne Babygrinsen in seinem rundlichen Gesicht. »Du bist noch nicht lange hier, was? Bist noch so blass.«

»Heute Abend erst angekommen.«

»Urlaub?«

Seltsame Frage, fand ich und wollte schon erwidern: »Was sonst?«, aber dann fiel mir etwas Besseres ein. Ich sagte: »Nein, beruflich.«

Er sagte: »Ach, das ist ja interessant.« Die Floskel kam mir bekannt vor.

»Ich bin Privatdetektiv und auf der Suche nach einer jungen Frau.«

»Schnüffler, was?«, mischte sich nun die Blonde ein. »Von den Eltern beauftragt, die entlaufene Tochter zurückzubringen. Oder vom Ehemann geschickt, die untreue Gattin zu überführen.« Sie sah mich angeekelt an, als hätte ich mich gerade in ihren Schoß erbrochen. »Da bist du hier an der falschen Adresse. Typen wie dich brauchen wir im Valle nicht.«

Warum verfielen nur alle Leute automatisch ins kollektive »wir«, wenn sie von dem Ort und seinen Einwohner sprachen? Irgendwie hatte ich den Eindruck, mit »wir« nicht so recht gemeint zu sein.

»Jetzt sei doch nicht so negativ, Christiane«, versuchte Eisenherz die Aggressionswogen zu glätten. Aber erfolglos. Christiane stand auf, setzte eine provozierend schnippische Miene auf und ging grußlos von dannen. Kurz bevor sie allerdings hinter der Häuserecke verschwand, glaubte ich ein zufriedenes Grinsen in ihrem Gesicht zu erkennen. Mich beschlich das leise Gefühl, dass ich ihr gerade einen großen Gefallen getan hatte. Sie war auf simple Weise das Eisenherzchen losgeworden, und mir hockte er nun auf der Pelle.

»Das darfst du jetzt nicht so ernst nehmen«, wurde ich aus meinen Gedanken gerissen. »Die Christiane, die ist halt manchmal ein wenig aufbrausend. Aber eigentlich ein ganz lieber Mensch.«

»Sicher. Das sieht man auf Anhieb.«

»Ich bin der Martin«, sagte Eisenherz und gab mir die Hand.

»Ich auch, aber ohne der«, sagte ich.

Eisenherz (aus Gründen der Übersichtlichkeit bleibe ich bei dem Namen) verstand nicht, er zog die Augenbrauen zusammen und grübelte.

»Ich heiße auch Martin, allerdings ohne der vorm Namen«, erklärte ich und fügte vorsichtshalber hinzu: »Und sag jetzt bitte nicht: ›Das ist ja interessant‹!«

»Wieso?«, fragte er. Ich hatte ihn gänzlich verwirrt, er öffnete den Mund, schloss ihn wieder, schüttelte dann den Kopf und sagte: »Ach so.«

Ein putziges Kerlchen, fürwahr!

Ich holte das Foto von Julia hervor und reichte es ihm. »Schon mal gesehen?«

Ich erwartete die prompte Antwort: »Wieso?« Doch Eisenherz sagte: »Klar, du, die kenn ich. Hat aber jetzt längere Haare.«

»So etwa?« Ich präsentierte ihm das Passfoto von Ute.

»Genau. Das ist die Annette. Die ist aber schon wieder weg.«

Annette? wunderte ich mich und fragte: »Was heißt 'n das?«

»Weiß auch nicht. Hab sie halt schon lange nicht mehr gesehen.« Er stutzte plötzlich und meinte: »Hm, ich weiß jetzt gar nicht, ob ich dir das überhaupt sagen darf, wo du doch Detektiv …«

»Keine Eltern, kein Ehemann, und ich soll sie auch nicht zurückholen«, unterbrach ich ihn. »Es macht sich nur jemand Sorgen um sie und würde gern wissen, wie es ihr geht. Das ist schon alles.«

»Na dann.« Eisenherz atmete auf. »Das beruhigt mich jetzt schon ungemein.« Und dann fragte er: »Warum macht sich dieser Jemand denn Sorgen?«

Eine gute, eine nahe liegende Frage. Die gleiche Frage hatte auch ich am Samstagabend gestellt, nachdem Ute mir die Postkarte gezeigt hatte: »Wie kommst du auf die Idee, dass irgendetwas mit Julia nicht stimmt?«

»Das ist eine lange Geschichte«, hatte Ute geantwortet. »Nicht besonders lustig und ziemlich schmutzig.« Ich sah sie wieder vor mir sitzen, die Beine übereinandergeschlagen und nachdenklich an einer Zigarette ziehend. »Julia und ich sind immer ein Herz und eine Seele gewesen. Ein unzertrennliches Paar. Alles haben wir gemeinsam gemacht, gleicher Kindergarten, gleiche Schulklasse, gleiche Freunde. Dabei waren wir eigentlich ziemlich unterschiedlich. Nicht äußerlich, da glichen wir uns wie ein Ei dem anderen, aber vom Charakter her.«

»Inwiefern?«

»Nun ja, sie war immer das Sensibelchen und ich die Robuste. Sie die Süße, ich die Freche. Sie der Liebling, ich die Kratzbürste. In gewisser Weise haben wir uns ganz gut ergänzt.« Sie räusperte sich und grinste andeutungsweise. »Wir waren eine Einheit, ein eingespieltes Team. Wir sind dann auch gemeinsam nach Berlin gezogen.«

»Wann genau war das?«

»Vor zehn Jahren.« Sie schnaufte nachdenklich und sah sich im Zimmer um. »Wir haben hier in dieser Wohnung gewohnt.«

»Zusammen?«

»Klar«, antwortete Ute, »ich sagte doch, wir haben alles gemeinsam gemacht.«

»Und dann?« Ein wenig kam ich mir wie ein Stichwortgeber vor, der lediglich dafür sorgte, dass ihre Gedanken nicht allzu sehr abschweiften. Wahrscheinlich wäre ich ein guter Talkmaster geworden.

»Wir haben beide studiert«, fuhr sie fort, »aber während bei mir alles ziemlich reibungslos und glatt über die Bühne ging, hat Julia irgendwie die Lust und den Faden verloren. Alles lief schief, sie fiel plötzlich durch die Prüfungen, musste Seminare wiederholen und konnte sie dennoch nicht abschließen.«

»Was hat sie studiert? Auch Architektur, wie du?«

»Nee, Soziologie.«

»Kann man in Soziologie durch die Prüfungen fallen?«, wunderte ich mich.

»Weiß nicht.« Auch sie stutzte nun und sah mich grübelnd an. »Ist wahrscheinlich auch egal. Tatsache ist jedenfalls, dass sie das Studium nach einigen Semestern abgebrochen und sich mit Kneipenjobs über Wasser gehalten hat. Und dann fing es irgendwann mit den Drogen an.«

»Was für Drogen?«

»Zuerst nur Alkohol, glaub ich, sie war immer öfter betrunken, bis zur Besinnungslosigkeit. Hing mit seltsamen Typen auf ihrem Zimmer herum und hat sich zugeschüttet. Mehrmals musste ich sie per Notarzt ins Krankenhaus schaffen lassen, damit ihr der Magen ausgepumpt wurde. Aber das war nur der Beginn, irgendwann ging es dann nämlich mit der Kokserei los.«

»Hattest du keine Möglichkeit, sie davon abzuhalten?«

»Kaum«, antwortete sie, »je mehr ich auf sie einredete, desto weniger hörte sie zu. Julia wurde immer unausstehlicher und unberechenbarer. Nichts ist übler als ein verkaterter Kokser, das kannst du mir glauben. Sie wurde ein richtiges Ekel, machte mir die Hölle heiß.« Ute deutete eine Wegwerfbewegung mit der Hand an und fügte hinzu: »Und schließlich hing sie an der Nadel.«

»Einfach so? Von heute auf morgen?«, unterbrach ich sie. »Es muss doch irgendeinen Grund gegeben haben.«

»Einen Grund gibt's immer. Und noch mehr Entschuldigungen.« Sie sagte dies sehr hart und nicht gerade mitfühlend. »Was weiß ich! Ist doch egal!«

»Findest du?«

»Was willst du denn jetzt hören?«, fuhr sie mich an.

Ihr Ausbruch erstaunte mich, doch da ich merkte, wie sehr ihr das Thema an die Nieren ging, wollte ich nicht länger auf diesem Punkt herumreiten und meinte: »Und weiter? Was geschah dann?«

»Den Rest kannst du bei Christiane F. nachlesen. Die klassische Geschichte. Sie verlor ihren Job, weil sie sich an der Kasse bedient hatte, lieh sich bei mir Geld oder stahl es, wenn ich ihr nichts geben wollte. Sogar meine Anlage und meinen Schmuck hat sie geklaut, um sich einen Schuss zu setzen.«

»Und du?«

»Sie war meine Schwester, was sollte ich machen? Ich hab mein Zimmer abgeschlossen, Bargeld und Wertsachen versteckt und versucht, sie von einem Entzug zu überzeugen. Den hat sie auch mehrmals unternommen. Aber wahrscheinlich nur, um mich zu besänftigen und als Geldquelle nicht zu verlieren. Sie hat keine der Therapien beendet, meistens ist sie aus den Selbsthilfegruppen geworfen worden, weil sie sich nicht an die Regeln hielt. Die sind da eisern. Und jedes Mal kam sie bei mir angekrochen und hat mich angebettelt, wenn es ihr dreckig ging.« Ute seufzte und zündete sich eine weitere Zigarette an, obwohl ihre erste noch im Aschenbecher glomm. Ich drückte sie aus.

Ute sah dies, meinte: »Oh!« und fuhr fort: »Meistens hat sie mich mit ihrer Mitleidstour auch rumgekriegt. Bis es nicht mehr ging, bis ich es nicht mehr ausgehalten habe.« Sie stand plötzlich auf, ging zum Fenster, öffnete es ganz und warf die Zigarette hinaus. Draußen regnete es, ein kalter Wind pfiff. Obwohl sie fröstelte, ließ sie das Fenster geöffnet, atmete tief ein und drehte sich schließlich wieder zu mir um. Sie sah mich lange an und meinte dann: »Ich hab sie rausgeworfen.«

»Aus der Wohnung?«

Sie biss sich auf die Lippen und nickte zaghaft. »Ich war damals schon mit Dirk zusammen, und der hat mich davon überzeugt, dass es so nicht weitergehen kann. Ich hab mich auch mit Ärzten und Therapeuten unterhalten, und alle haben das gleiche gesagt.«

»Sie haben dir geraten, Julia vor die Tür zu setzen?«

Wieder nickte sie. »Verstehst du nicht? Mitleid bringt auf Dauer nichts. Ein Junkie steigt erst dann aus, wenn er es wirklich und von sich aus will. Aber dafür muss er erst einmal ganz unten und wirklich am Ende sein, er darf keine andere Wahl mehr haben.«

Mir wollte dies zwar nicht ganz so einleuchten, da Ute mich aber fragend anschaute, nickte ich und meinte: »Aha.«

»Wenn man einen Abhängigen immer wieder auffängt, hilft man ihm nicht, schadet ihm höchstens. Und ich war mit meinem Latein und mit meinen Nerven am Ende. Ich konnte nicht mehr.«

»Und das war vor sechs Jahren?«

»Richtig«, sagte Ute, »ich hab Julia den Rucksack mit ihren Sachen vor die Füße geworfen und ihr gesagt, sie solle verschwinden und zwar plötzlich und ein für allemal. Ich seh sie noch vor mir, ein Häufchen Elend, völlig am Ende und zugefixt bis an die Halskrause. Sie hat mich angespuckt und gefaucht, eher werde sie krepieren, als noch mal ein Wort mit mir zu reden. Ich bräuchte keine Angst zu haben, ich würde sie nie wiedersehen, darauf könne ich Gift nehmen! Eine blöde Fotze, hat sie mich genannt und mir die Krätze auf den Hals gewünscht. Dann hat sie sich den Rucksack geschnappt und ist rausgewankt. Und ich hab die Tür zugeknallt.«

Allmählich begriff ich. Ich nahm die Postkarte in die Hand und las: »Alles Liebe, tausend Küsse. Deine Julia.«

»Seitdem hast du nichts mehr von ihr gehört?«

»Von ihr nicht, über sie wohl. Aber nur Gerüchte und absurde Geschichten. Mal soll sie in Berlin als Fahrradkurier gesehen worden sein, dann wieder will sie jemand an der Ostsee getroffen haben, mit Mann und Kind. Lauter Geschwätz. Einmal hieß es sogar, sie sei tot. Alles Unsinn!«

»Woher willst du das wissen?«

»Ich bin ihre Zwillingsschwester«, antwortete sie, als sei dies eine Antwort auf meine Frage. Sie schloss das Fenster und setzte sich zu mir aufs Sofa. Plötzlich stutzte sie, zog die Augenbrauen zusammen und meinte: »Etwa ein Jahr nachdem ich sie hinausgeworfen hatte, stand ein Typ vor meiner Tür und hat mich um Geld gebeten. Es sei für meine Schwester, hat er gemeint. Und dass Julia jetzt eine Substitution mit Polamidon versucht.«

»Methadon?«

»Genau.«

»Und was hast du gemacht?«

»Ich hab dem Kerl die Tür vor der Nase zugeschlagen, was sonst?«

»Ein Lügner?«

»Was denkst du denn? So fertig und abgewrackt sie auch aussehen mögen, wenn es um Geld für einen Fix geht, haben die immer eine gute und rührende Geschichte auf Lager. Not macht erfinderisch.«

»Kanntest du den Typen?«

»Einer von Julias schrägen Vögeln, mit denen sie früher immer zusammengehockt hatte. So ein großer Dürrer mit knallroten Haaren und leuchtend blauen Augen. Ich glaube, ein Engländer.« Ute nahm ihren Granatring vom Finger und betrachtete ihn nachdenklich. »Das eigentlich Schlimme an der ganzen Geschichte ist, dass es mir nachher tatsächlich besser ging. Der Bruch mit Julia war eine Befreiung für mich gewesen, eine traurige Befreiung zwar, aber dennoch eine Erleichterung. Natürlich hab ich sie vermisst, aber trotzdem war ich froh, nichts mehr mit ihr zu tun zu haben. Nie hätte ich gedacht, dass ich eines Tages Julia aus meinem Gedächtnis streichen könnte. Doch genau so ist es gekommen, ich hab das ganze Thema einfach verdrängt. Auch mit Dirk hab ich später kaum noch darüber geredet. Er und Julia sind nicht besonders gut miteinander ausgekommen. Das heißt … na ja, egal. Wir haben geheiratet und hier gewohnt, aber Julia war Tabu!« Wieder traten ihr die Tränen in die Augen und sie setzte hinzu: »Ich hab meine eigene Schwester abgehakt.«

»Was hättest du denn sonst machen können?«, versuchte ich einzuwenden.

»Es geht nicht darum, was ich sonst hätte machen können, sondern darum, was ich gemacht habe. Es nützt nichts, dass ich mir einrede, richtig oder vernünftig gehandelt zu haben. Sie war schließlich meine kleine Schwester!«

»Und jetzt das hier!« Ich wedelte mit der Postkarte.

»Richtig!«, erwiderte sie. »Und jetzt das da! Nach sechs Jahren ohne jeglichen Kontakt, ohne irgendein Lebenszeichen. Die Karte macht mir Angst!«

Auch ich hatte ein mulmiges Gefühl und wusste nicht, was ich von der ganzen Angelegenheit halten sollte. Aber ich versuchte dennoch, das Positive hervorzuheben: »Immerhin weißt du jetzt, wo sie steckt. Und dass sie überhaupt noch lebt!« Ich betrachtete die Karte und sah, dass sie am 2. September abgestempelt worden war. Vor vier Tagen.

»Aber verstehst du denn nicht?«, unterbrach sie mich. »Irgendetwas stimmt da nicht. Vor sechs Jahren hat sie mich angespuckt und geschworen, lieber elendig einzugehen, als noch mal ein Wort mit mir zu reden. Und jetzt schreibt sie mir eine solch nichts sagende Karte? Als wäre nie etwas geschehen?! Das ist doch nicht normal.«

»Vielleicht doch«, entgegnete ich zögerlich. »Vielleicht ist gerade eine so banale Karte der einzige Weg, die verhärteten Fronten zu knacken. Sie will vergessen und verdrängt deshalb alles, was passiert ist.«

»Das glaubst du doch nicht wirklich?«

»Wieso nicht?«, antwortete ich, ohne wirklich davon überzeugt zu sein. »Was soll sie denn sonst schreiben? Soll sie sich entschuldigen oder um Vergebung betteln? Vielleicht bedeutet die Karte nichts anderes als das, was draufsteht: dass es ihr gut geht und dass sie vergessen möchte.«

»Nein! Julia ist in Gefahr, das fühle ich. Das weiß ich! Diese Karte ist ein Hilferuf. Wenn sie schreibt: ›Hoffentlich sehen wir uns bald einmal‹, dann heißt das: ›Bitte hol mich aus der Klemme‹.«

»Und du denkst, du bist es ihr schuldig, sie da rauszuholen?«

»Ach, ich weiß auch nicht! Ja, wahrscheinlich.«

Alles Liebe, tausend Küsse.

»Wie bitte?«, fragte Prinz Eisenherz.

»Wie bitte?«, antwortete ich.

Eisenherz lächelte mich an und meinte: »Du hast irgendetwas von tausend Küssen gemurmelt. Und von einer Julia.«

»Was kannst du mir über sie erzählen?«

»Über wen?«

»Julia … ähm … Annette natürlich.«

»Ach, nicht viel.« Eisenherz dachte angestrengt nach. »Ich hab sie ein paar Mal in Vueltas am Hafen gesehen, in der ›Taka-Tuka-Bar‹ und in der Disco. Aber die war nie sehr gesprächig, die Annette. Bisschen verschlossen und irgendwo auch ein Stückweit arrogant, glaub ich. Aber bestimmt ein ganz lieber Mensch.«

Ich war mir sicher, dass für Eisenherz alle Menschen eigentlich ganz lieb waren. Selbst ich. Alles andere hätte den guten Kerl nur durcheinandergebracht.

»Woher weißt du, dass sie Annette heißt?«

»Einmal hab ich sie auf eine cerveza eingeladen, nein, eigentlich hab ich sie ein paar Mal eingeladen, aber das eine Mal hat sie das Bier auch angenommen, und da hat sie dann ein wenig erzählt. Dass sie Annette heißt, aus Reinbek kommt und Industriekauffrau ist und so.«

»Reinbek? Industriekauffrau?« Ich hielt ihm erneut das Foto hin. »Bist du sicher, dass wir von derselben Frau sprechen?«

»Ich denk schon. Außer sie hat eine Zwillingsschwester.«

Ich verkniff mir ein Lachen und hatte zugleich ein unwohles Gefühl im Bauch. Ich fragte: »Was weiter?«

»Ach, nichts weiter. Sie war schon im Valle, als ich hier ankam.«

»Und wann hast du sie zum letzten Mal gesehen?«

»So genau kann ich das jetzt nicht sagen. Vor anderthalb Wochen etwa. Was für ein Datum haben wir denn heute?«

Ich antwortete ihm, es sei Dienstag, der 9. September.

»Dann würde ich schätzen: Ende August.«

»War sie allein?«

»Nee«, sagte er, als erinnere er sich plötzlich an etwas. »Die Annette, die war immer mit einem Engländer zusammen, so ein unheimlich großer Kerl.«

»Mit knallroten Haaren und leuchtend blauen Augen?«, fragte ich, weil ich mich an Utes Beschreibung des mysteriösen Freundes von Julia erinnerte.

»Genau«, sagte Eisenherz. »Der war irgendwo echt unheimlich, so 'n stechender Blick und so und hat nie ein Wort geredet. Immer nur so unangenehm geguckt.«

»Aber bestimmt ein lieber Kerl«, meinte ich.

»Klar«, sagte Eisenherz, »irgendwo schon auch.«

Wer sagt's denn, dachte ich und ob es sich wohl lohnen würde, noch einen kurzen Abstecher zu den Bars am Hafen zu machen. Doch für heute hatte ich genug gesehen und gehört, die Ergebnisse des ersten Abends konnten sich sehen lassen. Ich war zufrieden mit mir. Das Detektivspielen machte richtig Spaß. Aber noch war die Leiche ja auch nicht aufgetaucht.

3

Die Zumería, eine Frühstücks- und Saftbar an der Weggabelung in La Calera, hatte ähnlich informativen Charakter wie Marias Bar unten in La Playa. Von der sonnigen Terrasse aus hatte ich am nächsten Morgen während eines ausgedehnten Frühstücks die besten Möglichkeiten, mir ein Bild darüber zu machen, wer kam und wer ging. Die Bushaltestelle und der Taxistand waren gleich um die Ecke, und die Bank (mit Geldautomat!) befand sich im Nachbarhaus. Während ich mir einen Orangensaft und ein bocadillo con jamón y queso (eine Schinken-Käse-Schrippe) genehmigte, beobachtete ich die blassen Neuankömmlinge und braungebrannten Abreisenden, die mit Rucksäcken bepackt die Straße bevölkerten, und musterte die anderen Gäste des Frühstückslokals, die genauso wie ich das Fußvolk taxierten. Wir beobachteten uns gegenseitig beim Beobachten und legten großen Wert darauf, nicht so zu wirken, als würde uns interessieren, was um uns herum vor sich ging.

»Musst du denn unbedingt jetzt im Reiseführer herumblättern«, hörte ich eine Männerstimme neben mir. »Das kannst du doch auch nachher noch machen.«

Die Stimme gehörte zu einem arg gebräunten, arg schlechtgelaunten und (abgesehen von einem ledernen Tanga-Slip) arg unbekleideten Mittvierziger, der seiner etwa zwanzig Jahre jüngeren Freundin (ebenso gebräunt, ebenso unbekleidet, aber nicht ganz so schlechtgelaunt) zu verstehen gab, dass es ihm peinlich war, wenn sie sich allzu demonstrativ als Touristin outete.

»Lass mich doch!« Die junge Frau nestelte mit ihren Fingern in den langen braunen Haaren. »Wenn wir nachher nicht wissen, wie wir laufen müssen, dann biste auch wieder sauer.«

Die Bedienung des Ladens, eine sehr junge, sehr hübsche, sehr wortkarge Spanierin, erschien auf der Terrasse und brachte den beiden Braungebrannten ihren toast americano (mit Schinken, Spiegelei und Avocadocreme), indem sie sagte: »Americano.«

Ich nutzte die Gelegenheit, um einen Milchkaffee zu bestellen: »Señorita, un café con leche, por favor.« (Einer der wenigen Halbsätze, die ich im Spanischen beherrschte.)

»Café, no!«, sagte sie und verschwand wieder. Schon kurz zuvor hatte ich die Gelegenheit gehabt, ihren außergewöhnlich reichhaltigen Wortschatz zu bewundern, als ich einen Erdbeer-Milchshake (gemäß Karte) bestellt und sie geantwortet hatte: »Fresa, no!«

»Den Kaffee gibt's nebenan in der ›Parada-Bar‹.« Die brünette Frau am Nachbartisch schaute aus ihrem Reiseführer auf und lächelte mir zu. »Kannst ihn auch mit hierher nehmen. Musst nur nachher die Tasse zurückbringen.«

»Danke für den Tipp.« Ich schenkte ihr ein Lächeln, das sie mit einem Augenaufschlag und ihr Begleiter mit einem mürrischen Grunzen quittierte.

»Noch nicht lange hier, was?« Er sah mich angewidert an.

»Oh, Gott«, rief ich konsterniert, »merkt man das?«

Während er mich verwirrt anstierte und seine Begleiterin sich ein Lachen verkniff, stand ich auf und holte den Kaffee. Die ›Parada-Bar‹ (ein Lokal für Taxifahrer und sonstige Einheimische) und die zumería schienen in vorteilbringender Symbiose miteinander zu existieren, sie taten sich gegenseitig nicht weh, standen nicht in Konkurrenz zueinander, und alle waren's zufrieden. Vor allem die Touristen.

Mit dem Kaffee bestückt, setzte ich mich zurück an meinen Tisch, allerdings auf einen anderen Stuhl, so dass ich nun neben der Frau saß und zugleich die beste Aussicht auf das mürrische Gesicht ihres Begleiters hatte. Ich kramte die Fotos von Julia und Ute aus meinen Bermuda-Shorts (meine

Beine waren tatsächlich reichlich farblos!) und steckte sie der Frau in den Reiseführer. Der Blick ihres väterlichen Freundes war eine Augenweide! Auch die Brünette schaute erst die Fotos und dann mich erstaunt an und wollte wissen, warum ich ihr die Bilder zeigte.

»Meine Freundin.« Die gestrige Begegnung mit der Zwietracht säenden Christiane hatte mich davon überzeugt, dass es besser wäre, die Privatdetektiv-Geschichte nicht länger aufrechtzuerhalten. »Ich bin auf der Suche nach ihr.«

»Liebeskummer?« Sie betrachtete zunächst mich mitfühlend und dann die Fotos nachdenklich. Ihr lag etwas auf den Lippen, aber sie sprach es nicht aus.

»Na, ja«, druckste ich herum. »Wir hatten uns gestritten, da ist sie allein in Urlaub gefahren, und jetzt bin ich ihr hinterher, um ihr zu sagen, dass es mir leid tut und dass ich es nicht so gemeint habe. Aber ich kann sie nicht finden.«

»Ach, wie rührend«, grummelte es aus der Richtung des Tanga-Slips. Die Stimme klang nicht gerührt, der Typ sah auch nicht so aus.

Aber seine Freundin lächelte mich an und meinte: »Deine Freundin ist verflucht hübsch. Grüne Augen, nicht wahr?«

Ich sah ihr über die Schulter und betrachtete die Fotos: sie waren viel zu winzig, um auf ihnen irgendeine Augenfarbe auszumachen. Ich stutzte.

»Was für ein Sternzeichen hat sie?«, wurde mein Stutzen unterbrochen.

Weder verstand ich den Sinn der Frage noch konnte ich eine wahrheitsgemäße Antwort darauf geben. Darum sagte ich: »Steinbock.« Ich selbst war unter diesem Zeichen geboren. Heilige Drei Könige.

»Ein Erdzeichen, das ist gut. Diszipliniert und verantwortungsvoll. Und mit beiden Füßen im Leben.«

Dem Mürrischen wurde es nun zu bunt. Er nahm seiner Freundin die Fotos aus der Hand, betrachtete sie überrascht und starrte mich dann grinsend an. »Das ist deine Freundin?«

Ich nickte und wartete gespannt auf Weiteres.

Er lachte laut los und meinte: »Die Sabine kannste vergessen, Jüngelchen.«

Sabine? wunderte ich mich über die erneute Namensänderung, sagte aber: »Wieso? Kennst du sie? Hast du sie gesehen?«

»Sicher hab ich das. Und nicht nur sie.«

Die Brünette versetzte ihm unter dem Tisch einen Tritt gegen das Schienbein.

»Au! Verflucht!«, rief er und fauchte seine Freundin an: »Warum sollen wir es ihm nicht sagen, Eva? Dann weiß er wenigstens Bescheid, und braucht sich keine Hoffnungen mehr zu machen. Von wegen Erdzeichen!«

»Wovon soll ich Bescheid wissen?« Ich versuchte, aufgeregt und liebeskrank zu klingen. »Jetzt sagt schon. Spannt mich nicht so auf die Folter!«

»Wenn du es unbedingt wissen willst.« Er griente schadenfroh. »Deine liebe Sabine hat einen Neuen, Dave heißt der: groß, schlank, rothaarig, englisch. Ein interessanter Typ, geheimnisvoll! Die beiden waren ein Herz und eine Seele.«

»Achim!«, entfuhr es Eva.

Ich war am Boden zerstört, erniedrigt, beleidigt, gedemütigt und versuchte zugleich, meine Zufriedenheit zu verbergen. Ich ließ meinen Kopf auf die Schulter sinken, damit sie mein Lächeln nicht sahen, wartete einige dramatische Sekunden und fragte dann: »Wann habt ihr sie gesehen?«

»Keine Ahnung«, sagte der liebenswerte Mensch mit dem Namen Achim. »Vor ein, zwei Wochen vielleicht.«

»Hast du mit Ju … äh … Sabine gesprochen?«

»Nur ein paar Sätze«, sagte Eva. »Sie und ihr Begleiter haben ein paar Nächte in dem Apartment neben uns gewohnt. Wir haben sie aber schon einige Zeit nicht mehr gesehen, sind wohl ausgezogen.«

»Wann genau war das?«

Beide zuckten mit den Schultern. Da Eva meinen flehentlichen Blick sah, fügte sie hinzu: »Anfang September waren sie schon nicht mehr da.« Sie stutzte plötzlich und meinte: »Seltsamerweise ist das Apartment noch nicht wieder vermietet.«

»Was ist denn daran seltsam?«, grummelte Achim missgelaunt.

»Letztens hab ich gesehen, wie die alte Isabella einem Mann Bescheid gegeben hat, es seien bei ihr keine Zimmer frei. Ist doch merkwürdig, oder?«

Ein desinteressiertes Achselzucken war die einzige Reaktion ihres Freundes.

»Und was hat Sabine gesagt?«, brachte ich mich wieder ins Gespräch.

»Mensch, du bist vielleicht hartnäckig.« Achim biss in seinen Toast und fügte schmatzend hinzu: »Vergiss sie einfach!«

»Was hat sie gesagt?«, wiederholte ich.

»Nicht viel.« Achim wischte sich den Mund ab, nahm einen Schluck Orangensaft und genoss es, dass ich vor Ungeduld schmorte. Schließlich ließ er sich herab weiterzureden: »Sie hat erzählt, dass sie Schuhverkäuferin in Gladbeck ist und einen kleinen Sohn hat, der im Moment bei den Großeltern ist. Aber das weißt du ja alles.«

Schön wär's, dachte ich und nickte.

»Dein Sohn?«, fragte Eva.

Da mir nichts anderes einfiel, nickte ich erneut und fragte: »Sonst hat sie nichts erzählt?«

»Dass sie mit ihrem Freund eine Weltreise machen will«, ergänzte Eva.

Ich sah die beiden verblüfft an.

»Ich glaube nicht, dass sie dich damit gemeint hat«, fügte Achim grinsend hinzu und wurde augenblicklich von seiner Freundin gerügt.

»Achim!«

»Ist doch wahr!«

»Trotzdem!« Eva schenkte mir einen aufmunternden Blick. »Ich hab sie öfters in der ›Taka-Tuka-Bar‹ unten in Vueltas gesehen. Vielleicht weiß dort jemand, wo sie geblieben ist.«

»Hat die Bar schon geöffnet?«, wollte ich wissen.

»Nee«, sagte Achim, »du wirst dir wohl bis heute Abend die Zeit anderweitig vertreiben müssen.« Er vertilgte den Rest seines Toasts und gab mir, indem sich demonstrativ abwandte, zu verstehen, dass er die Konversation für beendet hielt.

Eva gab mir die Fotos zurück, kniff entschuldigend die Lippen zusammen und hob die Augenbrauen. »Kopf hoch!«

Ich nahm die Fotos und versuchte so auszusehen wie jemand, dessen Welt sich gerade in einen Scherbenhaufen verwandelt hat. Bemitleidenswert!

4

Die Bewohner Gomeras schienen von Engländern nicht viel zu halten. Der Begriff inglés wurde von ihnen im übertragenen Sinn auch für »dahergelaufener Fremder« gebraucht. Bei der Playa Inglés handelte es sich also keineswegs um britisches Hoheitsgebiet, sondern um den Strand, an dem sich die Freaks und Nackedeis, die Dahergelaufenen eben, in der Sonne aalten. Er lag nordwestlich vom Dorfstrand, nicht ganz so abgeschieden und entlegen wie die »Schweinebucht« südlich des Ortes, war aber wegen des raueren Seegangs und der nicht ungefährlichen Unterwasserriffs dennoch nicht überfüllt.

Es handelte sich um ebenjenen Strand, der auf Julias Ansichtskarte abgebildet war. Das musste nichts bedeuten, aber es war für mich Grund genug, mich dort ein wenig umzuschauen und, wie Achim es mir empfohlen hatte, »die Zeit anderweitig zu vertreiben«. Die playa lag sehr beschaulich, zur Rechten steile rotschwarze Felsen, zur Linken eine kleine Landzunge, die den Blick auf das Dorf versperrte. Der Strand selbst bestand aus feinem schwarzem Sand, auf dem man sich auf dem Weg ins Wasser die Füße verbrannte. Noch war reichlich davon vorhanden, doch gen Winter und vornehmlich nach Stürmen wurde der Sand regelmäßig vom Meer gefressen, so dass statt der Anhänger der Freikörperkultur nur noch ein paar nackte Lavabrocken die playa bevölkerten.

Ich machte es mir auf meinem winzigen Badetuch gemütlich, rieb meine kalkweiße Haut mit Sonnenmilch (Schutzfaktor 30) ein und streckte mich wohlig aus, um ein wenig in der glühenden Mittagssonne zu brutzeln.

Direkt über mir auf einem Felsen saßen vier junge, durchtrainierte und unglaublich sonnengebräunte Männer, wie Kanarienvögel auf der Stange aufgereiht und sich plusternd. Sie starrten gebannt auf das nackte, weibliche Fleisch am Strand, unterhielten sich kichernd auf spanisch und stießen sich gegenseitig an, wenn es etwas Aufregendes und Erregendes zu begutachten galt. Es wirkte wie eine Mischung aus einem Besuch in der Peep-Show und einer Folge der Fernsehserie »Baywatch«. Einen der vier Burschen erkannte ich als den römischen Legionär aus Marias Restaurant wieder. Ganz wie es seine Art war, beachtete er mich nicht, obwohl er nur zwei Meter von mir entfernt saß und ich ihm (vielleicht zu übertrieben grinsend) zunickte. Seine Augen hingen an einer hellhäutigen und auf der Vorderseite gut gepolsterten Blondine, wahrscheinlich eine Skandinavierin, die sich gerade mit ihrem Hund (!) in die Fluten stürzte.

Da mich das Schauspiel nicht sonderlich interessierte, blätterte ich in einem Buch, das ich in einem Laden am Flughafen Tegel gekauft hatte. Es handelte von einem hübschen, blinden Mädchen, das sich in einen hübschen, kranken Burschen verliebte, dessen obskurer Zwillingsbruder eine böse Intrige gegen das junge Glück schmiedete. Ich las: »Die Grundlage des menschlichen Seelenfriedens und des halbwegs erträglichen Zusammenlebens ist eine sanfte Isolierschicht von Stumpfsinn, ohne die unsere Nerven fortwährend aufgerieben würden – viele machen sich das nur niemals so ganz klar.«

Ich wollte bereits schmunzelnd umblättern, als der lebende Beweis dieser gewagten These direkt vor mir stand und sagte: »Hallo, Herr Namensvetter!« Ich legte das Buch beiseite und sah in das freudig grinsende Gesicht des Eisenherzchens. Nackt, gutgelaunt und nahtlos braungebrannt stand er vor mir und ließ sich im selben Moment neben mir im Sand nieder. Innerlich schrie ich mitfühlend auf, doch Prinz Eisenherz verzog keine Miene, der kochendheiße Sand schien sein Sitzfleisch nicht anzusengen. Wie machte erdas?

Ich befühlte den Sand und zog die Hand schleunigst zurück, man hätte Spiegeleier darauf braten können.

»Was schaust 'n so?«, fragte Eisenherz und winkte gleichzeitig einem Frauenpärchen, das an uns vorbeihuschte und vergeblich die Köpfe gesenkt hielt, um nicht von ihm erkannt zu werden. »Das sind die Petra und die Michaela aus meiner Rebirthing-Gruppe.«

»Wiedergeburt?«

»Rückführung in den Urzustand«, erklärte er und lächelte milde.

Ich fand seinen jetzigen Zustand bereits bedrohlich genug und wollte über seinen Urzustand gar nicht mehr erfahren.

»Bist du schüchtern?« Eisenherz deutete auf meine Badehose, die ich wohlweislich anbehalten hatte.

»Nein, katholisch.«

Eisenherz nickte mitfühlend und sagte: »Ach so!«

Eigentlich hatte ich gehofft, er würde den beiden Rebirthing-Frauen hinterherhecheln. Sie hatten sich zu einer kurzhaarigen blonden Frau gesellt, die in nicht geringem Maße gewissen deutschen Talkshow-Moderatorinnen ähnelte. Doch entweder weil er die missbilligenden Blicke der drei Grazien wahrgenommen hatte (vor allem die forsche Christiane beäugte uns, als seien wir Aussätzige) oder weil es ihm bei mir so gut gefiel – Fakt war, dass Eisenherz nicht mehr von meiner Seite wich. Allerdings sprach er auch nicht mehr, sondern setzte sich im Schneidersitz hin und starrte schweigend und meditierend gen Westen zum Horizont (wo schemenhaft die Insel La Palma auszumachen war). Hin und wieder schnurrte er wie ein Kater, dann und wann änderte er seine Sitzhaltung (die Verrenkungen seiner Beine wurden immer beängstigender), und nur ganz selten kamen Worte über seine Lippen. Eines seiner Lieblingswörter lautete »om«, mit kehligem O und lang gezogenem M.

»Das ist ein Bidscha-Mantra«, erklärte Eisenherz, »eine heilige Silbe. Der Mantra bringt Wohlergehen und Befreiung aus der Seelenwanderung.«

Ich befreite mich zunächst einmal mit einem Lachen und suchte mein Wohlergehen, indem ich Richtung Wasser hüpfte (wegen des heißen Sandes wortwörtlich zu nehmen), um mich abzukühlen und ein wenig auf den Wellen zu reiten. Der Seegang ließ in dieser Hinsicht nichts zu wünschen übrig. Allerdings war das Bodysurfen eine nicht ganz ungefährliche Angelegenheit. Nicht nur wegen der zahlreichen Felsen, die aus dem Wasser ragten, und der Unterwasserriffs, die eben nicht aus dem Wasser ragten, sondern auch wegen der Quer- und Unterströmung, die einem (wenn Dünung und Wind aus der gleichen Richtung kamen) die Beine wegrissen. Die Wellen überrollten sich und zogen einen ins Meer hinaus.

Als ich mit Mühe und nicht ohne Schrammen aus dem Wasser kam und keuchend zu meinem Badetuch stapfte, stieß ich mit einem blond gelockten, schlaksigen Jüngling zusammen, der zu Boden starrte und nicht einmal zur Kenntnis nahm, dass er mich gerade beinahe umgerissen hätte. Ich erkannte den schweigsamen Schwaben vom Vortag und sagte: »Hallo, Micki. Doch nicht in der Schweinebucht?«

»Wie du siehst!« Mürrisch marschierte er weiter, ohne mich überhaupt wahrzunehmen. Er rannte die letzten Meter zum Wasser und stürzte sich in die Fluten. Ich blickte mich um, doch von seiner Freundin Sandy war weit und breit nichts zu sehen. Ich atmete erleichtert auf (wenigstens die schwäbische Quasselstrippe blieb mir heute erspart) und kehrte zu Eisenherz zurück. Dieser verrenkte mittlerweile im Stehen (auf einem Bein!) seine Gliedmaßen und schenkte mir ein freudiges Lächeln, als hätten wir uns Wochen nicht gesehen.

»War's schön?«, fragte er. Und dann: »Mensch, was macht der denn da?«

Ich schaute in die Richtung, in die auch Eisenherz mit weit aufgerissenen Augen stierte. Und ich sah, was er sah: einen Blondschopf, der wild kraulend ins Meer hinausschwamm und bedrohlich nahe auf die Felsenriffs zudriftete. Entweder hatte ihn die Querströmung erwischt, oder er schwamm absichtlich in diese Richtung. Aber warum sollte er? Auch die Baywatch-Spanier hatten den Kamikazeschwimmer entdeckt, sie waren aufgesprungen und riefen ihm zu: »Cuidado! Cuidado!«

Doch zu spät! Eine riesige Welle näherte sich dem immer verzweifelter mit den Armen Rudernden und begrub ihn unter sich. Der Körper des Blonden wurde gegen das Riff geschleudert, seine Beine ragten noch einmal aus dem Wasser, dann verschwanden auch sie in den Fluten.

Ich rannte los und stürzte mich ins Wasser, schwamm

Richtung Felsen und schrammte über ein Unterwasserriff. Im gleichen Moment brach sich eine Welle über meinem Kopf. Im letzten Augenblick konnte ich vom Riff weg und in die Dünung springen und gelangte, mich im Wasser überschlagend, aus der Gefahrenzone. Beinahe wäre ich bei dem waghalsigen Manöver auf den armen Micki raufgesprungen, er trieb leblos im Wasser, seine Haare wie Tang an der Oberfläche. Ich griff ihm unter die Arme und zog ihn, mittlerweile von helfenden Händen unterstützt, an den Strand. Kaum war er im Trockenen und hatte man seinen Körper auf die Seite gedreht, schon hustete Micki und spuckte Wasser. Er starrte hilf- und orientierungslos in die Gesichter der Umstehenden und hatte keine Ahnung, was gerade passiert war. Sein Kopf war blutüberströmt. Folge einer Platzwunde an der Stirn.

»Are you crazy, man?!«, fuhr ihn einer der Spanier an, die mir geholfen hatten, ihn aus den Fluten zu bekommen. Und der römische Legionär fluchte: »Maldito!«

»Du hättest tot sein können, Mensch!«, sagte Eisenherz und schaute besorgt.

»Wem wolltest 'n damit imponieren?«, hörte ich nun auch Christianes zischelnde Stimme. Sie stand mit verschränkten Armen in zweiter Reihe, legte die Stirn in Furchen und zog die Mundwinkel so weit nur denkbar nach unten. Die inkarnierte Missbilligung.

»Lasst ihn in Ruhe«, sagte ich, ebenfalls nach Luft schnappend. »Ich kümmere mich um ihn.« Dann wandte ich mich an Micki: »Geht's?«

Er wischte sich das Blut aus dem Gesicht, zuckte mit den Schultern, nickte dann und schnaufte: »Danke!«

Eine halbe Stunde später saß ich mit Micki und Eisenherz (der sich uns selbstverständlich angeschlossen hatte) auf Marias Terrasse und hatte den ersten Schreck mit einem Brandy hinuntergeschluckt. Mickis Wunde (die schlimmer ausgesehen hatte, als sie sich dann erwies) war mit einem Pflaster und etwas Jod versorgt, aber die Laune des jungen Burschen hatte sich nur unwesentlich gebessert. Er nagte nervös auf seiner Unterlippe und starrte mit dunkel geränderten Augen und ausdruckslosem Blick auf sein leeres Glas in der Hand. Wie am Vortag wippte sein Oberkörper hin und her.

»Willst du nicht erzählen, was los ist?«, fragte ich. »Wo steckt denn Sandy?«

»Die ist weg!«

»Abgereist?«

»Nein, weg!«

Ich glaubte zu verstehen, was er meinte, und wunderte mich. Die beiden waren doch gestern erst angekommen. Bisschen wenig Zeit für eine Beziehungskrise. »Habt ihr euch gestritten?«

»Mensch, lass mich doch in Ruhe!«, fauchte er mich an.

Ich zuckte mit den Schultern und ließ ihm seinen Willen. Doch nun war Prinz Eisenherz an der Reihe, er nahm allen Mut zusammen und sagte: »Das finde ich jetzt nicht in Ordnung, dass du den Martin so anbrüllst. Ich finde schon, dass du ihm auch ein Stückweit dankbar sein solltest.«

Micki starrte mich entgeistert an. Sein Blick fragte: Was ist denn das für einer? Mein Blick antwortete: Frag mich lieber nicht. Micki grinste und meinte: »Sandy hat sich 'nen Freitempler geangelt.«

»Einen was?«

»Freitempler«, erklärte Eisenherz, »das ist so eine Art Geheimbund.«

»Eine religiöse Sekte?«, fragte ich.

»Nicht direkt«, grunzte Micki. »Eher 'ne Mischung aus Esoterikverein und Templerorden.« Er schnaufte verächtlich und schüttelte den Kopf. »Völlig albern. Kündigen den Weltuntergang an, zelebrieren merkwürdige Rituale und laufen in belämmerten Kostümen durch die Gegend. Die haben hier eine Villa in den Bergen.«

»Die Finca Calatrava«, flüsterte Eisenherz und schaute sich dabei vorsichtig um, als hätte er Angst, man könnte ihn belauschen.

»Und was hat das mit Sandy zu tun?«, wollte ich wissen.

»Sandy hatte vor zwei Jahren einen Urlaubsflirt mit einem von diesen Beknackten, und den hat sie gestern Abend wiedergetroffen. Mittlerweile schimpft er sich Meister und bildet sich was darauf ein, irgendeinem Großkapitel anzugehören. Was weiß ich! Sandy war ganz hin und weg.«

»Und jetzt ist sie tatsächlich weg«, folgerte ich.

»Ich hatte ihr Geschwätz von freier Liebe und Partnertausch und so nicht wirklich ernst genommen.« Micki schnaufte verächtlich. »Da hab ich mich wohl geirrt. Jetzt ist sie jedenfalls bei denen in den Bergen.«

»Das tut mir jetzt echt leid. » Eisenherz rückte seine überdimensionale Hornbrille zurecht und legte mitfühlend seine Hand auf Mickis Schulter. »Ich kann mir gut vorstellen, wie es im Moment in dir drinnen aussieht.«

Micki schaute mich zugleich irritiert und belustigt an und fragte: »Hat der irgendeinen Knopf, mit dem man ihn abstellen kann?«

Eisenherz zuckte zusammen und zog beleidigt die Hand zurück.

Ich lachte, stutzte dann und meinte: »Ich dachte immer, Templer seien Ordensleute und müssten ein Keuschheitsgelübde ablegen.«

»Im Mittelalter vielleicht«, antwortete Micki bitter, »aber die gomerischen Templer sehen das nicht so eng. Die gehen halt auch mit der Zeit, darum nennen sie sich ja Freitempler.«

»Sind das Einheimische?«

»Quatsch! Deutsche natürlich, wie alles und jeder im Valle.«

Deutsche Templerritter auf einer spanischen Insel im Atlantik. Eine beängstigende Vorstellung. Ich hatte einmal einen Historienfilm über mittelalterliche Ritterorden gesehen, Bilder von Kreuzzügen und Inquisition schossen mir durch den Kopf, brennende Hexen und Ketzer. Und Ordensleute in weißer Kutte über der Rüstung, mit achtspitzigem rotem Kreuz auf der Brust.

»Und deine Kamikazeaktion gerade?« Die Frage stammte von Eisenherz und galt Micki. »Was sollte das darstellen?«

»Keine Bange, ich wollte mich nur abreagieren. Ich hatte nicht vor, mich umzubringen.«

»Na ja, ganz wie man's sieht«, widersprach Eisenherz zaghaft. »Viel hat jedenfalls nicht gefehlt.« Er war immer noch beleidigt und fügte hinzu: »Letzte Woche erst haben sie die Leiche einer Frau aus dem Meer gefischt. Die hatte sich wohl zu weit hinausgewagt, ist von der Strömung erwischt worden und hat's nicht mehr ans Land geschafft.«

»Vor einer Woche?«, fragte ich aufhorchend. »Wann genau?«

»Letzten Montag, glaube ich«, antwortete Eisenherz. »Wieso?«

Montag war der 1. September gewesen.

Ich fragte: »Wer war die Frau?«

Eisenherz zuckte mit den Achseln und begriff dann den Sinn meiner Frage. »Nein, nein, keine Sorge. Das war nicht die Annette.«

Micki schaute verständnislos von einem zum anderen und fragte: »Wer zum Teufel ist denn Annette?«

»Eine gute Frage«, antwortete ich, »eine sehr gute!«

5

Ich brauchte etwa eine Viertelstunde zu Fuß bis zum Hafenviertel Vueltas. Die Sonne war vor wenigen Minuten untergegangen, und ich schlenderte die weitgehend unbeleuchtete Hauptstraße entlang, vorbei an Bananenplantagen, Papaya-Bäumen und Apartment-Neubauten, die größtenteils unbewohnt oder noch gar nicht fertiggestellt waren. Graue Betonskelette, die sich unwirtlich und unwirklich von dem immer noch rot erleuchteten Abendhimmel abhoben.

Vueltas selbst hatte (vor allem im Vergleich zu La Calera) optisch wenig zu bieten, der Ort beherbergte außer dem Fischereihafen und der Bananenpackstelle der örtlichen Kooperative lediglich eine große Menge Supermärkte und eine ebensolche Anzahl Kneipen, Bars und Restaurants. Die »Taka-Tuka-Bar« lag etwas abseits und oberhalb der Hauptstraße, versteckt hinter jungen Palmen und dichten Sträuchern, die den Blick auf die durch Zeichnungen und Malereien verzierte Terrasse versperrten. Auch im Inneren schmückten Gemälde die Wände und Mauern. Wie bei dem Namen der Bar nicht anders zu erwarten, handelte es sich zumeist um Bilder von Astrid-Lindgren-Piraten: Messer-Jocke und Blut-Svente. Und hinter dem Tresen grinste eine überdimensionale Pippi Langstrumpf von der Wand die Gäste an. Das Interieur war in drei Räume aufgeteilt, zunächst betrat man einen großen Vorraum, in dem die Leute an kleinen, niedrigen Tischen Schach und Backgammon spielten und (wie dem Geruch zu entnehmen war) allerlei Cannabis-Produkte konsumierten. Anschließend gelangte man in den sehr schmalen, zu später Stunde stets überfüllten Tresenraum, mit einer langen Bar, an der man sich mühselig entlanghangeln musste, um schließlich in den dritten Raum zu gelangen, der eine Art Separée für die intimeren Momente darstellte.

Da es noch sehr früh am Abend war, hatten sich erst wenige Gestalten, zumeist Einheimische, in die Nacht-Bar verirrt, die Musik lief in unaufdringlicher Easy-Listening-Lautstärke, wie die Beschallung in einem Kaufhaus. Eine etwa dreißigjährige, sehr kleine Spanierin mit schwarzer Haarpracht und gewagtem Dekolleté wienerte die Theke und pfiff frohgelaunt zur Musik. Ein dunkelblonder, etwa vierzigjähriger Mann mit leicht vorstehendem, dreitagebärtigem Kinn beäugte sie aus dem Hintergrund und deutete dann und wann auf Stellen, von denen er glaubte, dass sie noch nicht ausreichend geputzt waren. Die Frau zuckte jeweils mit den Schultern, scheuerte die angewiesene Stelle und ließ sich ihre gute Laune nicht verderben. Als ich mich an den Tresen setzte, lächelte sie mich an, deutete mit einer Kopfbewegung auf den Dunkelblonden und verdrehte die Augen und zog die Nase kraus. Ich lächelte ebenfalls, bestellte ein Heineken und betrachtete den Mann, der anscheinend der Chef des Ladens war. Ein gut aussehender, aber finsterer Geselle. Sein längliches und markantes Gesicht mit dem herausragenden Kinn und den tief liegenden Augen kam mir bekannt vor, sehr bekannt sogar, aber ich wusste nicht, in welche Schublade ich ihn stecken sollte. Wahrscheinlich hatte ich ihn heute Nachmittag am Strand gesehen.

Als die Bedienung mir das Bier brachte, bedankte ich mich artig auf spanisch und fragte: »Perdone usted ...«

»Du kannst ruhig deutsch sprechen. Ist vielleicht einfacher.« Sie besaß eine unglaublich tiefe, rauchig raue Stimme und sprach ein reizendes, rollendes R.

»Sie sprechen ein sehr gutes Deutsch.«

»Gracias. Ich hab einige Zeit in Deutschland gelebt.«

Ich nickte anerkennend, nippte an dem Bier und schaute verträumt.

»Also, was gibt's, muchacho? Womit kann ich dienen?«

»Ich suche eine Frau!«, platzte es aus mir heraus.

Sie lachte laut. »Das tun die meisten hier. Aber ich bin schon besetzt.« Sie deutete mit einer kecken Geste auf ihren Ehering am Finger der linken Hand und machte eine Kopfbewegung zu dem Dunkelblonden. Dann hauchte sie mir kokett ihre Reibeisenstimme ins Ohr: »Aber danke, dass du gefragt hast.«

Jetzt musste auch ich lachen. »Nein, ich suche nicht irgendeine Frau, sondern meine Freundin.«

»Aha«, sagte sie und tat beleidigt. »Ich bin also irgendeine Frau.«

Sie lachte, ich lachte, und dann fragte sie: »Also, wer ist sie?« Sie klang wie eine Ehefrau, die ihren Gatten nach seiner Geliebten ausfragt.

Ich reichte ihr das Foto von Ute, von dem ich wusste, dass es dem momentanen Aussehen Julias am nächsten kam.

Sie nahm das Foto und betrachtete es. »Carramba!«, entfuhr es ihr. Das kokette Lächeln verschwand auf der Stelle aus ihrem Gesicht. Sie sah mich überrascht, beinahe beängstigt an und fragte: »Das ist deine Freundin?«

»Kennen Sie sie? Haben Sie sie gesehen?«

»No sé.« Sie schaute sich Hilfe suchend zu dem Dunkelblonden um. »Frag lieber meinen Mann. Yo no sé. Ich weiß wirklich nicht.«

Der Dunkelblonde hatte mittlerweile die flehentlichen Blicke seiner Frau bemerkt und gesellte sich von hinten zu ihr, schaute ihr über die Schulter und betrachtete das Foto in ihrer Hand. Für den Bruchteil einer Sekunde war er irritiert, aber dann fasste er sich, lächelte ausdruckslos und flüsterte der Frau etwas ins Ohr. Diese nickte und verschwand auf einer Treppe, die hinter der Bar ins Obergeschoss des Hauses führte, nach oben.

»Worum geht's?« Er starrte betont desinteressiert auf das Foto, das er mir im gleichen Moment zurückgab.

»Sind Sie der Chef hier?«

»Der Geschäftsführer«, antwortete er mit Nachdruck.

»Ihre Frau Gemahlin meinte, Sie könnten mir vielleicht etwas über diese Frau erzählen.« Ich schaute ihm herausfordernd in die marineblauen Äuglein und legte das Foto erneut vor ihm auf den Tresen.

»So, sagt sie det?«, fragte er. Sein Berliner Akzent war nur ein leichter, aber unverkennbarer. Außerdem nuschelte er und verschluckte die Silben. »Ick seh jeden Abend ziemlich viele Gesichter. Zu viele, um sie sich alle zu merken.« Er runzelte die Stirn und schenkte mir ein verkniffenes Grinsen. Dann stemmte er die Arme in die Seite und schnaufte: »Wie soll 'n die heißen?«

»Das ist nicht ganz einfach zu beantworten«, erwiderte ich. »Mal nennt sie sich Annette, mal Sabine, aber eigentlich heißt sie Julia.«

»Ach, nee«, murmelte er, nickte und schüttelte plötzlich den Kopf. »Julia also.« Er tippte auf das Foto und fragte skeptisch: »Und det ist deine Freundin?«

Ich zuckte nur mit den Schultern. Wer fragte hier eigentlich wen aus?

Ein großer, korpulenter Mann mit leuchtendrotem, kahlem und kugelrundem Schädel setzte sich neben mir an den Tresen, bestellte einen Tequila Sunrise, nickte mir freundlich zu und meinte: »Eigentlich noch zu früh dafür. Aber geh her, was soll's?« Er zog die Vokale näselnd und ein wenig nölig in die Länge (und Breite) und ließ sich Zeit beim Sprechen. Ein Österreicher.

Der Wirt verschwand, brachte wenige Sekunden später meinem Nachbarn das gewünschte Getränk und lehnte sich dann mit finsterer Miene zu mir über den Tresen. »Ick hab diese Julia noch nie gesehen. Und wenn ick sie doch gesehen hätte, könnt ick mich bestimmt nicht daran erinnern.« Er kam mir ganz nahe und hauchte mir ins Ohr: »Verstanden?«

Darauf gab es nichts zu antworten, deshalb zuckte ich erneut mit den Schultern und wollte das Foto in die Jackentasche stecken.

»Geh, loß ma schaun!«, meldete sich in diesem Augenblick die näselnde Stimme meines glatzköpfigen Nachbarn. Er hatte die Unterhaltung zwischen mir und dem Wirt mitverfolgt, deutete neugierig auf das Foto und nahm es mir aus der Hand. Er betrachtete es, wunderte sich und schaute den Wirt irritiert und fragend an. Dessen mürrischer Gesichtsausdruck und die bedrohlich funkelnden Augen waren ihm Antwort genug. Der Glatzkopf betrachtete die Fotos erneut, diesmal jedoch gar nicht mehr verwundert, und sagte: »Naa, hast scho Recht, Dirk. Die kenn ich a nöt.« Während er sich gleichzeitig nervös über die speckig glänzende Glatze fuhr, wandte er sich in seinem österreichischen Singsang an mich: »Ich bin heuer seit vier Wochen auf derer Insel. Wenn die hier g'wesen wär, hätt ich sie bestimmt irgendwann irgendwo g'sehen.« Er gab mir das Foto zurück, lächelte gequält, stammelte eine unvernehmliche Entschuldigung und begab sich mit seinem Getränk an einen Stehtisch im hinteren Teil des Tresenraums.

Ich nahm das alles nur noch undeutlich wahr, denn gerade war bei mir der Groschen gefallen. Jetzt wusste ich, woher ich das Gesicht des Wirts kannte. Ich nickte ihm zu und meinte: »Nichts für ungut, Dirk!«

Er lächelte säuerlich und kümmerte sich um einen neuen Gast, der sich an den Tresen gestellt und einen Longdrink bestellt hatte. Von Zeit zu Zeit jedoch schaute er zu mir herüber und bedachte mich mit einem Blick, der mir zu verstehen geben sollte, dass ich in diesem Etablissement wohl niemals zu den Lieblingskunden zählen würde. Ich trug es mit Fassung, nippte an meinem Bier und schmunzelte, obwohl ich gar keinen Grund dazu hatte.

Utes Ex-Mann hatte ich ganz anders in Erinnerung.

Nur ein einziges Mal hatte ich ein Foto von ihm gesehen, das Porträt des frisch vermählten Paares. Ute in Weiß, mit Dauerwelle und feierlichem Gesichtsausdruck, Dirk in Schwarz, noch mit schulterlangen Haaren und üppigem Schnauzbart. Wahrscheinlich hatte ich ihn deshalb nicht gleich erkannt. Aber ein Irrtum war ausgeschlossen: die tief liegenden dunklen Augen und der bohrende Blick hatten mich bereits beim Betrachten des Fotos fasziniert. Damals hatte ich den Blick für geheimnisvoll und interessant gehalten, nun hielt ich ihn nur noch für verschlagen.

Ute hatte nie viel Worte über ihren Dirk verloren. Ich wusste lediglich, dass er seine Frau vor einigen Jahren verlassen hatte und mit einer hübschen Spanierin verduftet war. Die Ehe war ein Jahr danach auch offiziell für beendet erklärt worden, und Ute wollte nie erfahren haben, in welche Himmelsrichtung es ihren Verflossenen verschlagen hatte. Sie hatte sich wohl auch nie sonderlich angestrengt, es herauszufinden. Sie schien ein erstaunliches Geschick darin zu besitzen, die Vergangenheit aus ihrem Gedächtnis zu streichen, sobald diese mit unangenehmen oder schmerzlichen Erinnerungen verbunden war.

»Dirk und Julia sind nicht besonders gut miteinander ausgekommen«, schoss es mir plötzlich durch den Kopf. Ute hatte dies am Samstag gesagt und dabei so merkwürdig dreingeschaut. Als glaubte sie selbst nicht, was sie sagte.

Die kleine Spanierin erschien in diesem Moment wieder im Tresenraum, bedachte mich mit einem verkniffenen Lächeln und gesellte sich zu ihrem Gatten an den vordersten Teil der Theke, um ja nicht Gefahr zu laufen, mich bedienen oder aus sonstigen Gründen mit mir reden zu müssen. Ich tat ihr den Gefallen, nahm mein Bier und stellte mich an einen Stehtisch, direkt neben dem Eingang zum Separée, in dem sich zu diesem frühen Zeitpunkt noch niemand befand. Von hier aus hatte ich den gesamten Tresenraum und einen kleinen Teil des Vorraums im Visier und konnte unbehelligt der Dinge und Ereignisse harren.

Allmählich füllte sich die Bar, der Lärmpegel stieg, die Musik wurde entsprechend lauter, was schließlich dazu führte, dass man sich anschreien musste, um einander noch zu verstehen. Als ich mein viertes Bier vor mir stehen hatte, erschien Prinz Eisenherz mit Christiane und den beiden Wiedergeburtstanten. Er kam freudig strahlend auf mich zu und fragte mich, ob ich mich nicht zu ihnen gesellen wollte. Sie hätten die Absicht, im Vorraum eine Tüte zu rauchen. Er holte ein kleines in Aluminiumpapier gewickeltes »Piece« hervor und deutete augenzwinkernd auf seine ungeduldig wartenden Begleiterinnen: »Die Mädels können's kaum erwarten.«

Klar, dachte ich, wenn's um Dope geht, nehmen sie sogar die Gesellschaft eines Idioten in Kauf. Ich schmunzelte und schickte der (wie immer) mürrisch blickenden Christiane einen Gruß zu, indem ich meinen Kopf senkte und einen Diener machte, den sie jedoch mit Missachtung strafte. Ich entschuldigte mich bei Eisenherz und sagte, mir sei im Moment nicht nach Drogen zumute.

Eisenherz zuckte mit den Schultern und verschwand mit seinen Mädels im Vorraum. Allerdings setzten sie sich direkt an den Durchgang zum Tresenraum, so dass ich sie weiterhin im Blickfeld behielt.

Auch die brünette Eva und ihr miesepetriger Achim ließen nicht lange auf sich warten. Beide waren diesmal bekleidet. Während Achim am Tresen die Bestellung aufgab und sich dabei nervös die Hände rieb und leicht mit dem Kopf zuckte, gesellte sich Eva zu mir und fragte, ob ich Erfolg gehabt hätte.

»Nicht wirklich, der Wirt war keine große Hilfe.«

»Dirk ist ein komischer Kauz.« Eva schaute skeptisch und, wie es schien, ein wenig besorgt zur Theke, wo ihr Freund sich weit über den Tresen beugte und auf den Wirt einredete. Ich hatte den Eindruck, als sei das nervöse Kopfzucken stärker geworden. Dirk sah, dass ich ihn beobachtete, warf mir und dann Achim einen bösen Blick zu und verschwand in der Küche. Nach wenigen Sekunden erschien er wieder an der Theke, sprach ein paar Worte mit Achim und drückte ihm etwas in die Hand.

Neben mir räusperte sich Eva. »Ich wünsch dir auf jeden Fall viel Glück.« Sie lächelte gequält und berührte meinen Arm. »Das wird schon wieder.«

Uns beiden war nicht entgangen, dass Achim in der Zwischenzeit auf der Toilette verschwunden war. Eva nickte mir zu und deutete zum Tresen, wo zwei verwaiste Getränke und zwei Argusaugen des Wirts auf sie warteten. »Bis dann mal!« Sie senkte den Blick und ging zur Bar, wo sie mir den Rücken zuwandte.

Achim kehrte nach einigen Minuten in den Tresenraum zurück, das nervöse Händereiben war verschwunden, der Kopf zuckte nicht mehr. Und der Miesepeter lächelte wie ein Säugling, der die Mutterbrust sieht! Was auch immer ihm auf der Toilette widerfahren war, es hatte ihn glücklich gemacht.

Während Achim zum Tresen schwebte, warf ich einen Blick in den Vorraum und sah Christiane neugierig zu mir herüberschauen. Wieder schmunzelte ich und nickte, und wieder schickte sie giftige Pfeile aus ihren missbilligenden Augen. Ich klimperte mit den Lidern und prostete ihr zu.

Unser ulkiger Blickflirt wurde durch zwei seltsame Gestalten gestört, die in diesem Moment den Tresenraum betraten und denen sofort meine alleinige Aufmerksamkeit galt. Es waren zwei Männer, ganz in weiß gekleidet, der eine groß und sportlich und blond, der andere klein und drahtig und dunkelhaarig. Der Kleine war etwa fünfzig Jahre alt, präsentierte auf seinem Kopf eine Mönchstonsur und in seinem Gesicht einen graumelierten, akkurat gestutzten

Vollbart. Er trug eine Art Kaftan aus weißem Leinen, unter dem als Beinkleid ein ebenfalls weißer Rock hervorlugte. Er grüßte gütig lächelnd alle Umstehenden, die ihm automatisch Platz machten, und schritt würdevoll zum Tresen. Der Große war einiges jünger, folgte seinem Meister ehrerbietig und setzte ein stoische Miene auf. Auch er war in weißem Leinen gekleidet, jedoch in Hose und Hemd und ohne Obergewand. Beide trugen auf ihrer linken Brust ein rechteckiges Abzeichen aus Metall: ein achtspitziges rotes Kreuz auf weißem Grund. Die Templerritter!

Auch Dirk hatte die Ankunft der Weißgekleideten bemerkt und schenkte ihnen sofort sein gesamtes Interesse. Er ließ Achim, mit dem er sich flüsternd unterhalten hatte, stehen und ging ans andere Ende des Tresens, wo er sich mit einem devoten Bückling dem kleinen Mann mit Tonsur zuwandte und mit seinen Augen an dessen Lippen hing. Allerdings glaubte ich ein angedeutetes Grinsen auf Dirks Lippen zu erkennen. Der Templerritter streckte salbungsvoll seine Hand aus, klopfte dem Wirt pathetisch auf die Schultern, sagte einige wenige Worte und versiegelte dann seine Lippen mit einem (mit dem Daumen ausgeführten) Kreuzzeichen. Nachdem dieses alberne Begrüßungsritual beendet war, schien es, als erstattete Dirk dem kleinen Mann Bericht. Er redete und redete, während der Meister nickend und lächelnd zuhörte. Nach kurzer Zeit schaute Dirk mit Abscheu in den Augen zu mir herüber und machte eine beredte Pause. Auch der Templer sah mich an, sein gütiges Lächeln war wie eingemeißelt, auch wenn er nun seine Stirn in Falten legte. Eine mimische Meisterleistung!

Die ganze Zeit stand der große, blonde Stoiker neben seinem drahtigen Herrn und machte, was Stoiker am besten können: nichts. Während Dirk beinahe ängstlich dreinschaute und der Meister sein marmornes Lächeln präsentierte, sah mich sein Kollege (der eher einem Bodyguard glich) mit bewundernswerter und zugleich bedrohlicher Gleichgültigkeit an. Er begutachtete mich mit dem gleichen Interesse, mit dem man eine Fliege mustert, bevor man sie erschlägt. Ein gefährlicher Kerl.

Mit einer beiläufigen Handbewegung in Dirks Richtung entließ der Templer seinen Vasallen, der wieder einen Bückling machte und sich zu seiner Frau gesellte, die die ganze Szene mit besorgter Miene verfolgt hatte. Der Templerritter winkte derweil mit der anderen Hand seinem Bodyguard und schritt durch den Raum, direkt auf mich zu. Alle Gäste wichen zur Seite, standen Spalier und sahen mich staunend an, als sei ich ein beinahe nicht mehr menschliches Wesen. Oder als habe meine letzte Stunde geschlagen. Sie schienen darauf zu warten, ob des Meisters Daumen nach oben oder unten zeigte.

Ich versuchte meine Unsicherheit und mein Unbehagen mit einem Lächeln zu kaschieren, aber es gefror mir auf den Lippen. Und eine Gänsehaut lief mir den Buckel hoch. Meine Nackenhaare standen zu Berge. Wie einer Katze, bereit zum Angriff oder zur Flucht.

»Gestatten Sie, mein lieber Freund, dass ich mich zu Ihnen geselle?« Der weiße Mönch machte einen Diener. Auch der Bodyguard verbeugte sich, und selten habe ich etwas Bedrohlicheres gesehen.

»Tun Sie sich keinen Zwang an«, antwortete ich und verbeugte mich nicht. Ich suchte nach einer witzigen Bemerkung, aber es wollte mir keine einfallen.

»Sehr liebenswürdig.« Wieder eine doppelte Verbeugung der Templer. »Darf ich mich vorstellen? Ich bin Professor Hauff. Michael Alexander Hauff. Und das ist mein Freund und Gefährte, Helmut Albers.« Professor Hauff senkte sein Haupt. Und Albers, der seinem berühmten Namensvetter durchaus ähnlich sah (genauso blond, genauso blauäugig, genauso stattlich), tat es ihm nach.

Der Professor kraulte seinen grauen Vollbart, deutete auf mein Bier und fragte: »Ich darf Sie einladen?«

Ohne meine Antwort abzuwarten, machte er seinem Gehilfen ein Zeichen. Albers winkte dem Wirt, und Dirk war in Sekundenschnelle mit einem Bier für mich zur Stelle, verschwand jedoch ebenso bald wieder hinter dem Tresen, wo er sich in Sicherheit wähnte.

»Mein lieber Berliner Freund hier …« Der Professor deutete auf den Wirt. »Nun, der gute Dirk hat wohl ein wenig überreagiert. Er hat mir von Ihrem Anliegen erzählt. Sie suchen Ihre Freundin?« Seine Augen funkelten forschend und versuchten zu entschlüsseln, was wohl in meinem Kopf vor sich ging. Er lächelte, aber gleichzeitig verriet sein Blick, dass er mir misstraute und auf der Hut war.

Ich antwortete ihm mit einem Achselzucken.

»Natürlich kennen wir Julia.« Er wartete auf eine Reaktion, die jedoch ausblieb, darum setzte er hinzu: »Sie war Stammkundin hier. Aber sie ist schon seit zwei Wochen nicht mehr auf der Insel.« Wieder dieser forschende und gewollt eindringliche Blick, den er wahrscheinlich für unwiderstehlich hielt.

»Na, dann nichts für ungut.« Ich nippte an meinem Bier, um ihn nicht anschauen zu müssen.

»Es freut mich, dass Sie nicht nachtragend sind.« Er versuchte sich an einem heiteren Lachen, das ihm jedoch misslang.

»Sind Sie der Besitzer des Ladens?«, fragte ich. »Oder warum scharwenzelt der gute Dirk wie ein Lakai um Sie herum und bekommt Schweißausbrüche, wenn Sie ihn böse anschauen?«

»Es ist sehr warm hier. Sie schwitzen ebenfalls.« Er zog ein Taschentuch aus einer Seitentasche seines Kaftans und tupfte mir damit die Stirn ab. »Vielleicht sollten Sie an die frische Luft gehen und sich etwas abkühlen.« Nun lächelte er nicht mehr, nicht einmal marmorn.

»Und die Antwort auf meine Frage?«, wagte ich nachzuhaken.

»Ja«, antwortete er und steckte das Taschentuch wieder ein. »Die Bar zählt allerdings zu meinen irdischen Habseligkeiten.«

»Müssen Templerritter nicht ein Armutsgelübde ablegen?«, rutschte es mir heraus. »Oder sind die Ordensregeln mit dem letzten Ketzer verbrannt worden?«

Er zog blass ab und schnappte nach Luft, und sicherlich hätte sein großer, stoischer Freund mich im nächsten Moment am Schlafittchen gehabt, wenn unser ungemütliches Tête-à-tête nicht durch einen unvorhergesehen Zwischenfall abrupt beendet worden wäre. Eine laute Stimme meldete sich aus dem Hintergrund.

»Sag bloß, du biederst dich auch schon bei diesen Wichsern an?!«

Die Frage galt mir und kam aus dem Mund von Micki, der plötzlich neben dem großen Templer stand und diesen abschätzig anstierte. Micki bebte vor Aufregung am ganzen Körper, sein Kiefer zuckte, seine Hände hielt er verkrampft vor dem Bauch. Er war etwa genauso groß wie Albers, und doch sah er jämmerlich winzig gegen ihn aus. Entsprechend abfällig war das Grinsen im Gesicht des Templers. Auch wenn er sichtlich überrascht war, als der blond gelockte Jüngling sich plötzlich auf ihn stürzte.

»Du Arschloch!«, war das letzte, was ich von Micki hörte, bevor der blonde Bodyguard ihn mit einem einzigen gezielten Faustschlag auf die Nase zu Boden schickte. Eine rechte Gerade, und der Kampf war beendet, bevor er begonnen hatte. Micki lag bewusstlos und mit blutiger Nase zu unseren Füßen.

»Kennen Sie diesen Menschen?«, fragte der Stoiker, und es wirkte, als falle ihm das Sprechen schwer.

»Ich hab ihm heute schon einmal das Leben gerettet.«

Ich lächelte entschuldigend, kümmerte mich um den Bewusstlosen und fügte hinzu: »Vielleicht sollte ich es jetzt ein zweites Mal tun.«

»Vor allem sollten Sie sich Ihre Freunde besser aussuchen.« Der Professor lächelte nun wieder grenzenlos liebevoll. »Wie schnell gerät man in Schwierigkeiten, wenn man sich den falschen Leuten anschließt.«

»Oder nach Ihnen fragt?«, entgegnete ich säuerlich, half dem sich aufrappelnden Micki auf die Beine, griff ihm unter die Arme und führte ihn Richtung Ausgang.

»Ich sehe, wir haben uns verstanden«, rief mir der kleine Mönch nach. Und ich bin sicher, er grinste würdevoll und gütig.

6

Es war Neumond, eine finstere, aber sternenklare Nacht. Ich suchte den Himmel nach dem Großen Wagen ab und konnte ihn nicht finden. Die Berge nahmen die Sicht auf das Sternbild, das in diesen südlichen Gefilden nur knapp über dem nördlichen Horizont auszumachen war. Auch den Polarstern konnte ich nicht entdecken, da ich diesen nur mit Hilfe des Großen Wagens ausfindig machen konnte. Ich wandte mich enttäuscht von den Sternen ab und richtete meine Aufmerksamkeit wieder auf meinen arg ramponierten, jugendlichen Freund, der neben mir saß, ein Taschentuch an seine blutende Nase hielt und kleine Steine ins Hafenbecken warf. Micki und ich saßen auf der Kaimauer und schwiegen. Was gab es auch schon zu sagen? Wir waren beiden erst gestern auf der Insel angekommen. Er hatte eine Frau verloren, ich meine noch nicht gefunden. Und beide hatten wir uns die ersten Feinde gemacht. Gefährliche Feinde. Mit achtspitzigem roten Kreuz auf weißem Grund. Und bösem Funkeln in den Augen.

»Willst du gar nicht wissen, warum ich das getan hab?« Micki ließ einen weiteren Stein übers Wasser schnellen. Der Stein hüpfte dreimal über die Oberfläche, bevor er in der schwarzen Masse versank.

»Du warst in einem früheren Leben Kamikazeflieger«, sagte ich und grinste ihn an. »Und hin und wieder, nach einer Überportion Rebirthing, bekommst du Anwandlungen, in dein früheres Leben zurückzukehren. Dann kämpfst du mit Unterwasserriffs und stürzt dich auf große, brutale Kerle, die das Dreifache deines Körpergewichts besitzen.«

Wider Willen musste Micki lachen: »Wenigstens einer, der mich versteht.«

»Ich will mich ja nicht in deine Geschichten einmischen«, sagte ich, nun wieder ernst, und reichte ihm ein frisches Papiertaschentuch. »Aber du solltest aufpassen, mit wem du dich hier anlegst. Und ob Sandy das alles wert ist. Sie ist schließlich freiwillig mit diesem Albers abgehauen.« Ich sah ihn an und wartete, bis unsere Blicke sich kreuzten, dann sagte ich: »Diese Typen sind gefährlich.«

»Ich weiß. Und dich hab ich nun auch mit reingerissen. 'tschuldigung.«

»Na ja, ganz wie man's sieht. Eigentlich hast du mit deinem Auftritt dafür gesorgt, dass ich ungeschoren aus einer ziemlich prekären Situation herauskam. Wenn du nicht gewesen wärst, hätte ich die Faust des Templermeisters auf meiner Nase gespürt.«

»Damit wären wir dann wohl quitt.« Er stand auf und entsorgte das blutige Taschentuch in einem Mülleimer. »Gute Nacht!«

»Wo willst du hin?« Ich hatte Angst, er könnte erneut irgendwelchen Unsinn anstellen.

»Ich geh zu meiner Pension. Ich hab mir heute ein Zimmer in Vueltas genommen. Auf die Schweinebucht hatte ich keine Lust mehr.« Er hob die Hand zum Gruß und trottete die Straße hinunter. »Bis dann.«

»Warum schwäbelst du eigentlich gar nicht?«, rief ich ihm hinterher. Die Frage hatte mir schon seit dem vergangenen Abend auf der Zunge gelegen.

»Weischt«, meinte er schmunzelnd, »mei Eldern sind koi Schwob. Die sin aus 'm Breisgau.« Mit Nachdruck fügte er hinzu: »Des isch Baden.«

»Na, das erklärt alles.«

Wenigstens seinen Humor hatte Micki noch nicht verloren.

Ich legte mich auf die Kaimauer, starrte zum Himmel und bestaunte die Milchstraße. Am Berliner Nachthimmel war diese selten so deutlich zu sehen. Meine Gedanken irrten ziellos umher, während meine Blicke vergeblich nach bekannten Anhaltspunkten am Firmament suchten. Das Sternbild der Zwillinge. Gehörte das zur nördlichen oder südlichen Hemisphäre? Plötzlich war ich wieder in Berlin, bei Ute und ihrer Schwester Julia, die ich überhaupt nicht kannte. Ein eingespieltes Team. Was hatte Ute damit gemeint? Hatte sie etwas damit gemeint? Kastor und Pollux, der eine sterblich, der andere unsterblich. Der eine im Olymp, der andere im Hades. Alles Liebe, tausend Küsse. Bei vielen Naturvölkern gilt eine Zwillingsgeburt als böses Vorzeichen, darum wird einer der Zwillingspartner getötet. Das hatte ich im Brockhaus gelesen.

»Na, Herr Detektiv«, wurde ich aus meinen Gedanken gerissen. »Dein Freund hat ein erstaunliches Talent, sich ein ums andere Mal in Schwierigkeiten zu bringen. Der spielt gern den Macker, was?«

»Hallo Christiane.« Ihre liebreizende Reibeisenstimme und der stets gallige Tonfall waren unverkennbar. Um ihr auf Anhieb jeglichen Wind aus den Segeln zu nehmen, sagte ich: »Wenn du jetzt versuchst, mich mit deiner grundlos miesen Laune anzustecken, dann muss ich dir leider mitteilen, dass ich bereits üble Laune habe. Und zwar begründet. Du kannst also dein Schandmaul geschlossen halten.«

Sie sagte gar nichts, nickte nur und setzte sich neben mir auf die Mauer. Ihr Schweigen überraschte mich, ich sah sie an und war dann erst recht überrascht: sie lächelte!

»Vorsicht! Deine Mundwinkel gehen nach oben. Lass das bloß keinen sehen, es könnte sich herumsprechen.«

Sie zuckte mit den Schultern und entgegnete: »Martin ist schwer beeindruckt von dir. Er hält dich für einen furchtbar netten Kerl.« Ihr Lächeln verschwand. Sie sah mich an, als hätte sie mich gerade furchtbar beleidigt.

»Martin?«, fragte ich. »Ach so, Prinz Eisenherz. Hält der nicht jeden für furchtbar nett? Sogar dich. Und das will einiges heißen.«

»Du kannst mich nicht ausstehen, oder?«

Da ich nicht genau wusste, was sie mit ihrer katzenfreundlichen Masche beabsichtigte, gab ich ihr eine volle Breitseite: »Du bist ein missgünstiges und verlogenes Miststück. Verknöchert und verbiestert, eine falsche Natter! Warum sollte ich dich wohl leiden können?«

Anstatt mir eine Ohrfeige zu geben, mich mit Blicken zu töten oder kommentarlos aufzustehen und zu verschwinden, lachte sie schallend los und hielt mir die Hand hin. »Ich glaub, ich hab mich in dir geirrt. Vielleicht bist du doch gar nicht so übel, wie ich dachte.«

Ich setzte mich auf und nahm überrascht ihre Hand. »Freut mich zu hören. Und warum dieser Sinneswandel?«

»Nach der Szene vorhin in der Bar ist mir klar geworden, dass du nicht mit den Freitemplern unter einer Decke steckst. Wegen Julia, meine ich.«

Die forsche Christiane! Immer für eine Überraschung gut.

»Du kennst ihren Namen?«

Sie sah mich erstaunt an und fragte: »Warum nicht?«

»Was weißt du von Julia?«

Sie zuckte mit den Schultern und wich meinem Blick aus. »Sie hat nie viel über sich gesprochen. Hat dein Auftraggeber dir keine Informationen über sie mitgegeben?«

»Nur ein Foto.«

Sie nickte, schaute zu Boden und meinte: »Wer ist eigentlich dein Auftraggeber?«

»Berufsgeheimnis!«

»Verstehe.« Sie nickte und stand plötzlich auf. »Kommst du ein Stück mit? Ich will zurück ins Dorf. Wir können ja unterwegs noch ein wenig plaudern.«

Jetzt zuckte ich mit den Schultern und ließ mich wie einen Schuljungen an die Hand nehmen. Wir gingen am Strand entlang in Richtung La Playa, rechter Hand die Feriensiedlung La Puntilla mit ihren schnieken Apartmentblöcken und hübsch gepflasterten Bürgersteigen mit frisch angelegter Palmenbepflanzung, linker Hand der Baby Beach, eine Art Salzwassertümpel ohne Wellengang, in dem die kleinen Bälger sich tagsüber gefahrlos gütlich taten, während ihre Mütter alles vom nahe gelegenen Kiosk beobachteten. Väter gebe es am Baby Beach selten zu beobachten, erklärte Christiane. Und noch seltener Elternpaare. »Seltsam, eigentlich«, fand sie.

Christiane hatte mit ihren beiden esoterischen Freundinnen ein Apartment an der Strandpromenade in La Playa gemietet. Unterwegs erzählte sie mir, wo und wie sie Julia kennengelernt hatte, und bestätigte im großen ganzen, was ich bereits in Erfahrung gebracht hatte. Julia sei in der zweiten Augusthälfte im Valle Gran Rey gewesen. Stets in Begleitung ihres rothaarigen und schweigsamen Freundes Dave. Christiane habe sie hin und wieder in der »Taka-Tuka-Bar« getroffen und sich sogar ein wenig mit ihnen angefreundet. Soweit man sich denn mit Julia habe anfreunden können, sie sei etwas eigen und sehr verschlossen gewesen.

»Ende des Monats sind sie dann abgereist.« Christiane hakte sich fröstelnd bei mir ein, als wir den Dorfstrand erreichten. Es war so dunkel, dass von Marias Bar aus nicht einmal das Meer zu sehen war. Nur das Tosen konnte man hören.

»Wann hast du sie das letzte Mal gesehen?«

»Am Abend vor der fürchterlichen Geschichte mit Rosanna.« Als habe sie sich verplappert, biss sie sich auf die Lippen, grinste aber im nächsten Moment wieder. Sie deutete auf ein zweistöckiges Gebäude an der Strandpromenade und meinte: »Da vorne wohne ich. Oder gehen wir zu dir? Wo wohnst du eigentlich?«

Ich blieb wie angewurzelt stehen, befreite mich aus ihrem Klammergriff und flüsterte lautlos: »In der ›Casa Brigitte‹, oben in Calera.«

Sie sah meinen erschrockenen Gesichtsausdruck und prustete los: »Keine Bange, war nur ’n Scherz. Ich steh nicht auf Männer.«

»Das beruhigt mich.« Ich schnappte nach Luft und räusperte mich. »Ich würde trotzdem lieber draußen bleiben.« Und dann ärgerte ich mich, weil ich ihr den Namen meiner Pension genannt hatte.

Wir setzten uns in ein morsches Ruderboot, das auf dem Strand geparkt war, und ich fragte: »Was für eine Rosanna? Was für eine fürchterliche Geschichte?«

»Die Frau, die vor anderthalb Wochen ertrunken ist. Hast du noch nicht davon gehört?« Christiane räkelte sich und machte es sich im Boot gemütlich, legte sich auf die Sitzbank und ließ die Beine baumeln. Ich setzte mich auf die Planken und bekam unversehens einen nassen Hosenboden.

»Hast du sie gekannt?«

»Sie war eine Bekannte von Dave, glaub ich. Auch eine Engländerin. Hab sie ein paar Mal mit ihm und Julia gesehen.« Christiane rückte ein wenig zur Seite, damit ich neben ihr sitzen konnte und nicht länger gezwungen war, meine Hose der steigenden Flut auszusetzen.

»Was heißt ›Bekannte‹?«

»Es hatte den Anschein, als kannten sie sich von früher. So genau weiß ich das aber nicht. Sie und Dave haben sich wohl zufällig auf der Insel getroffen. Rosanna hat unten in den Höhlen an der Schweinebucht gehaust.« Sie schaute, als wollte sie eine gehässige Bemerkung folgen lassen, schluckte diese jedoch hinunter und zuckte lediglich vielsagend schnaufend mit den Schultern.

»Und was weißt du über ihren Tod?«

»Wenig.« Sie legte ihren Kopf auf meinen Oberschenkel, grinste, weil ich schluckte, und fuhr fort: »Ihre Leiche ist am Montag vor einer Woche am Playa Inglés angeschwemmt worden.«

»Woran ist sie gestorben?«

Christiane schenkte mir einen verständnislosen Blick. »Sie ist ertrunken. Was sonst? Wahrscheinlich hat sie versucht, vom Dorfstrand aus um die Landzunge herum zum Inglés zu schwimmen.«

»Warum sollte sie das tun?«

»Rosanna war eine ziemlich verrückte Nudel, ganz ähnlich wie Julia. Nichts als Unsinn im Kopf. Nicht unsympathisch, aber reichlich albern und pubertär.«

Ich unterließ es, eine böse Bemerkung über Humor im allgemeinen und Christianes Humorlosigkeit im speziellen zum besten zu geben, und fragte: »Gab es eine Obduktion der Leiche?«

»Obduktion?« Wieder folgte die verständnislose Miene. »Ich schätze, Doktor Álvarez hat die Todesursache festgestellt.«

»Álvarez«, murmelte ich und versuchte, mir den Namen einzuprägen. Dann fragte ich: »Und an diesem Montag, an dem Rosannas Leiche angeschwemmt wurde, waren Dave und Julia bereits abgereist?« Ich überlegte, ob ich ihr erzählen sollte, dass eine Postkarte von Julia erst am Dienstag in La Calera abgestempelt worden war, fragte aber lediglich: »Bist du dir ganz sicher?«

»Am Abend zuvor waren wir noch alle in der ›Taka-Tuka-Bar‹ gewesen. Dave, Julia, Rosanna und ich. Haben ein piece geraucht und ein paar Cocktails getrunken. Dave hat eine Runde ausgegeben, es war sein Geburtstag, glaub ich. Und dann hat Julia erzählt, dass sie am nächsten Morgen die Insel verlassen werde, um am Nachmittag den Flieger von Teneriffa nach Deutschland zu erwischen.«

»Allein?«

»Nein, mit Dave natürlich.«

»Und Rosanna?« Ich lehnte mich zurück, damit Christianes Kopf nicht gar so nah an meinem Gemächt lag. Es machte mich nervös.

»Rosanna war doch am Montag schon tot«, antwortete Christiane und fügte traurig hinzu: »Die Arme.«

»Das konnte sie aber am Sonntag noch nicht wissen.«

Christiane stutzte, räusperte sich und rückte dann mit ihrem Kopf wieder näher an meine Lendengegend heran. Sie lachte kokett und meinte: »Du kannst einem aber auch Löcher in den Bauch fragen.«

»Ich bin Privatdetektiv. Schon vergessen?«

»Nie im Leben bist du ein Detektiv!«

»Und nie im Leben bist du eine Lesbe«, konterte ich. »Oder geschieht das, was du da in meinem Schoß treibst, nur aus biologischem Interesse?«

Christiane sprang auf und funkelte mich wie ein Medusenhaupt an. Ich hatte sie tödlich beleidigt. Für einen Moment ließ sie ihre freundliche Maske fallen und die Natter kam zum Vorschein, dann aber fasste sie sich wieder, setzte ihr Lächeln auf und nahm erneut neben mir Platz. In geziemendem Abstand.

»Ich hab nie behauptet, lesbisch zu sein. Ich hab nur gesagt, dass ich nicht auf Männer stehe. Das ist nicht ganz das gleiche.«

Was auch immer! dachte ich. Und von nun an war ich auf der Hut.

»Hat Julia eigentlich Drogen genommen?«, wollte ich wissen. »Außer Haschisch, natürlich.«

Christiane sah mich überrascht an und schüttelte den Kopf. »Nee, bestimmt nicht. Die hat ja nicht mal Alkohol getrunken. Immer nur Früchtecocktails. Und die Joints hat sie auch immer an sich vorbeigehen lassen.«

»Kein Heroin?«

Sie lachte laut auf und zeigte mir den Vogel. »Julia doch nicht. Die war das blühende Leben. Wenn die auf Junk war, dann sollte ich es auch mal versuchen. Als Schönheitskur.« Es schwang ein wenig Neid und Eifersucht in Christianes Worten mit. Sie hatte es selbst bemerkt und fügte hinzu: »Julia war ein fürchterlicher Gesundheitsapostel.«

»Und Dave?«

»Bei dem bin ich mir nicht so sicher.« Sie kniff die Augen zusammen und biss sich auf die Unterlippe, als müsse sie angestrengt nachdenken. »Ein bisschen mitgenommen sah der schon aus. Und reichlich hager. Könnte schon sein. Auch wenn das immer schwer zu sagen ist, wenn die Leute so braungebrannt sind.«

Ich musste an den sonnengebräunten, aber ungesund zitternden Achim denken und Christiane in diesem Punkt recht geben.

»Was hatte Julia eigentlich mit den Templern zu schaffen? Wer ist überhaupt dieser Gnom?«

Unmerklich zuckte Christiane zusammen und fragte: »Welcher Gnom?«

»Dieser Professor Michael Alexander Hauff!«

»El profesor?« Christiane hob die Achseln. »Er ist der

Gründer und Großmeister des Templerordens. Er lebt schon seit Jahren im Valle. Früher war er an der Uni in Mannheim.«

»Welche Fachrichtung?«, fragte ich grinsend. »Mittelalterliche Kirchengeschichte? Spezialgebiet: Inquisition und Hexenjagd?«

»Keine Ahnung«, erwiderte Christiane kurz angebunden. »Ihm gehören ein paar Läden im Valle, die ›Taka-Tuka-Bar‹, ein Supermarkt, zwei, drei Souvenirshops, die Disco am Hafen. Und natürlich die Finca Calatrava, oben in den Bergen.«

Ich pfiff anerkennend und fragte: »Wo genau ist diese Finca?«

»Am Nordhang vom La Merica. Auf halbem Weg von Arure nach Taguluche. Gleich unterhalb vom mirador. Schön, da oben.« Sie schleuderte mir die Ortsnamen um die Ohren, als gehörten sie zum Grundvokabular eines jeden Gomera-Urlaubers.

Ich wagte nicht, um genauere Erklärung zu bitten, griente lediglich verschämt und fragte: »Und Julia? Gehört die auch zu der Sekte?«

»Die bestimmt nicht!« Die Entgegnung kam ziemlich plötzlich und harsch. Aber sofort milderte Christiane ihren Tonfall und fügte lächelnd hinzu: »Julia hat sich gern über die Templer lustig gemacht. Ich glaub, sie hält nicht viel von Religion und Glauben. Und das hat sie dem profesor einige Male ziemlich deutlich zu verstehen gegeben.«

»Deiner Bemerkung vorhin am Hafen hab ich entnommen, dass du selbst auch keine hohe Meinung von den weißgekleideten Hampelmännern und ihrem Hokuspokus hast. Oder irre ich mich?«

»Hokuspokus?« Sie lächelte gezwungen und meinte: »Jedem das seine!« Sie hakte sich erneut bei mir ein, schaute mich verlegen an und fügte hinzu: »Außerdem geht es nicht immer nur um Religion.«

Es folgte eine verräterische Pause.

»Mir wird kalt, ich möchte nach Hause.« Erneut stand sie auf und schüttelte sich. Was auch immer sie frösteln ließ, die Temperaturen waren es nicht. In der letzten halben Stunde war ein böiger, aber seltsam warmer Wind aus östlicher Richtung aufgekommen. Obwohl es bereits weit nach Mitternacht war, schien es nun wärmer zu sein als am frühen Abend.

Ich begleitete sie zur Strandpromenade, die um diese Uhrzeit gänzlich ausgestorben war. Christianes Apartment befand sich im ersten Obergeschoss über einem Postkartenladen mit dem bezeichnenden Namen »El Fotógrafo«, der in großen Lettern an der Fassade des Gebäudes angebracht war. Im Valle Gran Rey schienen die Einwohner statt eines Namens lediglich eine Berufbezeichnung zu besitzen. Vielleicht hätte ich einfach im Telefonbuch unter »el delincuente« oder »el criminal« nachschlagen sollen. So denn überhaupt ein Verbrechen begangen worden war.

Als Christiane ihr Apartment aufgeschlossen und sich von mir mit einem Kuss auf die Wange verabschiedet hatte, sagte sie: »Ich hoffe, ich hab deine Neugier einigermaßen befriedigt.«

Ich nickte, lächelte und dachte: Von wegen! Wenn das ihr Auftrag gewesen war, dann hatte sie ihn gründlich verpfuscht.

7

»Warum hast du dich gestern nicht gemeldet? Ich hab mir schon Sorgen gemacht.« Utes Stimme klang müde und gereizt. Sie flüsterte und war allem Anschein nach nicht allein in ihrem Büro. »Hast du etwas rausbekommen? Hast du Julia gefunden?«

»Gefunden noch nicht, aber einiges rausgefunden!« Ich stand am öffentlichen Fernsprecher direkt neben dem Taxistand in La Calera. Obwohl es noch sehr früh am Morgen war, herrschte reger Betrieb auf der Hauptstraße, Händler priesen ihre Bananen und Melonen an, und Lieferanten schleppten Kisten und Kartons zu den Cafés und Geschäften. Ich musste mein linkes Ohr zuhalten und den Hörer ans rechte pressen, um Ute überhaupt zu verstehen. Ich wusste nicht recht, wie ich beginnen sollte, und fragte: »Du hast nicht zufällig noch weitere Zwillingsschwestern, von denen du mir bislang nichts erzählt hast?«

»Was redest du denn für einen Unsinn?«

»Dann besitzt Julia eine multiple Persönlichkeit. Mit diversen Vornamen, Berufen und Wohnorten.« Ich bemühte mich um einen indifferenten Tonfall, aber es wollte mir nicht gelingen.

Zunächst antwortete Ute mit einem irritierten Schweigen, doch dann war plötzlich ein schallendes Lachen am anderen Ende der Leitung zu hören. »Macht sie das also immer noch?!«

»Was?«

»Julia hatte früher schon diese komische Marotte, im Urlaub andere Namen und Identitäten anzunehmen. Mit Vorliebe nannte sie sich Annegret oder Veronika, war Verkäuferin im Einzelhandel, kam aus dem Ruhrgebiet oder dem Weserbergland und lebte noch bei der Mutter.«

»Oder war Industriekauffrau aus Reinbek?«

»Genau. Aber diese Bären hat sie nur Leuten aufgebunden, die sie nicht ausstehen konnte. Sie redete nicht besonders gern über sich.«

Das klang nicht sehr überzeugend, aber ich beschloss, diese Erklärung zu akzeptieren. Immerhin war es eine Erklärung.

Ute zündete sich eine Zigarette an, ich hörte sie in den Hörer pusten. Dann fragte sie: »Julia ist also immer noch auf der Insel?«

»Kann sein, vielleicht aber auch nicht.« Ich berichtete in betont knappen Worten, was ich herausgefunden hatte, erzählte von Julias rothaarigem Freund Dave und von der verunglückten Rosanna. Und von Christianes Behauptung, Julia habe am 1. September zurück nach Deutschland fliegen wollen.

Ein klappernder Lastwagen fuhr in diesem Moment an der Telefonzelle vorbei, ich wartete, bis er außer Hörweite war, und fügte hinzu: »Seitdem sind Julia und Dave nicht mehr gesehen worden.«

Ute nahm meine Ausführungen ohne größere Reaktion entgegen, sie räusperte sich lediglich und meinte schnaufend: »Hm. Das war's?«

»Nicht ganz.« Sozusagen als Schlussschmankerl rückte ich mit dem wirklich Interessanten heraus: »Dein Ex-Gatte ist auf der Insel.« Ohne dass ich es wollte, klangen meine Worte wie eine Herausforderung, wie eine Provokation.

Ute schrie entsetzt: »Dirk auf Gomera?!«

»Sieht verdammt danach aus.« Ich wartete auf weiteres, doch nichts war zu hören. Ute gab keinen Ton von sich. Ich fragte: »Bist du noch dran?«

»Bist du dir ganz sicher?«, antwortete sie mit einer Gegenfrage.

»Er ist der Wirt einer Kneipe, die einem merkwürdigen Sektenguru gehört, und verheiratet ist er mit einer hübschen und sehr netten Spanierin.«

»Verheiratet?«, murmelte sie und dann etwas lauter: »Und was sagt er?«

»Er behauptet, nichts von und über Julia zu wissen. Jedenfalls hat er sich nicht als ihr Ex-Schwager zu erkennen gegeben. Und ich hab ihm nicht verraten, dass ich seine Ex-Frau kenne.«

Wieder verstummte Ute am anderen Ende der Leitung. Ich wischte mir den Schweiß von der Stirn und schaute zu den Taxifahrern, die ihre Autos verlassen und sich unter einer Palme versammelt hatten und mit besorgter Miene zum Himmel blickten. Die ganze Insel schien unter einer gelblichen Glocke zu liegen, die über die Berge im Osten herangekrochen kam und sich bis zum westlichen Horizont erstreckte. Die Sonne lugte lediglich als fahle Scheibe durch den Gelbschleier. Die Luft war trocken und staubig, und zugleich pfiff der heiße Ostwind, der in der vergangenen Nacht eingesetzt hatte, nun mit zunehmender Sturmstärke über die Dächer und Straßen. Papierfetzen, Plastiktüten und Laub wirbelten herum. Eine bedrückend gespenstische Atmosphäre.

»Wie und wann hast du Dirk eigentlich kennengelernt?« Ich drehte mich so, dass mir der Wind nicht länger den Sand ins Gesicht blies.

»Wieso willst du das wissen?« Wieder eine Frage als Antwort, auf die ich jedoch keine Erwiderung parat hatte. Als das Schweigen zu quälend wurde, meinte Ute: »Nicht ich, sondern Julia hat Dirk kennengelernt.«

»Julia?«, stutzte ich. »Und wann war das?«

»Vor acht Jahren etwa. Die beiden waren Kommilitonen.«

»Studienfreunde?«

»So in etwa«, druckste Ute herum.

»Hattest du mir nicht gesagt, die beiden seien nicht besonders gut miteinander ausgekommen?«

»Das war doch erst später!«, fuhr sie mich an.

»Nachdem du und Dirk ein Paar geworden wart?« Ich erinnerte mich, dass Ute gesagt hatte, sie sei zu dem Zeitpunkt, als sie Julia vor die Tür gesetzt hatte, bereits mit Dirk zusammen gewesen. Und dieser habe sie davon überzeugt, dass es so nicht weitergehen könne. »War Dirk der eigentliche Grund, warum du Julia aus der Wohnung geworfen hast?«

»Was willst du eigentlich von mir hören?«

»Die Wahrheit!« Es tat mir weh, ihr all diese inquisitorischen Fragen zu stellen, aber ich hatte des Gefühl, sie stellen zu müssen. Um meine eigenen Zweifel zu überwinden. »Was war wirklich mit Dirk und Julia?« Ich schrie gegen den Bananenverkäufer und sein Megaphon an und setzte, als er eine Pause machte, leise hinzu: »Oder glaubst du, dass es Zufall ist, dass beide hier auf der Insel sind?«

»Was weiß denn ich?« Ute unterdrückte ein Schluchzen, schnäuzte sich und sagte: »Ich hab Dirk seit vier und Julia seit sechs Jahren nicht gesehen.« Ich konnte sie regelrecht vor mir sehen: den Blick starr auf die Zigarette gerichtet, nervös an ihrem Granatring hantierend und krampfhaft die Tränen unterdrückend. »Warte mal!«, sagte sie nach einer Weile.

»Ute?« Doch sie hörte mich nicht, hatte den Hörer beiseite gelegt.

Im Hintergrund vernahm ich Geräusche, gedämpfte Stimmen und schließlich eine Tür, die ins Schloss fiel. Dann meldete sich Ute und meinte: »Ich bin jetzt allein im Büro.« Sie schnäuzte sich, räusperte sich, schnäuzte sich erneut und sagte: »Dirk war nicht der Grund für Julias Rausschmiss, aber ich befürchte, er war der Grund dafür, dass sie an der Nagel hing.«

»Wie das?«

»Sie war in ihn verknallt.« Wieder legte sie eine bedeutungsvolle Pause ein. Ich glaubte, ein Streichholz entflammen zu hören. Hatte Ute sich nicht erst vor wenigen Sekunden eine Zigarette angezündet?

»Hat Julia dir das erzählt?«, fragte ich und sah den Bananenverkäufer sein Obst zusammenpacken. Der immer böiger werdende, heiße Wind machte ihm zu schaffen und ließ die Leute sich in ihren Häusern verschanzen. Auch die Taxifahrer hatten in der »Parada-Bar« Schutz gesucht. Die eben noch lärmende und lebendige Hauptstraße lag nun wie ausgestorben vor mir.

»Das musste sie mir nicht sagen«, hörte ich Ute flüstern.

Und plötzlich ging mir ein Licht auf!

»Du hast deiner eigenen Schwester den Freund ausgespannt?!«

»Ja, verdammt! Bist du jetzt zufrieden?«

Zufrieden war ich nicht, denn es war kein angenehmes Gefühl, in Utes Gedächtnis zu stochern und ihr die leidvollen Erinnerungen aus der Nase zu ziehen. Aber zumindest begann die Geschichte allmählich Sinn zu machen. Julia und Dirk waren ein Paar gewesen, bevor Ute dazwischengefunkt hatte. Oder umgekehrt: bevor Dirk sich von den beiden identisch aussehenden Schwestern die charakterlich stärkere, beruflich erfolgreichere und finanziell besser gestellte ausgesucht hatte?

»Und aus enttäuschter Liebe ist Julia von Koks auf Heroin umgestiegen?« Ich war mir sicher, dass dies allerhöchstens die halbe Wahrheit war.

»Leider ja.« Ute schien tatsächlich zu glauben, was sie sagte.

»Julia war das blühende Leben«, schossen mir plötzlich Christianes Worte durch den Kopf. Ich wollte Ute wenigstens in dieser Hinsicht Beruhigung verschaffen, doch ein Tuten in der Leitung und der Blick auf die blinkende Anzeige des Kartentelefons verrieten mir, dass nur noch wenige Einheiten übrig waren. Ich konnte gerade noch sagen: »Die Karte ist alle. Ich ruf dich heute Abend noch mal an.« Dann war die Leitung tot.

»Enttäuschte Liebe!« Ich schüttelte den Kopf und legte auf. »So ein Quatsch!«

»Das kannst du laut sagen!«, hörte ich eine bekannte Stimme hinter mir. Ich drehte mich um und sah in das strahlend grinsende Gesicht meines badischen Freundes. Zwar hatte er ein Pflaster auf der Stirn und eines auf der Nase, aber er war bester Laune und hatte sich auch äußerlich sehr verändert. Er hatte die gestreiften Pluderhosen und das lilafarbene Batikhemd gegen Blue Jeans und ein weißes T-Shirt getauscht und die Armreifen und Halskettchen abgenommen. Und statt der Jesuslatschen trug er Leinenturnschuhe.

»Hallo Micki. Was soll denn das sein? Die Metamorphose eines badisch-schwäbischen Blumenkindes?«

»Du brauchst dich gar nicht lustig zu machen.« Er grinste verlegen. »Die anderen Klamotten gehörten Sandy.«

»Was machst du hier oben in Calera?«, fragte ich, um das Thema zu wechseln.

»Ich war bei der Bank.«

»Hast du schon gefrühstückt?«

Er schüttelte den Kopf, deutete zum falbenfarbenen Himmel und sagte: »Dann aber fix, bevor uns der Schirokko fortbläst.«

»Der Wüstenwind?«, fragte ich.

Das Schlimmste, was mir auf in puncto Wetter passieren könne, sei der Schirokko, hatte Ute vor wenigen Tagen geulkt. Aber der komme selten.

Wie es schien, war ich ein echter Glückspilz!

Micki lachte: »Was glaubst, woher die gelbe Farbe stammt? Das ist der Saharasand, den der Wind aus Afrika herüberweht.« Er hakte sich bei mir ein und meinte: »Sieht klasse aus, oder?«

»Das richtige Wetter für Wiener Schnitzel.«

Er schaute mich verständnislos an und meinte: »Hast du gewusst, dass in einigen Mittelmeerländern die zugleich nervenerregende und den Körper erschlaffende Wirkung des Schirokkos von der Rechtsprechung berücksichtigt wird?«

»Ach, nee«, sagte ich und dachte: Gut zu wissen!

Auf der Terrasse der zumería war der Chef des Ladens, ein Holländer, wie seinem Fluchen zu entnehmen war, gerade dabei, die Markise hochzukurbeln, bevor der Sturm das Tuch zerfetzte. In der äußersten Ecke der Terrasse, halbwegs im Windschatten, saß ein einsames Pärchen und war bemüht, die Salatblätter auf dem Toast, den Toast auf dem Teller und den Teller auf dem Tisch zu behalten. Micki und ich sahen uns an, grinsten und beschlossen, das Frühstück drinnen zu uns zu nehmen. Micki ging zum Tresen, um bei der wortkargen Spanierin die Bestellung aufzugeben, während ich eine Art schwarzes Brett an der Wand begutachtete, auf dem diverse Zettelchen und Broschüren angeheftet waren.

»Was willst du?«, fragte Micki.

»O-Saft und Schinken-Käse-Toast.« Ich wollte auf Nummer sicher gehen.

Micki übersetzte und bestellte für sich einen Salat und einen Maracuja-Saft.

»Maracuja, no!«, sagte die Bedienung.

Grinsend widmete ich mich dem Anschlagbrett. Die Zettel stammten zumeist von Touristen, die Mitreisende für die Taxifahrt nach San Sebastián suchten, oder von Quasi-Psychologen, Möchtegern-Gurus und Hobby-Astrologen, die Seminare, Kurse und Einzel- wie Gruppentherapien anboten. Vom einfachen Rebirthing über Bach-Blütentherapie (für Fortgeschrittene) bis zur hohen Kunst der Indianischen-Ohrkerzen-Therapie war das ganze Spektrum der esoterischen und »grenzwissenschaftlichen« Selbst- und Körpererfahrung vertreten. Die Menge der Angebote überraschte mich. Ich hätte nie geglaubt, dass so viele Menschen gibt, die in Urlaub fahren, um sich therapieren zu lassen. Doch dann dachte ich an Eisenherz und seine dominante Mutter und an Christiane und ihre ungeklärten sexuellen Vorlieben und wunderte mich nicht länger. Ich überlegte, welche Art von Therapie mir zusagen würde, doch außer eine Ganzkörpermassage fiel mir nichts Rechtes ein.

»Suchst du einen Flug nach Hause?« Micki hatte sich an einen Tisch gesetzt und zwinkerte mir zu.

»Wieso?«

»Schau mal unten in der rechten Ecke, da gibt's Tickets zu Spottpreisen.«

Tatsächlich! Auf handbekritzelten, zum Teil schon uralten Zetteln wurden Flüge vorwiegend nach Deutschland feilgeboten. Für wenig Geld und jeweils sehr kurzfristig. Ich sah Micki fragend an.

Er erklärte: »Viele Leute verkaufen ihre Tickets, weil sie länger als geplant oder für immer auf der Insel bleiben wollen.«

»Aber auf den Tickets stehen doch die Namen derjenigen, die den Flug gebucht haben. Fällt das nicht auf?«

»Selten. Und wenn schon?« Er grinste und schlürfte seinen Saft. Es sah nach Orange aus. »Ich bin schon mal mit dem Flugschein einer Frau geflogen. Hat keinen interessiert. Solange man keine Waffen an Bord schmuggelt.«

Ich zuckte mit den Schultern und besah die Angebote: Frankfurt, Köln, Berlin Tegel, Berlin Schönefeld.

Ich traute meinen Augen nicht, nahm das Blatt Papier vom Brett, setzte mich an den Tisch und las: »Berlin Schönefeld am 31. August, 18 Uhr ab Reina Sofia, zwei Tickets günstig abzugeben. Melden bei Julia und Dave (Apartamentos Gran Rey, La Calera).«

Micki, der meinen konsternierten Gesichtsausdruck sah, nahm mir den Zettel aus der Hand, las ihn stirnrunzelnd, gab ihn mir zurück und fragte: »Und?«

»Ich bin auf der Suche nach dieser Julia.« Ich biss in den Toast. Er schmeckte nach Ei und Hühnchen. Auch egal!

»Dann hast du wahrscheinlich Glück.« Micki biss ebenfalls in seinen Toast und verzog auf der Stelle die Miene. »Das ist doch niemals pollo.«

Ich drückte ihm sein Hühnchen in die Hand, nahm meine geröstete Schinken-Käse-Weißbrotschnitte und fragte: »Wieso Glück?«

»Wenn diese Julia ihr Rückflugticket verkauft hat, dann ist es doch nicht unwahrscheinlich, dass sie noch auf Gomera ist.«

»Sie soll angeblich am 1. September zurückgeflogen sein.«

Micki, der gerade seinen Toast zum Mund führte, hielt inne und kniff die Augenbrauen zusammen. »Das hört sich aber nicht sehr logisch an. Sie verscherbelt ihr Ticket für den 31. und fliegt dann am nächsten Tag zurück?«

»Wenn ich bei der Fluggesellschaft anrufe«, hakte ich nach, »und die mir sagen, dass Julia und Dave am Sonntag, den 31. August, nach Berlin geflogen sind, so würde das nicht unbedingt bedeuten, dass sie tatsächlich im Flugzeug gesessen haben?«

»Richtig.« Er biss ins Brot und wischte sich anschließend die Mayonnaise aus dem Mundwinkel. »Falls sie die Tickets losgeworden sind.«

»Und wenn, wie Christiane behauptet hat, die beiden am 1. September geflogen sind, dann nicht notwendigerweise unter ihrem tatsächlichen Namen.«

»Christiane?«, fragte Micki schmatzend und lachte: »Die Christiane? Blonder Pagenschnitt, Sonnenbrand am ganzen Körper und Flunsch im Gesicht?«

Ich horchte und schaute auf und nickte.

»Eine üble Intrigantin, glaub ihr kein Wort, die ist nicht koscher.«

»Woher kennst du sie?«

»Ich war letztes Jahr schon einmal mit Sandy hier, und da hab ich diese Christiane kennengelernt. Die biedert sich bei den Weißkitteln an, scharwenzelt ständig um den profesor und seine Mannen herum und reagiert eifersüchtig auf jedes Weibsbild, das sich den Meistern zutraulich nähert. Und das sind nicht wenige.« Es war klar, an wen er dabei speziell dachte. »Der Professor ist ein ziemlicher Schwerenöter. Und nicht nur der!«

»Ist Christiane auch in der Sekte?«

»Es gibt keine Frauen in dem Verein. Jedenfalls nicht als Mitglieder.« Micki lachte höhnisch: »Aber als Fanclub und Cheerleaders sind sie durchaus erwünscht. Selbst Jesus hatte schließlich seine Maria Magdalena.« Er stand auf, schnaufte abfällig und fragte: »Willst du auch 'nen Kaffee?«

»Con leche«, antwortete ich nickend, und Micki verließ die Saftbar. Seltsam! dachte ich und schüttelte den Kopf. Immer wieder diese Freitempler!

Die wortkarge Spanierin legte eine neue Kassette in den Recorder, und jetzt tönte statt der obligatorischen spanischen Folklore amerikanischer Hiphop aus den Boxen: »Those who break the law go back to the house of pain!«

Die Finca Calatrava. – Der Professor und sein stoischer Gehilfe. – Die forsche Christiane. – Dirk. – Julia und Dave. – Und Rosanna?

Ich hoffe, wir sehen uns bald einmal. Alles Liebe, tausend Küsse.

»Was kannst du mir über diese Templersekte erzählen?«, fragte ich Micki, als er, jeweils eine Tasse Kaffee in jeder Hand, wieder im Lokal erschien und die Augen zusammenkniff, weil er Sand hineinbekommen hatte.

»Die gibt's schon seit Jahren im Valle. Damals gab's noch gar keine Asphaltstraße von San Sebastián hierher, und der Tourismus steckte auch noch in den Kinderschuhen.« Micki rieb sich die Augen und zwinkerte, bis er das Gefühl hatte, das afrikanische Sandkorn losgeworden zu sein. »Angefangen hat wohl alles mit einer kleinen Pension in La Calera, die dem profesor gehörte. Neben der alten Isabella, das ist so eine Art lebende Institution hier am Ort, war der Professor der erste, der Zimmer im Valle vermietete.«

Isabella! Hatte die brünette Eva nicht von »der alten Isabella« gesprochen? Ihr gehörten also die »Apartamentos Gran Rey«, von denen auf Julias Zettel die Rede war.

»Später kamen weitere Läden und Kneipen hinzu«, fuhr Micki fort. »Für ein Butterbrot hat der Professor dann die Finca oberhalb vom Barranco de Arure gekauft und sie zu seiner Ritterburg ausgebaut.« Micki schlürfte geräuschvoll seinen Kaffee und meinte nachdenklich: »Heute haben die Freitempler fast überall ihre Hände mit im Spiel. Sie besitzen Apartments, Restaurants, eine Tankstelle, diverse Bananenplantagen und einen Fischereibetrieb.«

»Und die einheimischen Unternehmer und Geschäftsleute? Ich dachte, es gibt hier noch Großgrundbesitzer.«

»Die spanischen Dons machen gute Miene zum bösen Spiel, zum Teil verdienen sie bei den Geschäften der Templer sogar mit, schließlich hat der Professor einige Läden und Ländereien nur bei ihnen gepachtet. Ansonsten versuchen die Einheimischen, unbehelligt ihren Geschäften nachzugehen und dem profesor nicht allzu sehr in die Quere zu kommen. Denn der hat die besten Beziehungen zum Bürgermeister, wie es heißt.«

»Das hört sich aber alles nicht nach einer religiösen Sekte an, klingt eher nach einem windigen und halbseidenen Wirtschaftsunternehmen.«

»Hauff war früher einmal Wirtschaftswissenschaftler an irgend einer Uni. Die Templer sind eine obskure Mixtur aus naiven Urchristen, esoterisch angehauchten Aussteigern und knallharten Managertypen.«

»Ordensritter, Zeugen Jehovas, Krischna-Jünger und Scientologen in einem?«

»Kann man so sagen.«

»Hört sich ja grässlich an«, grunzte ich und schluckte. »Und wer in den Läden der Templer arbeitet, muss Sektenmitglied sein?«

Micki nickte. »Man erkennt sie an dem roten Achtspitz auf der Brust.«

Dirk hatte kein solches Abzeichen getragen, erinnerte ich mich. Oder hatte ich es übersehen? Ich fragte: »Und Dirk?«

»Wer issen das?«

»Der Geschäftsführer der ›Taka-Tuka-Bar‹.«

Micki schaute mich ungläubig an. »Der Typ mit der Ladenkasse?«

»Genau der.«

»Das ist der Macker von Mireia, der hübschen Spanierin mit der Tom-Waits-Stimme. Die hat auch letztes Jahr schon in der Bar gearbeitet. Dass ihr Typ den Laden jetzt leitet, ist mir neu. Seit wann?«

Das gilt es herauszufinden, dachte ich und zuckte mit den Schultern.

Ich winkte der Bedienung und fragte, da ich die Antwort zu kennen glaubte: »Fresa, no?«

Sie grinste und rief: »Fresa, sí!«

»Was heißt eigentlich Finca Calatrava?« Ich musste gegen den Mixer anschreien, mit dem die Erdbeeren für meinen Shake zerkleinert wurden.

»Eine finca ist so was wie ein Gut oder Bauernhof. Und Calatrava ist eine Stadt in Spanien, Neukastilien, glaub ich. Nach der hat sich ein alter spanischer Ritterorden benannt.« Er lächelte verlegen und fügte entschuldigend hinzu: »Das hat mir Sandy mal erzählt.«

»Warst du mit ihr schon einmal oben bei den Templern?«

Micki schüttelte den Kopf. »Letztes Jahr hatte Sandy keine Lust, die Berge hochzukraxeln.« Er schnaufte höhnisch. »Heute weiß ich auch wieso. Albers war damals nicht auf der Insel. Wahrscheinlich in missionarischem Auftrag unterwegs.«

»Gibt's irgendeine Verkehrsverbindung zur Finca?«

»Du meinst den Bus?« Micki zuckte mit den Schultern. »Würde mich wundern, soll ziemlich abgelegen sein.«

»Kannst du mir den Weg dorthin beschreiben?«

Die junge, schweigsame Spanierin brachte mir den Erdbeer-Shake, lächelte kokett und sagte, mit niedlich holländischem (!) Akzent: »Da mussen Sie auf die alte Straße nach die Dorfende gehen bis zu die Wasserbecken. Und dann gehen Sie an die linke Seite die Wanderweg direkt nach dem Berg. Das können Sie gar nicht missen.«

Das war also der Grund für ihre Wortkargheit. Sie war keine Spanierin, sondern eine Niederländerin, wahrscheinlich von den Molukken oder aus Surinam. Ich lachte und sagte: »Dank je wel.«

»Als 't je belieft.«

Micki sah mich, dann die holländische Bedienung, dann wieder mich erstaunt an und meinte: »Ich versteh kein Wort.«

Und ich erwiderte: »Hast du heute Nachmittag schon was vor?«

»Wieso?«

Bevor ich auf seine Frage antworten konnte, wurde unsere Aufmerksamkeit durch eine dicke Frau unidentifizierbaren Alters abgelenkt, die schwungvoll die zumería betrat und mit Inbrunst rief: »Spritzig! Freakig! Abgedreht! Der neue ›Valle-Kurier‹! Für alle, die anders sind oder werden wollen!« Sie hielt einen Stapel Zeitungen in die Luft, auf deren Titelseiten in dicken Lettern zu lesen war: »Die Kanarischen Inseln – Eine neue Steueroase?« Lauthals, als befinde sie sich in einer Markthalle, verkündete die Frau: »Ganz frisch! Ganz neu! Ganz anders!«

»Ganz deutsch?« Für meine Frage erntete ich einen bösen Blick.

Die Zeitungsverkäuferin war von oben bis unten in bunten Tüchern gekleidet, violett, grün und rot, selbst auf dem

Kopf hatte sie sich einen Turban gebunden, unter dem die obligatorisch hennagefärbten Haare hervorlugten. Lediglich an den Füßen trug sie die unvermeidlichen ledernen Gesundheitssandalen. An den Tüchern, vor allem vor ihrem prallen Bauch, hatte sie Dutzende von silbernen und goldenen Broschen, Ohrringen und steckern befestigt, die sie zum Kauf anbot. Und um ihren speckigen Hals hing ein Lederband, an dem Ringe und Armreife baumelten.

Micki erstand für ein paar Peseten die Ausgabe des »Valle-Kuriers« und las mir sogleich schmunzelnd vor: »›Hand aufs Herz: Träumst Du nicht auch manchmal davon, eine Steueroase zu nutzen? Wenn Du Deinen Steuerbescheid in der Hand hältst, gehen Deine Gedanken zwangsläufig auf eine Insel mit Palmen, auf der Betriebsprüfer fast unbekannt sind.‹«

Ich hörte nur mit halbem Ohr zu und betrachtete stattdessen die Ringe und Reife am Hals der Buntbetuchten. Vor allem ein großer, funkelnder Edelsteinring hatte es mir angetan. Die Frau sah meinen interessierten Blick, nahm das Halsband ab und reichte es mir.

»Alles Handarbeit. 925er Sterling-Silber oder 333er Gold.«

Ich nahm den Ring vom Lederband. Ein großer, ovaler, roter Stein in Goldfassung. Sehr auffällig. Und leicht wiederzuerkennen.

»Rubin?«, fragte ich.

»Nein, Granatstein.«

»Selbst gemacht?«

»Den Stein nicht, die Fassung schon.« Sie nickte und strahlte voller Produzentenstolz. »Alles Einzelstücke.«

Ich schmunzelte und fragte: »Und wie kommt es, dass eine Freundin von mir genau den gleichen Ring vor wenigen Wochen auf Kreta gekauft hat?«

»Kreta? Undenkbar.« Sie tat beleidigt und nahm mir den Granatring aus der Hand. »Ich mach die Ringe eigenhändig und nur im Valle. Das sind alles original gomerische

Schmuckstücke.« Sie rümpfte die Nase, warf sich theatralisch in die Brust und hängte sich pikiert das Band wieder um den Hals. »Willst du mir unterstellen, dass ich die Dinger von außerhalb geliefert bekomme?« Sie betonte das Wort außerhalb und verzog dabei ihre Miene, als handele es sich um eine ansteckende Krankheit. Ihr Blick und ihre Haltung waren so bestimmt und so bedrohlich, dass ich es vorzog, entschuldigend zu lächeln und den Kopf zu schütteln. Vielleicht wollte ich ihr auch gar nicht widersprechen. Sie bedachte mich mit einem letzten abschätzigen Blick, wandte sich brüsk um und rief: »Spritzig! Freakig! Abgedreht! Der neue ›Valle-Kurier‹. Ganz frisch, ganz neu, ganz anders!« Und mit einem Seitenblick auf mich: »Ganz deutsch!«

Micki stieß mich an, deutete auf eine bestimmte Stelle auf der Titelseite der Zeitung und fragte: »Was heißt eigentlich ViSdP?«

»Verantwortlich im Sinne des Presserechts.«

Er lachte und reichte mir die Zeitung. »Dann lies mal!«

Ich las: »ViSdP: Prof. Dr. Michael Alexander Hauff« und sagte: »Sieh an!«

Da die tuchene Frau keine weiteren Exemplare der Zeitung an den Mann oder die Frau hatte bringen können, stapfte sie mit mächtigen Schritten von dannen. Draußen sah ich ihre Tücher im Sturmwind flattern – violett, grün und rot.

8

Der Wanderweg nach Arure entpuppte sich als steinige Kletterpiste und führte vom oberen Ortsausgang aus in steilen, mehr oder weniger befestigten Serpentinen in nördlicher Richtung direkt zu einem Ausläufer des Berges La Merica. Der Weg war mit kleinen roten Pfeilen markiert, und nach jeder zweiten oder dritten Kurve deuteten winzige Steinhäufchen am Wegrand darauf hin, dass man sich noch auf dem rechten Pfad befand.

Es war etwa drei Uhr nachmittags. Wir waren seit gut einer Stunde unterwegs, Micki bewaffnet mit Wanderstock und Bergstiefeln, ich mit Feldstecher und Turnschuhen, aber wir hatten noch nicht einmal die Hälfte der Strecke hinter uns. Der heiße Sturmwind und der jede Körperöffnung zuklebende Sand machten uns trotz Kopftuch, Mundschutz und Sonnenbrille reichlich zu schaffen, immer öfter mussten wir eine Pause einlegen, in der wir uns im kaum vorhandenen Windschatten erholten und Wasser tranken, um nicht innerlich wie äußerlich zu verdörren.

Kein Mensch kam uns entgegen, keiner folgte uns. Wir waren allein auf weiter Flur und das aus gutem Grund. Die Einheimischen hatten bereits vor dem Mittag sämtliche Türen und Fenster verbarrikadiert und sie seitdem nicht mehr geöffnet. Die Bars und Cafés hatten ihre Terrassen geräumt, die Souvenirshops ihre aufblasbaren Schwimmutensilien und Postkartenständer hereingeholt, die zahlreichen Baustellen, an denen neue Straßen und Häuser entstanden, waren verwaist. La Calera befand sich in schwitzender Lethargie. Auch die Touristen hatten sich in den Cafés und Restaurants und Hotelzimmern verschanzt. Niemand spazierte über die Straßen, niemand lag am Strand oder tummelte sich in den Fluten, und niemand kam auf die blödsinnige Idee, einen Berg hochzukraxeln. Niemand außer Micki und mir.

Da die Seite des Hügels, an der wir uns hocharbeiteten, beinahe senkrecht nach oben (und unten) verlief, hatte man bald eine wunderbare, wenn auch gelblich getrübte Sicht über das ganze Tal, vom Hafen bis zur Siedlung La Playa und weit bis in den barranco, die Schlucht von Valle Gran Rey, hinein. Phänomenal! Jedenfalls behauptete Micki dies.

Ich selbst war nicht schwindelfrei und traute mich nicht, in den Abgrund zu blicken. Stattdessen wandte ich mich gen Hang, schaute in die Höhe und versuchte vergeblich, ein Ende der Serpentinen auszumachen.

»Wie hoch ist eigentlich dieser Berg?«

»La Merica?«, antwortete Micki. »Etwa 850 Meter.«

»Und die Finca? Wie hoch liegt die?«

»Ungefähr auf der Hälfte. Allerdings auf der anderen Seite des Berges. Wir müssen leider bis ganz nach oben.«

Ich wollte gerade zum Ausdruck bringen, dass der Einfall, den Templern einen unangekündigten Besuch abzustatten, vielleicht nicht gerade eine meiner grandiosesten Ideen gewesen und deshalb noch einmal zu überdenken sei, als Micki mich aufmunternd angrinste, die Wasserflasche einsteckte und unternehmungslustig meinte: »Na, dann wollen wir mal.«

Während wir die restlichen zwei- oder dreihundert Meter Höhenunterschied keuchend und im Schneckentempo bewältigten, überlegte ich mir sinnvolle Gründe für unsere selbstauferlegte Tortur. Ich dachte an den blonden Albers und seinen mächtigen rechten Haken, mit dem er Nasen blutig schlug, ohne dabei mit der Wimper zu zucken. Ich dachte an den drahtigen Professor und sein mildes, gütiges Lächeln, das der Schlange Kaa in Disneys »Dschungelbuch« alle Ehre gemacht hätte. Und ich dachte an meine vormittäglichen Unterredungen mit Doktor Álvarez und mit Isabella, der lebenden Institution Caleras.

Die Visite beim Doktor war nicht sonderlich vielsagend, aber dennoch einigermaßen aufschlussreich gewesen. Die Praxis, die nur morgens geöffnet war, befand sich an der Hauptstraße, der carretera general, am östlichen Ortsausgang von La Calera. Álvarez war ein kleines verhutzeltes Männlein mit ledriger Haut und eingefallenen Wangen, der sich ständig die Hände rieb, mich aus tief liegenden Augen ängstlich taxierte und sich geradezu hinter seinem Schreibtisch versteckte.

Seine Frau, eine dicke, resolut wirkende Matrone, die mich in sein Büro geführt hatte und unser Gespräch im Stehen und mit vor der Brust verschränkten Armen verfolgte, bedachte mich mit abschätzigen und misstrauischen Blicken. Auf meine auf englisch gestellte Frage nach Rosannas Badeunfall war sie es, die zuerst und erstaunlich unwirsch reagierte.

»What you want?«, fragte sie und funkelte mich an. »You want my husband trouble? He good doctor!«

Ich hob entschuldigend die Hände und wandte mich an den Doktor, fragte ihn, ob er die Leiche obduziert habe.

»Nichts hat darauf hingedeutet, dass die betreffende Person nicht ertrunken ist«, erwiderte er mit Würde und in fließendem Deutsch. Er nickte seiner Frau, die anscheinend kein Wort verstand und uns besorgt beobachtete, aufmunternd zu und meinte dann: »Keine Anzeichen von äußerer Gewaltanwendung. Die Verletzungen und Abschürfungen sind allesamt postmortal eingetreten.«

»Das Blut war eingedickt?« Ich stellte die Frage aufs Geratewohl. Im Erste-Hilfe-Kurs während des Zivildienstes, an den ich mich allerdings nur rudimentär erinnerte, hatte man uns darauf hingewiesen, dass Ertrinken in Süßwasser das Blut verdünnt, während Ertrinken in Meerwasser wegen des höheren Salzgehaltes der eindringenden Flüssigkeit zu Bluteindickung und Lungenödem führt. Dies ist auch der Grund, warum bei Badeunfällen im Meer zunächst eine Blutersatzflüssigkeit injiziert wird.

Bei der Frage hatte ich mir gar nicht viel gedacht, doch Álvarez sah mich beinahe erschrocken an, fuhr sich mit den dürren Händen über den Mund und lächelte ängstlich. Sein betretenes Schweigen war mir Antwort genug und wurde von seiner Gattin als Aufforderung verstand, mich hinauszugeleiten.

»Wo ist die Leiche jetzt?« Ich stand auf, um zu Tür zu gehen.

»Wir haben den Eltern die Urne und die wenigen Habseligkeiten der Verstorbenen nach England geschickt.«

»Die Urne?«

»Einäschern war die einfachste Lösung«, antwortete er entschuldigend und ohne mich dabei anzusehen. »Die Tote hatte keine Versicherung abgeschlossen. Und den Eltern war die billigste Variante gerade recht.«

»Eine einfache Lösung«, wiederholte ich seine Worte. »Und so schön sauber. Als hätte es nie eine Tote namens Rosanna auf Gomera gegeben.«

Er hüstelte, lächelte gezwungen und stand auf. Seine Frau stand an der Tür und wartete darauf, dass ich hinausging. Ich bedankte und verabschiedete mich mit einem Kopfnicken und verließ die Praxis mit einem mulmigen Gefühl in der Magengegend, das sich auch auf dem Weg zu Isabellas Zimmervermietung nicht verflüchtigte.

Die »Apartamentos Gran Rey«, ebenjene Apartments, die Julia und Dave auf ihrem Zettel an der Pinnwand als Kontaktadresse angegeben hatten, befanden sich kurz hinter der Weggabelung in La Calera, direkt neben einer kleinen weißgetünchten Kirche und umgeben von Bananenplantagen. Das Büro befand sich im Erdgeschoss eines direkt an der Straße stehenden, zweistöckigen Hauses. Neben der Eingangstür verkündete ein Schild: »Apartamentos sí«. Diese befanden sich allerdings nicht in dem Zweistock, sondern in einem separat stehenden, länglichen und einstöckigen Gebäude auf der Rückseite des Hauses. Es erinnerte an amerikanische Motels: kleine, schmucklose Apartments in Reih und Glied, mit durchgehender Veranda und nur durch die Nummer an der Tür zu unterscheiden. Zu den Apartments gelangte man durch ein steinernes Tor direkt neben dem Büro, vor dessen Tür eine alte, schwarz gekleidete Frau wie ein Spinne reglos saß und auf Touristenopfer wartete. Das musste die legendäre Isabella sein, ihr Haus war das erste gewesen, in dem Zimmer an die inglés vermietet wurden. Micki hatte mich gewarnt: »Die hat sie nicht alle beisammen. Und spricht kein Wort deutsch.« Was ich allerdings eher sympathisch fand.

»You look room? Habitación?«, fragte die alte Frau mit heiserer Stimme, als ich mich ihr näherte. »Cheap room, very good.« Sie lugte durch ihre panzerverglaste Brille und lächelte ein finsteres Lächeln, bei dem sie ihren zahnlosen Mund öffnete. Sie erinnerte mich mit ihrem schneeweißen Haar, dem pockennarbigen Gesicht und der großen, etwas schiefen Hakennase an eine Hexe aus den Märchen der Gebrüder Grimm.

»I look girl«, sagte ich, da mir klar war, dass es wenig Sinn machte, sich um ein ordentliches Schulenglisch zu bemühen. Ich reichte ihr eines der beiden Fotos.

»I not know.« Sie gab mir das Foto zurück, ohne einen Blick darauf geworfen zu haben, und kniff die Augen zusammen, wie es Kurzsichtige tun, wenn sie ihre Brille nicht auf der Nase haben. Aber Isabella hatte ihre Brille aufgesetzt.

»Amiga.« Ich reichte ihr das Bild erneut. »Y un amigo inglés.« Mit den Händen deutete ich an, dass es sich um einen großen Engländer handelte.

Diesmal betrachtete sie die Fotografie, nickte und sagte: »She here, but she not here.« Dieser kryptischen Aussage folgte ein abermaliges zahnloses Grinsen und die Erklärung: »She gone. And he gone.«

Ich fragte in einem wirren englisch-spanischen Kauderwelsch, ob ich einen Blick in Julias und Daves Zimmer werfen könnte.

»You look room?« Sie gab mir das Foto und fügte hinzu: »Room I don't have.«

Unsere Plauderei schien sich ein wenig im Kreis zu drehen, darum deutete ich mit einer Handbewegung auf das längliche Gebäude im Hof und wollte durch das Steintor gehen. Doch Isabella versperrte mir mit ihrem Krückstock, den sie fuchtelnd in der Hand hielt, den Weg und funkelte mich an.

»No hay paso!«

Ich versuchte, ihr verständlich zu machen, dass ich lediglich wissen wollte, wo Julia und Dave sich im Moment aufhielten. Die beiden seien vielleicht in Gefahr. Mein Versuch dauerte etwa fünf quälende Minuten, zeitigte aber erstaunliche Resultate.

»Danger?« Sie lächelte plötzlich, ohne mir dabei ihren Rachen zu zeigen. Es sah gespenstisch, weil unecht aus. Mit süßlicher Stimme fragte sie: »Pertenece usted a la gente del profesor? You friend?«

Ihre Tonfall hätte mich stutzig machen müssen, doch ich tappte in die Falle. »Sí, el profesor Hauff. Un amigo.« Ich verbeugte mich, wie er es getan hätte, und freute mich, dass ausgerechnet der Freitempler zu meinem »Sesam-öffnedich« wurde.

»You go way! Váyase!«, rief die Alte plötzlich und sprang mit erstaunlicher Behändigkeit auf die Beine. »Si no se va inmediatamente, voy a llamar a mi nieto Enrique.« Sie legte ihren Krückstock wie eine Flinte auf mich an, um mir zu verstehen zu geben, ihr Enkel Enrique sei bewaffnet.

Ich wollte ihr erklären, dass es sich um ein Missverständnis handelte und der Professor keineswegs zu meinen Freunden zählte, doch sie fuhr mich an: »Diga al profesor, que venga él mismo!« Sie stand auf wackligen Beinen vor mir und schleuderte mir von unten ihren Speichel ins Gesicht, während sie gestenreich und lautstark zeterte und ihren Stock wie ein Dirigent durch die Luft sausen ließ. »Que te follen! Hijo de puta!« Damit ich auch auf keinen Fall die Bedeutung dieses letzten Schimpfwortes verpasste, lieferte sie die englische Übersetzung nach: »German son of bitch!«

Die ersten Passanten reckten neugierig ihre Hälse und gingen kichernd vorüber. Eine mittelalte Frau mit schiefer Hakennase (offenkundig eine nahe Verwandte der alten Isabella) erschien am Fenster im Obergeschoss des Hauses und fragte auf spanisch, was denn los sei.

»Traiga a Enrique«, rief Isabella. Wenn dieser Enrique ebenfalls eine solch gewaltige Hakennase besaß, dann hatte ich ihn womöglich schon kennengelernt. Der römische Legionär aus Marias Restaurant!

Auch einige Bewohner der Apartments, die auf der Veranda saßen, schauten nun interessiert und amüsiert in unsere Richtung. Ich sah Eva und Achim aus der Tür des hintersten Apartments treten und wandte mich um, damit sie mich nicht erkannten. Wortlos verdrückte ich mich und verschwand in Richtung Weggabelung, bevor ich noch mehr Aufmerksamkeit erregte.

Ich setzte mich vor der Kirche, einem weißen, unförmigen Betonungetüm, auf einen Stein und war ratlos. »Parroquia Los Santos Reyes« war auf einem Schild neben der Eingangstür zu lesen.

Eine alte, schwarz gekleidete und gebückt stapfende Frau trat aus der Kirche, sah skeptisch zum Gelbhimmel, wickelte sich in einen Schal, bekreuzigte sich und wandte sich zur Straße. Sie hatte vergessen, die Tür zur Kirche wieder zu verschließen, und so konnte ich einen Blick ins Innere des Gebäudes erhaschen. Das Kircheninnere bestand aus einem schlichten, rechteckigen Raum und schien schmucklos eingerichtet, es gab keine Säulen und Pfeiler, keine Holzvertäfelungen, keine Goldverzierungen, keine Ölgemälde mit den Leidensstationen Christi an den weiß verputzten Wänden, wie ich sie aus meiner katholisch geprägten Kindheit kannte. Das Gotteshaus präsentierte außer ein paar Blumenvasen und den üblichen Kerzenständern unter der Marienstatue lediglich ungepolsterte Bänke in Reih und

Glied, einen steinernen Altar unter einem schlichten Kreuz (ohne Corpus) und ein Tabernakel mit einem Ewigen Licht darauf, das mich an eine Friedhofskerze erinnerte. Der Tabernakel erstrahlte in einem gleißenden Licht, das ich mir nicht erklären konnte und das keinesfalls allein von der Funzel stammen konnte. Hatten die Gläubigen etwa mit einem Scheinwerfer nachgeholfen, um dem im Tabernakel untergebrachten Eucharistie-Sakrament den ihm gebührenden Glanz zu verleihen?

Ich stand auf, ging zum Eingang und lugte durch die Tür. Die Kirche war leer. Zögerlich betrat ich das Innere des Gebäudes, nahm meine Baseballkappe ab und suchte nach dem Weihwasserbecken, um mich zu bekreuzigen. All dies tat ich ganz automatisch und wie in Trance, seit Jahrzehnten hatte ich keine Kirche mehr von innen gesehen, aber jetzt kamen all die bisher ungestört schlummernden Erinnerungen wieder hoch. Vielleicht lag es an dem typischen, mir sattsam bekannten Kirchengeruch, der mir entgegenschlug, eine Mischung aus dem Schweiß alter Frauen, dem ebenso beißenden Duft des Weihrauchs und der dezenten Beigabe verfaulender Blumen und abgestandenen Blumenwassers. Als Kind hatte ich, auf Befehl meiner Eltern, Messdiener werden müssen, als Strafe für eine schlechte Schulnote. Ich hatte die Auswahl zwischen Austritt aus dem Fußballverein und Eintritt in die Sakristei gehabt und mich für Letzteres entschieden. Als Sternsinger war ich sogar fortan gezwungen, am Fest der Heiligen Drei Könige durch die Straßen zu ziehen. Während andere Kinder ihren Geburtstag mit Kuchen und Limonade feierten, lief ich alljährlich an meinem Geburtstag als Orientale verkleidet durch die Straßen, um die vor Jahrtausenden erfolgte Geburt eines Kindes in Bethlehem zu verkünden.

Ich verscheuchte meine wirren Gedanken und sah mich in der Kirche um, betrachtete vor allem die hölzerne Marienstatue eingehend. Es war eine Pieta, die weinende Mutter Maria mit dem toten Jesus im Schoß. Sie schaute traurig lächelnd zu mir herüber und senkte sofort den Kopf, als sich unsere Blicke trafen. Ich zuckte zusammen, und im gleichen Augenblick fiel die Eingangstür krachend ins Schloss. Ich schrie entsetzt auf und fuhr herum. Aber niemand stand hinter mir. Die Tür war von einer Windbö erfasst worden und deshalb zugeschlagen. Ich sah zur hölzernen Mater dolorosa, doch sie tat das, was sie immer tat: sie schaute ihren hingerichteten Sohn an und beweinte ihn.

Hatte Micki nicht von der zugleich nervenerregenden und den Körper erschlaffenden Wirkung des Schirokkos gesprochen? Oder stieg mir lediglich der Weihrauch zu Kopf?

Ich schüttelte mich, als gelte es, aus einem Traum zu erwachen, und ging zum Altarraum, um das Mysterium des strahlenden Tabernakels zu ergründen. Des Rätsels Lösung war ebenso einleuchtend (im wahrsten Sinn des Wortes) wie banal. An den Längsseiten der rechteckigen Kirche befanden sich jeweils in knapp zwei Metern Höhe vier hohe, aber ausgesprochen schmale Fenster, zudem zwei an der Stirnseite hinter dem Altar. Neun dieser zehn Fenster bestanden aus bunter und scheinbar sehr alter Bleiverglasung, die nur wenig Licht durchließ. Lediglich hinter dem Tabernakel war ein modernes Fenster aus normalem Glas angebracht. Wahrscheinlich war das alte Fenster kaputt und eine originalgetreue Restaurierung zu teuer gewesen. Das Fenster ging nach Süden, und so schien die gelblich verschleierte Sonne direkt auf den Tabernakel und sorgte für das gleißende Licht, das mich in die Kirche gelockt hatte. Ich trat ans Fenster, stellte mich auf die Zehenspitzen und lugte hinaus. Und dann hatte ich eine Erleuchtung!

Von der Rückseite der Kirche aus hatte man einen wundervollen, nur unwesentlich durch Bananenstauden behinderten Panoramablick auf das Gelände der »Apartamentos

Gran Rey«. Zur Rechten die rückseitige Fassade des Zweistocks und zur Linken das flache Apartmentgebäude. Ich sah Eva und Achim auf der Veranda am hinteren Ende des Flachbaus sitzen. Wie den Gesten zu entnehmen war, stritten sie sich, machten jedoch eine abrupte Pause, als ein Mann aus dem Apartment gleich nebenan kam.

»Sabine und ihr Begleiter haben einige Nächte in dem Apartment neben uns gewohnt«, hatte Eva mir in der Saftbar erzählt. Sabine alias Annette alias Julia.

Aber der Mann, der nun auf die Veranda trat, hatte keine leuchtend roten Haare und war auch nicht besonders groß. Dafür hatte er einen riesigen Legionärszinken im Gesicht, einen Rucksack auf dem Rücken sowie eine große Tragetasche in der Hand, die er nun zum Haus schleppte.

Die alte Isabella konnte ich von meinem Standort nicht sehen, aber ich war mir sicher, dass sie an der Straße Wache hielt, während ihr lieber Enrique die Beweismittel beiseite schaffte, die belegen könnten, dass Isabellas delphinisches Orakel durchaus der Wahrheit entsprochen hatte: »She here, but she not here.«

Ich verließ die Kirche, schlich mich um das Gebäude herum, bis ich unter dem Tabernakelfenster stand. Auf Isabellas Nachbargrundstück war alles ruhig, Eva und Achim waren nicht mehr zu sehen oder zu hören, ebenso wenig Isabella oder ihr Enkel. Nichts rührte sich, kein Vogel sang, kein Zirpen der Grillen störte die Siesta. Nur der stürmische Wind pfiff durch die Bananenstauden und ließ die riesigen Blätter seltsam summende Geräusche von sich geben. Wie singende Sägen. Ein kleiner Trampelpfad entlang eines schmalen, im Moment nicht gefluteten Bewässerungskanals führte von der Kirche quer durch die Plantage. Ich schlich den Weg entlang und landete unversehens an einem breiteren Pfad, der in rechtem Winkel zu ersterem verlief. Linker Hand gelangte man zur Tankstelle an der Straße nach Vueltas, und nach rechts führte der Weg zur Rückseite des flachen Apartmentgebäudes. Eine Abkürzung für Isabellas Mieter, die keine Lust hatten, auf dem Rückweg von der Disco einen Umweg zu gehen oder tagsüber stets und ständig von der Wache haltenden Vermieterin kontrolliert zu werden. Nachdem ich mich vergewissert hatte, dass mich niemand beobachtete, schlich ich zu dem Flachbau, kletterte über einen niedergetrampelten Maschendraht und kroch an der Fassade entlang, bis ich mich unterhalb des vorletzten Fensters mit dem Rücken zur Wand niederließ. Dies musste, wenn ich mich nicht irrte, das Fenster zu Julias Apartment sein. Ich holte tief Luft, stand auf, drehte mich um und sah durchs Fenster in das Zimmer. Es war einigermaßen geräumig, ziemlich düster und leer. Zwei frisch gemachte Betten standen auf der gegenüberliegenden Seite unterhalb eines Fensters direkt neben der Tür. Das Fenster zum Hof war milchverglast und ließ nur wenig Licht hinein. Schemenhaft erkannte ich einen geöffneten Kleiderschrank zur Rechten. Und eine kleine Tür zur Linken, das Badezimmer, wie ich vermutete.

Vielleicht weil mich die detektivische Abenteuerlust gepackt hatte, vielleicht weil ich mich an die Cowboy-und-Indianer-Spiele meiner Kinderzeit erinnerte, vielleicht auch nur, weil ich noch einige Zeit bis zur verabredeten Klettertour mit Micki totzuschlagen hatte – wie auch immer, ich ertappte mich dabei, wie ich das Fenster auf die Möglichkeit hin untersuchte, es zu entriegeln. Dummerweise machte das Fenster es mir allzu einfach. Ich benötigte kein besonderes Einbrechertalent, sondern lediglich ein Taschenmesser, mit dem ich den kleinen Haken auf der Innenseite aus der Öse heben konnte. Das Fenster stand im Nu sperrangelweit offen und lud mich zu widerrechtlichem Betreten des Raumes ein. Ein letzter vorsichtiger Blick über die Schulter, und schon hatte ich mich über den Fenstersims geschwungen.

Auf den ersten Blick sah der Raum unbewohnt aus. Auf den zweiten auch. Keine Kleidung hing an der Garderobe oder im Schrank, keine Schuhe oder Sandalen standen unter den Betten, keine Uhren oder Schmuckstücke oder Papiertaschentücher lagen auf den Nachtschränkchen. Auch in den Schubläden der Nachttische Fehlanzeige. Gleiches galt für die winzige Kochnische im hinteren Teil des Raumes, keine Lebensmittel in den Hängeschränken, keine Essensreste im Mülleimer. Enrique hatte ganze Arbeit geleistet.

Neben dem Fenster, durch das ich eingedrungen war, stand ein Schreibtisch, auf dem ein einsamer Notizblock lag. Ich schlug den Block auf und betrachtete eine leere erste Seite. Ich fuhr mit dem Finger über das Blatt und begutachtete es aus der Schräge, es hatte sich jedoch keine Schrift durchgedrückt. Jungfräuliches Papier. Aber es war den Versuch wert gewesen.

Ich öffnete die kleine Tür zum Nachbarraum und blickte in die Dunkelheit. Ich tastete nach einem Lichtschalter, fand ihn und schaute in die Miniaturausgabe eines Badezimmers. Es war so schmal, dass die Tür sich nicht ganz öffnen ließ, sie stieß an die gegenüberliegende Wand und versperrte den Blick in die rechte Hälfte des Raumes. Linker Hand des Eingangs sah ich ein deckelloses Klo und direkt daneben ein Waschbecken, das so an der Wand angebracht war, dass es unmöglich war, seine Notdurft im Stehen zu verrichten. Und im Sitzen stieß man sich den Kopf an dem Emailbecken. Über dem Becken hing ein kleiner, klappriger Spiegelschrank, dessen Verspiegelung erblindet war. Ich öffnete das Schränkchen und summte zufrieden: Rasierutensilien und eine Großpackung Kondome grinsten mich an. Und eine Packung Damenbinden.

Im gleichen Moment hörte ich die Tür zum Apartment knarren. Und das Fenster, durch das ich geklettert war, schlug wegen des Windzugs mit einem lauten Knall zu.

Ich fuhr zusammen, schaltete das Licht aus und konnte im letzten Augenblick hinter der Badezimmertür verschwinden. Ich stieß in der Dunkelheit mit der Nase gegen etwas, das sich nach Betasten als Duschkopf entpuppte. Wasser tropfte auf meine Schulter.

»Maldito!«, fluchte ein Mann im Raum nebenan. Schritte durch den Raum, dann ein Hantieren am Fenster. Wieder Schritte, diesmal auf der anderen Seite der Badezimmertür. Das Licht im Bad ging an. Ein Schrank wurde geöffnet. Wieder ein geflüsterter Fluch und dann ein abfälliges Schnaufen. Es rumpelte und raschelte. Dann nichts. Ein Reißverschluss wurde geöffnet. Und schließlich plätscherte es im Klobecken. Wohliges Grunzen.

Ich machte mich klein und hoffte, dass Enrique nicht auch noch eine Dusche nehmen wollte. Die Toilettenspülung donnerte durch die Rohre, das Licht ging aus, die Badezimmertür wurde zugezogen. Ich atmete auf und blieb in der Dunkelheit zurück. Wenige Sekunden später hörte ich die Apartmenttür ins Schloss fallen, schaltete das Licht im Bad an, ging zu dem Schränkchen über dem Waschbecken und betrachtete mich in dem, was einmal ein Spiegel gewesen war. Ich öffnete das Schränkchen und blickte in die gähnende Leere. Kein Rasierer, keine Kondome. Und keine Binden.

She here, but she not here.

Ich wollte gerade das Bad verlassen, als ich im Apartment nebenan eine Tür knallen hörte. Eine Frau schimpfte wie ein Rohrspatz, ein Mann versuchte, sie zu beruhigen. Da ich den Wortlaut nicht verstehen konnte, horchte ich an der Wand und bereute es im gleichen Augenblick. Eine Tür knallte gegen die Holzwand, genau an der Stelle, wo ich mein Ohr platziert hatte.

»Verdammte Tür!« Trotz Klingeln in den Ohren erkannte ich Evas Stimme. Ein erneutes Knallen, diesmal hatte sie die

Tür zugeworfen. Eine Männerstimme meldete sich aus dem Hintergrund, und Eva antwortete: »Ach, leck mich!«

Wieder knallte die Tür gegen die Wand, und Achim sagte: »Was hast du denn? Ist denn das so wichtig? Ist doch nur ein verdammtes Apartment!«

»Geh raus. Ich muss aufs Klo!«

»Verstehst du denn nicht?« Achim versuchte es nun auf die versöhnliche Tour. »Es sieht halt nicht gut aus, wenn wir bei Isabella wohnen.«

»Hat das dein lieber Dirk nicht gern?« Eva lachte höhnisch und setzte hinzu: »Hast wohl Angst um deine Quelle, was?«

»Um Dirk geht's dabei doch gar nicht.«

»Eben!«

Eine Pause folgte, und schließlich meinte Achim: »Ach, mit dir kann man ja nicht vernünftig reden.«

»Mach die Tür zu, ich muss pinkeln.«

Die Tür knallte.

»Von außen!«, sagte Eva.

»Seit wann stört es dich, wenn ich dabei im Raum bin?«

»Seit jetzt! Hau endlich ab!«

Wieder knallte die Tür. Diesmal war Achim hinausgegangen, seine Stimme drang nur gedämpft an mein Ohr: »Blöde Kuh!«

»Und ich bleib trotzdem hier!«, schrie Eva. »Mach doch was du willst!«

Die Tür wurde geöffnet, und Achim sagte: »Worauf du dich verlassen kannst!«

»Tür zu!«

Ich hatte vorerst genug gehört und verdrückte mich. Als ich durch das Fenster nach draußen stieg, hörte ich in Evas und Achims Apartment erneut eine Tür knallen. Doch diesmal war es die Wohnungstür. Ich schloss das Fenster, hob mit dem Taschenmesser den Haken in die Öse, schlich mich um das Gebäude und lugte vorsichtig in den Hof. Achim ging gerade durch das steinerne Tor und verabschiedete sich mit einem wortlosen Gruß von der Vermieterin. In der Hand trug er einen Rucksack. Aus einem der Apartments glaubte ich ein schluchzendes Weinen zu hören. Aber ich konnte mich auch irren. Vielleicht war es nur das Singen der Bananenblätter im Wind.

»Also wohin nun?« Die Stimme kam von ganz weit her.

»Wohin?«, hörte ich mich geistesabwesend fragen. »Wieso?«

»Links oder rechts?« Micki grinste mich kopfschüttelnd an und wartete auf eine Antwort. Ich starrte ihn desorientiert an und zuckte mit den Schultern.

»Links geht's zur Steilküste, rechts nach Arure.« Er schnaufte, wischte sich den Schweiß von der Stirn, trank einen Schluck Wasser und reichte mir die Feldflasche. Wir hatten das Hochplateau des Berges La Merica erreicht.

»Zur Finca?«, fragte ich.

Micki deutete nach Osten und meinte: »Ich befürchte, da lang.«

»Gegenwind!« Ich befeuchtete meine Lippen und nickte gottergeben.

9

Das Hochplateau war felsig und karg, lediglich vertrocknetes Gras, niedriges Heidegestrüpp und knochige, blattlose Wolfsmilchgewächse soweit das Auge reichte. Von West nach Ost führte ein Trampelpfad in leichter Steigung quer über den Bergkamm.

Ich drehte mich um und blickte in südliche Richtung. Da wir nicht mehr am Steilhang herumkletterten, sondern mehr oder minder ebenen Boden unter den Füßen hatten, war es nun auch mir möglich, die atemberaubende Aussicht zu würdigen. Die Schlucht von Arure lag zu unseren Füßen und mündete im Barranco Valle Gran Rey. Der Ort selbst war von hier aus nicht mehr zu sehen. Die Insel wirkte wie ausgestorben, nur ein einsamer Raubvogel kämpfte gegen die stürmischen Winde an und ließ sich schließlich von den Böen davontragen.

Nachdem wir etwa eine halbe Stunde über den Grat gewandert waren und uns gegen den Wind gestemmt hatten, gelangten wir ans östliche Ende des Plateaus. Von hier aus war das Bergdorf Arure trotz Sandschleiers in der Ferne zu erahnen. Eine weitere halbe Stunde mussten wir uns jedoch noch durch klüftige Felsen und über waghalsig abschüssige Pisten kämpfen, bevor eine Verbreiterung des Pfads, Autospuren im Sand und eine wilde Müllkippe uns darauf hinwiesen, dass wir uns der Zivilisation näherten. Auf der linken Seite sahen wir bald ein steinernes Viadukt, auf das ein Schild mit der Aufschrift »Taguluche« hinwies. Just in dem Moment, da wir durch den Steinbogen treten wollten, hörten wir auf der Straße, die sich rechter Hand an den Hängen entlangschlängelte, ein Signalhorn. Die Hupe gehörte zu dem öffentlichen Bus, der gerade auf seinem Weg vom Valle nach San Sebastián in nicht einmal einem Kilometer Entfernung vorbeigesaust war und nun am Ortseingang von Arure anhielt.

Micki und ich sahen uns mit großen Augen an, und ich rief ihm zu: »Abgelegen? Nennst du das abgelegen?!«

Er hob die abwehrend die Hände und meinte: »Woher soll ich denn das wissen?!«

Und wir hätten sicherlich gelacht, wären wir nicht so erschöpft gewesen.

Kopfschüttelnd gingen wir durch den Bogen des Viadukts und betraten einen mirador, eine Aussichtsplattform, von der man eine wundervollen Blick auf ein weiteres, kiefernbewachsenes Tal hatte. Idyllisch in der Talsenke gelegen war die Siedlung Taguluche auszumachen und am gelblichen Horizont zwischen zwei Hügeln das Meer und eine paradiesische Sandbucht.

Micki pfiff anerkennend. Und ich nickte: »Hübsch!«

Rechter Hand deutete ein Hinweisschild auf eine ermita, eine Kapelle, die über einen am Hügel entlangführenden Eselspfad zu erreichen war. Ich wollte schon in die ausgewiesene Richtung gehen, als Micki mich antippte und mit einer Handbewegung zur entgegengesetzten Seite zeigte. Ich folgte mit den Augen seinem Zeigefinger, und dann war ich es, der anerkennend pfiff.

Ich hatte eine mittelalterlich anmutende Trutzburg mit Schießscharten in den verwitternden Mauern erwartet. Ein düsteres, furchteinflößendes Bauwerk mit Fallgitter an dem von bewaffneten Rittern bewachten Tor. Stattdessen erblickte ich nun, ein wenig unterhalb unserer Position, in etwa fünfhundert Metern Entfernung eine dem Stil alter kanarischer Landhäuser nachempfundene Anlage, die eher wie ein freundlich feudaler Hotelkomplex wirkte. Mit langer palmengesäumter Auffahrt, großer gefliester Terrasse und frisch verputztem Gemäuer, das zum Teil mit hellen Schindeln verkleidet und mit traditionellen Holzveranden und balkonen verziert war. Die Finca Calatrava!

Das einzige, was auf eine Festung hindeutete, war die mehr als mannshohe und mit Stacheldraht und Glasscherben gekrönte Mauer, die das gesamte Gelände umgab und uns zunehmend die Sicht auf die Finca nahm, je näher wir ihr kamen. Ein relativ breiter Kiesweg führte vom Viadukt direkt zu einer massiven, hölzernen und verschlossenen Pforte, an der wir jedoch weder einen Pförtner noch eine Klingel ausfindig machen konnten. Ein Metallschild war an der Pforte befestigt, in eingravierten Lettern war darauf zu lesen: »Deus lo volt.«

»Was heißt 'n das?«, fragte Micki.

»Gott will es«, übersetzte ich. »Der Schlachtruf der Kreuzfahrer.«

Erst in dem Moment, da wir die Stimme aus dem direkt unter dem Schild im Holz eingelassenen Lautsprecher vernahmen, sahen wir die kleine Kameralinse, die uns die ganze Zeit aus dem O in dem Wort »volt« beobachtet hatte.

»Was wünschen Sie?«, fragte die Stimme sehr freundlich.

»Dürfen wir eintreten?«, antwortete ich mit einer Gegenfrage.

»Worum handelt es sich denn?«, lautete die freundliche Entgegnung. Ich stellte mir vor, wie der Pförtner dabei lächelte und den Oberkörper neigte.

»Ich möchte zu meiner Freundin«, sagte nun Micki. »Sie heißt Sandy und ist eine … hm … Bekannte von Herrn Albers.«

»Einen Moment bitte.« Es folgte eine lange Pause. Der Lautsprecher rauschte kurz und verstummte dann vollends. Nach geraumer Zeit meldete sich zuerst das Rauschen und dann die Stimme des Pförtners wieder. Er sagte in schroffem Tonfall: »Kommen Sie bitte morgen wieder. Heute ist keine Besuchszeit mehr.«

»Wir wollten gar nicht ins Krankenhaus«, entfuhr es mir.

Micki warf mir einen ärgerlichen Blick zu und musste dennoch lächeln.

Nach einer pietät- und vorwurfsvollen Pause entgegnete die Stimme aus dem Lautsprecher: »In wenigen Minuten ist Gebetsstunde. Bitte kommen Sie morgen wieder.« Es machte »Klick« und der Lautsprecher war tot.

Micki und ich verständigten uns mit einem Blick und einem Kopfnicken, sagten artig »Danke!« und gingen den Kiesweg wieder hinauf Richtung Viadukt. Dort angekommen machten wir jedoch sofort wieder kehrt und schlichen uns oberhalb des Weges am kiefernbewachsenen Hang entlang und durch die Bäume und Felsen verdeckt zurück zur Finca. Gerade als wir auf der Höhe der Pforte waren, wurde diese geöffnet. Eine große, weiß gekleidete Gestalt mit blonden Haaren, blauen Augen und mächtigem Brustkorb trat heraus uns schaute sich vorsichtig um.

Micki und ich gingen in die Hocke und sahen durch das Unterholz, wie Albers einige Sekunden abwartend vor dem Tor stehen blieb, dann etwas in Richtung Lautsprecher sagte und schließlich wieder hinter den Mauern verschwand.

»Komm«, sagte Micki, tippte mir auf die Schulter und gab mit einem Kopfnicken die Marschrichtung vor. Wieder bebte er am ganzen Körper, wieder funkelten seine Augen, genau wie am gestrigen Abend, als er sich wie ein Berserker auf den Gehilfen des Professors gestürzt hatte. Und ich überlegte, ob es clever gewesen war, den jungen Heißsporn mit zur Finca zu nehmen.

Wir kletterten einige Meter den Hügel hinauf und kraxelten dann, immer in Sichtweite der Mauer, bis zur rückwärtigen Seite des Geländes. Gerade als wir auf einer Lichtung einen hübschen Beobachtungsstand gefunden hatten, von dem aus wir die Rückseite des Landhauses sowie einige weitere kleine Wohngebäude und Ställe im Visier hatten, hörten wir die Glocken in der Finca bimmeln.

Es war Punkt fünf Uhr. Die Gebetsstunde hatte begonnen.

Plötzlich kam Bewegung in die Szenerie. Durch den Feldstecher sah ich mehrere weißgekleidete Männer, die zuvor im Windschatten hinter einer Mauer gedöst hatten, aufstehen und geschlossen zum Hauptgebäude marschieren. Auch aus den kleinen Gesindehäuschen, die früher einmal die Bediensteten des Landguts beherbergt oder als sonstige Wirtschaftsgebäude fungiert haben mochten, traten Weißröcke und schlossen sich den anderen Templern an. Gleichzeitig erfolgte in entgegengesetzter Richtung eine Prozession von Frauen, alle in schwarzen Kutten gekleidet und mit

Kapuze auf dem Kopf. Sie kamen in Zweierreihen und im Gleichschritt aus dem Landhaus und gingen schnurstracks und gesenkten Hauptes zu einem der kleineren Gebäude im hinteren Teil des Geländes.

»Was soll 'n das sein?«, fragte Micki. »Der Auszug aus Ägypten?«

»Männer zum Gebet, Frauen in die Kammer.«

Micki sah mich an, nahm mir den Feldstecher aus der Hand und schaute hindurch. Er nickte, gab mir das Fernglas zurück und legte die Hände an den Mund. Und plötzlich pfiff mir ein Käuzchen derart schrill ins Ohr, dass ich eine Gänsehaut bekam. Ich wollte schon wie Rohrspatz losschimpfen, doch Micki deutete mit der Hand auf die Prozession der Schwarzgekleideten und ließ einen weiteren Käuzchenruf folgen. Der Pfiff hatte eine erstaunliche Wirkung. In der zweitletzten Reihe kam eine Frau aus dem Gleichschritt, trat aus dem Glied, ließ sich zurückfallen und schaute sich suchend um. Wieder machte sich das Käuzchen bemerkbar, und die Frau nickte unmerklich. Sie folgte den anderen in stets größer werdendem Abstand, schaute sich zum Hauptgebäude um, wo gerade der letzte Freitempler die Tür hinter sich schloss, und sprang plötzlich zur Seite und verschwand hinter einem Gebüsch. Die Frauen hatten mittlerweile ihre Unterkunft erreicht, und die Zweierreihen betraten in ordentlichstem Reißverschlussverfahren das Haus. Das musste der Neid ihnen lassen: die Templer hatten ihre Frauen prima abgerichtet.

Sandy hatte sich inzwischen, gebückt laufend und die Büsche als Deckung nutzend, in den hinteren Teil des Geländes vorgearbeitet. Als sie sicher war, dass man sie weder von der Frauenunterkunft noch vom Herrenhaus aus sehen konnte, richtete sie sich auf, ließ einen Kauz erschallen und rannte zu einer Stelle an der Ringmauer, die wir von unserem Standpunkt aus nicht einsehen konnten.

»Los!«, gab Micki das Kommando und hechtete, sich beinahe überschlagend, den Hang hinunter. An der Mauer angekommen, gab er mir ein erneutes Zeichen, ihm zu folgen. Was ich schließlich auch tat, nicht jedoch ohne vorher ein Stoßgebet an die Jungfrau Maria losgeworden zu sein. Sicher war sicher.

»Wo bischt 'n?«, hörten wir eine bekannt zischelnde Stimme, und Micki rannte nun geradezu die Mauer entlang, bis er zu einem kleinen eisernen Gitter kam, das in das Steinwerk eingelassen war. Während die Mauer ringsum mit Unkraut und Gestrüpp überwuchert war, hatte man an dieser Stelle eine Schneise durchs Dickicht geschlagen, um zu dem Gitter gelangen zu können. Die abgeschnittenen Zweige und das herausgerissene Gestrüpp waren noch nicht gänzlich verdörrt, was darauf schließen ließ, dass irgend jemand sich erst vor kurzem mit einem Messer oder einer Sense den Weg zum Gitter gebahnt hatte.

Es handelte sich um eine etwa anderthalb Meter hohe, eiserne Pforte, die zwar verrostet und verschlossen war, deren Klinke sich jedoch noch herunterdrücken ließ und dessen Schloss allem Anschein nach vor nicht allzu langer Zeit geölt worden war. Die vergitterte Tür war eine Art Notausgang oder ein geheimer Zugang zur Finca Calatrava.

Sandy stand auf der anderen Seite des Gitters und streckte ihre Hände in Mickis Richtung. Dieser berührte sie zärtlich und küsste ihre Finger. Und ich wandte mich beschämt ab und ließ den »zwei Königskindern« ihre Privatsphäre.

»Oh, Sandy!«, hörte ich Micki schluchzen.

Und Sandy ließ ihrer unbändigen Wiedersehensfreude freien Lauf, indem sie sagte: »Du bisch ja wohl echt saudumm!«

Ich stutzte, drehte mich um und sah Micki zusammenzucken und seine Freundin verständnislos anstarren.

»Herrgottle, isch doch wahr! Was machscht ’n auch für ’n albernen Aufstand?« Sie entzog Micki ihre Hände und sagte: »Von deinem Auftritt in der ›Taka-Tuka-Bar‹ hab ich längscht gehört.«

»Du scheinst dich ja mächtig zu freuen, mich zu sehen.« Wieder sah ich bei Micki dieses hospitalistische Schaukeln des Oberkörpers, das mir bei unserer gemeinsamen Busfahrt und nach seinem Badeunfall aufgefallen war.

Sandy zuckte mit den Schultern und sagte in meine Richtung: »Wegen euch isch Kataschtrophenstimmung hier. Alles in Alarmbereitschaft. Ich weiß ja nicht, was ihr verbrochen habt, aber el profesor ist gar nicht gut auf euch zu sprechen.«

»Was bedeutet das?«, wollte ich wissen.

»Er hat mich ewig lange ausgefragt, ob ich dich kenne und woher und was du für einer bisch. Voll krass.« Sie sah mich prüfend an und fragte: »Was bischt ’n du eigentlich für einer? Du bisch so ’n Querulant, gell?«

Ich antwortete ihr mit einem Schmunzeln und schaute an ihr vorbei auf das Gelände. Ich glaubte, hinter einem Wall oder einer Art Steinaufschüttung, etwa zwanzig Meter vom Gitter entfernt, eine Bewegung bemerkt zu haben, konnte jedoch nichts Auffälliges oder Verdächtiges sehen. Dennoch wandte ich mich um und kletterte einige Meter den Hang hinauf, um einen besseren Überblick zu bekommen.

»Und Albers?«, hörte ich Micki unter mir fragen. »Bringt’s der alte Knacker noch? Oder bist du mittlerweile in die geriatrische Abteilung gewechselt?«

Sandy verschränkte die Arme vor der schwarz bekittelten Brust, setzte einen Flunsch auf und meinte: »Des isch wieder typisch, gell?!«

»Na, Sandra, was gibt’s denn da Interessantes zu gucken?« Im gleichen Moment, da ich die Stimme des Professors hörte, sah ich seine weiße Kutte hinter der Steinaufschüttung erscheinen. Es sah beinahe so aus, als tauche er aus dem

Erdboden auf. Er schritt würdevoll in Richtung Mauer und lächelte sein Guru-Lächeln.

Micki ließ sich geistesgegenwärtig zu Boden fallen und robbte auf allen vieren zur Seite und dann in meine Richtung den Hügel hinauf, während Sandy sich umwandte und verlegen stammelte: »Nichts Besonderes. Ich dachte, ich hätte etwas gesehen.«

»So?« Der Professor grinste gefährlich und kraulte sich den Graubart. Er gesellte sich zu Sandy, legte ihr den Arm um die Schulter und gab ihr völlig überraschend einen Kuss auf den Mund. Sandy schien so perplex, dass sie die Prozedur bewegungs- und widerstandslos über sich ergehen ließ. Micki jedoch wollte unversehens aufspringen und losbrüllen. Mit Mühe konnte ich ihm den Mund zuhalten und ihn auf den Boden drücken.

Der Professor schaute für einen kurzen Augenblick in unsere Richtung und verbeugte sich, ein Grinsen auf den Lippen. Er wusste, dass wir ihn beobachteten. »Lass uns gehen. Zeit für die Klausur.« Er nahm Sandy bei der Hand und verschwand aus unserem Blickfeld.

»Das Schwein!«, stieß Micki gepresst hervor.

»Du Halbdackel!«, zitierte ich Sandy schmunzelnd. »Der Kuss war ganz allein für dich bestimmt.«

»Lass uns verschwinden!« Micki stapfte, ohne auf eine Antwort zu warten, den steilen Hang hinauf, mitten durchs Dickicht. Und ich musste ihm wohl oder übel folgen.

Es dauerte eine gute halbe Stunde, bis wir, mühsam und schweigsam den Berg (diesmal auf der Nordseite) hinaufkraxelnd und stolpernd, wieder das karge Hochplateau erreicht hatten. Da wir wegen diverser Felsvorsprünge und unwegbarer Strecken einige Umwege hatten machen müssen, kamen wir nicht an der Stelle heraus, an der wir auf der anderen Seite den Berg bestiegen hatten, sondern weiter westlich, nur einige hundert Meter von der Steilküste entfernt. Micki setzte sich auf den steinigen Boden, breitete seine Arme aus, ließ sich den immer noch stürmischen und sandigen Wind ins Gesicht wehen und ließ seinen ganzen Frust mit einem ebenso gewaltigen wie ohnmächtigen Schrei heraus.

Als wäre dies ein abgesprochenes Kommando, ertönte plötzlich ein ohrenbetäubender Krach, dessen Ursprung nicht auszumachen war. Micki und ich sahen uns verdutzt an und warfen uns zu Boden, weil im gleichen Augenblick der Hubschrauber erschien. Er tauchte aus dem Tal wie aus der Versenkung auf und donnerte mit dröhnendem Lärm direkt über unsere Köpfe.

»Verflucht!«, rief Micki. »Machen die jetzt mit der Luftwaffe Jagd auf uns?«

Ich schüttelte den Kopf und deutete mit einer Handbewegung auf das schlichte rote Kreuz (ohne Achtspitz!), das auf der Unterseite des Hubschraubers prangte: »Das ist ein Rettungshubschrauber!«

Der Helikopter flog zur Küste und verschwand dort im Sturzflug hinter den Klippen. Micki und ich rappelten uns auf, rannten in dieselbe Richtung und gelangten nach wenigen Minuten an die Steilküste. Während ich wegen meiner Höhenangst in sicherer Entfernung blieb, wagte sich Micki, mit meinem Feldstecher bestückt, bis nahe an den Abgrund und schaute in die Tiefe.

»Ein Badeunfall?«, fragte ich.

»Bei diesem Wetter ist doch kein Mensch im Wasser.« Er verstummte plötzlich, sah mich überrascht an und meinte: »Polizei.«

Meine Phobie kämpfte mit der Neugier und unterlag. Ich tastete mich Schritt für Schritt in Richtung Abgrund. Als es zu schlimm wurde, ging ich in die Knie und kroch weiter zum Rand. Direkt zu unseren Füßen, in etwa sechshundert Metern Tiefe, oberhalb der playa inglés, sah ich nun den Hubschrauber im Mittelkreis eines verwaisten, von einer mannshohen Mauer eingefassten Fußballfelds stehen. Etwas abseits, etwa in Höhe der Strafraumgrenze, standen zwei Autos, eine weiße Limousine der »Policia Local« mit Blaulicht auf dem Dach und ein blau-weißer Jeep der »Guardia Civil«. Eine kleine Menschentraube lungerte auf den verfallenen steinernen Tribünen herum und sah auf den Sandplatz, als gebe es dort ein Fußballspiel zu bewundern. Ein Polizist in Uniform stand am Spielfeldrand und sorgte dafür, dass niemand das Feld betrat. Zwei Männer in signalfarbenen Anzügen sprangen aus dem Hubschrauber, wurden von einem weiteren Uniformierten begrüßt und rannten dann mit einer Trage zu einer Art Unterstand oder Hütte auf der östlichen Längsseite des Feldes, direkt unterhalb der Felsen. Wahrscheinlich hatte dieses mittlerweile verrottete Gemäuer einst als Umkleideraum gedient. Direkt neben dem verwitterten Schuppen war eine neue Hütte errichtet, frisch verputzt und mit glänzend roten Schindeln auf dem Dach.

»Was kannst du sehen?«, fragte ich Micki. Ich schloss die Augen und wandte mich ab, da mir schwindlig und mulmig wurde.

»Die beiden Sanitäter und zwei andere Männer tragen jemanden zum Hubschrauber.« Micki schaute durch das Fernglas. »Scheinen sich aber nicht besonders zu beeilen.«

»Kannst du erkennen, wer das auf der Trage ist?«

»Nicht wirklich. Der oder die ist mit einem Tuch zugedeckt.«

»Tot?« Ich riss Micki den Feldstecher aus der Hand und kroch zum Abgrund, um mich selbst zu vergewissern.

»He, nicht so nah an den Rand«, warnte Micki.

Ich vergaß meine Höhenangst, lugte, auf dem Bauch liegend, in die Tiefe und wagte nicht zu atmen. Durch das Fernglas konnte ich die Einstiegsluke des Helikopters sehen, die vier Männer waren gerade dabei, die Trage in den Hubschrauber zu verfrachten. Zwei weitere Männer traten hinzu und sprachen mit den Sanitätern, der eine war groß und schwergewichtig und schien Anordnungen zu geben, indem er wild mit den Händen fuchtelte, der andere war ein kleines verhutzeltes Männlein: Doktor Álvarez.

Der große Dicke verabschiedete sich und wandte sich, wiederum wild gestikulierend, an die Polizisten, die ihm strammstehend zuhörten. Álvarez stieg in den Helikopter, und half den Sanitätern dabei, den allem Anschein nach leblosen Körper in den Hubschrauber zu hieven. Entweder weil die Trage in Schieflage geraten oder der Stoff vom Wind der Rotorblätter erfasst worden war, das weiße Tuch hob sich jedenfalls plötzlich, flatterte davon und ließ mich einen kurzen Blick auf die Person darunter werfen, bevor die Trage samt Sanitätern im Hubschrauberinnern verschwand.

Auf der Trage lag ein großer, schlanker Mann in schmutziger Jeans und ebensolchem T-Shirt. Sein Gesicht konnte ich nicht erkennen, wohl aber seine Haare. Sie waren knallrot.

Und ich war mir beinahe sicher, dass seine Augen einmal leuchtend blau gewesen waren. »Ein interessanter Typ«, hatte Achim über Dave gesagt. »Geheimnisvoll!«

10

Als ich nach der Dusche mein Gesicht und meinen Oberkörper im Spiegel betrachtete, bekam ich einen fürchterlichen Schreck und fand auch optisch bestätigt, was ich unter dem heißen Wasserstrahl bereits schmerzlich gespürt hatte. Die Haut war krebsrot verbrannt, an einigen Stellen (auf den Ohren und Schultern) zeigten sich bereits Brandblasen, und meine Lippen glichen einem Kraterfeld. Obwohl die

Sonne den ganzen Tag nur als matte Scheibe am Himmel gestanden hatte, war es ein folgenschwerer Fehler meinerseits gewesen, ihre sengende Wirkung zu unterschätzen. Zwar hatte ich mich am Morgen mit Sonnenmilch eingerieben, leider jedoch diese Prozedur im Laufe des Tages nicht mehr wiederholt. Auch die panierende Sandschicht auf meinem Körper hatte nur einen unzureichenden Sonnenschutz dargestellt, und so hatte ich nun die schmerzhaften Folgen unserer stundenlangen Klettertour zu ertragen.

Während ich meinen Kulturbeutel nach der Spezialcreme zur Nachbehandlung von Sonnenbrand durchsuchte, malte ich mir aus, dass mir am folgenden Tage womöglich mit einem Muskelkater eine weitere Bestrafung bevorstand. Bereits beim Abstieg hatte ich meine Waden wie bleierne Gewichte an den Beinen gespürt, und nur dank der massierenden Mithilfe Mickis hatte ich die sich ankündigenden Muskelkrämpfe vermeiden können. Im Augenblick hätte ich mich am liebsten sofort ins Bett gelegt, um erst am nächsten Morgen wieder aufzustehen, aber leider galt es, noch einige Erkundigungen zu tätigen.

Nachdem ich diverse Püderchen und Cremes auf meine geschundene Haut aufgetragen, ein Aspirin gegen die aufkommenden Kopfschmerzen genommen und nach langem Herumprobieren eine Kleidung gefunden hatte, die sich nicht wie Schmirgelpapier anfühlte, trat ich auf den Balkon meines Apartments und blickte hinab aufs Meer und zum Dorfstrand. Die Sonne versank gerade als blasse orangefarbene Scheibe im Meer und ließ den Ort mit seinen weißgetünchten, an den Berg geschmiegten Häuschen in diffusem, aber warmem Licht erstrahlen. Der Wind hatte nachgelassen, die Hitze jedoch war immer noch unerträglich. Meinen allabendlichen sol y sombra in Marias Restaurant hatte ich mir wahrlich verdient.

Ich verließ Wohnung und Haus und stapfte vorsichtig

die nicht enden wollenden Treppenstufen hinunter zur Hauptstraße. Meine Waden schmerzten, als würden sie mit Stecknadeln traktiert, und meine Haut straffte sich trotz der Feuchtigkeits- und Fettcreme und fühlte sich an, als sei sie bei einem zu heißen Waschgang eingelaufen.

»Ach, herrjemine, wie siehst du denn aus?!«, hörte ich es plötzlich neben mir wispern. Ich weiß nicht, ob er sich auf der Terrasse der zumería oder am Geldautomaten der caja de ahorros aufgehalten hatte. Mit einemmal stand Eisenherz vor mir, sah mich konsterniert an und meinte mitfühlend: »Tut's sehr weh?«

»Halb so wild.« Ich versuchte zu grinsen, ohne dabei zu erkennen zu geben, wie sehr dies schmerzte. »Nur ein kleiner Sonnenbrand.«

Mit einem Taktgefühl, das ich von ihm gar nicht erwartet hatte, ging Eisenherz kommentarlos über meine offensichtliche Lüge hinweg, nickte nachdenklich und fragte, während er neben mir die Straße zum Dorfstrand hinunterschlenderte: »Hast du es schon gehört?«

»Yep«, antwortete ich betont lapidar und überließ es meinem für gewöhnlich sehr kommunikationsfreudigen Begleiter, die Konversation zu führen und mich mit Informationen zu füttern.

»Ist das nicht eine fürchterliche Sache?« Eisenherz schüttelte nachdenklich den Kopf und meinte: »Die Leiche soll schon ziemlich gestunken haben.« Er blieb plötzlich stehen und sah mich schuldbewusst an. »Tut mir leid, hatte ich ganz vergessen.« Er senkte den Blick und fügte zögerlich hinzu: »Glaubst du, dass die Annette was damit zu tun hat.«

»Sie heißt Julia«, antwortete ich ausweichend.

»Das hat die Christiane auch behauptet. Komisch.« Er lief nun wieder neben mir, schüttelte erneut den Kopf und meinte mit tief und ehrlich empfundener Entrüstung: »Wer macht denn so was?«

Da ich auf diese Frage nichts zu erwidern wusste, antwortete ich mit einer Gegenfrage: »Warst du bei Daves Geburtstagsfeier dabei?«

»Geburtstag?« Er zuckte entschuldigend die Schultern. »Keine Ahnung.«

»Christiane hat von einer Geburtstagsfeier in der ›Taka-Tuka-Bar‹ erzählt. Dave soll Cocktails spendiert haben.«

Eisenherz überlegte, und plötzlich hellte sein Gesicht sich auf. »Stimmt. Einmal hat der Dave mir einen Cocktail ausgegeben. Nein, eigentlich hab ich den bloß bekommen, weil die Christiane ihn nicht mochte. Sie mag keine piñas. Kann sein, dass das in der ›Taka-Tuka-Bar‹ war. Die ertrunkene Frau war auch dabei. Rosanna hieß die, jetzt fällt's mir wieder ein.«

»Das muss der Abend gewesen sein«, sagte ich. »Kannst du dich an sonst irgend etwas erinnern? War Dirk auch anwesend, der Chef der ›Taka-Tuka-Bar‹?«

»War der denn damals schon Chef?« Eisenherz blieb stehen, nahm sein große Hornbrille ab, putzte sie, setzte sie auf, putzte sie erneut und sagte dann: »Die Annette und der Dave haben sich an dem Abend fürchterlich gestritten.«

»Julia«, verbesserte ich.

»Ach, stimmt ja«, meinte er und setzte stirnrunzelnd hinzu: »Die ist ganz schön sauer gewesen, aber ich hab nicht mitbekommen, worum es ging. Jedenfalls hat die dem Dave eine Szene gemacht und ist wutentbrannt davonmarschiert.« Er schüttelte andächtig den Kopf und sagte: »Junge, Junge, war die geladen! Sie hat ihr Glas an die Wand gepfeffert und ist losgestiefelt!«

»Und Dave?«

Eisenherz senkte den Kopf. »Ist doch schon so lange her. Vielleicht solltest du besser die Kati fragen. Die war an dem Abend auch dabei.«

»Kati?« Allmählich wurde mir vor lauter Namen schwindlig. »Wer ist denn das nun wieder?«

»Die Bedienung aus dem ›Esmeralda‹, der Diskothek am Hafen. Hat dir die Christiane nichts von ihr erzählt?«

Ich schüttelte den Kopf.

»Ach, richtig.« Er lächelte nachsichtig über seine eigene Vergesslichkeit. »Die Christiane hat die Kati nicht leiden können.« Er schaute sich um, als müsse er sich versichern, dass Christiane nicht gerade hinter ihm stand und ihm missbilligend über die Schulter schaute, und flüsterte: »Wegen dem Professor.«

Ich erinnerte mich an Mickis Worte über die missgünstige Christiane und glaubte zu verstehen: »Lass mich raten! Diese Kati ist jung, hübsch und wahrscheinlich eine ... (wie hatte Christiane Rosanna und Julia genannt?) ... eine verrückte Nudel.«

»Verrückt ist sie bestimmt nicht, aber verflucht hübsch.«

Ich nickte und brummelte vor mich hin: »Der Hahn im Korb.«

Jetzt nickte auch Eisenherz. Und dieses Nicken war voller Bewunderung.

»Hast du eigentlich eine Ahnung, wer Daves Leiche gefunden hat?«, versuchte ich Eisenherz wieder in die Gegenwart zu bugsieren.

»Wenn man vom Teufel spricht.« Er blieb wie angewurzelt stehen, tippte mir auf die Schulter und deutete mit der linken Hand zur Terrasse von Marias Restaurant, das wir just in diesem Moment erreicht hatten. »Da vorne sitzt er.«

Wie jeden Abend scharten sich die Touristen auf der Terrasse, um die letzten Sonnenstrahlen des Tages zu genießen und den Abend mit einem herzhaften Essen einzuläuten. Sämtliche Tische waren von sich angeregt unterhaltenden Menschen belegt, einige saßen wegen des Platzmangels auf dem kleinen Mäuerchen, das die Terrasse einfasste. Lediglich in der hintersten Ecke des Vorplatzes, direkt neben den Toiletten, saß ein einzelner Mann einsam an einem verwaisten Tisch und starrte auf eine Flasche »Veterano« vor sich, die bereits zur Hälfte geleert war.

»Das ist der Hilmar.« Eisenherz sah mich bedeutungsvoll an und setzte stirnrunzelnd und flüsternd hinzu: »Mit dem ist aber nicht gut Kirschenessen.« Er tippte mit dem Zeigefinger an die Stirn und meinte: »Der ist nicht ganz richtig im Kopf, glaub ich.«

Der Hilmar war eine ziemlich auffällige und seltsame Erscheinung. Eine Sehenswürdigkeit! Seine langen und verfilzten Haare, deren Farbe ich beim besten Willen nicht bestimmen konnte, hingen ihm in ungleichmäßig dicken Rastalocken ins Gesicht, das zudem ein wilder, ungepflegter Rauschebart zierte. Der vielleicht dreißigjährige und asketisch dürre Mann trug die obligatorischen Lederbändchen um Hals und Handgelenke, war bekleidet mit einem sackartigen, schmutziggrauen und fleckigen Umhang aus grobem Leinen, trug Ledergamaschen an den Füßen und präsentierte auf seinen Unterarmen eine Vielzahl kleinerer, dilettantisch ausgeführter Tätowierungen. Neben sich auf dem Boden hatte er einen kleinen Rucksack, einen löchrigen Schlafsack sowie eine Plastiktüte mit Lebensmitteln deponiert. Als wir an seinen Tisch traten, hob er träge den Kopf, starrte uns mit glasigen Augen an, fletschte die wenigen noch vorhandenen und schwärzlich angelaufenen Zähne und fauchte: »Verpisst euch!«

Eisenherz zuckte zusammen, stammelte eine Entschuldigung, gab mir mit einer Kopfbewegung zu verstehen, dass wir besser gehen sollten, und meinte: »Tja, ich werd dann mal.«

»Bis nachher«, antwortete ich schmunzelnd und gesellte mich zu Hilmar an den Tisch. Da kein Stuhl vorhanden war, nahm ich eine leere Bierkiste, stellte sie hochkant und setzte mich darauf. Erst jetzt sah ich den Hund, eine Art Foxterrier, der unter dem Tisch lag, leise knurrte und mich mit böse funkelnden Augen taxierte. Er schien ähnlich schlechter Laune zu sein wie sein sturztrunkenes Herrchen. Ich zog es vor, den Köter zu ignorieren, und hoffte, er würde gleiches mit mir tun.

»Schwerhörig?«, fragte Hilmar unfreundlich und deutete auf seine Ohren: »Tardo de oído?«

»Ich versteh kein Spanisch.« Während ich entschuldigend lächelte und vergeblich nach dem Kellner Ausschau hielt, überlegte ich, an wen mich diese seltsame Kreatur erinnerte.

»Wat is getz? Hasse nich gehört?«, grunzte er mit derbem Ruhrpottakzent. »Ich hab gesacht: ›Verpiss dich!‹«

»Catweazle!«, entfuhr es mir. Jetzt fiel es mir wieder ein. Hilmar sah aus wie der Zauberer aus dieser englischen Serie, die ich als Kind so gern gesehen hatte.

»Catweazle? Wen nennst 'n hier Catweazle?« Er sah mich feindselig an, wusste nicht, ob er mich erwürgen oder seinen Hund auf mich hetzen sollte, und entschied sich schließlich dafür, laut loszulachen. Er schlug mit der Hand zunächst auf den Tisch und dann auf meine Schulter. »Ey, du bis komisch. Nich schlecht, Alter!« Er räusperte sich, spuckte in hohem Bogen auf den Boden, nahm einen großen Schluck aus der Flasche, reichte mir anschließend den Brandy und fragte: »Wat has 'n mit deim Gesicht gemacht? Has 'ne Sonnallerie?«

Ich zuckte mit den Schultern, nahm einen kleinen Schluck aus der Flasche, schüttelte mich und fragte: »Eine was?«

»'ne Allerie, Mann«, wiederholte er lallend. »Vonne Sonne?«

Ich schüttelte den Kopf, gab ihm die Flasche zurück, bestellte ein Dorada-Bier bei dem schweigsamen Kellner mit dem nordischen Charakterschädel, der mich und meinen neuen Freund skeptisch taxierte, und fragte: »Üblen Tag gehabt?«

»Komm, hör bloß auf, ey!« Hilmar verdrehte die Augen und spuckte erneut auf den Boden. »Die dicke Sau hat mich ganz schön inne Mangel genommen.«

Ich erinnerte mich an den großen Dicken, den ich vom

Berg aus auf dem Fußballfeld gesehen hatte, und fragte: »Der Kommissar?«

»Wenn der denkt, er kann mir dat inne Schuhe schieben, dann hat er sich aber geschnitten.« Er nahm einen großen Schluck und verschluckte sich. Der Brandy tropfte von seinem Bart. »Der Scheiß-Tommy hat doch schon gemufft!«

»Welcher Tommy?«

»Der fuchsige Engländer, Mann! Wer sonst?«, blaffte er mich an.

»Kanntest du ihn?«

»Wen?«

»Den rothaarigen Engländer.« Ich unterließ es, »Wen sonst?« hinzuzufügen.

»Ach, der!« Er zuckte mit den Schultern. »Wat heißt ›kennen‹?« Wieder ein Achselzucken. »Und du dämliche Töle, dir werd ich helfen«, wandte er sich plötzlich an seinen Terrier und trat ihm unter dem Tisch mit voller Wucht in den Bauch. Der Hund heulte jämmerlich auf, und sein Herrchen erklärte, sich an mich wendend: »Is doch wahr. Die ganzen Scherereien nur wegen so 'n blöden Köter.« Er trat gleich noch einmal zu, verfehlte aber den Hund, der sich wohlweislich verdrückt hatte und nun in sicherer Entfernung fortfuhr, Jagd auf Flöhe in seinem zotteligen Fell zu machen.

»Was hat denn der Hund damit zu tun?« Ich nippte an dem Bier, das der Kellner mir vor die Nase gestellt hatte, und verzog das Gesicht. Die cerveza war lauwarm.

»Wat wohl?!«, schnauzte Hilmar mich an. »Glaubste, ich würd auf die Idee kommen, nach stinkendem Fleisch im Sand zu buddeln? Ich hab echt besseres zu tun, Mann, dat kannste mir glaum.« Er grinste blöde, deutete auf mein Amstel und fragte: »Schmeckt's nich?«

Ich schüttelte den Kopf, bot ihm die Flasche an, die er dankend annahm, und fragte: »Was hast du in der Hütte eigentlich gesucht?«

»Ich wollt mir, verdammt noch mal, einfach nur ’n Platz zum Ratzen suchen. Für heut Nacht. Sonst hab ich immer anner playa gepennt, al aire libre, aber dat konnste voll vergessen, ständig den Sand inner Fresse wegen dem Sturm und so. Gestern hab ich kaum ’n Auge zugemacht. Dat macht dich kirre.« Er nahm einen Schluck Bier, grunzte wohlig, sah erst mich und dann die Flasche verwundert an und fragte: »Wat is ’n damit?«

»Nicht meine Marke.«

Er rülpste und schüttelte den Kopf. »Wer konnt denn auch ahnen, dat die da ’nen Leichnam verscharrt haben? Da kann man doch nich mit rechnen, Mann.«

»Wird der Fußballplatz noch benutzt? Von einem Verein, meine ich.«

»Klar. Aber die alte Umkleide steht leer. Die ham doch dat neue Teil gebaut. Deswegen bin ich doch rein in dat Kabuff. Kein Aas schert sich drum, alles voller Gerümpel, nix wie Schutt und Plunder.«

»War die Hütte nicht verschlossen?«

»Na ja«, druckste er herum. »Wat heißt dat schon. So ’n popeliges Schloss is ja auch nicht die Welt. Da hab ich schon ganz andere Dinger geknackt.« Er grinste süffisant, schüttelte dann jedoch ärgerlich den Kopf. »Wär ich bloß nich in dat Scheiß-Teil eingebrochen, dann hätt ich getz auch nicht die Kacke am Dampfen.« Er machte seinem Unmut Luft, indem er erneut auf den Boden spuckte, nachdem er geräuschvoll den Rotz hochgezogen hatte. »Ich hab erst gar nix gemerkt, aber Zorro hat sich sofort so komisch angestellt. Ständig geknurrt und sich im Kreis gedreht, als hätt ihn ’ne Tarantel gestochen. Und dann fing er an, wie ’n Bekloppter rumzubuddeln. Scheiße, ey! Kommt da plötzlich ’ne Hand zum Vorschein. Da kann man doch echt nicht mit rechnen! War gar nich so einfach, dem Köter die Hand aus ’m Maul zu holen. Ich hätt fast gekotzt.«

»Und du hast dann die Leiche ausgegraben?«

»Bis du bescheuert, ey?!« Er tippte sich an die Stirn. »Da kam ja 'n Gestank hoch, dat kannste dir nich vorstellen. Bei der Hitze kein Wunder. Ich hab mir Zorro geschnappt und bin nix wie raus und hab die Polente geholt.«

»Du hast die Leiche gar nicht gesehen?«

»Warum willst 'n dat alles so genau wissen?« Er knallte die Bierflasche, die er gerade an den Mund führen wollte, auf den Tisch. »Bist du 'n Perverser? Stehst wohl auf Leichen, was? Oder warum kümmert dich dat so?«

»Ich würde nur gern wissen, woran Dave gestorben ist.«

»Hieß der Tommy so?«, antwortete er desinteressiert, kratzte sich den Kopf, lehnte sich zurück und wandte sich an seinen Terrier: »Und wehe, du buddelst noch mal in der Gegend rum!« Er nippte an dem Brandy, kippte ihn mit einem Schluck Bier hinunter und sah mit glasigen Augen durch mich hindurch.

Ich verstand und stand auf, klopfte zum Gruß auf die Tischplatte und meinte: »Nichts für ungut.«

»Fractura de craneo y nuca!« Hilmar grinste debil und zeigte mir seinen verrotteten Zähne.

Ich sah ihn fragend an.

»Schädel- und Genickbruch.« Er deutete auf seinen Hinterkopf und erklärte: »Die ham ihm den Dez eingeschlagen. Sacht Gómez.«

»Und wer ist dieser Gómez?«

»El comisario.« Hilmar prostete mir zu. »Und gracias für die cerveza!«

»De nada.« Ich überließ Hilmar seinen unappetitlichen Erinnerungen, die er begreiflicherweise, aber offensichtlich erfolglos mit Alkohol zu desinfizieren versuchte.

Am Tisch von Eisenherz herrschte erwartungsvolles Schweigen, als ich mich auf einem gerade freigewordenen Stuhl niederließ und nickend in die Runde blickte. Neben Eisenherz waren Christiane, ihre beiden wiedergeborenen Freundinnen Petra und Michaela sowie ein etwas klein geratener Beau mit Bodybuilder-Figur, pomadierter Tolle und sehr langen und schmalen, akkurat gestutzten Koteletten anwesend.

»Und?«, fragte Eisenherz schließlich, als er merkte, dass ich nicht augenblicklich zu plaudern begann.

»Netter Kerl, dieser Hilmar.« Ich winkte dem Kellner, der mein Winken geflissentlich ignorierte. »Kommt aus dem Ruhrgebiet.«

»Das wissen wir auch«, fauchte Christiane. »Was sagt er?«

»Dass ich mich verpissen soll.«

»Und dafür hat er so lange gebraucht?« Die Frage stammt von Petra oder Michaela. Ich hatte bislang noch nicht herausgefunden, wer von den beiden wie hieß. Sie waren bisher auch stets im Duo aufgetreten.

»Er hat's auf Spanisch gesagt«, antwortete ich. »Und das hab ich nicht gleich verstanden.«

Das erwartungsvolle Schweigen wurde zu einem eisigen und vorwurfsvollen. Christiane schnaufte missbilligend, und Eisenherz sah mich an, als hätte ich den armen Kerl gerade ungeheuer enttäuscht. Nur der Schönling grinste überlegen und meinte: »Hab ich ja gleich gesagt, Hilmar macht sich doch nur wichtig. Elender Penner!« Er deutete zu Hilmars Tisch, wo dieser gerade hektisch seine Sachen zusammenkramte, samt Zorro fluchtartig die Terrasse verließ und schwankend die Straße nach Calera hochstapfte. Der Grund für Hilmars plötzlichen Abgang kam aus der entgegengesetzten Richtung, von der Strandpromenade, war sehr groß und sehr dick, trug einen schäbigweißen und fleckigen Anzug und den Nachnamen Gómez. Der Kommissar schritt würdevoll die Promenade entlang und kam schnurstracks auf Marias Restaurant zu.

»Hat er denn gar nichts über den Toten gesagt?«, fragte Michaela oder Petra (also die andere der beiden), und ihre Augen funkelten neugierig und sensationslüstern. »Der muss ja schon fürchterlich ausgesehen haben.«

Ich stellte mich unwissend, zuckte mit den Schultern, wandte mich an Christiane und fragte: »Was heißt eigentlich ›kalt‹ auf spanisch?«

Sie sah mich irritiert an und antwortete: »Frío.«

»Una cerveza frío, por favor«, rief ich dem Kellner übertrieben laut zu.

Er drehte sich um und verbesserte: »Fría!«

»Gracias.« Ich klimperte mit den Augenlidern und starrte dann zu Boden.

»Ach, komm schon, Martin!« Eisenherz winselte geradezu und legte seine Hand auf meinen Unterarm. »Lass dir doch nicht alles aus der Nase ziehen.«

»Vielleicht solltest du die liebe Christiane fragen«, antwortete ich und legte seine Hand zurück auf den Tisch. »Vielleicht kann die erklären, wieso Daves verfaulte Leiche in einer stinkenden Hütte gefunden wird, obwohl er doch, wie Christiane mir unlängst bei einem hochromantischen, mitternächtlichen Tête-à-tête mitgeteilt hat, vor Wochen schon zurück nach Deutschland geflogen sein soll.« Ich blickte Christiane forsch in die zusammengekniffenen Augen und fügte, da ich Gómez im Hintergrund im Restaurant verschwinden sah, hinzu: »Hast du dein Wissen dem comisario eigentlich schon mitgeteilt? Oder musst du auch das erst mit el profesor absprechen?«

Alle Blicke waren nun auf Christiane gerichtet, die jedoch keine Miene verzog und mit Würde entgegnete: »Ich muss überhaupt nichts mit überhaupt niemandem absprechen. Ich hab dir lediglich mitgeteilt, was Dave und Julia mir am Abend vor ihrem Verschwinden gesagt haben. Nicht mehr, nicht weniger!« Sie nippte an ihrem Weinglas und fuhr, mit Blick auf ihre Freundinnen, hinzu: »Und von einem romantischen Tête-à-tête weiß ich nichts.«

»Und ob Julia vielleicht auch irgendwo mit eingeschlagenem Schädel verscharrt ist und darauf wartet, von einem streunenden Köter ausgebuddelt zu werden, das kannst du mir bestimmt auch nicht sagen, oder?« Während Christiane mich mit Blicken tötete und die anderen mit offen stehenden Mündern unsere Konversation verfolgten, nahm ich das Dorada-Bier, das mir der stoische Kellner reichte, und bezahlte es. Ich stand auf und wollte die Terrasse verlassen, um gemächlich die Straße hinunter zur Strandpromenade zu schlendern, als ich mit einem großen Dicken zusammenstieß, der gerade aus dem Seitenausgang des Restaurants trat.

»Perdon!«, sagte Gómez mit dröhnender Bassstimme.

»Perdon!«, sagte auch ich und betrachtete den Kommissar. Er war ein unförmiger und dennoch muskulöser Fleischklops von riesigen Ausmaßen. Alles an ihm war groß, feist und ausufernd. Nur sein fleckiger Anzug war ihm zu klein und spannte sich über dem kugeligen Bauch. Ein Mann, der trotz seines etwas schäbigen Aussehens Autorität allein durch seine gewaltige Physiognomie ausstrahlte. Ich überlegte, ob es Sinn machte, ein paar Worte mit ihm zu wechseln und ihn von den obskuren Ergebnissen meiner Nachforschungen zu unterrichten, als ich das Schild sah. Ein kleines Emailleschild als Anstecknadel am Revers seines ehemals weißen Sakkos. Es zeigte ein achtspitziges rotes Kreuz auf weißem Grund.

Ich fuhr zusammen, räusperte mich, lächelte gequält, drückte mich wie ein Winzling an ihm vorbei und machte mich eilends auf zur Strandpromenade. Auf dem Weg zu den Telefonzellen, vor denen sich bereits eine beachtliche Schlange gebildet hatte, weil der billigere Abendtarif begonnen hatte, nahm ich einen Schluck des Bieres, das ich immer noch in der Hand hielt, und stellte mit Behagen fest, dass es kalt war. Eiskalt sogar.

Es dauerte etliche Minuten, bis ich endlich an der Reihe war, und einige weitere Sekunden, bis die Verbindung nach Berlin hergestellt war. Seltsamerweise meldete sich nach zweimaligem Tuten der Anrufbeantworter: »Dies ist der Anschluss von Ute Ikemann. Leider bin ich im Moment nicht zu Hause. Bitte hinterlassen Sie eine Nachricht nach dem Piepton. In besonders dringenden Fällen, können auch Mitteilungen unter folgender Nummer hinterlassen werden.« Es folgte eine Berliner Telefonnummer (den ersten drei Ziffern zufolge ein Schöneberger Anschluss), die mir nicht geläufig war.

Ich überlegte, ob die Ermordung Daves ein besonders dringender Fall sei, und entschied, es darauf ankommen zu lassen. Unter der angegebenen Nummer meldete sich ein Mann namens Moor.

»Martin Brandt«, sagte ich. »Ich würde gern mit Ute Ikemann sprechen.«

»Gut, dass Sie anrufen«, erwiderte Moor. »Ich bin ein Kollege von Ute. Sie hat bereits angekündigt, dass Sie anrufen werden, und ich soll Ihnen etwas ausrichten.«

»Nämlich?«

»Dass sie heute Nacht zu Ihnen kommt. Warten Sie, ich schaue kurz auf den Zettel wegen der Uhrzeit. Ja richtig, heute zwischen elf und zwölf.«

»Aber ich bin auf Gomera«, war alles, was ich entgegnen konnte.

»Eben«, sagte Moor. »Und genau dahin ist Ute im Moment unterwegs. Falls Sie nicht mehr in der ›Casa Brigitte‹ wohnen, schlägt sie als Treffpunkt den Taxistand in Calera vor.«

»Ich wohne noch bei Brigitte«, stammelte ich.

»Dann dürfte Ute bis Mitternacht bei Ihnen aufgetaucht sein. Grüßen Sie sie schön von mir.«

Ich bedankte mich und legte auf.

Eigentlich hätte ich mich freuen sollen, Ute so bald wiederzusehen. Ich hätte froh sein müssen über ihre unerwartete Unterstützung in dieser verzwickten Geschichte. Aber sosehr ich mich auch anstrengte, es wollte mir nicht gelingen, frohgemut zu lächeln. Es war ein Fehler gewesen, diese vermaledeite Insel überhaupt betreten zu haben. Und dass Ute nun diesen Fehler wiederholte, machte es nur noch schlimmer.

INTERMEZZO

»Aber ich meine, es kann nichts schaden, wenn wir die Wahrheit entdecken ... Denn die Wahrheit – Sie wissen, Studer, was ich meine – rein vom wissenschaftlichen Standpunkte aus wäre es von Interesse.«

Friedrich Glauser, »Matto regiert«

Zweiter Briefwechsel

Frau … an Herrn Mani Beckmann

21. Mai …

Lieber Herr Beckmann,

lange habe ich gezögert und mich nicht dazu durchringen können, Ihnen zwischenzeitlich (außer knappen Empfangsbescheinigungen) auch inhaltliche Anmerkungen zu den ersten Seiten Ihres Romans zu schicken. Wie ich Ihrem letzten Brief entnehmen kann, handelt es sich bei dem zehnten zugleich um das letzte Kapitel des ersten Teils Ihres Krimis, und ich habe mich nun doch und endlich entschlossen, Ihnen meine (zugegebenermaßen irrelevante) Meinung mitzuteilen.

Sie werden mich für fürchterlich undankbar und inkonsequent halten, wenn ich Ihnen mitteile, dass ich an Ihrem Text vor allem jene Aspekte zu kritisieren (oder bekritteln?) habe, die direkte Folge unseres Vertrages sind. Das habe ich nun davon! Sie haben sich so korrekt und anstandslos an unsere Abmachungen und meine Forderungen gehalten, dass mich Ihr Text, der mich eigentlich zufriedenstellen sollte, in Wirklichkeit reichlich verwirrt hat. Ich erkenne meine eigene Geschichte nicht wieder!

Obwohl Sie an der zentralen Figurenkonstellation, abgesehen von den äußerlichen und optischen Verfremdungen, nur unwesentliche Änderungen vorgenommen haben, sich die Handlung bislang ebenfalls nur geringfügig (zumeist in Bezug auf die Örtlichkeiten) von den wahren Begebenheiten unterscheidet und Sie lediglich an einigen – allerdings prägnanten – Stellen Kleinigkeiten hinzugefügt haben, habe ich die Geschichte der Ute Ikemann wie die einer völlig fremden Person gelesen. Genau dies war Sinn und Zweck unseres Vertrages, aber genau dies ist es, was mich irritiert und stutzen lässt. Sie werden mir hoffentlich meine widersprüchliche und womöglich launische oder kindische Haltung verzeihen, Herr Beckmann. Oder zumindest lächelnd darüber hinwegsehen.

Ich muss gestehen, dass ich mich bei der Lektüre Ihres Manuskripts an einigen Stellen dabei ertappte, wie ich über den möglichen Fortgang der Geschichte grübelte. Obwohl ich doch selbst Beteiligte der Geschehnisse bin (oder war), sinnierte ich darüber, was dieses Detail oder jener Zusammenhang zu bedeuten haben und welche Absichten Sie mit bestimmten betont beiläufigen Andeutungen hegen könnten.

Bedauerlich eigentlich, dass ich die Auflösung des Rätsels bereits am eigenen Körper erfahren habe und somit nur kurzfristig von Ihnen aufs falsche Gleis geschickt werden konnte. (Auch wenn die Tatsache, dass ich mich überhaupt aufs Glatteis habe führen lassen, nicht gerade für mich spricht.) Ich habe zu wenig Erfahrung mit der Lektüre von Kriminalromanen, deshalb gestatten Sie mir die vielleicht naive Frage: Werden Ihnen die Leser die falschen Fährten und die bewussten Irreführungen nicht übelnehmen? Oder erwartet man von einem Krimiautor solche unlauteren Mittel sogar?

Eine hübsche Idee fand ich es, unseren Briefwechsel vom Beginn des Jahres als Prolog der Geschichte voranzustellen. Da Sie auch hier Orte und Namen diskret verschweigen, habe ich nichts dagegen einzuwenden. Allerdings erstaunt es mich, dass Sie meinen jetzigen Aufenthaltsort in der JVA … preisgeben, denn dies verrät doch einiges über den Ausgang der Geschichte, oder etwa nicht? Sollten Sie sich weitestgehend an die authentischen Vorgänge halten – und dies ist ja Ihre ausdrückliche Absicht –, so weiß man doch bereits nach wenigen Seiten, dass Ute Ikemann am Ende der

Geschichte zu einer Gefängnisstrafe verurteilt wird. Oder gehört dies ebenfalls zu Ihren falschen Fährten? Ein weiterer Schabernack?

Bedenken hinsichtlich der Glaubwürdigkeit Ihrer Geschichte hege ich jedoch bezüglich der von Ihnen erfundenen (beziehungsweise dramatisch dem Original entfremdeten) Sekte. Die Anhänger Ihrer »Freitempler« sind (ich zitiere) »Ordensritter, Zeugen Jehovas, Krischna-Jünger und Scientologen in einem«. Werden das die Leser schlucken? Ist das nicht ein wenig zu dick aufgetragen? Sektenanhänger sind zwar zumeist abstrus denkende und verblendet handelnde Menschen (ich musste dies, wie Sie ja wissen, schmerzlich am eigenen Leibe erfahren), aber bei der Schaffung Ihrer Freitempler, scheint Ihnen der Schalk im Nacken einen kleinen Streich gespielt zu haben. Auch wenn ich gestehen muss, dass mir Ihr profesor recht gut »gefallen« hat. Er gleicht dem wahren Guru, der mittlerweile sein Unwesen auf einer kleinen, von wohlbetuchten deutschen Urlaubern frequentierten Insel im Pazifik treiben soll, äußerlich überhaupt nicht, aber das Unbehagen, das ich beim Lesen verspürte, ähnelte dem, das mir die Luft nahm, als ich dem wirklichen »Templer« erstmals unter die Augen trat.

Obwohl ich nach wie vor nicht recht weiß, was ich von Ihrem Roman halten soll, erwarte ich mit einer Mischung aus Spannung und Schaudern den zweiten Teil Ihres Romans. Wie Sie haben anklingen lassen, wird der Bericht von Ute Ikemann (also meinem Alter Ego) fortgeführt, und ich darf Ihnen ganz undamenhaft versichern: ich platze vor Neugier. (Allerdings bin ich mittlerweile auf der Hut und werde sicherlich auf ihre Finten nicht mehr so leicht hereinfallen.)

Herzliche Grüße, und seien Sie fleißig.

…

Mani Beckmann an Frau …

Berlin, 26. Mai …

Liebe Frau …,

mit Vergnügen habe ich Ihren Brief erhalten und gelesen. Ich halte Ihre Reaktion keinesfalls für undankbar oder gar launisch, auch wenn eine gewisse Widersprüchlichkeit nicht zu leugnen ist. Ihre gemischten Gefühle kann ich jedoch sehr gut nachvollziehen. Hätten Sie mir vor einem halben Jahr zur Bedingung gemacht, mich strikt an die tatsächlichen und wahren Begebenheiten zu halten, so wäre Ihre jetzige Position sehr viel einfacher (weil machtvoller). So jedoch müssen Sie tatenlos zusehen, wie ich (auf Ihren eigenen und ausdrücklichen Befehl!) aus überprüfbarer Wahrheit willkürliche Erfindung mache. Und wie aus Ihrer Realität meine Fiktion wird.

Dass Sie die Geschichte der Ute Ikemann (die im ersten Teil noch gar nicht die Geschichte der Ute Ikemann ist) wie die einer Fremden gelesen haben, freut mich außerordentlich. Ebenso die Tatsache, dass Sie mir bei der Lektüre einige Male auf den Leim gegangen sind. (Obwohl ich mir nicht einmal im Klaren darüber bin, ob die Finten und falschen Fährten, von denen Sie schreiben, überhaupt und tatsächlich als solche gedacht waren.)

Sie halten die Freitempler für einen Streich, den mein Schalk im Nacken mir gespielt hat? Mag sein. Allerdings erscheinen mir der Professor und seine Mannen im Vergleich zu einigen real existierenden Sekten geradezu harmlos. Die Realität ist mitunter so absurd und unglaubwürdig, dass kein Autor wagen würde, sie in der Fiktion zu kopieren.

Bei den »Freitemplern« habe ich mich bewusst darum bemüht, sie unrealistisch und »erfunden« erscheinen zu lassen. Auch die »Finca Calatrava« ist ein reines Luftschloss. Während es für die anderen Orte und Örtlichkeiten reale oder doch ähnliche Vorbilder auf Gomera gibt, wird man nach der Finca in den Bergen von Arure vergeblich suchen. Sie ist (in doppeltem Sinne) ein Wolkenkuckucksheim!

Allerdings ist es interessant und in Bezug auf unsere Geschichte nicht ohne Pikanterie, dass es auf der Insel Gomera Ende der achtziger Jahre tatsächlich eine Art Pendant zur »Finca Calatrava« gegeben hat. Ein österreichischer Aktionskünstler, Kommunenführer und »Sex-Guru« (wie er in der Presse tituliert wurde) hatte mit etwa eintausend Anhängern südwestlich von San Sebastián ein Dorf aufgekauft und dies zu einer regelrecht autarken Gemeinde ausgebaut. Einige Jahre lang lebten die (keineswegs religiös motivierten!) Kommunarden abgeschottet von der Außenwelt in ihrem vermeintlich friedlichen Paradies und praktizierten das freie Leben und (vor allem) Lieben, bevor die Justiz ihnen auf die Schliche kam und dem gar nicht paradiesischen Spuk ein Ende bereitete.

Der Chef der Kommune, ein ehemaliger Bürgerschreck und selbsternannter Therapeut, wurde angeklagt und unter anderem wegen »sexuellen Missbrauchs abhängiger Jugendlicher in Tateinheit mit Verabreichung von Drogen zur Gefügigkeitmachung seiner Opfer« zu sieben Jahren Haft verurteilt.

Soviel zu Wahrheit und Erfindung!

Liebe Grüße und bis bald.

Mani Beckmann

Frau … an Herrn Mani Beckmann

30. Mai …

Lieber Herr Beckmann,

Sie scheinen ja richtig Spaß daran zu haben, mich mit Ihrer Autorenmacht zu necken. Wenn ich nicht so gespannt dem Fortgang der Geschichte entgegenfiebern würde, müsste ich an dieser Stelle wohl einige Drohgebärden loswerden und auf mein vertraglich garantiertes Vetorecht pochen, um Sie in die Schranken zu weisen und mir Respekt zu verschaffen.

So aber verzeihe ich Ihnen, wenn Sie sich schleunigst wieder an die Arbeit machen und mich mit weiterem Lesestoff versorgen.

Herzliche Grüße nach Berlin.

…

ZWEITER TEIL – SODOM

Erzählung fortgesetzt von Ute Ikemann

»Das Klagegeschrei wider Sodom und Gomorra ist groß; ihre Sünde ist überaus schwer. Ich will hinab und sehen, ob das Klagegeschrei, das zu mir gedrungen ist, ihren Taten entspricht oder nicht. Ich muss mich darum kümmern.«

Genesis 18, 20-21

Der erste Tag

Auf Leben und Tod!

Der Gedanke war da, als ich Julias Postkarte in den Händen hielt.

Der Gedanke wurde zur Gewissheit, als Martin am Telefon sagte: »Dein Ex-Gatte ist auf der Insel.«

Der Gedanke schoss mir erneut durch den Kopf, als die Frau am Schalter der Fluggesellschaft sagte: »Sie haben Glück, Frau Ikemann. In der Maschine ist noch ein Platz frei. Ihr Flug geht in genau zwei Stunden.«

Erwarten Sie nicht zuviel von Gomera. Die Aussage im Reisemagazin an Bord der Boeing 737 bezog sich auf das Straßennetz. »Die Natur hat die Insel derart schroff und unzugänglich gestaltet, dass noch nicht einmal überall Straßen gebaut werden konnten.« Typisch deutsch! Ein großzügig angelegtes, womöglich flächendeckendes Netz asphaltierter Straßen als Gradmesser für einen viel versprechenden Urlaub!

Erwarten Sie nicht zuviel von Gomera. Für mich bezog sich dieser Satz auf etwas ganz anderes. Und es bedeutete: Rechnen Sie mit dem Schlimmsten!

Um es gar nicht erst mit der beklagenswert bescheidenen straßlichen Infrastruktur Gomeras zu tun zu bekommen, löste ich am Hafen von Los Cristianos ein Ticket für das »Hidrofoil«, ein Schnellboot, das nicht nur die gomerische Hauptstadt San Sebastián, sondern auch das Touristenzentrum Valle Gran Rey auf der südwestlichen Seite der Insel ansteuerte. Die gut anderthalbstündige Busfahrt über die Berge blieb mir somit erspart. Und da das Boot bereits um 19 Uhr ablegte, würde ich einige Stunden eher als geplant und angekündigt im Valle ankommen.

Ich könne froh sein, dass das Hidrofoil überhaupt fahre, hatte der Mann am Ticketschalter in schönstem Schulenglisch gemeint. Der Schirokko habe glücklicherweise nachgelassen und das Meer sich wieder einigermaßen beruhigt. Allerdings solle ich für alle Fälle eine Spucktüte einstecken. Man wisse ja nie.

Hätte er mich nicht darauf hingewiesen, ich hätte vermutlich den gelblichen Himmel und die staubig erhitzte Brise gar nicht bemerkt. Ich nahm im Augenblick sowieso alles wie durch einen Schleier wahr, meine Sinne waren benebelt, meine Gedanken drehten sich im Kreis oder hüpften wild umher. Was kümmerte mich der Schirokko? Was scherte mich das Wetter?

Dirk auf Gomera. Wie lange schon hatte ich nicht mehr an ihn gedacht, keinen Gedanken an ihn verschwendet? Seitdem ich ihm den Koffer vor die Tür gestellt und »Auf Nimmerwiedersehen!« gesagt hatte. Wie praktisch für ihn, dass zur gleichen Zeit, als ich die ganze Wahrheit über Dirk herausgefunden hatte, eine mir unbekannte, aber wahrscheinlich hübsch anzuschauende Spanierin (»Verheiratet«, hatte Martin gesagt) sich seiner bereits erbarmt hatte. Mein Tritt in den Hintern hatte ihn lediglich in die ausgebreiteten Arme einer Neuen befördert .

Dirk war wie eine Katze, er landete immer auf den Füßen.

Außer mir wagten nur wenige Menschen den Husarenritt über das sich bedrohlich kräuselnde Meer, es waren zumeist Einheimische, beladen mit Pappkartons und Einkaufstüten. Ich setzte mich ins obere Geschoss im Bugteil des Bootes und machte mich darauf gefasst, mich jeden Moment übergeben zu müssen. Wider Erwarten verlief die Überfahrt jedoch relativ ruhig und ließ meinen Magen nicht revoltieren.

Und wenn mir doch zunehmend mulmig wurde, so hatte dies nichts mit dem Seegang zu schaffen.

In San Sebastián stiegen die meisten Spanier aus und einige deutsche Touristen kamen an Bord. Eine große, dicke Frau, deren Bekleidung lediglich aus einem bunten Sammelsurium leinener und seidener Tücher bestand, ließ sich, obwohl das gesamte Obergeschoss so gut wie leer war, direkt neben mir nieder und lächelte mich an. Sie heiße Debora, sagte sie und ließ ihren Namen betont geheimnisvoll klingen. Ich nickte nur und schaute aus dem Fenster. Auf Konversation verspürte ich augenblicklich wenig Lust.

»Das wird schon wieder«, ließ sie sich durch meine abweisende Reaktion nicht beirren, ich solle mir nicht alles so zu Herzen nehmen und stattdessen auf mein Herz hören. »Dein Herz lügt nicht.«

Überrascht drehte ich mich zu ihr um und starrte, wahrscheinlich dümmlich dreinschauend, in ihr strahlendes Gesicht. Sie zückte einen Prospekt, drückte ihn mir in die Hand, die sie dabei streichelte und tätschelte, und meinte, ich solle sie doch einmal besuchen kommen. Sie mache auch Einzeltherapien.

Ich studierte den Zettel, der neben computergestylten Grafiken und Bildchen (von Elefanten und Palmen) vor allem den Lebenslauf dieser Frau namens Debora sowie einen Überblick über ihr reichhaltiges Workshop- und Therapie-Angebot enthielt, und las: »Debora arbeitet seit zwölf Jahren als Medium und Orakel mit Tarot-Karten, Kristallen und Zahlensymboliken. Ihre Hellsichtigkeit erhielt sie während eines Erdbebens im Rheinland, das für sie zur Initiation wurde. Durch ihre Beschäftigung mit schamanischen Riten und der Magie der Steine wurde sie angeregt …«

»Danke«, sagte ich und gab ihr den Prospekt zurück. Falls mir danach sei, werde ich sicherlich auf sie zurückkommen.

»Ach, Kindchen«, erwiderte sie mütterlich und tätschelte erneut meine Hand, als müsse sie mir Trost spenden. Sie betastete meinen Ring, schloss plötzlich entrückt die Augen, summte leise und meinte dann: »Nicht sagen.« Sie fuhr mit den Zeigefinger auf dem Edelstein auf und ab und sagte schließlich orakelhaft: »Granat.« Sie öffnete die Äuglein, strahlte wie ein Kind, das seine Eltern beim »Mensch ärgere Dich nicht!« geschlagen hat, und flüsterte: »Rot wie das Feuer deiner Seele.«

Ich wusste nicht recht, ob ich sie auslachen oder ihr für die schauspielerische Leistung applaudieren sollte, als sie sich plötzlich zu mir herüberbeugte, mein Haar streichelte und flüsternd sagte: »Keine Bange, Kindchen, sie lebt!«

Die Zigarette, die ich mir gerade hatte anstecken wollen, fiel mir aus der Hand. Ich starrte die Frau an und stotterte: »Was … wie … woher?«

Sie legte ihre speckige Hand auf mein Knie, lächelte versonnen, stand auf und schwebte von dannen. In ihren flatternden, bunten Tüchern sah sie aus wie eine Erscheinung. Wie eine Vision.

Die Postkarte … Julia liegt am Strand und trinkt frisch gepressten Orangensaft … Früher hatten wir eine Art Geheimsprache, Zwillingssprache … Der Orangensaft bedeutete nichts Gutes, aber wie sollte ich irgend jemandem dies erklären. Ich verstand es ja selbst kaum, hatte es vergessen … Jetzt war die Zeit, sich zu erinnern … Julias benebelter Blick, als sie vor mir steht, mit dem Messer in der Hand. Blut tropft von der Klinge. »Ich stech' dich ab!« Und Dirk, der sich auf sie stürzt. »So kann es doch nicht weitergehen, Ute!«

So weit hatte ich es damals kommen lassen. Vor sechs Jahren …

Und nun dieser misstrauische Unterton in Martins Stimme. Als verschweige er mir etwas … Als glaube er mir nicht …

Auf dem Weg vom puerto nach La Calera hatte ich die zweite Erscheinung des Abends. Ich mühte mich mit meinem Koffer die Asphaltstraße hinauf, machte des Öfteren eine Pause, um mir mit einem Stück Pappe, das ich auf der Straße gefunden hatte, Luft zuzufächeln, und verwünschte meinen Entschluss, mit dem Schnellboot zu fahren. Hätte ich die Fähre genommen und wäre mit dem Bus bis Calera gefahren, so wäre ich von den derzeitigen Strapazen verschont geblieben.

Gerade als ich die Neubausiedlung Borbalán passierte und zum wiederholten Male den Koffer von einer Hand in die andere wechselte, um gleichzeitig einen gotteslästerlichen Fluch in den gelblichen Abendhimmel zu schicken, trat vor mir eine kleine Spanierin aus einem Haus auf die Straße. Sie war beladen mit Einkaufstüten, aus denen Obst und Gemüse hervorlugte, und ging in Richtung Vueltas. Als sie an mir vorbeilief, setzte sie zu einem überraschten Lächeln an, schien mich bereits grüßen zu wollen, als plötzlich ihr Gesicht zu einer vor Schrecken starren Maske wurde und sie mich wie ein Gespenst anstierte. »Carramba!«, stieß sie hervor, und ihre Stimme klang rauchig und rau wie die einer Bluessängerin. Sie presste ihre Tüten an sich, als müsste sie diese vor mir schützen, oder umgekehrt, als könnten die Tüten ihr vor mir Schutz bieten, und hastete mit gesenktem Kopf an mir vorüber. »Carramba, maldita!«, hörte ich sie leise und heiser fluchen, und es klang nicht ärgerlich. Eher ängstlich.

Furchterregender und erschreckender als sein Äußeres – sein Gesicht war krebsrot, die Lippen aufgesprungen, auf Nase und Ohren hatten sich Brandblasen gebildet – war der funkelnde und fast vorwurfsvolle Blick, mit dem Martin die Nachricht vom Tod des Engländers begleitete. »Erschlagen und vergraben«, sagte er und wartete meine

Reaktion ab. Wahrscheinlich hatte er gedacht, ich würde erschrecken oder in Panik geraten. Doch seltsamerweise fühlte ich beinahe eine Art Erleichterung. Immerhin war es nicht Julia.

Wir saßen auf dem Balkon von Martins Apartment und blickten aufs Meer. Die Sonne war bereits untergegangen. Eine nackte Birne in einer schmucklosen Fassung an der Wand erhellte notdürftig die Szenerie. Das Rauschen des Meeres bildete einen einlullend gleichtönigen Klangteppich. Einzelne Sterne zeigten sich am Himmel. Ein gutes Zeichen. Wetterbesserung.

»Warum bist du gekommen?«

»Weil ich mir Sorgen mache.«

Er nickte nachdenklich und bot mir Kaffee an. Sein Schweigen war bedrückend. Ein Chor von Fröschen war in der Ferne zu hören.

»Hast du schon irgendeine Ahnung, was hier vorgefallen ist?«, fragte ich. Sein Achselzucken und der düstere Blick verrieten mir, dass er ratlos war, dennoch hakte ich nach: »Was ist hier los?«

Er starrte in seine Kaffeetasse, rührte mit dem Löffel darin herum und berichtete, nein, er dozierte in monotonem Tonfall, als lese er vom Blatt ab oder habe seinen Text auswendig gelernt. Und sein Vortrag beinhaltete mehr Fragen als Antworten:

Julia sei zusammen mit ihrem Freund Dave etwa Mitte August im Valle Gran Rey angekommen, die beiden hätten ein Apartment in Calera bei der alten Isabella gemietet. Eine alte Freundin Daves, Rosanna, eine Engländerin, sei ebenfalls auf der Insel gewesen.

»Die Frau, die ertrunken ist?«

Martin nickte. Gemeinsam hätten die drei das Nachtleben ausgekostet, vor allem in der »Taka-Tuka-Bar«, deren Geschäftsführer mir ja nicht unbekannt sei.

»Dirk!«

Wieder ein Nicken. Allerdings sei nicht ganz klar, ob Dirk zum besagten Zeitpunkt bereits den Laden geleitet oder diesen Posten erst später erhalten habe. »Erste Fragwürdigkeit.« Martin streckte den rechten Zeigefinger in die Höhe, machte ein Pause und schlürfte Kaffee. Ich zündete mir eine Zigarette an.

Ein Sturmtaucher am Himmel gab merkwürdig krächzende und beinahe menschlich wimmernde Geräusche von sich.

Völlig unvermittelt sagte Martin: »Dirk dealt.«

Nicht was er sagte überraschte mich, sondern wie er es sagte. Wieder dieser Vorwurf in der Stimme. Ich nickte lediglich stumm und wartete auf Weiteres. Aber Martin beließ es bei seiner schlichten Feststellung und fuhr fort zu deklamieren: Julia und Dave hätten Rückflugtickets nach Schönefeld besessen. Für Sonntag, den 31. August, dies sei zugleich Daves Geburtstag gewesen. Sie hätten die Tickets jedoch nicht in Anspruch genommen und per Pinnwand zum Kauf angeboten.

»Schönefeld?«, fragte ich. »Julia lebt also immer noch in Berlin?«

»Oder irgendwo im Brandenburgischen, so viele internationale Flughäfen gibt's in der Region ja nicht.« An besagtem Sonntagabend seien sie jedenfalls in Dirks Bar gewesen, um Geburtstag zu feiern. Zwischen Julia und Dave sei es zu einem heftigen Streit gekommen, und sie sei wütend davonmarschiert. Grund unklar. »Zweite Fragwürdigkeit.« Zwei ausgestreckte Finger an Martins rechter Hand. Allerdings gebe es da noch eine Zeugin, die er noch nicht interviewt habe, eine gewisse Kati, Kellnerin in einer Diskothek am Hafen.

Warum hatte ich nur ständig das Gefühl, als werde ich von Martin auf die Probe gestellt? Es klang, als wartete er darauf, dass ich ihm widersprach.

Als ich seinen fragenden Blick sah, nickte ich, und er fuhr fort: »Eine deutsche Touristin namens Christiane behauptet, Julia habe an diesem Sonntagabend ihren Abflug für den kommenden Tag angekündigt.« Die Aussage müsse jedoch aus mehreren Gründen in Zweifel gezogen werden. »Dritte Fragwürdigkeit.« Daumen, Zeige- und Mittelfinger. Seit diesem Abend sei keine der drei Personen mehr lebend gesehen worden.

Eine Katze sprang von einem Mauerrest auf die Balustrade des Balkons, tänzelte über das Geländer, begutachtete uns neugierig und verschwand mit einem gewagten Satz in der Dunkelheit.

»Magst du deinen Kaffee nicht?«

»Doch, doch«, erwiderte ich und nahm einen Schluck. »Erzähl weiter.«

Rosannas Leiche sei am Montag, den 1. September, an der playa inglés angeschwemmt worden. Offizielle Todesursache: Tod durch Ertrinken. Badeunfall. Eine ernstzunehmende Obduktion habe nicht stattgefunden. »Vierte Fragwürdigkeit.«

»Hast du mit dem Arzt gesprochen?«

»Er behauptet, es habe kein Anzeichen für Gewaltanwendung oder Fremdeinwirkung gegeben. Allerdings glaube ich nicht, dass er sich bemüht hat, genauer hinzuschauen.« Martin schnaufte verächtlich und fügte hinzu: »Und jetzt ist es zu spät. Die Leiche ist verbrannt. Die Urne mit der Asche längst wieder in England.« Er räusperte sich und setzte seinen Sermon in merkwürdig teilnahmslosem Tonfall fort: Heute, am Donnerstag, den 11. September, sei schließlich die verscharrte und bereits verwesende Leiche Daves in einer nicht mehr benutzten Umkleidekabine eines Fußballplatzes von einem struppigen Foxterrier namens Zorro ausgebuddelt worden. Vermutliche Todesursache: Genick- und Schädelbruch. »Fünfte Fragwürdigkeit«. Er streckte alle Finger der rechten Hand von sich.

»Und Julia?«, fragte ich.

»Von der fehlt bislang jede Spur.« Aber es gebe weitere Fragwürdigkeiten und Unklarheiten. »Nummer sechs«, diesmal unterließ er es, die Zahl wie ein kleiner Junge mit den Fingern zu demonstrieren. »Das Apartment bei der alten Isabella ist bis heute nicht wieder vermietet, und das Gepäck haben Julia und Dave ebenfalls zurückgelassen. Es lagert nun im Hause der Isabella.« Möglicherweise sei das Apartment bereits weitere Wochen im voraus gebucht und bezahlt gewesen. Es sei somit davon auszugehen, dass Julia die Insel nicht verlassen habe. Jedenfalls nicht samt Gepäck.

»Und was ist mit diesem Professor Hauff und seiner Sekte?«

»Das ist Fragwürdigkeit numero sieben.« Diese sei gänzlich diffus und obskur. El profesor, wie er liebevoll von seinen Anhängern genannt werde, sei Eigentümer der »Taka-Tuka-Bar« (und diverser weiterer Läden) und ein in die Jahre gekommener Schwerenöter, der die Begleitung und Bewunderung junger, hübscher Frauen schätze. »Er hat behauptet, Julia sei nicht mehr auf Gomera, und recht deutlich sein Missfallen über meine Schnüffelei zum Ausdruck gebracht.« Womöglich habe Hauff die Touristin Christiane als falsche Informantin auf ihn angesetzt, um diese Behauptung zu untermauern.

»Und die Polizei?«, wollte ich wissen.

»Der Kommissar, der den Mord an Dave untersucht, heißt Gómez und ist Mitglied der Sekte. Was ihn nicht vertrauenswürdiger erscheinen lässt.« Martin hob die Achseln, sah mich lange an und verschränkte die Arme vor der Brust. Er wartete und schwieg.

»Was hältst du von alldem?«, brach ich das Schweigen.

»Genau das frage ich dich?«

Ich sah ihn verständnislos an.

»Die größte Fragwürdigkeit«, erklärte er, »habe ich bislang noch gar nicht erwähnt. Sie heißt Ute Ikemann und sitzt mir augenblicklich gegenüber.«

»Was meinst du damit?«

»Ich will endlich die Wahrheit von dir hören!«, fauchte er mich an. »Das alles hier stinkt doch zum Himmel. Ich hab' das ungute Gefühl, Teil einer billigen Komödie zu sein. Und ich würde liebend gern wissen, welche Rolle du darin spielst.« Er machte eine Pause, wartete auf eine Antwort und fuhr, da diese ausblieb, fort: »Findest du es nicht auch komisch, dass Julia oder Sabine oder Annette oder wie immer sie sich sonst noch nennt, dass sie bekannt ist wie ein bunter Hund, aber wenn ich den Leuten die Fotos zeige ...« Er kramte in seiner Jackentasche und holte die beiden Fotos heraus, die ich ihm mitgegeben hatte. »Wenn ich ihnen die Fotos vorlege, tippen alle auf dein Passfoto. Ein Foto, das erst kürzlich entstanden ist.«

»Julia und ich sind Zwillingsschwestern«, war alles, was mir dazu einfiel.

»Aber wenn deine Geschichte stimmt, dann hängt Julia seit mehr als sechs Jahren an der Nadel.« Er legte mir mein Passfoto vor die Nase. »Sieht so ein gottverdammter Junkie nach jahrelanger Drogenkarriere aus?«

Ich konnte ihn nur anstarren. Kein Wort kam mir über die Lippen. Ich verstand nicht, was er bezwecken oder andeuten oder gar beweisen wollte.

»Die Frau, die im August ihren Urlaub auf Gomera verbracht hat, sah aus – ich zitiere – ›wie das blühende Leben‹! Sie sei ein Gesundheitsapostel gewesen, wurde mir versichert. Nicht einmal Alkohol habe sie getrunken. Und Joints seien ungeraucht an ihr vorbeigegangen. Hört sich das nach einem Junkie an? Hört sich das nach der kleinen, ach so charakterschwachen Julia an, die beinahe alles an Drogen konsumiert hat, was der Markt hergibt?«

Martins hässliche Tiraden hätten mich in Rage bringen oder vor Scham rot anlaufen lassen müssen, aber was er sagte, klang wie Musik in meinen Ohren. Ich lächelte und fragte:

»Julia ist clean?«

Er legte den Kopf in den Nacken, schnaufte tief und verächtlich und meinte: »Jetzt hör schon auf mit dem Theater! Du weißt genau, worauf ich hinaus will.« Sein Blick machte mir Angst. Seine Worte klangen nun kalt und hart: »Erinnerst du dich an deinen Versprecher in deiner Wohnung, als du mich wie ein Schreckgespenst angesehen hast und ich dich gefragt habe, was mit dir los sei? Du hast geantwortet, wahrscheinlich seist du in Gedanken immer noch auf Gomera. Freudsche Fehlleistung, was?!«

Jetzt erst begriff ich, was in seinem Kopf herumspukte.

»Du denkst, ich war hier auf der Insel? Du glaubst, es gibt Julia gar nicht? Oder wir beide waren hier? Oder was? Glaubst du, ich hab' mir die Postkarte selbst geschrieben? Denkst du, ich habe diesen Dave auf dem Gewissen und erfinde anschließend eine Zwillingsschwester, die ich von dir suchen lasse, um ihr alles in die Schuhe schieben zu können?! Für wie geisteskrank hältst du mich eigentlich?! Dein Detektivspielen ist dir offensichtlich zu Kopf gestiegen!«

»Dein Ring ist hübsch.« Als hätte ich die ganze Zeit in den Wind geredet, deutete er auf meinen Granatring und fragte: »Kreta, oder?«

Ich sah ihn perplex an und nickte.

»Heute morgen habe ich eine Schmuckverkäuferin getroffen, die exakt den gleichen Ring in ihrem Sortiment hatte. Nicht ein ähnlicher Ring, sondern der gleiche!« Um seinen Worten die angemessene Bedeutung zu verleihen, klopfte er zweimal mit der Hand auf den Tisch. »Sie hat behauptet, alle Ringe seien handgefertigt und es gebe sie nur bei ihr im Valle. Echt gomerische Handarbeit!«

Kommentarlos stand ich auf und knöpfte meine Bluse auf. Martin starrte meinen BH an, als vermute er darin die Schlangen der Medusa. Ich deutete auf die Stelle unterhalb meiner linken Brust.

»Siehst du diese Narbe?«

Natürlich sah er sie. Er nickte.

»Sieht nicht gerade schön aus, oder?« Ich knöpfte die Bluse wieder zu, nahm die Fotos und Julias Postkarte vom Tisch, steckte sie ein und ging ins Zimmer. »Ein Andenken an Julia. Dort hat mich das Messer getroffen, mit dem sie auf mich losgestürmt ist, nachdem Dirk ihr gebeichtet hat, dass er sich in mich verliebt hat.«

»Sie wollte dich umbringen?« Jetzt war es an ihm, verständnislos zu starren.

»Ich glaube nicht, dass sie in dem Moment wusste, was sie tat«, antwortete ich. »Sie war völlig stoned. Wäre Dirk nicht dazwischengegangen, wäre ich jetzt womöglich tot.«

Martin folgte mir ins Apartment und folgerte: »Und danach hast du sie vor die Tür gesetzt.«

Ich nahm meinen Koffer und wandte mich zur Wohnungstür.

»Wo willst du denn hin?«

»Ich werde schon ein Zimmer finden.«

»Aber … du kannst doch hier …« stammelte er und fuhr sich nervös mit der Hand durchs Haar. »Es ist schon fast Mitternacht …«

Ich schüttelte den Kopf und verließ das Apartment. »Lass gut sein. Ich hätte dich niemals in diese Geschichte hineinziehen dürfen.« Zum Abschied streifte ich den Granatring vom Finger und drückte ihn Martin in die Hand. »Schau ihn dir gut an!«

Was würde er wohl für ein Gesicht machen, wenn er den Stempel auf der Innenseite des Ringes sah? Das griechische Wort »Kriti« war dort eingestanzt.

Martins Worte hatten mich restlos verwirrt und ratlos und traurig gemacht. Auch ein wenig verärgert. So hatte ich mir den Empfang auf der Insel gewiss nicht vorgestellt. Ich hatte mit Widerständen und Hindernissen, vielleicht sogar mit Anfeindungen gerechnet. Allerdings nicht von dieser Seite.

Aber vielleicht war dies das Bezeichnende an der ganzen vermaledeiten Geschichte: es gab keine klaren Seiten, keine eindeutig erkennbaren Fronten und natürlichen oder verlässlichen Bande. Schwestern wurden zu Feindinnen, Gatten zu Gegenspielern, und Freunde misstrauten einander. Alles stand in Frage.

Als ich die Treppen von der »Casa Brigitte« zur Hauptstraße hinunterstieg, war ich so in meine Gedanken vertieft, dass ich meinen Verfolger beinahe nicht wahrgenommen hätte. Ich hörte ihn, bevor ich ihn sah. Sein Absatz knarrte.

Hinter einer der nächsten Kurven bückte ich mich und gab vor, mir das Schuhband zubinden zu wollen. Ein großer, blonder, ganz in Weiß gekleideter Mann kam knarrend die Stufen hinunter, sah mich, stutzte einen Moment und ging schließlich betont schlendernd an mir vorüber. Ich wartete einige Augenblicke und marschierte dann weiter. Als ich die Hauptstraße erreicht hatte, blickte ich mich vorsichtig um, konnte ihn jedoch nirgendwo entdecken. Vielleicht hatte mir nach Martins haarsträubendem kriminalistischen Vortrag lediglich meine Phantasie einen Streich gespielt. Oder meine Angst.

An einer Bar, direkt am Taxistand und unweit einer zumería, sah ich ein Schild, das auf eine Pension im ersten Stock des Hauses hinwies. Ich betrat das Lokal, fragte den Wirt nach einem Zimmer und erhielt die Antwort: »Habitación, sí! Un momento, señorita.«

Die kurz darauf erscheinende, bereits im Nachtgewand gekleidete Frau des Wirtes führte mich ins Obergeschoss, zeigte mir ein kleines, sauberes und preiswertes Zimmer mit Blick auf die Hauptstraße, und ich überlegte nicht lange und sagte: »Bueno!«

Nachdem die finanziellen Angelegenheiten geregelt waren und ich meinen Pass als Pfand hinterlassen hatte, verschwand die Wirtin und wünschte mir eine gute Nacht. Ich bedankte mich, trat ans Fenster, schob den Vorhang ein wenig zur Seite und lugte hinaus.

Unten auf der Straße, direkt neben den Telefonzellen, stand der blonde Hüne in Weiß und schaute abwechselnd auf die Fassade des Hauses, den Eingang zur Bar und auf seine Armbanduhr. Schließlich nickte er unmerklich, schien davon überzeugt, dass ich mein Quartier für die Nacht gefunden hatte, und trottete von dannen. Einige Meter talabwärts stieg er in einen dunkelblauen Mercedes-Geländewagen mit Tenerife-Kennzeichen und brauste davon. An der Beifahrertür prangte ein großflächiger Aufkleber, auf dem ein rotes Kreuz auf weißem Grund zu erkennen war und die lateinischen Worte: »Deus lo volt.«

Wie hatten die Templer nur so schnell von meiner Ankunft auf der Insel erfahren? Entweder stand Martins Apartment unter ständiger Beobachtung (was mir doch ein wenig übertrieben erschien) oder ein fleißiger Informant hatte die Neuigkeit flugs weitergeleitet. Einen kurzen Moment lang überlegte ich, ob es sinnvoll sei, auf der Stelle die Pension zu wechseln. Doch dann verscheuchte ich die Angst und verbannte die Vorsicht, und der Trotz obsiegte. Und ich machte mich auf in die Höhle des Löwen.

In der »Taka-Tuka-Bar« erwartete mich ein regelrechtes Empfangskomitee. Der große Blonde stand am Tresen und redete auf einen kleinen, bärtigen Glatzköpfigen ein. Der Kleine trug eine weiße Kutte aus grobem Leinen, die an fernöstliche Gewänder erinnerte. Er war einige Jahrzehnte älter als mein nächtlicher Verfolger, hörte diesem aufmerksam zu, zupfte an seinem frisch und exakt getrimmten Vollbart und nickte dann und wann zustimmend. Als einen in die Jahre gekommenen Schwerenöter hatte Martin den Professor beschrieben. Und genauso sah er aus. Im Trainingsanzug und mit Goldkettchen um den Hals hätte ich ihn für einen Neuköllner Fitnessstudio-Besitzer gehalten, und im schicken Zwirn wäre er als Hamburger Lude durchgegangen. Eine unangenehme Erscheinung. Durchtrainiert und sehnig, aber nicht muskelbepackt, mit füchsischem Grinsen im Gesicht, bei dem er die strahlendweißen, wahrscheinlich überkronten Schneidezähne entblößte.

Die beiden Männer sahen und erkannten mich, drehten sich zu mir um und verbeugten sich synchron. Der Professor ließ es sich nicht nehmen, dabei die Innenflächen seiner Hände aneinanderzupressen und vor sein lächelndes Gesicht zu halten, als wolle er mich anbeten. Ich übersah die Huldigungen der Weißgekleideten, schaute an ihnen vorbei beziehungsweise durch sie hindurch und starrte in das Gesicht meines geschiedenen Mannes, der hinter dem Tresen stand und einen Cocktail-Shaker in der Hand hielt. Dirk sah gut aus wie eh und je, aber er war magerer geworden und hatte dunkle Ränder unter den Augen. Nervosität spiegelte sich in ihnen. Er versuchte sich an einem lässigen Grinsen, das ihm jedoch misslang. Neben ihm stand eine kleine Spanierin, deren erschrecktes Gesicht ich bereits am Abend auf dem Weg von Vueltas nach Calera gesehen hatte. Damit war auch die Frage beantwortet, wieso die Templer so frühzeitig Kenntnis von meiner Anwesenheit erhalten hatten.

»Lange nicht gesehen«, sagte ich und trat an die Theke, die beiden Freitempler dabei geflissentlich ignorierend. »Wie geht's dir, Dirk?«

»Hallo, Ute. Was machst du denn hier? Das ist ja eine Überraschung.«

Ich nickte seiner Frau zu und meinte: »Lügner.«

Ungemütliches Räuspern und gekünsteltes Lachen waren die Folge. Und die Frage, ob ich was trinken wolle.

Ich bestellte einen Orangensaft, setzte mich auf einen der Barhocker und steckte mir eine Zigarette in den Mund. Sofort hatte ich eine Flamme vor der Nase. Der Professor hatte nur auf die Gelegenheit gewartet und sein Feuerzeug gezückt. Ich lächelte kopfschüttelnd und zündete mir die Zigarette mit einem Streichholz an. Der kleine Mann grinste säuerlich und verneigte sich.

»Ausgerechnet Gomera! Warst du reif für die Insel?«, wandte ich mich an Dirk, als er mir den zumo servierte. »Hast es ja richtig zu was gebracht.«

Er zuckte verlegen mit den Schultern, blickte kurz zu den Freitemplern und schenkte dann seiner Frau ein entschuldigendes Lächeln. »Darf ich vorstellen? Das ist Mireia, meine Frau.«

»Holá!«, sagte ich nickend und reichte ihr die Hand. »Que tal?«

»Así, así.« Sie nahm meine Hand, schenkte mir den Ansatz eines verkniffenen Lächelns und sagte mit ihrer rauchigen Stimme: »Ich hab' schon viel von Ihnen gehört.«

»Nur Gutes natürlich«, mischte sich Dirk ein und lachte unecht.

»Was sonst?!«, antwortete ich und lachte nicht.

»Und das ist Professor Hauff«, sagte Dirk. »Ihm gehört dieser Laden.«

»Von Ihnen hab' ich auch schon einiges gehört«, wandte ich mich an den Templer, der sich prompt verneigte.

»Hoffentlich nur Positives.« Seine Kronen blitzten im Scheinwerferlicht.

Und erneut sagte ich: »Was sonst?!« Auch ich fletschte meine Zähne.

Für einen Moment stutzte der Professor, doch dann setzte er seine lächelnde Maske auf und meinte: »Es gibt immer Neider, wenn man erfolgreich ist. Und Missgunst regt die Phantasie an. Aber nicht jede Gräuelgeschichte, die über mich im Umlauf ist, entspricht den Tatsachen.«

»Das beruhigt mich ungemein«, erwiderte ich und beendete das Gespräch, indem ich mich brüsk abwandte und Dirk fragte: »Kann ich dich mal unter vier Augen sprechen? Du weißt, worum es geht.«

Er schien sich erst die Erlaubnis von seinem Brötchengeber holen zu müssen, schaute diesen fragend an und bekam mit einem Kopfnicken die Genehmigung.

»Von mir aus. Lass uns hoch gehen. Aber ich weiß eigentlich auch von nüscht! Von rein jar nüscht!« Dirk schien immer noch die Angewohnheit zu besitzen, in seinen Berliner Dialekt zu verfallen, wenn er nervös war. Oder gereizt.

Plötzlich hatte ich das Gesicht des Junkies wieder vor Augen, wie er damals, kurz nach unserer Hochzeit, vor der Tür stand … Eingefallene Wangen, unruhiger Blick, schwarz angelaufene Zähne. Ob Dirk da sei, es sei ungeheuer wichtig … Hektisches Reiben mit der rechten Hand am linken Ellenbogen. Und Trippeln von einem Fuß auf den anderen, als müsse er dringend auf die Toilette … Dirk kommt hinzu, schiebt mich in die Wohnung. Er regele das schon … Durch die Tür: »Bist 'n du völlig durchgeknallt?! Ich hab' gesagt, nicht bei mir zu Hause. Du weißt, wo und wann du mich triffst. Verdammt noch mal! Verschwinde und lass dich hier nie wieder blicken, sonst war's das. Meine Fresse!« »Mensch, Dirk, lass ma nich' hängen, Mann. Ick schieb' hier voll den Kalten.« »Bist du taub, oder was?! Verzieh dich!« … Dann Rumpeln im Treppenhaus, als sei jemand die Stufen hinuntergefallen … »Ein Kollege«, erklärt Dirk später. »Wollte mich anpumpen. Von wegen! Von mir kriegt der nüscht! Rein jar nüscht.«

Vorhin auf dem Balkon. Martins lapidare Bemerkung: »Dirk dealt!« Vielleicht hätte ich sagen sollen: »Wem sagst du das?!« Oder fragen: »Immer noch?« Ja, ich wusste Bescheid, aber es hatte lange gedauert, bis ich die Wahrheit erkannte.

Viel zu lange! Sich einzugestehen, mit einem verkommenen Subjekt verheiratet zu sein, das ist ein schmerzhafter und langwieriger Prozess. Vor allem, wenn man einiges dafür in Kauf genommen und aufgegeben hat. Ich hätte es früher ahnen können, nein, wissen müssen. Soviel Geld verdiente man nicht beim Taxifahren. Der Boss zahle überdurchschnittlich gut. Und dann das Trinkgeld ... Mein Gott, war ich naiv ... Oder verliebt. Was letztlich aufs Gleiche hinausläuft.

Ich hatte es gar nicht wissen wollen! Ich tat alles, um es nicht wissen zu müssen.

Im ersten Stock des Hauses befand sich eine winzige Mansardenwohnung mit spartanisch eingerichteter Küche und einem ebensolchen Wohnraum, in dem sich außer zwei zusammenklappbaren Pritschen lediglich ein Holztisch und zwei Stühle befanden. In einer Ecke des Zimmers waren leere Bierkisten gestapelt.

»Hier haust du?«, fragte ich, setzte mich an den Tisch und drückte meine Zigarette in einem überquellenden Aschenbecher aus. Einige der Glimmstängel darin hatten einst als Joint gedient, Pappe war als Filter mit eingedreht, um sich an dem heiß gerauchten Joint nicht die Lippen zu verbrennen.

»Quatsch!«, lachte Dirk. Sie hätten ein Häuschen in Borbalán. Diese Kabause sei nur für Notfälle. Er ließ offen, welche Notfälle er im speziellen damit meinte. Auch er setzte sich nun und fragte: »Weshalb bist du hier?«

Die gleiche Frage hatte auch Martin gestellt, und auch diesmal antwortete ich: »Weil ich mir Sorgen mache.«

»Die große Schwester«, meinte er philosophisch. Ob ich mittlerweile wieder Julias Schutzengel sei. Immer auf der Hut, um der kleinen Schwester aus der Patsche zu helfen. Er schnaufte verächtlich. »Wie in alten Tagen.«

»Nichts ist wie damals! Und das weißt du sehr gut.« Ich zündete mir eine weitere Zigarette an und starrte auf die Glut. »Ich hab' sie seit Jahren nicht gesehen. Und kein Wort von ihr gehört.«

Das überraschte ihn sichtlich. Woher ich dann wisse, dass sie auf Gomera sei. Oder gewesen sei, verbesserte er sich.

Anstatt ihm zu antworten, fragte ich: »Was hast du mit Julia zu schaffen?«

»Was soll ich denn mit Julia zu schaffen haben?!« Er sei völlig überrascht gewesen, als er sie plötzlich in der Bar gesehen habe. Und Julia habe getan, als kenne sie ihn nicht. Als sei nie etwas gewesen. »Deine Schwester ist eine gute Schauspielerin. Eine verflucht gute!«

»Du willst mir doch hoffentlich nicht einreden, dass ihr euch zufällig hier über den Weg gelaufen seid? Erzähl mir bitte keine Märchen.«

»Ich will dir gar nichts einreden. Und von mir aus kannst du glauben, was immer du willst.« Er kramte eine Packung Tabak aus der Hosentasche und drehte sich eine Zigarette. »Ich hab' sie ein paar Mal hier in der Bar gesehen, hin und wieder ein, zwei Sätze mit ihr geplaudert. Det war's.«

»Seit wann wohnst du auf Gomera?«

»Seit drei Jahren.« Mireia habe von ihren Eltern das Haus geerbt. Deshalb seien sie hergezogen. »Und weil es mir in Berlin zu brenzlig wurde«, fügte er schelmisch grinsend hinzu.

»Und Julia? Hast du sie seit damals wiedergesehen?«

Er schüttelte den Kopf. »Weder in Berlin noch im Valle.« Ansonsten könne er mir auch nicht mehr sagen als dem Typen, der letztens in der Bar gewesen sei, um sich nach Julia zu erkundigen. Lauernd fügte er hinzu: »Dein Freund?«

»Ein Freund!« Ich gab ihm Feuer und fragte: »Wo ist sie?«

Dirk schnaufte anzüglich, grinste dreckig und meinte: »Vielleicht ist es besser, nicht nachzufragen, wo Julia sich versteckt hält.« Es sei doch denkbar, dass sie gar nicht gefunden werden wolle. Er zog genüsslich an der Zigarette und blies Kringel mit dem Rauch. »Aber wenn du mich fragst«, sagte er, breitete die Arme aus und ahmte ein Flugzeug nach. »Die ist längst nicht mehr auf der Insel.«

»Warum sollte Julia sich versteckt halten?«

»Hast du noch nicht von ihrem toten Freund gehört?« Er lachte hämisch. »Du weißt ja, dass mit Julia nicht zu spaßen ist, wenn sie ihren Koller bekommt.«

»Was willst du damit sagen?«

»Als ich sie das letzte Mal gesehen habe, hat sie sich auf ihren rothaarigen Engländer gestürzt, ein Bierglas an die Wand gepfeffert und geschrien: ›Ich mach' dich alle, du miese Sau! Wenn du das tust, leg ich dich um!‹ Dafür gibt's jede Menge Zeugen, falls du mir nicht glaubst.« Wieder dieses anzügliche Schnaufen und der hämische Gesichtsausdruck. Ich wisse ja aus eigener Erfahrung, dass man solche Drohungen bei Julia durchaus ernst nehmen dürfe.

Es war, als spürte ich den Messerstich erneut … »Ich stech' dich ab!« … Und Blut, das von der Klinge tropft. Und an der Hand, mit der ich mir die Seite halte.

»Worüber hat sie mit Dave gestritten?«, fragte ich.

»Drogis unter sich. Weiß der Teufel, warum die sich ständig in den Haaren liegen. Streit um Knete. Oder den nächsten Schuss. Vielleicht waren sie auf turkey. Wenn die an einem gewissen Punkt angelangt sind, bringen die sich für 'n Appel und 'n Ei um.«

Martins Worte: »Julia war das blühende Leben.« Und: »Sieht so ein gottverdammter Junkie nach jahrelanger Drogenkarriere aus?!«

Ich grinste unmerklich und meinte: »Und das sagt ausgerechnet derjenige, der sie angefixt hat. Du bist echt ein mieses Stück Dreck!«

»Jetzt mach mal halblang, Ute, und tu nicht so scheinheilig. Spiel hier nicht den Moralapostel. Wenn ich ihr das

Zeugs nicht beschafft hätte, hätte sie sich's irgendwo anders besorgt. ›Angefixt!‹ Als hätte ich dafür Gewalt anwenden müssen. Angebettelt hat sie mich, dass ich ihr den ersten Schuss setze. Und bei mir hat sie zumindest astreine Ware bekommen. Und zu Spottpreisen.«

Mir wurde übel bei seinen Worten. Am liebsten hätte ich ihm eine Ohrfeige gegeben oder ihn angespuckt. Doch ich stand lediglich wortlos auf und ging hinunter. Als er hinter mir die Treppe hinabstieg, wandte ich mich doch zu ihm um und sagte: »Du bist nichts als elender Abschaum!«

Er lachte höhnisch und meinte: »Es gab Zeiten, da hast du drauf gestanden!«

Und dann gab ich ihm die Ohrfeige, die er verlangt hatte.

Unten warteten zwei Menschen auf uns, und vier Augen richteten sich erwartungsvoll auf mich. Der Professor schaute lauernd. Und Mireias dunkle Augen flehten bange.

»Verdammter Mistkerl!« Ich stand vor der »Taka-Tuka-Bar« und schrie meinen Ärger gen Himmel.

»Meine verehrte Frau Ikemann, oder darf ich Ute zu Ihnen sagen?« Der Professor stand mit einemmal hinter mir und wisperte mir in die Ohren.

Ich fuhr herum und fauchte: »Was wollen Sie?!«

»Entschuldigen Sie vielmals«, antwortete er und verbeugte sich. »Vielleicht haben Sie Recht mit Ihrer Einschätzung in Bezug auf unseren verehrten Dirk, ich wage das nicht zu beurteilen, aber gestatten Sie mir den Versuch, sie dennoch davon zu überzeugen, dass nicht alle Männer auf der Insel der Gattung ›Mistkerl‹ angehören.«

»Ich schätze, Sie meinen sich selbst damit?«

Er verneigte sich erneut und sagte, er stehe ganz zu meiner Verfügung. »Falls Sie Wünsche oder Fragen haben oder auch nur jemanden zum Abreagieren benötigen.« Er bot mir seinen Arm an. Er sei auf dem Weg zur Diskothek, um ein paar geschäftliche Angelegenheiten zu regeln, und würde sich glücklich schätzen, mich auf einen Drink einladen zu dürfen. Die Diskothek sei gleich unten am Hafen. »Gar nicht weit, nur ein paar Meter.«

Da dies eh meine nächste Station gewesen wäre (wie hieß doch gleich die Kellnerin, von der Martin gesprochen hatte?), hakte ich mich bei ihm ein und ließ mich von ihm durch dunkle und verwinkelte Gassen zum Hafen geleiten.

Die Diskothek »Esmeralda« befand sich im Keller eines direkt am Hafenbecken gelegenen Hauses, mit Blick auf die Fischerboote, die auf dem Wasser tänzelten, und den kleinen Sandstrand zur Linken. Die schwarz gekachelten Stufen zur Diskothek hinabzusteigen, kam dem Betreten des Hades gleich. Es wurde zunehmend stickig und stockfinster, und undefinierbares Bassgewummer drang durch die Tür und wurde zu ohrenbetäubendem Lärm, sobald man die Schwelle des Etablissements überschritten hatte.

Im Inneren der ebenfalls schwarz gefliesten oder gekachelten Disco roch es nach Desinfektionsmitteln und kaltem Rauch. Auf der linken Seite zog sich eine lange Theke an der Wand entlang, an die sich im hinteren Teil des Raumes die Kabine des Discjockeys anschloss. Dort befand sich auch die Tanzfläche, auf der sich aber im Moment niemand zur lärmenden Reggaemusik die Beine vertrat. Überhaupt war der Laden noch reichlich leer. Nur einzelne Gestalten oder Pärchen saßen in unbeleuchteten Nischen zur Rechten und starrten, aufgrund fehlender Alternativen, auf ihr Bier oder einander in die Augen.

»Ist das immer so leer hier?«, wollte ich vom Professor wissen.

»Wir sind noch zu früh, meine Liebe«, antwortete er und führte mich an den Tresen, wo eine dunkelhaarige Frau uns den Rücken zuwandte und Geld in der Kasse verstaute. Wenn die »Taka-Tuka-Bar« um zwei Uhr schließe, werde es sich hier entsprechend füllen.

Die Frau hinterm Tresen drehte sich um, zwinkerte dem Professor keck zu und fuhr dann zusammen, als sie mich genauer betrachtete. »Mein Gott, Julia«, rief sie. »Da bist du ja, ich hab' mir schon Sorgen um dich gemacht. Wo hast du denn die ganze Zeit gesteckt? Ich hab' schon gedacht …«

»Meine liebe Kati«, unterbrach sie der Professor, »das ist nicht Julia, sondern ihre Zwillingsschwester Ute. Sie scheint sich ebenfalls um Julia zu sorgen.« Auch wenn er denke, dass diese Sorgen gänzlich unbegründet seien.

»Hallo!« Kati reichte mir die Hand und meinte stirnrunzelnd, die Ähnlichkeit sei unglaublich. Julia und ich seien nicht zu unterscheiden.

Der Professor wandte sich mit einem aufmunternden Lächeln an mich. »Das ist Kati, unser aller Liebling, der gute Geist des Tals.«

In schelmisch tadelndem Tonfall und mit neckischem Seitenblick auf den Templer erwiderte Kati, immer noch meine Hand haltend: »Unser Professor übertreibt mal wieder. Sie dürfen nicht alles glauben, was er sagt. Er lügt immer, wenn es ihn bei Frauen voranbringt.«

Sie lachte herzlich und vergnügt, und überraschenderweise stimmte auch der Professor in dieses Lachen mit ein: »Kati, Sie haben mich mal wieder durchschaut!«

Er siezte sie! Und Kati siezte mich! Das gefiel mir.

Der Professor fragte nach meinen Wünschen bezüglich des Drinks, bestellte die erbetene Piña Colada und für sich ein Mineralwasser.

»Kommt sofort, Professorchen!«

Diese Kati war erstaunlich. Professorchen! Sie redete mit ihm wie einst Marlene Dietrich mit Emil Jannings alias Professor Rath in »Der blaue Engel«. Auch wenn sie optisch sehr wenig mit der Dietrich gemein hatte. Sie war mittelgroß, sehr schlank und hatte lange, wellige und dunkle Haare. Ihre ebenfalls dunklen Augen funkelten unter buschigen

Augenbrauen, der Mund war groß und ungeschminkt, und ihre Nase sehr schmal und spitz. Wie die Nase eines Igels. Sie war eine auffallend schöne Frau mit einem betörenden und gewinnenden Lächeln.

Kati sei eine Weltenbummlerin, erklärte der Professor, während diese die Getränke bereitete. »Sie ist in Deutschland aufgewachsen, Lübeck, wenn ich mich nicht irre. Lübeck ist doch korrekt, nicht wahr, meine Liebe?«

Die Angesprochene nickte und lächelte nachsichtig.

»Es wird Sie interessieren«, wandte sich der Professor wieder an mich, »dass sie später einige Jahre in Berlin gelebt hat.« Dann habe es sie nach Neuseeland verschlagen und anschließend nach Südafrika. Über Marokko und Lanzarote sei sie schließlich nach Gomera gekommen. »Und wir werden alles tun, sie hierzubehalten.«

»Wo haben Sie in Berlin gewohnt?«, fragte ich, als sie mir den Drink servierte.

»Kreuzberg.«

»Und warum sind Sie weggezogen?«

»Manchmal ist ein Tapetenwechsel die einfachste Lösung«, erklärte sie geheimnisvoll und versuchte sich an einem Lächeln, das diesmal nicht ganz so gewinnend ausfiel.

Der Professor nippte an seinem Wasser und fragte: »Ist die Abrechnung fertig?« Da Kati nickte und mit einer Kopfbewegung nach hinten deutete, entschuldigte er sich mit einer Verbeugung bei uns und verschwand in Richtung Küche, die durch eine Tür neben der DJ-Kabine zu erreichen war.

»Salud!« Ich prostete Kati zu und hob mein Glas. Durch ein freundliches Lächeln ihrerseits ermutigt fragte ich: »Wie ist es, für den Professor zu arbeiten?«

Ein spöttisches Grinsen zeigte sich in ihrem Gesicht. »Ihre Frage klingt wie ein Vorwurf. Als wollten Sie sagen: Wie kann man nur?!«

»Tut mir leid, ich hatte nicht die Absicht …«

»Schon gut!« Sie winkte ab. »Hauff ist in Ordnung.«

Hauff! Ohne Professor. Ohne Herr!

»In Ordnung?«

Als Arbeitgeber zahle er gut, und als Mann sei er leicht zu handhaben.

Mehr als einen fragenden Blick brachte ich nicht zustande.

Sie erklärte: »Als Frau ist es relativ einfach, mit ihm auszukommen. Man muss nur mit ihm umzugehen wissen. Ab und zu ein nettes Wort und ein bisschen Koketterie, und schon schnurrt er wie Kater, zieht die Krallen ein und legt sich auf den Rücken, um am Bart gekrault zu werden. Er ist halt nur ein Mann.« Sie klang, als hätte sie deswegen tatsächlich Mitleid mit ihm.

»Und sein Gurugehabe? Er scheint sich für unwiderstehlich zu halten.«

»Das täuscht!« Kati lachte. »Hauff geht auf die sechzig zu, ist gerade mal einen Meter siebzig groß, und seine Glatze auf dem Kopf muss er mit einer Tonsur kaschieren. Was bleibt ihm anderes übrig, als eine Sekte zu gründen, wenn er jungen Mädels imponieren will?«

Ich verschluckte mich an meinem Cocktail.

»Sie wundern sich, dass ich so rede?«, fragte sie achselzuckend und nahm einen Schluck aus einer Flasche Cola, die vor ihr auf dem Tresen stand. Hauff wisse, wie und was sie denke, und es störe ihn nicht, solange sie lieb zu ihm sei.

»Schlafen Sie mit ihm?«

Ungläubiges Kopfschütteln. »Ich glaube, Sie haben nicht verstanden, was ich Ihnen gerade gesagt habe. Ich habe es nicht nötig, mit ihm zu schlafen. Und der Professor hat es nicht nötig, mich ins Bett bekommen zu wollen. Von mir erhält er etwas anderes als Sex.«

Warum stand sie mir so freigebig und erstaunlich ehrlich Rede und Antwort, obwohl sie mich doch überhaupt nicht kannte? Es hatte den Anschein, als wolle sie sich vor sich selbst rechtfertigen.

»Und seine Templer? Was halten Sie von denen?«

Wieder ein Schulterzucken als Antwort und ein anschließendes ironisches Grinsen. »Ein kluger Schweizer hat einmal geschrieben: ›Religion ist wie Lebertran. Man sagt, es kräftige, aber es ist unangenehm zu schlucken, und es hilft nicht viel.‹« Ihrer Meinung nach schade es aber auch nicht sonderlich.

»Sind Sie sich dessen so sicher?«

Sie schaute nachdenklich, senkte den Blick, schwieg einige Sekunden, lächelte dann und meinte, mit traurigem Zucken in den Mundwinkeln: »Wir haben alle unsere Leichen im Keller. Der Professor hat womöglich etliche davon, ich habe mit verbürgter Sicherheit welche …« Das Zucken ihrer Mundwinkel wurde stärker, sie fuhr mit der Hand über ihre Lippen. »Und wenn Sie bei sich lange genug graben, werden auch Sie fündig werden.«

Ich sagte nichts, ich nickte lediglich. Genau darum ging es, um die Leichen im eigenen Keller. Und um die Gerippe im Schrank, deren Knochen rasselten und einen nicht schlafen ließen. Ein Schauder kroch mir über den Rücken.

Ein junger, sehr kleiner und schmächtiger Spanier mit Baseballkappe, Rapper-Bärtchen und Frettchengesicht gesellte sich zu mir an den Tresen, bestellte eine Flasche Bier, sah mich lüstern an und zischte leise zwischen den Zähnen.

Kati gab ihm das Restgeld und wedelte mit der Hand, als wolle sie eine lästige Fliege verscheuchen. Sie sagte etwas, das ich nicht verstand, und setzte hinzu: »Niño!« Kind!

Das Frettchen zuckte zusammen und verkrümelte sich.

Als wäre sie nie unterbrochen worden, fuhr sie fort, in ihren düsteren Gedanken und Erinnerungen zu kramen: »Der Professor kümmert sich nicht um meine Leichen, er fragt nichts und erforscht nichts und lässt mich in Ruhe. Und ich danke es ihm, indem ich bei ihm genauso verfahre.« Es interessiere sie nicht, in welche dubiosen Geschäften und miesen Angelegenheiten er verwickelt sei, solange er sie behandele, wie er es tue: mit Respekt!

Es war mir nicht möglich, Katis Denk- und Handlungsweise gutzuheißen. Und dennoch musste ich mir eingestehen, dass ich sie verstand. Sehr gut sogar. Ich hatte schließlich selbst lange genug die Vogel-Strauß-Politik verfolgt.

»Wenn Sie also glauben«, setzte sie hinzu, und es hörte sich an wie ihr finales Statement. »Wenn Sie denken, mich als Spitzel gegen den Professor benutzen zu können, dann werde ich Sie enttäuschen müssen. Sie werden mich nicht dazu bringen, irgendwelche dreckige Wäsche zu waschen.« Sie habe selbst genug Dreck am Stecken.

»Ich bin hier, um meine Schwester zu suchen«, erwiderte ich und schaute sie unverwandt an. Ich spürte meine Wangenmuskeln zittern. »Und ich werde alles tun, um sie zu finden. Ich erwarte nicht, dass Sie mir dabei helfen. Aber sehen Sie sich vor, falls Sie vorhaben, mir dabei in die Quere kommen zu wollen.«

Sie sah mich überrascht an, schien in meinen Augen zu erkennen, dass ich es bitterernst meinte und nickte. Sie reichte mir die Hand, wie sie es schon einmal zuvor getan hatte, und sagte: »Sie werden von mir alle Hilfe bekommen, solange Sie nicht erwarten, dass ich mir damit selbst in die Quere komme.«

Ich nahm ihre Hand und sagte: »Deal!« Und zum ersten Mal an diesem Abend hatte ich das Gefühl, nicht allein zu sein. Nicht ganz allein!

»Wie schön! Ihr habt euch bereits angefreundet.« Der Professor erschien mit einer Brieftasche in der Hand hinterm Tresen und schaute Kati von hinten über die Schulter. Ich überlegte, ob er dafür auf den Zehenspitzen stehen musste.

»Wissen Sie was, Professor«, antwortete Kati und schaute ihn ernst an. »Ich muss meinen ersten Eindruck revidieren. Ute ist ihrer Schwester gar nicht ähnlich. Ganz und gar nicht.« Zum ersten Mal verfiel sie im Gespräch mit ihm nicht in den spöttelnden Tonfall, und der Professor sah mich merkwürdig nachdenklich an. Als seien Katis Worte einer Warnung gleichgekommen.

»Zwillinge sollen doch, wie man sagt, wie Spiegelbilder sein.« Er trat zu mir auf die andere Seite des Tresens und betrachtete mich lauernd. »Zwar äußerlich ähnlich, aber seitenverkehrt. Und darum das genaue Gegenteil.«

Ich wollte gerade zum Ausdruck bringen, dass dies sehr schön gesagt sei, doch der Blick des Professors ließ mich verstummen. Er starrte an mir vorbei zur Tür und von dem eben noch vorhandenen Lächeln waren nicht einmal mehr Ruinen zu sehen. Ich wandte mich um und sah den großen blonden Templer am Eingang stehen. Er sah panisch aus, soweit sein grundsätzlich versteinerter Gesichtsausdruck Panik überhaupt zuließ, und machte seinem Chef minimalistische, aber eindringliche Zeichen.

Hauff reagierte mit offenkundigem Entsetzen. Die wenigen Gesten seines schweigsamen Gehilfen schienen ihn Böses ahnen zu lassen. Er nickte dem Blonden zu, verabschiedete sich hastig, aber mit höflichen Floskeln von uns Frauen und eilte zum Ausgang. Der Blonde redete sofort und bestimmt auf den Professor ein, hielt aber die ganze Zeit einen großen, wahrscheinlich ehrerbietigen Abstand zu seinem Boss, und dieser starrte ihm zunehmend besorgt ins Gesicht. Die beiden Männer verschwanden im Eiltempo.

Wie der Professor es vorhergesagt hatte, füllte sich die Diskothek allmählich, und es erschienen die gleichen Leute, die ich vorhin noch in der »Taka-Tuka-Bar« gesehen hatte. Kati und ihr spanischer Kollege, der zeitgleich mit den Eintretenden aus der Versenkung aufgetaucht war, hatten alle Hände voll zu tun, den Durst der Gäste zu stillen. Mit einem bedeutungsvollen Blick gab Kati mir zu verstehen, dass ich mich etwas gedulden solle und sie mir in Kürze zur Verfügung stehe. Es dauerte etwa eine Viertelstunde, bis sie sich wieder zu mir gesellen konnte. Der erste Schwung war vorbei, nun würde es einige Zeit dauern, bis die Gläser ausgetrunken waren.

»Was wollen Sie wissen?«, kam sie sofort zur Sache.

»Vielleicht sollten wir uns duzen?«

Sie nickte.

Ich sagte: »Ich hab' eigentlich nur zwei Fragen.«

»Schieß los!«

»Ist Julia noch ein Junkie?«

Es folgte ein Zögern und dann ein skeptischer Blick. »Solltest du das als ihre Schwester nicht wissen?«

Ich lächelte gequält und stocherte mit dem Strohhalm in meinem Cocktail.

»Ihr habt euch lange nicht gesehen, was?« Sie hob entschuldigend die Hände. »Versteh' schon. Sorry.« Sie lächelte mich aufmunternd an und meinte: »Julia ist clean. Hundertprozentig.« Sie habe ein paar Andeutungen gemacht, dass sie mal ziemliche Probleme gehabt habe. Aber an der Nadel hänge sie nicht mehr. Ich hätte sie küssen und ans Herz drücken können.

Sie schien meine Gedanken zu lesen und sagte beschwichtigend: »Sachte, sachte!« Ein Schluck aus der Colaflasche und dann wollte sie wissen, wie die Frage Nummer zwei laute.

»Was ist an dem Abend vor Julias Verschwinden in der ›Taka-Tuka-Bar‹ passiert? Der Abend, an dem Dave seinen Geburtstag gefeiert hat.«

»Du meinst den Streit?«

Nicken. Und gespanntes Warten. Auf eine schlechte Nachricht.

»Ich bin mir nicht ganz sicher.« Sie räusperte sich, schien nicht recht zu wissen, wo und wie sie anfangen sollte. Das sei eine lange Geschichte. Und sie sei an dem Abend einigermaßen betrunken und auch ein wenig zugekifft gewesen und könne sich nur undeutlich und vage erinnern.

»Kati! Socorro!« Der spanische Kellner wedelte mit den Armen und tat so, als ertrinke er. Dann deutete er auf eine gerade hereinströmende Meute von jungen Leuten, die sich unversehens an den Tresen gesellten und bedient werden wollten. Der Spanier rief: »Un invasión!«

»Vengo en seguida!«, antwortete Kati und entschuldigte sich bei mir. Es sei im Moment kein guter Augenblick, und sie habe jetzt nicht die Ruhe, um mir alles zu erzählen. »Wo wohnst du denn im Valle?«

»In Calera. Die ›Parada-Bar‹ am Taxistand.«

»Dann lass uns morgen früh dort treffen. Sagen wir zehn Uhr?«

Ich war einverstanden, und sie eilte ihrem Kollegen zu Hilfe.

»Hasta mañana!«

Als ich die Disco verließ, zischte es hinter mir, und jemand betatschte meinen Hintern. Ich wandte mich um, sah in das Frettchengesicht und langte zu. Die zweite Backpfeife des Abends. Es schien zur Gewohnheit zu werden.

Wirre Träume in der Nacht. Bilder aus der Kindheit … Julia und ich auf dem Spielplatz der »Haarmühle«, eines idyllisch gelegenen Ausflugslokals an der deutsch-holländischen Grenze. Es ist heiß, die Luft flirrt … Ich sitze auf dem Kinderkarussell, Julia steht draußen und schiebt an … Immer schneller und schneller. Die Fliehkraft presst mich an den Rand. Ich muss mich krampfhaft festhalten, um nicht herauszufallen. Mir wird schwindlig … »Hör auf, Julia, es reicht!« Doch sie lacht: »Nö!« Und gibt noch mehr

Schwung. »Julia! Mir wird schlecht!« Sie ruft lustig: »Dann kotz doch!« Das Karussell dreht sich mit irrem Tempo im Kreis, unaufhörlich. Zu schnell, um hinauszuspringen … Die Angst nimmt überhand, Panik kommt auf. Das Gefühl ohnmächtiger Wut … Ich balle die Faust der rechten Hand und strecke sie aus. Die ausgefahrene Faust saust im Kreis herum und landet mit Wucht auf Julias Kopf. Sie fällt wie ein Stein. Bewusstlos … Meine Empfindungen: Schrecken und Genugtuung, Sorge um Julia und das Bedürfnis, laut loszulachen … Die Vorwürfe des Vaters: »Das hätte ich nicht von dir gedacht, Ute! Von dir nicht!« … Meine Entschuldigung: »Aber es war Notwehr!« »Notwehr? Du hättest sie beinahe umgebracht.« … Und dennoch die trotzige Gewissheit, bei der nächsten ähnlichen Situation ähnlich zu handeln. »Und es war doch Notwehr!«

Warum wurde von mir immer erwartet, mich vorbildhaft und vernünftig zu verhalten, während Julia als dem Nesthäkchen beinahe vollständige Narrenfreiheit gewährt wurde? Warum wurde bei mir vorausgesetzt, dass alles glatt und einwandfrei über die Bühne ging (und dies als zwar löbliche, aber zur Gewohnheit gewordene Selbstverständlichkeit nicht weiter zur Kenntnis genommen), während bei Julia stets lächelnd und liebkosend nach Entschuldigungen gesucht wurde, wenn wieder einmal etwas gründlich daneben gegangen war … Alles fängt mit der Geburt an. Ein blöder Gemeinplatz, aber in Julias und meinem Fall wortwörtlich zu nehmen. Obwohl ich als Erstgeborene das Scheinwerferlicht der Welt erblickte – unsere Mutter war nicht mehr die jüngste, sie hatte lange Zeit keine Kinder bekommen können und schließlich mit Hormonen nachgeholfen-, gab es bei meiner Geburt keinerlei Probleme. Bei Julia jedoch kam es zu Komplikationen. Es war, als wehre sie sich gegen ihr Auf-die-Welt-Kommen … Saugglocke. Kurzzeitiger Herzstillstand. Schulterbruch … Ihr Widerstand war schmerzhaft, aber erfolglos …

»Sie war schon immer anfällig«, hieß es dann. Und ich machte mir diese Argumentation zu eigen und wurde ihre Beschützerin. Die große Schwester … Der baldige Tod unserer Mutter – sie starb bei der Geburt unseres Bruders – verfestigte meine Rolle als Schutzengel und Vorbild, dem sie glaubte, nacheifern zu müssen … Vielleicht war das das Dilemma. Wir liebten uns, wie nur Zwillingsschwestern einander lieben können, aber wir hassten unsere scheinbar naturgegebenen Rollen, denen wir nicht entrinnen konnten … Und als ich mich schließlich nicht rollenkonform verhielt und mich für den Liebhaber und gegen die Schwester entschied, führte dies zur Katastrophe … Vorhersehbar … Naturgegeben …

Der zweite Tag

Katis gestriges Zögern hatte, wie ich mir bereits gedacht hatte, keineswegs den Grund in ihrem lückenhaften Gedächtnis oder dem verschleiernden Konsum irgendwelcher Drogen. Sie wollte nicht reden. Sie war sich noch nicht im Klaren darüber, ob sie mir vertrauen wollte und durfte. Sie hatte sich nun entschieden und hielt deshalb einen einleitenden Monolog:

»Ich werde dir erzählen, was ich weiß. Ich werde dir von dem letzten Abend berichten. Von Julia, Dave und Rosanna. Von Dirk und den Drogen. Vom Professor und den Frauen. Alles, was du wissen willst, soweit ich darüber informiert bin. Ich werde dir all dies genau einmal erzählen und dann nie wieder. Sollte mich irgend jemand fragen, ob du mit mir gesprochen hast, so werde ich dies vehement abstreiten. Ich werde nichts unterschreiben, als Zeugin stehe ich dir nicht zur Verfügung. Mach mit den Informationen, was immer du für richtig hältst. Aber erwarte nicht von mir, dass ich dich dabei unterstütze, irgend jemanden ans Messer zu liefern.«

Wir saßen in der Bar am Taxistand, Kati trank einen café solo, ich einen con leche. Es waren nur Einheimische anwesend, Taxifahrer zumeist, und nur Männer. Aber sie beachteten uns überhaupt nicht. Sie schlürften Kaffee mit gesüßter Kondensmilch aus kleinen Gläsern, aßen tapas, kleine, kalte Häppchen, und unterhielten sich über Fußball. An den Wänden hingen Poster diverser Mannschaften aus Teneriffa. Oder war es immer die gleiche?

»Ist das in Ordnung für dich?« Kati sah übernächtigt aus, sie schien wenig und schlecht geschlafen zu haben. Sie sah aus, wie ich mich fühlte. Ausgelaugt.

Ich nickte, schenkte ihr ein dankbares Lächeln und zündete mir eine Zigarette an. Das Zittern der Hand hatte ich nicht unter Kontrolle.

»Vielleicht sollte ich mit Hauff anfangen«, begann Kati und schob mir den Aschenbecher herüber. »Von seiner Vorliebe für junge und knackige Mädels hast du ja bereits gehört.« Und es sei ja auch nicht gerade so, als bemühe er sich, seine Lust zu kaschieren. »Es gibt drei Arten von Frauen für ihn: die ersten sind jung, hübsch und naiv, himmeln ihn an und leben oben in der Finca der Templer, stets bereit und verfügbar. Sie sind nett anzuschauen, aber keine wirkliche Herausforderung für unseren bejahrten Don Juan. Er mimt ihnen gegenüber den Religionsführer und Guru, und das reicht, um ihnen die Nässe in den Schritt zu treiben.«

»Kati! Bitte!«

»Tut mir leid, wenn ich für diese Sorte unserer Geschlechtsgenossinnen nicht gerade besondere Sympathie hege. Ich kann Dummheit nicht ausstehen.« Und zu glauben, durch Sex mit einem Sektenchef erleuchtet zu werden, halte sie für ausgesprochen dumm.

Ein deutscher Tourist betrat den Laden, bestellte und bekam einen Milchkaffee und nahm ihn mit nach nebenan in die Saftbar. Kati wartete, bis der Deutsche außer Hörweite war, und fuhr fort: »Die zweite Sorte himmelt den Professor ebenfalls an, ist ebenso naiv und hörig, leider jedoch nicht so schön und niedlich wie erstere und wird deshalb selten und nur in extremen Notfällen erhört.« Sie deutete auf das Poster der Fußballmannschaft über uns und meinte: »Im Fußball würde man von Auswechselspielerinnen sprechen. Ein Musterbeispiel hierfür ist Christiane.« Ob ich von ihr schon gehört habe.

»Sie soll hin und wieder mit Julia zusammen gewesen sein.«

Kati lachte. So könne man es auch ausdrücken. »Christiane hat sich an Julia und auch Rosanna herangemacht, weil diese nämlich zur dritten Kategorie gehören. Sie sind ebenfalls hübsch und jung, aber sie zeigen keinerlei Interesse an den Templern und deren Guru und reizen den Professor, wie man sich denken kann, dadurch umso mehr. Sie stellen die Herausforderung dar, die seine willigen Jünger vermissen lassen.«

»Gehörst du selbst auch zu dieser dritten Kategorie?«

»Ich gehörte dazu, bis ich Hauff verständlich machen konnte, dass er mich nur halten kann, wenn er mich aus seinem Frauenrepertoire streicht und mich als quasi geschlechtsloses Wesen betrachtet.«

Zweifelnd schaute ich Kati an und überlegte, ob sie sich womöglich selbst etwas vormachte. Ich fragte: »Und Julia?«

»Die ist ein echtes Phänomen. Noch nie hab' ich eine so toughe Frau erlebt.«

»Julia? Tough?!« Ich glaubte, mich zu verhören.

»Du hättest erleben sollen, wie sie mit dem Professor umgesprungen ist.« Kati hob die Augenbrauen, pfiff anerkennend und schmunzelte plötzlich. »Schätz mal, wie und als was sie sich ihm vorgestellt hat.«

Ich schätzte: »Mandy, Fleischereifachverkäuferin aus Chemnitz?«

Kati war überrascht. »Nicht ganz«, sagte sie und nickte anerkennend mit dem Kopf. »Jennifer, Hairstylistin aus Neubrandenburg.«

»Und das hat der Professor geschluckt?«

»Keine Ahnung, anfangs vielleicht. Jedenfalls hat sie sich, in seinem Beisein, ständig über ihn und seine Sekte lustig gemacht und ihm äußerst deutlich zu verstehen gegeben, dass sie ihn für einen dreckigen alten Mann hält. Sie hat ihm gegenüber eine Unverblümtheit gezeigt, die ich sonst an ihr nie wahrgenommen habe. Es scheint, als habe der Professor sie, allein durch seine Gegenwart, bis aufs Blut gereizt.« Und sie sei nicht gerade zimperlich in ihrer Wortwahl gewesen.

»Wie hat Hauff darauf reagiert?«

Das sei ja das Interessante. Er habe ihr aus der Hand gefressen. »Wird er bei mir zum schnurrenden Kätzchen, so wurde er bei Julia zum sabbernden Idioten. Kennst du die Geschichte von der Venus im Pelz und ihrem Diener Severin?«

»Masochismus?«

»Es kam dem zumindest sehr nahe. Es schien ihm geradezu zu gefallen, von Julia erniedrigt zu werden. Oder es war ein bizarres Spiel zwischen den beiden, dem ich nicht folgen konnte.«

Kati verstummte, als erneut ein Gast der zumería seinen Kaffee in der Bar holte. Ich schaute zur Tür und erblickte Martin, der mich im gleichen Augenblick erkannte und sofort den Blick senkte. Als er, mit mehreren Tassen bestückt, die Bar wieder verließ, schaute er mich einen kurzen Augenblick verschämt und schuldbewusst an. Ich nickte. Er lächelte traurig. Es sah hilflos aus.

Kati hatte den Blickwechsel nicht verfolgt, nahm lediglich den Abgang Martins erleichtert zur Kenntnis und sagte, Rosanna sei ganz anders als Julia gewesen. Sie schnaufte abfällig. »Ich glaube, sie war ein Biest.«

»Inwiefern?«

»Sie hat den Männern schöne Augen gemacht, ihnen die Köpfe verdreht, sich auf kurze und bedeutungslose Abenteuer mit ihnen eingelassen und sich anschließend über sie lustig gemacht.«

»Dreht sich auf Gomera eigentlich alles nur um Sex?!«, platzte es aus mir heraus. »Sobald sie die Insel betreten, bestehen sämtliche Frauen nur noch aus ihrem Unterleib. Und die Männer sowieso!«

»Die Menschen sind Triebwesen, sagt Freud.« Kati schmunzelte und bestellte beim Wirt einen weiteren Kaffee. »Und auf Gomera wird strikt nach dem Lustprinzip gelebt. Hier werden nicht viele Worte gemacht, hier kommt man gleich zur Sache.« Vielleicht liege es ja an der guten Seeluft.

»Warum hat der Professor eigentlich so gute Karten bei den Frauen?« Ich betrachtete die weiße Stelle an meinem Ringfinger, an dem bis gestern noch der Granatring gesteckt hatte. »Was hat er? Allein seine religiöse Vereinsmeierei kann es doch wohl nicht sein!«

»Er ist intelligent und nicht ohne Charme, manchmal kann er sogar witzig sein. Und er ist gefährlich und mächtig.« Das sei es vor allem: Macht! »Die Männer in seiner Sekte wollen an dieser Macht teilhaben, und die Frauen sich im Glanz der Männer suhlen. Meines Erachtens besteht die Sekte vor allem aus speichelleckenden Opportunisten und Menschen mit unterentwickeltem Ego, die sich von den Freitemplern eine Aufwertung ihrer nichtsnutzigen Existenz erhoffen.« Hauff wisse das und nutze dies sehr geschickt für seine Zwecke.

Ich überlegte, in welche dieser Kategorien Dirk einzuordnen sei. Er war sicherlich ein Speichellecker, allerdings einer mit einem stark ausgeprägtem Ego. Ich fragte: »Was weißt du über Dirk?«

»Wenig«, antwortet sie und grinste süffisant. »Jedenfalls weniger als du.«

»Die Informationen scheinen gut zu fließen.«

»Das Valle ist ein Dorf, vergiss das nicht.« Sie rückte den Stuhl zur Seite, schlug die Beine übereinander und strich sich die Haare hinter die Ohren. Plötzlich wurde sie nachdenklich und zog die Stirn kraus. »Dass du mal mit Dirk verheiratet warst, finde ich einigermaßen erstaunlich. Er ist ein hübscher Kerl, aber eine linke Ratte!«

»Du bist auch nicht gerade zimperlich in deiner Wortwahl«, antwortete ich in Anspielung auf Katis Bemerkung über Julia.

»Wenn du nette Worte über deinen Verflossenen hören willst, wende dich an die Wracks, die ihren Stoff bei ihm beziehen. Vielleicht fallen denen ja Lügen über ihren Dealer ein.« Ihr wolle dies nicht gelingen. Sie zog einen Flunsch und fügte hinzu: »Ich schätze, auch Mireia werden wenige Nettigkeiten über ihren Mann einfallen.« Aber das sei eine andere Geschichte.

Es hatte den Anschein, als gebe es eine ziemliche Fülle »anderer Geschichten«.

Als Dirk mir an jenem Sonntagmorgen vor über sieben Jahren das erste Mal unter die Augen kam, wusste ich bereits einiges über ihn. Und obwohl Julia mir ständig mit ihren Schwärmereien in den Ohren gelegen hatte, war das Bild, das ich mir von ihm gemacht hatte, alles andere als positiv. Ich ahnte, dass Dirk schlecht für sie war, eine verkrachte Existenz, ein Tunichtgut und Frauenheld! Das Studium hatte er abgebrochen, hin und wieder fuhr er Taxi oder jobbte als Aushilfsfahrer bei einer Spedition, ansonsten gammelte er herum und tat und nahm sich wichtig.

»Er ist unglaublich«, hatte Julia gemeint. »Du wirst ihn mögen.«

»Das bezweifle ich«, hatte ich geantwortet und mich im Folgenden selbst eines Besseren belehrt. Wie sich herausstellen sollte, mochte ich ihn mehr, als Julia lieb sein konnte. Auch wenn meine erste Begegnung mit ihm nicht gerade viel versprechend verlief.

»Das ist er!«, stellte Julia ihn mir an jenem Morgen mit stolzem Strahlen im Gesicht vor. »Das ist Dirk.« Die beiden saßen in Unterwäsche in unserer Küche am Frühstückstisch und knabberten mehr aneinander als an ihren belegten Brötchen herum. »Und das ist meine Schwester!«

Dirk nahm mich überhaupt nicht zur Kenntnis, lutschte stattdessen an Julias Ohrläppchen und zeigte mir seinen damals noch langbehaarten Hinterkopf.

»Willst du Ute nicht wenigstens ansehen?«, wurde er prompt von Julia gerügt.

»Wenn sie deine Zwillingsschwester ist, weiß ich ja, wie sie aussieht«, sagte er lässig grinsend und ließ sich dann doch herab, mich in Augenschein zu nehmen. »Tag, Ute«, sagte er und hielt mir die Hand hin, mit der er gerade noch an Julias Brustwarzen herumgefummelt hatte. »Setz dich. Hast du Hunger? Kannst was mitessen.«

Es verschlug mir die Sprache. Dieser selbstgefällig Kerl fühlte sich anscheinend schon ganz zu Hause. In meiner eigenen Küche wurde ich wie ein geduldeter Gast behandelt. Als müsste ich ihn um Erlaubnis bitten, bevor ich mich an den Tisch setzte. Ich gab ihm nicht die Hand, ich begrüßte ihn nicht, ich machte auf dem Absatz kehrt und verließ kommentarlos die Küche.

Der erste Eindruck ist oft der richtige, vor allem wenn es ein negativer ist, das weiß ich heute. Ich hätte nie wieder ein Wort mit diesem Ekelpaket reden und ein großen Bogen um ihn machen sollen. Doch als braves und zur Höflichkeit erzogenes Mädchen und weil Julia mich inständig darum bat, gab ich Dirk eine zweite Chance. Und er nutzte sie und schaffte es wider Erwarten, dass ich meine Meinung revidierte. Entweder weil Julia ihm eine saftige Gardinenpredigt gehalten hatte oder weil er selbst zur Einsicht gelangt war, dass es sinnvoller und vorteilbringender für ihn war, es sich nicht mit mir zu verscherzen – Tatsache ist, dass er sich bei mir für sein flegelhaftes Benehmen entschuldigte und sich in der Folgezeit rührend um mich kümmerte. Dabei hielt er jedoch eine angebracht erscheinende Distanz und vermied jede Art von Taktlosigkeit.

»Siehst du«, sagte Julia nach einigen Wochen, in denen er immer öfter in unserer Wohnung zu Besuch war. »So schlimm ist Dirk gar nicht.«

Und ich konnte nicht widersprechen.

»Meine beiden Hübschen«, nannte er uns nach einiger Zeit. Und: »Meine beiden Frauen.« Wenn er selbst über seine Worte lachte, konnte ich ihm einfach nicht böse sein. Dirk war nicht nur ein äußerst gut aussehender Mann, er konnte auch sehr charmant und witzig sein, wenn er wollte. Und damals wollte er.

Je mehr Julia abdriftete, desto besser verstand ich mich mit Dirk. Dass er der eigentliche Grund für Julias Abdriften war, konnte ich nicht wissen. Ich hatte mich an ihre Alkoholeskapaden gewöhnt, die Verschlimmerung in ihrem Charakter und Verhalten nahm ich wahr, ihre zunehmende Kokserei blieb mir nicht verborgen, aber ich brachte sie nicht mit Dirk in Verbindung. Jedenfalls nicht so direkt, wie es sich dann als tatsächlich herausstellte. Dirk und ich wurden ein Paar, bevor wir de facto eines waren. Zunächst verbündeten wir uns, weil wir uns um Julia sorgten (zumindest dachte ich das). Und schließlich vereinigten wir uns, weil Julia nicht mehr zu helfen war.

Die ganze Zeit belieferte er sie mit dem Stoff, zunächst mit Kokain und am Ende mit Heroin, und zugleich sorgte er für sie, als sei ihr Wohl sein einziges Ziel. Die Saufkumpane und merkwürdigen Gestalten, mit denen Julia früher herumgehangen hatte, warf er aus der Wohnung und wurde selbst zu einer Art inoffziellem Mitbewohner. Er übernahm die Regie, er zog die Fäden, und ohne dass ich es merkte, wurde ich, genau wie Julia, zu Dirks Marionette. Er spielte uns gegeneinander aus, so dass Julia und ich uns gegenseitig misstrauten und schließlich eisiges Schweigen zwischen uns herrschte.

Dirk war immer da, um mich zu trösten. Und ich war nur zu bereit, mich trösten zu lassen. Ich glaubte, ein Recht darauf zu haben, und merkte nicht, dass ich mich zum Hanswurst machte. Dirk hatte es geschafft, dass ich meine eigene Schwester als störend empfand. Ihm mache ich deswegen gar keinen Vorwurf, er hatte ein gutes Motiv: Eigennutz. Aber mir werde ich dies nie verzeihen, denn mein einziger Grund hieß Dummheit. Die schlimmste Form der Dummheit sogar: Verliebtheit!

»Er ist ein hübscher Kerl«, hatte Kati vorhin gesagt. »Aber eine linke Ratte!

Und Dirks Worte: »Es gab Zeiten, da hast du drauf gestanden!«

»Worauf hast du gestanden?«, fragte Kati und sah mich besorgt und mit krauser Stirn an. Sie strich mir über den Unterarm und erschrak, als ich zusammenzuckte.

Ich fragte: »Seit wann leitet Dirk die ›Taka-Tuka-Bar‹?«

»Erst seit kurzem«, antwortete sie. Wieder zog sie ihre Stirn kraus und strich sich die Haare nach hinten. »Etwa seit der Geschichte mit Rosanna.«

Jetzt gab es kein Zurück mehr. Es war an der Zeit, über Daves Geburtstag zu reden. Über die letzte Nacht. Sonntag, den 31. August.

»Was ist in dieser Nacht passiert?«, fragte ich.

Und Kati erzählte. Ich konnte es regelrecht vor Augen sehen.

Es ist kurz vor Mitternacht. Die »Taka-Tuka-Bar« ist gut gefüllt, die Boxen dröhnen, der Lärmpegel ist beträchtlich. Julia und Dave, Rosanna und Christiane stehen im Pulk vor dem Tresen. Auch Kati ist anwesend, es ist ihr freier Abend. Die Atmosphäre ist merkwürdig gedrückt. Obwohl Daves Geburtstag ansteht, will keine Feierstimmung aufkommen.

Mireia und Dirk arbeiten hinter der Bar und haben alle Hände voll zu tun. Der Professor und sein Gehilfe sind ebenfalls zugegen, sie stehen an einem Stehtisch in unmittelbarer Nähe und beobachten das Treiben.

Dave bestellt eine Runde Cocktails. Alle sind's zufrieden, nur Christiane nicht. Sie mag ihre Piña Colada nicht und gibt diese einem Riesenbaby mit Hornbrille, der sich gern in ihrer Nähe herumdrückt. Christiane ist sauer, weil Dave sich weigert, ihr einen anderen Cocktail zu spendieren. Das habe er absichtlich gemacht, er wisse genau, dass sie keine Ananas mag. Dave grinst und sagt: Cheers! … Der große Zeiger der Uhr über dem kleinen: Happy Birthday!

Auch der Professor lässt es sich nicht nehmen, dem Engländer zu gratulieren. Leider habe er kein Präsent dabei. Dann solle er Dave doch ein Wunder schenken, schlägt Julia vor. Wasser zu Wein oder etwas ähnlich Einfaches. Er müsse ja nicht gleich einen Toten auferstehen lassen. Der Professor verbeugt sich indigniert und erwidert, das übersteige dann doch seine Kräfte … Rosanna erzählt übertrieben laut und aufgesetzt trällernd von ihrem letzten amourösen Abenteuer und schaut dabei den Professor bedeutungsvoll an. Der Mann sei recht winzig gewesen und entsprechend klein seien auch die sonstigen Gliedmaßen ausgefallen. Sie hebt ihren kleinen Finger, um die Größe zu veranschaulichen. Die Augen des Professors funkeln gefährlich, aber er sagt nichts und gesellt sich wieder zu seinem Assistenten … Christiane ist entrüstet und streitet sich mit Rosanna, nennt sie ein Flittchen und eine Zimtzicke. Das sage ja die Richtige, erwidert Rosanna. Während zwischen den Frauen die Fetzen fliegen, wird Dave von Dirk an den Tresen gewunken. Getuschel zwischen den Männern, es sieht so aus, als habe auch Dirk ein Geschenk für Dave. Letzterer bekommt ein merkwürdiges Leuchten in den Augen. Zögern. Ein Blick zu Julia. Diese mischt sich gerade in den Streit der Frauen ein, schlägt vor, ein Schlammcatchen am Baby Beach zu veranstalten. Kati sieht Daves sonderbaren Gesichtsausdruck, als dieser mit einem kleinen Päckchen auf der Toilette verschwindet. Sie macht Julia darauf aufmerksam, dass deren Freund vielleicht Hilfe benötige. Sie deutet zum Klo. Julia sieht Kati an, misstrauischer Blick zu Dirk, dann Panik in den Augen. Sie rennt zur Toilette, klopft an die Tür … Dave, open up! Immediately!! …

Nichts rührt sich. Julia hämmert gegen die Holztür, sie ist völlig außer sich. Tritte gegen die verschlossene Tür. Hilfesuchende Blicke in die Runde. Tränen in den Augen. Was sie denn habe, fragt Christiane. Ob Julia jetzt total übergeschnappt sei. Schnauze! schreit Rosanna sie an. Oder sie stopfe ihr eigenhändig das verdammte Maul! Tumultartige Szenen ... Dann taucht Dave im Türrahmen auf, er sieht aus wie vorher, er grinst und fragt, was denn los sei. Nur seine Augen verraten, was vorgefallen ist. Entrückt. Nicht fokussiert!

Julia schreit entsetzt auf und stößt Dave zurück in die Toilettenkabine. Knallen der Tür. Gespenstische Stille in der Bar. Die Kassette ist zu Ende, keine Musik. Auch die Gespräche der restlichen Gäste kommen plötzlich ins Stocken ... Undeutliche Stimmen aus dem Klo. Dann etwas deutlicher: Seit wann, Dave? Seit wann?! Anschließende Stille. Dirk dreht die Kassette um. Zusammenzucken, als die Musik einsetzt. Julia kommt aus der Toilette gestürmt, wie eine Berserkerin. Dave hinterher, er will sie festhalten. Sie reißt sich los: Wenn du das tust, mach ich dich alle! Ich leg dich um, verdammter Scheißkerl! Sie nimmt das halbvolle Cocktailglas und schleudert es in Daves Richtung. Es verfehlt ihn knapp, zerscheppert an der Wand ... Julia rennt hinaus. Dave schreit: Piss off, bitch! Und bestellt am Tresen ein Bier. Cheers!

Kati steht wie paralysiert, schaut ungläubig in die Runde. Der Professor ist verschwunden. Ebenso Albers, sein Schatten. Weder Rosanna noch Christiane sagen ein Wort, beide haben ihren Streit vergessen. Und das Riesenbaby mit der Hornbrille meldet sich zu Wort: Mann oh Mann, war die geladen!

Kati verlässt die »Taka-Tuka-Bar«, sucht Julia, will sie sprechen, vielleicht trösten. Aber niemand ist zu sehen, auch der Professor nicht. Eine mondhelle Nacht, zwei Tage nach Vollmond. Von Julia keine Spur ...

Wir waren mittlerweile beim dritten Kaffee angekommen. Mein Magen meldete sich und rebellierte, und es lag nicht allein am Koffein. Kati starrte in ihre leere Tasse, sah den Kaffeesatz und fragte: »Glaubst du an Karma?«

»Nicht, wenn es als billige Entschuldigung für alles herhalten muss.«

»Glaubst du, dass man seinem Schicksal entkommen kann?«

Der Ton, in dem sie ihre Fragen stellte, ließ mich frösteln. Und ich wusste, dass sie noch nicht alles gesagt hatte. Dass ihr oder mir das Schlimmste noch bevorstand. Katis Blick war im Moment ebenso unfokussiert wie der von Dave, als er aus der Toilette trat, allerdings lag dies nicht an eingeworfenen oder injizierten Drogen, sondern daran, dass sie in sich hinein statt aus sich heraus schaute. Und was sie erblickte, schien sie zu bedrücken.

»Was siehst du?«, fragte ich.

»Ich höre etwas!«, antwortete sie. »Hilferufe.«

Ich wollte nachhaken, doch mit einem flehentlichen Blick gab sie mir zu verstehen, dass sie noch etwas Zeit brauchte. Nach einem tiefen Seufzer sagte sie: »Ich bin an dem Abend nicht wieder in die ›Taka-Tuka-Bar‹ gegangen, sondern nach Hause um zu schlafen. Ich wohne nur wenige Meter von der Bar entfernt. Aber an Schlafen war nicht zu denken. Irgendetwas hielt mich wach. Darum hab' ich mich mit einem Glas Rotwein auf den Balkon gesetzt und in den Sternenhimmel geschaut.« Von ihrem Balkon aus habe sie die Rückseite der »Taka-Tuka-Bar« samt Hinterhof recht genau im Visier. Oder besser: die Bar sei in Hörweite. Denn gesehen habe sie nichts. Nur gehört.

»Hilferufe?«

Sie nickte. »Hilferufe einer Frau. Sie schienen aus dem Hof zu kommen oder von der Straße.«

»Was hat die Frau gerufen?« Meine Stimme zitterte wie die Zigarette in meiner Hand. »Hast du die Stimme erkannt?«

»Schwer zu sagen. Sie hat auf englisch geschrien: ›Don't! Stop it, you bastard! I said, stop it!‹ Ich hab' versucht, irgendetwas zu sehen, aber trotz des Mondlichts, war nichts zu erkennen. Dann kam die Frauenstimme erneut: ›Are you outa your mind?! Son of a bitch! Help!‹ Und dann noch einmal, diesmal verzweifelt und mit sich überschlagender Stimme: ›Help me! Someone help me! Please!‹« Plötzlich sei es still gewesen. Nichts mehr zu hören. Nur ein Lichtschein, der in den Hof fiel. »Der Hinterausgang der ›Taka-Tuka-Bar‹ stand offen, und ein Schatten erschien im Türrahmen. Eine Frau rief: ›Holá? Hay algien?‹ Und wiederholte auf deutsch: ›Ist da jemand?‹« Die Frau sei hinausgetreten, habe sich umgeschaut und sei schließlich zurück in die Bar geeilt. »Die Tür fiel ins Schloss. Es war wieder dunkel. Und es blieb still.«

»Die Frau, die auf englisch um Hilfe gerufen hat«, fragte ich und wagte dabei nicht aufzuschauen. »War das …?«

»Es könnte Rosanna gewesen sein, aber sicher bin ich mir nicht.«

»Hast du nicht nachgeschaut?«

»Natürlich. Aber es hat eine Weile gedauert, bis ich unten war. Ich musste mich erst wieder anziehen und dann um den Block gehen, da es von meinem Haus keinen direkten Zugang zu dem Hof gibt. Als ich dort ankam, war keine Frau zu sehen. Nur Dirk stand in der Tür zur Bar und fuhr mich an, was ich denn hier wolle. Ich solle mich lieber verkrümeln.«

»Dirk?«

Kati nickte. »Und Hauff erschien beinahe im gleichen Moment hinter ihm und blickte an ihm vorbei in den Hof. Ich hab' den beiden erzählt, was ich gehört hatte. Und sie sagten, sie wüssten Bescheid und kümmerten sich darum. Ich solle nach Hause gehen und mich schlafen legen.«

»Was du dann auch gemacht hast?«

»Ich bin nach Hause gegangen.« Aber geschlafen habe sie nicht.

»Und am nächsten Tag ist Rosannas Leiche angeschwemmt worden«, sagte ich und drückte die Zigarette im überquellenden Aschenbecher aus. »Und Julia und Dave waren fortan wie vom Erdboden verschluckt.«

Wieder nickte Kati. »In Daves Fall sogar wortwörtlich zu nehmen.«

Wir sahen uns an und schwiegen. Es schien vorerst alles gesagt zu sein. Ende der Geschichte. Oder erst der Anfang?

Als wir auf die Straße traten, blendete uns das Sonnenlicht. Es war beinahe Mittag. Die Hitze war unerträglich. Kein Lüftchen rührte sich. Der Himmel war wieder strahlendblau, aber der Schirokko hatte seine drückende Schwüle zurückgelassen. Ein Straßenköter lag ausgesteckt auf den Fliesen des Gehsteigs und hechelte. Eine Grille sirrte.

Kati setzte ihre Sonnenbrille auf, wandte sich zu mir um und meinte: »Wie gesagt, ich hab' nicht mit dir gesprochen. Kann ich mich darauf verlassen?«

»Wovor hast du eigentlich Angst?«

»Du hast gut reden«, antwortete sie. »Was auch immer noch geschehen mag, du wirst diese Insel wieder verlassen. Aber ich lebe hier. Und ich habe keine Lust, schon wieder meine Koffer zu packen. Ich bin müde. Ich bin's leid.«

»Wovor rennst du davon?«

»Du stellst zu viele Fragen, Ute.«

»Warum hast du mir dann geantwortet?«

Anstelle einer Entgegnung gab sie mir die Hand. Sie nahm für einen Moment die Brille ab. Sie sah mir in die Augen. Sie gab mir einen Kuss auf die Wange und sagte: »Viel Glück!« Sie wandte sie sich ab und ging.

»Ciao!«, rief ich ihr hinterher. »Und Danke!«

Ich blieb unentschlossen stehen und hätte weinen mögen. Ohne zu wissen, wieso. Mir war einfach danach.

Vielleicht war es falsch gewesen, herzukommen und meine Nase in Angelegenheiten zu stecken, die mich nichts angingen und die ich nicht verstand. Und ich dachte an den flehentlichen Ausdrucks in Mireias Gesicht, als sei ich die Herrin über ihr Geschick und mein Wort entscheide über ihr Wohl oder Weh ... Vielleicht hatte Dirk recht gehabt und ich machte tatsächlich alles nur noch schlimmer. Aber was machte ich schlimmer? ... Und ich wusste plötzlich, ich würde keinesfalls und unter keinen Umständen abreisen. Allein deshalb, weil es mir von allzu vielen Seiten nahegelegt wurde, mich aus allem herauszuhalten ... Ich war eine Spielverderberin. Das war ich immer schon gewesen. Julia hatte früher oft gesagt: »Jetzt sei doch keine Spielverderberin, Ute!« Beinahe so oft wie: »Du hast aber auch überhaupt keinen Sinn für Humor.« Um dann lachend hinzuzusetzen: »Wenn du mich nicht hättest ...«

Eine Berührung an der Schulter brachte mich zurück in die Wirklichkeit und Gegenwart. Ich fuhr herum und schaute in Martins sonnenverbranntes, bei Tageslicht noch furchterregender aussehendes Gesicht. Er stand steif vor mir und bemühte sich um eine lächelnde Miene. Aber es sah lediglich bemüht aus. In der rechten Hand hielt er den Granatring, den er mir zögernd hinhielt.

Ich nahm den Ring und steckte ihn an den Finger.

»Ich weiß auch nicht, was in mich gefahren ist«, setzte Martin zu einer Erklärung oder Entschuldigung an. »Es war alles zuviel für mich ... ich weiß auch nicht ... es tut mir leid. Es war nicht meine Absicht, dir ...«

»Ich bin dir nicht böse«, unterbrach ich ihn. »Ich kann dich sogar gut verstehen. An deiner Stelle hätte ich mir auch nicht über den Weg getraut.«

Er schaute überrascht und lächelte dann. »Als Privatdetektiv bin ich offensichtlich eine Flasche«, sagte er. Aber er würde mir trotzdem gern weiterhin helfen. »Wenn ich darf.«

Ich nahm dankbar seine Hand und nickte.

Eine Zentnerlast schien von ihm zu fallen, er strahlte und sagte: »Ich möchte, dass du jemanden kennenlernst.«

Ich ließ mich von ihm zu der Saftbar führen, auf deren Terrasse ein junges Pärchen saß, auf das Martin nun wies. Die beiden schienen noch Teenager zu sein. Das Mädchen hatte mittelgescheitelte, lange Haare und war gekleidet, als sei sie aus dem Woodstock-Film entfleucht. Sie hielt die Hände vors Gesicht und weinte. Der Junge war groß und blond gelockt, wippte ununterbrochen mit dem Oberkörper und versuchte sie zu trösten, indem er seine Hand auf ihre Schulter legte. Eine ziemlich unbeholfene Geste.

»Das sind Sandy und Micki«, erklärte Martin. »Sandy war bis gestern oben bei den Freitemplern in der Finca Calatrava.« Heute morgen sei sie Micki über den Weg gelaufen und habe seitdem nur geweint. »Sie will nicht sagen, was oben in den Bergen passiert ist.« Sie habe lediglich angedeutet, es handele sich um eine Frauensache. Und sie könne und wolle nicht mit ihnen darüber reden.

»Eine Frauensache?« Mir fielen Katis hässliche und gehässige Worte ein. Kategorie Nummer eins, die Naiven mit dem nassen Schritt! Und obwohl diese Sandy Rotz und Wasser heulte, wollte sie mir nicht sympathisch werden. Ein feuchtes Weib. Wer hatte diesen Begriff verwendet? Goethe oder Schiller? »Zu nah am Wasser gebaut«, hatte mein Vater immer gesagt. Vielleicht wollte ich auch gar nicht wissen, was »oben in den Bergen« vorgefallen war. Obwohl …

»Könntest du nicht mit ihr reden?«, fragte Martin. »Unter Umständen kannst du bei der Gelegenheit …« Er ließ den Satz unbeendet, aber ich hatte ihn auch so verstanden und nickte.

Martin gab dem Blondgelockten ein Zeichen, und gemeinsam schlichen sie von dannen und ließen das Hippiemädchen in meiner Obhut. Als sei die Tatsache, dass ich ein weibliches Wesen war, ein Allheilmittel gegen die ominöse »Frauensache«, von der das mir völlig unbekannte Mädchen gesprochen hatte. Wieder spürte ich diese Abneigung, etwas von den Frauen und Jüngern der Templer zu hören. Von etwaigen, womöglich nicht ganz freiwilligen Sexspielchen und sonstigen obskuren Praktiken, für die meine Phantasie nicht ausreichte oder denen meine anerzogene Prüderie und Schamhaftigkeit im Weg standen.

»Ich weiß nicht«, begann ich, »ob ich die richtige Person bin, um über das zu sprechen, was in der Finca vorgefallen ist. Vielleicht solltest du lieber zur Polizei gehen. Falls du überhaupt Anzeige erstatten willst.«

Das Mädchen schaute mich mit verheulten Augen verständnislos an. »Anzeige? Wieso denn das?« Was denn die Polizei damit zu tun habe.

Die Kleine hatte einen recht extremen schwäbischen Akzent, was – zusammen mit dem ständigen Schniefen – nicht gerade zur besseren Verständlichkeit ihrer Worte beitrug.

»Haben die Templer denn nicht …«, druckste ich herum. »Haben sie sich keine … Freiheiten herausgenommen?« Freiheiten herausgenommen! Ich redete ja wie einst mein Vater. Immer um den heißen Brei herum. Frauensachen!

Sandy sah mich verstört an. »Freiheiten? Wovon redest du eigentlich? Die Templer haben mich weggeschickt!« Und nun schluchzte sie und heulte steinerweichend. »Von wegen Freiheiten! Sie wollten mich nicht mehr!«

»Sie haben dich fortgejagt?«

»Nein, nicht direkt, aber sie haben mich links liegen lassen. Mich nicht angefasst und nichts berührt, was ich angefasst hatte. Als hätte ich Lepra.«

»Und warum?«

»Drittes Buch Mose, 15. Kapitel!«, rief sie schluchzend und hielt sich erneut die Hände vors Gesicht, so dass ich die folgenden Worte beinahe nicht verstanden hätte: »Ich hab' meine Mens.«

Sosehr es mir für das Mädchen leid tat und obwohl sie allem Anschein nach völlig verstört und verzweifelt war, konnte ich mir nicht helfen. Schallend lachte ich los. »Sie haben dich gemieden, weil du deine Tage hast?«

»Was ist denn daran so komisch?«, fauchte die Kleine mich an. »Ich find' das gar nicht witzig.« Die Templer seien da fürchterlich streng und lebten wortwörtlich nach der Bibel. »Helmut wurde fuchsteufelswild, als er die blutige Bescherung sah. Er hat getobt, mir fürchterliche Vorwürfe gemacht und gemeint, jetzt sei er sieben Tage unrein. Als habe er selbst den Blutfluss, so nannte er das. Und er dürfe solange niemanden anfassen, auch keinen Mann.«

»Wer ist Helmut?«

»Helmut Albers, er ist Meister der Freitempler und Assistent des Professors. Er gehört dem Großkapitel an.«

»Wenn er nicht gerade unrein ist und niemanden anfassen darf«, entfuhr es mir, bevor ich mir auf die Zunge beißen konnte.

Sie sah mich feindselig an. Doch statt mich mit beleidigtem Schweigen zu strafen, fing sie an, sich und ihren Helmut und überhaupt alle Freitempler zu rechtfertigen. Ohne es zu beabsichtigen, hatte ich genau das Richtige getan und gesagt. Ich hatte das Mädchen gereizt, und nun sprudelte es wie ein Wasserfall aus ihr heraus: »Was weißt du denn schon von den Freitemplern? Du hast doch überhaupt keine Ahnung, wie es dort oben zugeht. Bist du auch so ein Störenfried wie dein spöttischer Freund? Was wollt ihr eigentlich alle von den Templern? Stört es euch, dass sie sich ihr eigenes Paradies auf Erden geschaffen haben und in Frieden und Harmonie leben? Ihr mit euren überkommenen und heuchlerischen Moralvorstellungen!« Die Freitempler seien wenigstens ehrlich und eins mit sich und den Menschen. Und mit Gott.

»Und Promiskuität bringt dich Gott näher?«

»Wieso Promiskuität?«

»Du hast nicht auch mit den anderen ...?«

»Ach, du meinst die Initiation?« Sie fuhr sich mit den Händen durchs Gesicht und wischte sich die Tränen ab. »An die kann ich mich gar nicht richtig erinnern.«

»Wie wird man denn initiiert?«, fragte ich. »Und von wem?«

»Der Professor hat mit mir ein ›Reading‹ veranstaltet und mich anschließend eingeweiht.«

»›Reading‹? Was soll denn das sein?«

»Das wird immer am ersten Abend gemacht. El profesor sagt dir, wer du bist und woher du kommst. Du betrittst einen abgedunkelten Raum, bekommst ein bewusstseinserweiterndes Getränk, der Professor schließt die Augen und erzählt dir aus deinem Leben. Unglaublich. Das liest der alles aus den Schwingungen, die du mit ins Zimmer bringst. Und allein durch seine Stimme gerätst du in eine Art psychedelische Trance. Echt irre.«

»Allein durch seine Stimme?«, murmelte ich und dachte an das ominöse Getränk, von dem sie gesprochen hatte. Mir fiel es einigermaßen schwer, im Gespräch mit diesem Mädchen meine Gesichtsmuskeln unter Kontrolle zu halten und nicht ständig abfällig zu grienen oder einen missgelaunten Flunsch zu präsentieren. Ich räusperte mich und fragte: »Du weißt nicht zufällig, woraus das bewusstseinserweiternde Getränk bestand?«

»Das Übliche, vermute ich«, antwortete sie und zuckte mit den Schultern. »Ein bisschen LSD, ein wenig 2-CB, harmlose Psychedelika.«

Ich staunte. »Du scheinst dich recht gut auszukennen.«

Sie sah mich kopfschüttelnd und vorwurfsvoll an und meinte: »Bin ja nicht von gestern!«

Erneut räusperte ich mich und fragte: »Und nachdem der Professor deine Schwingungen gelesen hat, wurdest du von ihm eingeweiht?«

Sie nickte zögernd. »Ich glaube schon, so genau weiß ich das ja nicht.« Sie könne sich nur an Weniges erinnern, wegen der Bewusstseinserweiterung. Aber sie glaube, es sei sehr schön gewesen. Gespürt habe sie jedoch nichts. Nicht wirklich. »Nicht wie bei Helmut.«

»Verstehe«, sagte ich und dachte: Initiation durch Penetration! Das Vordringen ins Innerste einmal wortwörtlich genommen. Von wegen Schwingungen! Der Professor ließ es sich anscheinend nicht nehmen, sämtliche Elevinnen zunächst selbst in Augenschein zu nehmen und je nach Gusto sein Recht auf Erstbeischlaf auszuüben. Julia hatte völlig recht: Hauff war ein dreckiger alter Mann. Und Kati unrecht: er war nicht in Ordnung!

»Hast du oben auf der Finca eine Frau gesehen, die so ähnlich aussieht wie ich? Oder hat irgend jemand vielleicht den Namen Julia fallen lassen?«

Sie schüttelte den Kopf und sah mich trotzig an. »Glaubst du wirklich, ich spiel' für dich den Spitzel?« Wegen uns gebe es doch die ganze Unruhe in der Finca. Seit Tagen liefen die alle herum wie aufgescheuchte Hühner. »Debora hat letztens erst gesagt, dass so fürchterlich negative Schwingungen im Raum seien.«

»Debora? So eine dicke Frau in bunten Tüchern?«

Keine Bange, Kindchen, sie lebt!

»Debora veranstaltet Workshops und Seminare in der Finca. Reiki und I Ging und Traumzeit-Yoga. Echt abgefahren! Sie ist Meisterin der direkten Doktor-Usui-Linie.« Bewunderung schwang in Sandys Worten mit und Stolz. Als sei es ein ungeheures Verdienst, eine solch grandiose Frau persönlich zu kennen.

Keine Bange, Kindchen, sie lebt!

Sie hatte mich am gestrigen Abend mit ihrem mysteriösen Orakelspruch aus dem Konzept gebracht und an meinem Verstand zweifeln lassen. Vielleicht rührte Deboras Hellsichtigkeit in Bezug auf Julia jedoch keineswegs aus irgendwelchen transzendentalen Fähigkeiten. Sondern fußte auf bloßer und profaner Beobachtung!

»Ja, da staunst du, was?«, freute sich Sandy. »Die Freitempler sind nämlich offen für alles. Zwar lesen sie zumeist in der Bibel und in den Schriften Thomas von Aquins, aber sie verschließen sich den fernöstlichen Weisheiten nicht.«

Die einzige fernöstliche Weisheit, die ich bislang bei den Templern ausgemacht hatte, stammte aus dem Kama Sutra. Und mit den Lehren des Scholastikers Thomas von Aquin war diese nur schwerlich zu vereinen. Oder nur mit einer großen und wohlmeinenden Portion Phantasie.

»Wann hast du die Finca verlassen?«

»Heute morgen.«

»Und die Templer haben dich einfach so gehen lassen?«

»Wieso nicht?« Sie starrte mich an wie eine Außerirdische. »Die Finca ist doch kein Gefängnis.«

»Warum bist du dann nicht geblieben?«

»Was sollte ich denn noch da? Meinst du, ich hab' Lust, in Quarantäne zu leben?« Sie sah mich an, als hielte sie mich für geistesgestört und fügte hinzu: »Und die letzte Nacht war ja unerträglich, mein Gott, war das ein Aufstand. Helmut und der Professor waren ganz außer sich. Und ich saß da wie bestellt und nicht abgeholt.«

Dafür, dass sie nicht als mein Spitzel herhalten wollte, war sie erstaunlich mitteilsam. Ihr Redebedürfnis übertraf ihr Misstrauen um Längen. Sie schien vergessen zu haben, dass sie mit dem Feind sprach. Allerdings war es nicht allein Geschwätzigkeit, die sie zum Reden brachte. In ihren verheulten Augen erkannte ich die Verletzung und die Kränkung, die ihr zugefügt worden war. Und ohne dass es ihr vermutlich bewusst war, rächte sie sich dafür.

»Was ist denn passiert? Gab's ein Unglück?«, fragte ich aufs Geratewohl und dachte an das Auftauchen des Gehilfen in der Disco und an Hauffs panisches und kommentarloses Aufbrechen.

»Ach, keine Ahnung. Das fing alles schon am Abend an, kurz nach der Geschichte mit der Mens. Der Professor war unten in Vueltas und rief Helmut an, während der mir noch die Standpauke über die Blutung hielt.« Sandy schaute mich plötzlich zweifelnd an und stutzte. »Wie hieß die Frau, nach der du mich gerade gefragt hast?«

»Julia.«

Sie überlegte und schüttelte dann den Kopf. »Weiß nicht.«

»Wie spät war es, als der Professor angerufen hat?«

»Neun Uhr etwa, vielleicht halb zehn.«

Um diese Zeit hatte ich mich gerade auf dem Weg von Vueltas nach Calera befunden und war unterwegs Mireia begegnet.

Sandy seufzte tief und traurig. »Helmut ist jedenfalls aus dem Zimmer gestürmt und hat mich allein gelassen, nachdem er mir befohlen hatte, die Bettwäsche zu reinigen und schleunigst ins Frauenhaus zu gehen.«

»Frauenhaus?«

»So eine Art Gesindehaus auf der Rückseite des Hauptgebäudes. Frauen dürfen nur in Ausnahmefällen im Herrenhaus übernachten.«

Ich unterließ es, mir diese Ausnahmefälle bildlich vorzustellen, und fragte: »Und was ist dann passiert?«

»Nachdem ich frische Wäsche aufgezogen und die dreckige runter in die Waschküche gebracht hatte, bin ich zu den anderen Frauen gegangen. Draußen kam mir Helmut entgegen. Er schien plötzlich gar nicht mehr so aufgeregt und hat sich sogar für seine harschen Worte entschuldigt. Aber als ich ihm einen Kuss geben wollte, ist er zurückgesprungen, als würde ich aus dem Mund stinken.«

»Hattest du vorhin nicht gesagt, Albers und der Professor seien außer sich gewesen?«

»Das war doch erst mitten in der Nacht«, antwortete Sandy mit vorwurfsvollem Ton, als teile sie mir eine Selbstverständlichkeit mit. »Ich konnte nicht schlafen, kein Wunder nach all den Aufregungen. Und da hab' ich Helmut und den Professor und noch einen Mann im Garten streiten hören.« Es sei weit nach Mitternacht gewesen, und darum habe sie sich auch so gewundert.

»Wer war der dritte Mann?«

Sandy überlegte, grinste plötzlich und meinte: »Orson Welles.«

»Sehr witzig!« Ich lachte nicht, verdrehte lediglich die Augen.

In diesem Moment und zum wahrlich ungünstigsten Augenblick erschienen Martin und Micki wieder auf der Bildfläche. Sie schlichen sich an den Tisch und setzten sich dazu, schauten fragend zunächst mich und dann Sandy an. Mit einer abwehrenden Handbewegung bedeutete ich Martin, bloß kein Wort zu sagen. Er verstand und schluckte die Frage, die auf seinen Lippen lag, herunter. Dass Micki seinen Mund auftun würde, stand eh nicht zu befürchten.

»Worüber haben die drei Männer gesprochen?«, fragte ich Sandy.

Sie zögerte, schaute vor allem den blond gelockten Micki skeptisch an und sagte schließlich: »Ich hab' nicht alles verstanden. Das heißt, verstanden hab' ich es wohl, aber nicht begriffen. Der Professor fuhr Helmut an, warum er nicht besser acht gegeben hätte. Und ob er sich etwa verplappert habe. Helmut verteidigte sich und beharrte darauf, er habe ja nur nachgeschaut und gar kein Wort gesagt. Und der dritte Mann mischte sich ein und drängte zur Eile. Er wolle es kurz und bündig machen, damit er bald wieder nach Hause komme. Und dann war nichts mehr zu verstehen.« Sandy schielte aus den Augenwinkeln zu mir herüber, sah dann Micki eindringlich an und begann mit einemmal und wie auf Kommando zu weinen. Wieder hob sie ihre Hände vors Gesicht und schluchzte, dass man Mitleid mit ihr hätte haben können, hätte es nur nicht so unecht geklungen.

Vor wenigen Minuten noch hatte ihre Verzweiflung und Verstörtheit echt und glaubhaft gewirkt, doch in Gegenwart ihres Freundes wurde sie zur Schauspielerin. Micki legte seine Hand auf ihre Schulter und wippte mit dem Oberkörper.

Ich hatte von Sandys Schmierentheater genug und stand auf.

»Was ist mit ihr?«, flüsterte Martin.

»Nichts, was nicht mit ein paar Eisentabletten zu beheben wäre.«

»Eisen?«

Ich versprach, ihn auf dem Laufenden zu halten, und verabschiedete mich.

Genau wie Martin es mir beim gemeinsamen zweiten Frühstück beschrieben hatte, saß die alte Isabella vor dem zweistöckigen Haus und überwachte wie ein Zerberus den Eingang zu ihren im Hof gelegenen Apartments. Und tatsächlich sah sie wie eine Hexe aus dem Märchen aus. Allerdings war ihre Reaktion auf mein Erscheinen nicht gar so unfreundlich, wie Martin es vorhergesagt hatte. Zwar sprang sie behände auf ihre Füße und fuchtelte mit ihrem Stock herum, jedoch nicht, um damit auf mich einzudreschen, sondern um auf ihr Haus zu deuten und mir verständlich zu machen, ich solle schleunigst eintreten.

»Schnell, Mädchen, schnell!«, rief sie in abgehacktem und haspeligem, aber gut verständlichem Deutsch. »Bevor dich einer sieht! Ab in die Küche, hurtig, hurtig! Rapido, rapido!«

Ganz umsonst hatte ich mir also die mühselige Arbeit gemacht, sämtliche Fragen, die ich ihr stellen wollte, mit Hilfe des Wörterbuchs auf spanisch zu übersetzen. Martin hatte gemeint, das sei angebracht und dürfte die Sache vereinfachen. Wie es aussah, hatte der Gute sich von Isabella ziemlich an der Nase herumführen lassen.

»Mein Gott, wie schrecklich, oh ja, wie schrecklich. Terrible! Gott, oh Gott!« Die Alte murmelte aufgeregt und stakkatohaft und bestaunte mich wie eine Fata Morgana. Als traue sie ihren Augen nicht. Sie fasste mich an und schien überprüfen zu wollen, ob ich tatsächlich vor ihr stand. Es war offensichtlich, dass sie mich für Julia hielt.

»Was ist nur passiert? Que pasa? Fürchterlich. Dein Freund ist tot?«

»Ich bin nicht die, für die Sie mich halten«, versuchte ich mich zu erklären.

»Nein, nein. Naturalmente no.« Sie tätschelte meine Hand. »Ich weiß, dass du es nicht warst. Und Isabella hat kein Wort gesagt, als der grässliche Mönch nach euch gefragt hat. Geschwiegen wie ein Grab hat sie, die alte Isabella. Ja, ja!«

»Wann war das?«

»Kurz nachdem ihr weggegangen seid. Ja! In der gleichen Nacht. Esta noche. Vor zwei Wochen. Aber ich habe nichts gesagt. Kind, Kind. Oh ja!« Sie deutete mit ihrem Stock auf einen Stuhl und meinte: »Setz dich doch, setz dich!« Was denn bloß geschehen sei. Und ob ich ihr nicht sagen wolle, was los sei.

Die alte Frau schien auf geradezu freundschaftlichem Fuße mit Julia verkehrt zu haben. Sie sprach mit mir wie mit einer guten alten Bekannten. Und sie streichelte die ganze Zeit meinen Unterarm.

»Ich weiß selbst nicht, was passiert ist«, sagte ich wahrheitsgemäß und setzte mich. »Ich bin nicht Julia, ich bin ihre Zwillingsschwester. Hermana gemela!«

Sie ließ den Stock fallen und schlug die Hände zusammen. Sie schüttelte den Kopf, trat ganz nahe an mich heran und nahm mich genauer in Augenschein. Sie blinzelte durch ihre dicken Brillengläser und nahm ebenfalls Platz. »Gemela?«

»Mein Name ist Ute. Ich bin auf der Suche nach meiner Schwester, weil ich glaube, dass sie in bösen Schwierigkeiten steckt.«

»Sí! Gemela!«, rief Isabella und wieder klatschte sie in die Hände. »Sí, sí! Muchas problemas.«

»Was ist vor zwei Wochen geschehen?«

»Deine hermana ist verschwunden, mit dem inglés. Der Professor wollte sie sprechen, ganz früh morgens, aber sie war nicht da. Weg, einfach so!« Ihre Worte überschlugen sich, und immer wieder schlug sie aufgeregt die Hände zusammen, als wolle sie mir applaudieren. »Ja, weg ohne Abschied.« Aber das Gepäck habe sie dagelassen. Und das Apartment sei bezahlt bis heute. »Sí, sí. »

Erst verlässt der Professor kurz nach Julia die »Taka-Tuka-Bar«, dann ist er dort wieder zugegen, nachdem eine Frau auf englisch um Hilfe gerufen hat, und schließlich begibt er sich frühmorgens auf die Suche nach Julia. Oder nach Dave? Was auch immer in dieser vermaledeiten Nacht passiert ist, der Professor hatte allem Anschein nach mehr als nur eine Hand im Spiel.

»Wo ist das Gepäck meiner Schwester jetzt?«

»Du kommst zu spät, Mädchen. Leider! Gómez war gestern Abend da. El comisario. » Er habe das Gepäck mitgenommen, als Beweismittel. Und sie habe es hergeben müssen. Sie hob ihren Stock vom Boden auf und stieß ihn wie einen Degen in die Richtung eines imaginären Gegners. »Hijo del diablo!«

»Darf ich Julias Apartment sehen? Oder ist es schon wieder vermietet?«

»Nein, nicht vermietet, aber leer. Nichts mehr da. Alles weg!«

Das hatte auch Martin mir berichtet, aber dennoch wollte ich einen Blick in Julias Zimmer werfen. Vielleicht fiel mir ja etwas auf, das den Augen anderer verborgen blieb. Irgendeine Spur. Irgendein Hinweis. Irgend etwas.

Isabella zuckte die Schultern, stand auf und forderte mich auf, ihr zu folgen. Mit dem Stock wies sie die Richtung und sagte, als wir den Hof betraten: »Numero dos!«

Das Apartment sah aus, als sei es noch nie bewohnt gewesen, vor allem nicht von Julia, deren Wohn- wie Schlafräume, wie ich aus Erfahrung wusste, grundsätzlich wie Schlachtfelder aussahen. Dieses Zimmer sah aus wie auf einer Ansichtskarte eines Hotels, zu ordentlich und aufgeräumt, leblos. Und dennoch hatte ich plötzlich das Gefühl, Julia sehr nahe zu sein. Irgend etwas befand sich in diesem Raum, das von ihr stammte. Das nicht hierhergehörte. Es war nur ein diffuses Gefühl, und obwohl ich der Intuition prinzipiell misstraute, machte ich mich auf die Suche. Wo hatte Julia früher ihre Tagebücher und Briefe versteckt?

Ich schaute unter die Matratze. Kein Tagebuch. Ich schaute auf dem Schrank. Keine Briefe. Ich durchsuchte den Schreibtisch. Gar nichts. Der DIN-A-4-Notizblock, der auf dem Schreibtisch lag, war unbenutzt. Die Seiten blütenweiß. Obwohl ich das Bett bereits durchstöbert hatte, schaute ich erneut unter die Kissen und zwischen Bettbezug und Matratze. Und nahm mir ein zweites Mal den Kleiderschrank vor. Obwohl ich wusste, dass es zwecklos war.

»Hier ist nichts. Nada«, sagte Isabella, die in der Tür stand und mein Treiben kopfschüttelnd verfolgte. »Enrique hat alles aufgeräumt. Und jetzt hat die Sachen der Kommissar.« Wieder nannte sie ihn einen Teufelssohn.

Und dann fiel es mir ein. Natürlich! Der Notizblock. »Ringbuchblock« stand auf dem Umschlag. Und: »Made in Germany«.

Die blütenweiße erste Seite! Die ersten werden die letzten sein!

»Alles eine Frage der Sichtweise«, hatte Julia immer gesagt.

Schon früher, als wir noch Kinder waren, hatte sie diesen Tick gehabt, alles verschlüsseln oder verstecken zu müssen. Sie unterhielt sich mit mir in codierter Sprache, sobald Fremde anwesend waren, und deponierte ihre Briefe und Tagebücher an unauffällig auffälligen Orten, an denen man solches niemals vermutet hätte. Nicht unter der Matratze, sondern im Regal, getarnt als Schulbuch. Nicht im hintersten Winkel des Schranks, sondern offen auf dem Sekretär, zwischen Löschpapier und Formelsammlung.

Ich stürzte zum Schreibtisch, nahm den Notizblock, drehte ihn um, auf die Kehrseite, schlug den ersten Bogen auf (also die Rückseite des letzten Blattes) und hielt in Händen, wonach ich unbewussterweise gesucht hatte.

Erst die Postkarte und jetzt dies ... Der Notizblock sah unbeschrieben aus, weil er von hinten beschrieben worden war!

Ich las: Endlich habe ich herausgefunden, was mit Dave los ist. Ich hätte es mir denken können, aber ich wollte es nicht wahrhaben. Alles fängt wieder von vorne an ...

Das Blatt war eng beschrieben, in Julias typischer Zwergenschrift. Man brauchte beinahe eine Lupe. Die Buchstaben kippten nach rechts, wie bei Linkshändern nicht unüblich. »Zwillinge sind wie Spiegelbilder«, hatte der Professor festgestellt. Ich schrieb mit rechts.

Meine Knie zitterten, der Boden wankte unter meinen Füßen.

»Ist dir nicht gut, mein Kind! Du bist so bleich!«

Ich hörte Isabellas Stimme, aber ich verstand sie nicht.

Julias Tagebuch! … Oder zumindest ein Teil davon.

Martins mittäglicher Besuch bei Kommissar Gómez war ergebnislos verlaufen und entsprechend mürrisch war sein Gesichtsausdruck. Er erzählte mit steinerner Miene, der Kommissar habe ihm die Tür vor der Nase zugeschlagen. Gómez sei nicht gewillt, mit Amateuren zu reden. Wenn Martin eine Aussage machen wolle, so solle er diese der Sekretärin diktieren. Ansonsten solle er sich gefälligst aus der Polizeiarbeit heraushalten und die Sachen denjenigen überlassen, die etwas davon verstünden. »Gómez hat angedeutet, dass er mit dir sprechen will«, brummte Martin und nippte an seinem Bier. »Eine unangenehme Erscheinung, dieser Kommissar. Feist und katzenfreundlich. Du solltest dich vor ihm in acht nehmen.«

Zu dieser frühen Nachmittagsstunde war die Terrasse der »Casa Maria« beinahe leer, sämtliche Touristen waren am Strand oder kraxelten in den Bergen, und die Einheimischen hielten ihre siesta. Das Zirpen einer Grille wurde durch das Motorengeräusch einer Yamaha-Geländemaschine übertüncht.

»Ute, hörst du mir überhaupt zu?«

Als Antwort reichte ich ihm den Bogen Papier.

Martin betrachtete mich zugleich misstrauisch und neugierig, nahm das Blatt und las laut: »Endlich habe ich herausgefunden, was mit Dave los ist. Ich hätte es mir denken können, aber ich wollte es nicht wahrhaben. Alles fängt wieder von vorne an …« Ein erstaunter Blick und die Frage, ob das Papier von Julia stamme.

»Ein Blatt aus ihrem Tagebuch.«

»Und woher …?«

»Lies weiter!«

Er nickte und las: »Es hätte mich stutzig machen müssen, dass Dave in den letzten Tagen so eigenbrötlerisch und abweisend war. Sein Zusammenzucken, wenn ich ihn berührte. Und die ständigen grundlosen Streitereien. Eigentlich nichts Neues und kein Grund zur Sorge, solche Phasen kamen und gingen. Und zumeist half eine etwas höhere Dosis Polamidon, um ihn wieder ins Gleichgewicht zu bringen. Aber jetzt weiß ich, dass Dirk dahintersteckt. Und mit ein paar Tabletten ist es diesmal nicht getan. Ich könnte Dirk umbringen. Dieses verfluchte Schwein! Ich könnte auch Dave umbringen. Auf Männer ist einfach kein Verlass. Verdammte Schwächlinge! Und ich weiß nicht, ob ich noch einmal einen Entzug mitmachen will. Auch wenn es nicht mein eigener ist.« Martin stutzte und fragte: »Julia ist also tatsächlich clean?«

Er suchte meinen Blick und senkte den Kopf, sobald er in meine Augen schaute. Es war ihm unangenehm zu sehen, wie ich weinte. Mir war es auch unangenehm. Als müsste ich mich meiner Gefühle schämen.

Martin räusperte sich und fuhr in der Lektüre fort: »Warum sind wir nicht wie geplant heute zurückgeflogen? Warum mussten wir unbedingt unsere Tickets verkaufen und unseren Urlaub um eine Woche verlängern? Vielleicht war ich mir einfach zu sicher. Ich dachte, dass Dirk mir nichts mehr anhaben kann, weder als Dealer, noch als Mann! Vielleicht bin ich ja im Valle geblieben, um es ihm zu beweisen. Um ihm zu sagen: ›Sieh her, du hast keinen Einfluss mehr auf mich! Ich bin nicht mehr die gleiche Julia, auf der du und Ute vor Jahren nach Belieben herumtrampeln konntet. Die Zeiten sind vorbei!‹ Gott, wie kindisch. Und darum hat Dirk mich jetzt besiegt. Er hat meine schwache Stelle erkannt und ausgenutzt. Und mich vernichtet, indem er Dave als Ziel seiner Attacken ausgesucht hat. Ich bin sicher, dass er ihn nur deshalb wieder angefixt hat, um mich zu treffen. Aus purer Bosheit. Weil ich ihm vor versammelter Mannschaft zu verstehen gegeben habe, dass ich ihn für eine stinkende Ratte halte. Und wegen der Ohrfeige, die ich ihm verpasst habe.« Martin schaute auf und fragte: »Warum lachst du?«

Ich konnte es ihm nicht erklären. Obwohl mir die Tränen über die Wangen liefen, konnte ich mir ein Grinsen nicht verkneifen. Ich dachte an Katis Worte von der guten Seeluft, die das Triebhafte der Menschen zum Vorschein brachte. Auf Gomera wurden vor allem der Sexual- und der Aggressionstrieb hervorgekitzelt. Man schlief miteinander oder gab einander saftige Backpfeifen. Oder beides!

»Wenn doch Dave nur schon wieder da wäre«, las Martin, nachdem er gewartet hatte, bis ich die Tränen abgewischt und mich geschnäuzt hatte. »Nach der Szene, die ich ihm vorhin in der ›Taka-Tuka-Bar‹ gemacht habe, befürchte ich, dass er die Nacht sonstwo verbringen wird. Er hat so hässliche Andeutungen gemacht. Aber das darf man nicht ernst nehmen. Er wusste ja nicht, was er sagte.

Ich habe so ein ungutes Gefühl! Wo bleibt er nur?!

Der Professor war natürlich gleich zur Stelle und bot ›ganz selbstlos‹ seine Hilfe an. Dieser lüsterne alte Knilch! Es hatte den Anschein, als habe er die ganze Zeit nur darauf gewartet, dass Dave rückfällig wird. Als habe er es gespürt und vorhergesehen. Als habe er es gewusst!

Ach, verdammt, ich weiß gar nicht mehr, was ich glauben und wem ich trauen darf. Manchmal wünsche ich mir, meine große Schwester würde sich wie früher schützend vor mich stellen. Wie bei der Blinden Kuh! So unendlich viel ist passiert seit damals. Aber nichts hat sich wirklich geändert.

Wenn ich nur verstünde, was hier gespielt wird. Das ist alles kein Spaß mehr, das ist bitterer Ernst. Und wenn ich nicht aufpasse, dann …« Martin verstummte, drehte das Blatt um und schaute mich fragend an. »Der Text hört mitten im Satz auf.«

»Julia scheint beim Schreiben gestört worden zu sein.«

»Wo ist der Rest des Tagebuchs?«, fragte Martin. »Ich meine die vorhergehenden Seiten.«

Ich zuckte mit den Schultern. »Julia hat ihre Tagebucheintragungen immer auf losen Papieren geschrieben und diese anschließend zusammengeheftet.«

»Und der Hefter dürfte mit den anderen Sachen beim comisario sein?«

Ich nickte, deutete auf die Zeilen und fragte: »Was hältst du davon?«

»Zwei Sachen sind interessant, finde ich.« Martin überflog das Papier. »Dass Julia den Eindruck hatte, als habe der Professor auf Daves Rückfall gewartet und ihn vorhergesehen. Und dann die hässlichen Andeutungen, die Dave gemacht hat. Ich glaube nicht, dass es nur um Drogen ging. Es muss mehr dahinter stecken!«

Wieder nickte ich, nahm ihm den Bogen aus der Hand und las: »Das ist alles kein Spaß mehr, das ist bitterer Ernst. Und wenn ich nicht aufpasse, dann ...«

»... gibt es Tote!«, setzte Martin den Satz fort. Er schaute nachdenklich drein, zog einige Hautfetzen von der verbrannten Nase und fragte: »Hast du eine Ahnung, was Julia mit der Blinden Kuh meinte?«

Ich weiß nicht, ob unser Vater tatsächlich zugeschlagen hätte, aber er hatte bereits zur Maulschelle ausgeholt. Und ich hab' mich im wahrsten Sinn des Wortes schützend vor sie gestellt. Vor über zwanzig Jahren.

»Nein, Papa, sie kann nichts dafür, ich hab' sie gestoßen!«

Julia stand draußen und lachte. Die Scherben zu ihren Füßen.

Julia als Blinde Kuh ... Vaters Cordhut vor dem Gesicht ... Der riecht so gut, findet sie, nach Papas Haarwasser ... Ich stehe in der Ecke, neben der Haustür mit der großen gelben Scheibe in der Mitte und direkt vor dem Treppengeländer. Kein Ausweg mehr. Julia steht unmittelbar vor mir und hört mich atmen … Julias ausgestreckte Arme und das Schicksal des Verlierers: »Hab' dich!« … »Ute konnte noch nie verlieren«, hieß es später immer, wenn die Geschichte beim sonntäglichen Besuch der Verwandten zur Unterstützung des Kaffees aufgetischt wurde … »Hab' dich!« … Ein einziger Reflex, ein kleiner Schubs mit der rechten Hand, und Julia taumelt und fällt … Frontal durch die Scheibe, sie läuft einfach durch die Tür, nur ist diese eben noch verschlossen … Es scheppert und klirrt, und Julia steht draußen, nimmt den Hut ab, erschrickt und fängt an zu lachen … Wahrscheinlich ist es das Lachen, das unseren Vater ausholen lässt … Er stürmt wie ein Tobsüchtiger zum Flur herein, sieht die Bescherung, hört das Lachen und will sich auf Julia stürzen. Schaumbläschen im Mundwinkel … Ich stelle mich vor das Loch in der Scheibe, breite die Arme aus und versperre ihm den Weg … »Nein, Papa, sie kann nichts dafür. Ich hab' sie gestoßen!«

»Ein Wunder, dass Julia unverletzt blieb«, konstatierten die Verwandten beim Sonntagskaffee. »Sie hätte sich ja die Kehle durchschneiden können. Die arme Kleine!« … Gefolgt von einem kopfschüttelnd vorwurfsvollen Blick in meine Richtung … Für alle anderen war ich das Biest. Nur für Julia der Schutzengel … Von Vaters ausholender Hand und dem Schaum vorm Mund war bei Kaffee und Kuchen nie die Rede … Aber Ute konnte nicht verlieren! … Und sie schafften es, dass ich mich schuldig fühlte …

Und nun spielten wir wieder Blinde Kuh! Nur waren diesmal mir die Augen verbunden. Und ich machte mich darauf gefasst, gestoßen zu werden …

Martin sah ihn zuerst, er stieß mich an und deutete zur Hauptstraße. Wir standen vor der »Parada-Bar«, und ich wollte hineingehen, um mich entsprechend des Anlasses umzuziehen und für meinen nachmittäglichen Ausflug zu rüsten.

Als ich den Mann sah, wusste ich sogleich, wen ich vor mir hatte. Martin hatte ihn als Hutzelmännchen beschrieben. Und neben seiner schwergewichtigen Frau sah er noch hutzeliger aus, als ich es mir vorgestellt hatte. Doktor Álvarez wirkte im Schatten seiner massiven und massigen Gattin wie einer dieser kleinen Fische, die sich mit Vorliebe im Schlepptau eines größeren Fisches aufhielten, um sich von dessen Parasiten zu ernähren. Zum gegenseitigen Nutzen.

»Holá, doctor!«, rief Martin ihm zu. »Qué tal?«

Álvarez blieb prompt stehen und wurde ebenso prompt von seiner Frau angeblafft und zum Weitergehen aufgefordert. Doch der Doktor rührte sich nicht vom Fleck. Er stemmte die Hände in die Seiten und fragte in Martins Richtung: »Was wollen Sie diesmal von mir? Haben sie wieder irgendwelche Fragen?«

Señora Álvarez zupfte am Ärmel ihres aufgebrachten Gatten, doch dieser hatte gerade erst angefangen. »Gibt es irgend etwas, das Sie an mir oder meiner Arbeit auszusetzen haben? Was werfen Sie mir jetzt wieder vor?! Kommen Sie schon, raus damit! Sagen Sie, was Sie zu sagen haben! Ihr Deutschen wisst doch sowieso alles besser.«

Der Ausbruch des kleinen Mannes erstaunte mich und nahm mich zugleich für ihn ein. Martins indirekte Beschuldigungen hinsichtlich Rosannas nicht erfolgter Autopsie hatten den Arzt allem Anschein nach gekränkt und zutiefst verletzt. Und dies bewies mir, dass – so ihm denn ein Fehler unterlaufen war – er diesen nicht absichtlich oder wissentlich begangen hatte.

Auch Martin winkte sogleich ab und sagte beschwichtigend: »Ich habe überhaupt nichts an Ihrer Arbeit auszusetzen. Und im Fall des toten Engländers scheinen mir

Fragen in Bezug auf die Todesursache auch überflüssig zu sein. Niemand überlebt schließlich einen Schädel- und Genickbruch.«

Álvarez lachte laut los. »Fractura de craneo y nuca?« Er schüttelte belustigt den Kopf und fragte: »Wer hat Ihnen denn das erzählt?«

»Der Mann, der die Leiche gefunden hat«, antwortete Martin. »Er hat behauptet, der Kommissar hätte von einem Genickbruch gesprochen.«

»Das mag schon sein! Einiges an dem armen inglés war zu Bruch gegangen.« Erneut lachte der Doktor lauthals.

»Was ist denn daran so komisch?«, mischte ich mich in das Gespräch ein.

»An sich nichts, meine liebe señora, so eine fractura ist überhaupt nicht komisch. Nur ist es recht unwahrscheinlich, dass jemand an einem Genickbruch stirbt, wenn er zuvor erstochen wurde. Imposible!«

Während Martin und ich uns sprachlos anstarrten, wurde Álvarez von seiner nun resolut zupackenden Frau fortgeschleift. Noch in einiger Entfernung hörten wir Señora Álvarez herumkeifen. Und ihren Gatten herzhaft lachen.

»Das ist ja ein Ding!«, entfuhr es Martin, und er sah mich plötzlich eindringlich an. »Jetzt versteh ich gar nichts mehr.«

»Ein Grund mehr, zur Finca hochzufahren.«

»Bist du sicher, dass ich nicht doch mitkommen sollte?«

»Ganz sicher«, erwiderte ich.

Man müsse nur wissen, wie man mit dem Professor umzugehen habe, hatte Kati gemeint. Und ich hatte beschlossen, mit ihm genauso umzuspringen, wie Julia es getan hatte: forsch und frech.

Der Anblick war in der Tat imposant. Ein »Paradies auf Erden«, hatte die feuchte Sandy es genannt. Zumindest optisch konnte ich dies durchaus bestätigen. »Deus lo volt«, hieß es am Tor, und für die rechte, allerdings recht eigenwillige Interpretation des göttlichen Willens sorgte der Professor höchstselbst. El profesor für seine Fans, »Professorchen« für Frauen, die keiner der drei Kategorien angehörten oder zugerechnet werden wollten. Und einfach nur Hauff für den minderheitlichen Rest, für den der Guru nur ein dreckiger alter Mann war. Ein lüsterner Knilch.

Sein Schloss war eine architektonische Augenweide. Weitläufig und herrschaftlich. Ein Gut, wie es im Buche stand, dreistöckig und in L-Form, mit frisch verputzter Frontfassade samt breiter sonnenbeschienener Auffahrt und einem kleinen Appendix, der erst in jüngerer Zeit dem ursprünglich rechteckigen Haus angefügt worden war. Eine Gebäude aus vergangener Zeit, verschwenderisch in der Pracht und dennoch nicht geschmacklos. Ein Haus, das ausrief: Seht her, meine Bewohner haben es nicht nötig zu prahlen, ebenso wenig wie sie sich verstecken müssen. Die Finca Calatrava adelte jeden, der in ihr verkehrte …

Der Professor sei beschäftigt und nicht zu sprechen, hieß es zunächst an der Pforte. Doch kaum hatte ich meinen Namen genannt, schon wurde das Tor geöffnet. In meinem Fall werde sicherlich eine Ausnahme gemacht, sagte die Stimme aus dem Lautsprecher, auch wenn die Gebetsstunde bevorstehe.

Hauff ließ es sich nicht nehmen, mich auf halbem Wege vom Außentor zum Hausportal selbst in Empfang zu nehmen. Und an seiner Begleitung sah ich, was und wer ihn bis gerade beschäftigt hatte. Neben dem unreinen Hünen Albers trippelte ein dicker, feister Mann hinter dem Professor her. Dies konnte nur Gómez sein, der Kommissar. Selbst auf einige Meter Entfernung roch er, wie er aussah: ungepflegt und ungewaschen.

»Welch angenehme Überraschung und ungeheure Ehre, Sie in meinem bescheidenen Heim begrüßen zu dürfen!«, empfing mich der Großmeister. Statt der Kutte trug er heute einen eng anliegenden und leicht taillierten, weißen Leinenanzug, in dem etwas stutzerhaft wirkte. Ob ich mich verlaufen habe, fragte er mich lächelnd. Oder was mich sonst zu ihm führe.

»Ich habe soviel Wunderbares über Ihr Himmelreich auf Erden gehört«, antwortete ich, »da wollte ich es selbst einmal bestaunen.«

»Das freut mich zu hören.« Hauff verbeugte sich, Albers verbeugte sich, und sogar Gómez senkte sein enormes Haupt. Und ich machte einen Hofknicks. Es sah reichlich albern aus. Das sollte es auch.

»Außerdem würde ich gern mit Ihnen sprechen, Herr Hauff.« Seinen Titel überging mit Vorsatz. »Falls es Ihnen nichts ausmacht, mir ein paar Fragen zu beantworten.« Wenn ich nur gewusst hätte, was genau ich ihn fragen wollte. Und durfte. Forsch und frech! nahm ich mir vor. Genau wie Julia.

»Wie ich gestern bereits erwähnte, stehe ich Ihnen stets und in vollstem Umfang zur Verfügung.« Sein obligatorisches Grinsen wurde lauernd. So lauernd wie nach meinem Gespräch mit Dirk. Als wolle er meine Gedanken lesen. »Reading«, hatte Sandy dies genannt und von Stimmungen gesprochen.

Gómez trat plötzlich vor, gab dem Professor die rechte Hand und fasste freundschaftlich mit der linken dessen Oberarm. Wie einem alten Kumpel.

Hauff starrte indigniert auf Gómez' Hand, sagte aber nichts.

Gómez verabschiedete sich auf spanisch, nickte Albers zu (ohne ihm die Hand zu geben) und verbeugte sich erneut vor mir. »Sie entschuldigen mich«, sagte er beinahe akzentfrei. Er habe einen Mord aufzuklären.

»Sie dürfen ruhig bleiben und zuhören«, antwortete ich lächelnd. »Und vielleicht erfahren Sie ja einiges, das Ihnen bei der Lösung des Falles behilflich sein könnte. Ihr Großmeister hat sicherlich nichts dagegen einzuwenden.«

»Natürlich nicht«, erwiderte Hauff prompt. »Bleiben Sie doch noch ein paar Minuten, Miguel, und begleiten Sie uns, während ich Frau Ikemann durch die Finca führe und derweil ihre Fragen nach bestem Wissen und Gewissen beantworte.« Die letzten Worte sprach er mit unverkennbarem Spott in der Stimme, vor allem das Wort Gewissen betonte er. Wie ein Fremdwort.

»A la orden!«, rutschte es Gómez heraus. Und auch hier schwang ein merkwürdiger Unterton mit, sein spanisches »Zu Befehl!« klang unangemessen. Unecht und übertrieben.

Hauff merkte dies, seine Mundwinkel zuckten einen kurzen Moment, hoben sich aber sofort wieder und zeigten das gewohnt überlegene Lächeln.

»Dann wollen wir mal. Darf ich bitten?« Er hielt mir ritterlich seinen Arm hin und geleitete mich zum Herrenhaus. Gómez folgte auf dem Fuß. Albers in züchtigem Abstand. Drei Herren in unschuldigem Weiß, eine Frau in sündigem Rot. Extra zu diesem Anlass hatte ich ein ärmelloses und tief dekolletiertes scharlachrotes Kleid aus hauchdünner Viskose angezogen. Hübsch schlicht, aber hübsch verrucht.

Eine Turmuhr schlug fünfmal. Unruhe empfing uns im Inneren des Gebäudes. Dutzende weißgekleideter Männer huschten über die gefliesten Flure und strebten zu einem Raum am westlichen Ende des Hauptflügels.

»Der Kapitelsaal«, erklärte der Professor. Er diene zugleich als Kirche und Versammlungsraum. »Täglich um fünf halten wir eine Gebetsstunde ab. Zur Erinnerung an die Todesstunde des Herrn.«

»Mein Gott«, zitierte ich wispernd, »warum hast du mich verlassen?

Ein überraschter Blick des Professors. Er schien zu überlegen, ob ich mit meinen Worten eine blasphemische Absicht verbunden hatte, beschloss jedoch, die Ironie zu überhören. »Ich persönlich ziehe Jesu Worte aus dem Johannes-Evangelium denen des Matthäus vor«, sagte er. »›Es ist vollbracht!‹ Vielleicht weil es tröstlicher ist, den Herrn in seiner Todesstunde nicht zweifelnd zu wissen.«

»Wissen Sie, was die letzten Worte James Deans waren?«

Wieder ein überraschter und leicht empörter Blick.

Ich gab selbst die Antwort: »›Der muss uns doch sehen!‹«

Gespenstische Ruhe war die Folge. Der Professor schluckte seine Verärgerung mühsam hinunter, und Gómez schaute mich an, als wolle er in meinem Gesicht lesen, ob meine Worte den Tatsachen entsprachen. (Sie entsprachen.)

Ein Räuspern unterbrach das peinliche Schweigen. Albers bat in aller Demut um seine Entlassung. Er wolle das Gebet leiten und sich anschließend zur Klausur ins Dormitorium begeben.

Dormitorium? wunderte ich mich. Meinte er etwa einen Schlafsaal? Wie wollte er denn in einem Gemeinschaftsraum seine Klausur abhalten? Hatten die Templer denn keine eigenen Zimmer oder Zellen?

Als Albers gegangen war, stellte ich Hauff genau diese Fragen.

»Um in Klausur zu gehen, braucht man keine Mauern«, antwortete der Professor. Und in der Finca gebe es keine Geheimnisse und keine Scham voreinander, alles werde miteinander geteilt. Dazu gehöre auch der Wohnraum, egal ob zum Essen, Beten oder Schlafen. »Allerdings gebe es mehrere Schlafsäle. Drei große für die Brüderschaft und zwei kleinere für die Meister.« Die Dormitorien befänden sich im ersten Stock, direkt über dem Kapitelsaal.

»Und Sie?«, wollte ich wissen. »Wo nächtigen Sie?«

Abwehrend hob er die Hände und meinte, als Großmeister besitze er allerdings das Privileg eigener Gemächer im ersten und zweiten Obergeschoss.« Seine Zuflucht sei im Appendix nördlich des Ostflügels zu finden. »Klein, aber mein.« Er lächelte lausbübisch.

»Wie viele Freitempler leben eigentlich in der Finca?«

»Etwa hundertzwanzig Brüder und zwölf Meister.« Von letzteren seien im Moment jedoch nur fünf zugegen. Die restlichen sieben seien augenblicklich in quasi missionarischer Mission unterwegs. »Wir gedenken zu expandieren. Und meine Assistenten halten Ausschau nach geeigneten Immobilien.«

»Auf Gomera?«

Er schüttelte lächelnd den Kopf und meinte, es sei noch zu früh, um darüber zu reden. Er öffnete eine Tür zu einem Raum, der sich genau zwischen dem Kapitelsaal und dem Treppenhaus befand, und sagte: »Das Refektorium.« Da er meinen fragenden Blick sah, erklärte er: »Der Speisesaal.«

Ich blickte zur Tür hinein, sah Tische und Stühle, Schränke mit Geschirr und Regale mit Tabletts und Besteck. Es sah aus wie in einer Mensa. Ungemütlich.

»Die Küche befindet sich in einem ehemaligen Gesindehaus im Garten, gleich neben dem Frauendomizil.« Hauff schloss die Tür und gab Gómez ein Zeichen, in den Ostteil des Gebäudes vorauszugehen. Dieser tat missmutig, wie ihm geheißen, und der Professor hakte sich erneut bei mir ein.

»Unser ganzer Stolz«, sagte er, als er eine beinahe drei Meter hohe Flügeltür auf der anderen Seite des Treppenhauses öffnete. »Die Bibliothek. Der mit Abstand prunkvollste Raum im Aedificuum.« Mit gespielt entschuldigendem und gleichzeitig nachsichtigem Lächeln auf den Lippen fügte er übersetzend hinzu: »Im Hauptgebäude.«

Allmählich kam ich mir vor wie William von Baskerville in »Der Name der Rose«. Und ich fragte mich, ob ich in dieser Bibliothek womöglich ebenfalls den Schlüssel zur Lösung aller Fragen finden würde. Und ob meine bescheidenen Bibelkenntnisse ausreichten, diesen Schlüssel überhaupt als solchen zu erkennen.

Der Professor hatte nicht übertrieben. Der Büchersaal war tatsächlich eine Pracht. Holzverkleidet, sonnendurchflutet, geräumig und Ehrfucht gebietend. Der Raum bildete den östlichen Abschluss des Hauptgebäudes. Zur Rechten hatte man durch die hohen Fenster einen hübschen Ausblick auf die sonnige Auffahrt, geradeaus schaute man auf den Viadukt von Arure, und zur Linken erwartete einen das atemberaubende Panorama des Tals von Taguluche. Obwohl die Holzvertäfelung mittlerweile dunkel angelaufen war und die zumeist ledergebundenen Bücher einen etwas muffigen Geruch absonderten, wirkte die Bibliothek nicht unfreundlich und sogar einladend. Unter den Fenstern standen gemütliche Ledersessel, in denen sich genüsslich schmökern ließ. Stehpulte, Sekretäre und Schreibtische waren in der hinteren linken Ecke zu einer Art Arbeitsbereich gruppiert. An den Wänden hingen farbenfrohe und impressionistisch anmutende Gemälde. Kein »Abendmahl«, keine »betenden Hände«, keine »Auferstehung des Lazarus«. Überhaupt erinnerte dieser Raum eher an die gemütlichen Rauchsalons englischer Herrenclubs als an einen strengen Ort geistlicher Selbstbesinnung. Lediglich der Billardtisch fehlte.

Und doch stellte diese Bibliothek eine Frage! Zunächst hatte ich gar nicht darauf geachtet, dann jedoch fielen mir die fehlenden Fenster im hinteren Teil der Nordwand auf. Die Frage lautete: Wo befand sich der Zugang zum Appendix? Wie gelangte man in den Anbau, in dem der Professor seine »Zuflucht« nahm? »Im ersten und zweiten Obergeschoss«, hatte Hauff gesagt. Was befand sich im Erdgeschoss des Anbaus? Und warum gab es keinen Zugang von der Bibliothek aus? Oder existierte gar eine Geheimtür wie in Ecos Roman?

»Wollen Sie noch lange in die Ecke starren?«, riss mich Gómez' Stimme aus meinen Gedanken. »Oder sollten wir nicht langsam zur Sache kommen?«

»Gemach, gemach, mein lieber Freund«, erwiderte der Professor, und es klang wie eine Drohung. Einen solchen Ton in Gegenwart einer Frau könne und wolle er nicht gutheißen. »Bitte mäßigen Sie sich.«

Die beiden Männer funkelten sich an. Stimmungen.

»Der Kommissar hat recht«, brach ich das Schweigen. »Ich will seine kostbare Zeit nicht über Gebühr strapazieren. Und Ihre ebenso wenig, Herr Hauff.«

»Dann schlage ich vor, dass wir hinauf in mein Büro gehen.«

Eine sehr gute Idee, fand ich. Dann würde sich vielleicht zeigen, was es mit dem Appendix auf sich hatte, in dem das Parterre abhanden gekommen war.

Und ich notierte in Gedanken: Erdgeschoss – Kapitelsaal, Refektorium, Treppenhaus, Bibliothek. Und ein gekappter Wurmfortsatz.

Der erste Stock bestand fast ausschließlich aus Schlafsälen, vor allem im Westflügel, über dem Kapitelsaal und dem Refektorium. Oberhalb der Bibliothek im östlichen Teil des Gebäudes befanden sich die Dormitorien der Meister sowie eine winzige Kammer mit einer Marienstatue, die so genannte »Marienkapelle«. Seltsamerweise war sie mit Stoffmatten und dünnen Matratzen ausgelegt.

»In dieser Kapelle wird viel gebetet«, erklärte der Professor grinsend. »Auf den Knien. Deshalb die Matten.«

Ich zuckte gleichgültig mit den Schultern und ließ mich von Hauff in einen Raum führen, den er als Großkapitelsaal bezeichnete. Hier trafen und berieten sich die Chefs der Sekte und fassten Entschlüsse. Die Freitempler waren gut organisiert und durchstrukturiert, streng hierarchisch und autokratisch: einhundertundzwanzig Brüder, zwölf Meister und ein Großmeister.

Numerologie. Die Symbolik und Magie der Zahlen. Die tuchene Debora leitete, wenn ich mich recht entsann, einen Workshop mit diesem Titel.

Vom Großkapitelsaal gelangten wir durch eine unscheinbare Tür in die Gemächer des Professors. Der Appendix bestand lediglich aus einem einzigen, allerdings sehr geräumigen und quadratischen Zimmer von vielleicht sieben mal sieben Metern. In der hinteren rechten Ecke führte eine eiserne Wendeltreppe in den zweiten Stock hinauf, wo sich (wie Hauff sogleich erklärte) sein Himmelbett befinde und ein kleines Bad, damit er nicht jedes Mal genötigt sei, in den Keller hinabzusteigen.

»In den Keller?«

»Die Waschräume und Toiletten befinden sich im Souterrain.«

Ich inspizierte Hauffs Büro, das er sein »Skriptorium« nannte, aber eine Treppe ins Erdgeschoss gab es nicht, jedenfalls keine sichtbare. Vielleicht eine Falltür? Der Boden war gefliest, und lediglich unter dem mächtigen und rustikalen Schreibtisch neben der Tür lag ein großer Perserteppich. Obwohl das Zimmer so geräumig war, hatte der Professor seinen Arbeitsplatz in die äußerste vordere Ecke gezwängt. Ich lächelte, als ich erkannte, dass der Schreibtisch auf Rollen stand. Und dann stutzte ich. Was suchte ich eigentlich? Ein Verlies? Einen Kerker? ... Venus im Pelz und ihr Diener Severin! Aber wer diente, und wer befahl?

»Also?« Wieder war es Gómez, der mich darauf aufmerksam machte, dass wir nicht allein zum Sightseeing hergekommen waren. »Was wollen Sie wissen? Oder was wünschen Sie mir mitzuteilen?«

Der Professor setzte sich hinter seinen Schreibtisch, Gómez blieb an der Tür stehen, und ich pflanzte mich in einen der Ledersessel, die mitten im Raum standen und um einen kleinen Glastisch gruppiert waren. Mein Blick schweifte durch das Zimmer und blieb immer wieder an dem Teppich unter dem Schreibtisch hängen. Eine barbusige Frau in einem Wald war darauf abgebildet, umringt von Jägern, erlegtes Wild zu ihren Füßen. Diana, die Göttin der Jagd, vermutete ich und wunderte mich sogleich über dies heidnische Motiv. Und dann dachte ich an Dianas weitere Aufgaben als Beschützerin der Jungfräulichkeit. Und der Sklaven!

Zufälle! Es gab keine Zufälle auf Gomera!

»Es geht um die Nacht vor dem Verschwinden meiner Schwester«, begann ich und schaute Hauff unverwandt an, der mich seinerseits mit einem lauernden Lächeln bedachte. »Und ich wollte Herrn Hauff fragen, ob er diesbezüglich einige Unklarheiten hinsichtlich seiner Rolle ausräumen kann.«

»Unklarheiten?« Der lauernde Blick wurde verkniffen.

»Wie ich erfahren habe, waren Sie an jenem Abend auch in der ›Taka-Tuka-Bar‹ und haben direkt nach Julias überstürztem Abgang die Bar verlassen.«

»Wer sagt das?«

Ja, wer hatte das gesagt? Kati hatte niemals mit mir gesprochen. Und ich hatte ihr versprochen, sie nicht zu erwähnen. Von wem sonst hätte ich diese Information bekommen können? Ich verbarg meine Unsicherheit hinter einem aufreizenden Lächeln und hatte plötzlich die Lösung. Katis Worte zitierend sagte ich: »Ein großes Riesenbaby mit Hornbrille.«

Der Professor überlegte, schnalzte dann unwirsch mit der Zunge und nickte unmerklich. Er fuhr sich mit der rechten Hand über Bart und Mund und anschließend nervös über die Schreibunterlage auf dem Tisch. Schließlich gewann seine überlegene Lässigkeit die Oberhand, und er schenkte mir sein gütigstes Lächeln. »Das ist wahr. Ich habe mir Sorgen um Julia gemacht.«

»Sie wissen also von dem Streit zwischen Ihrer Schwester und ihrem Freund?«, wandte sich Gómez an mich. Ob ich auch wisse, worum es bei diesem Streit gegangen sei.

Ich hielt es für angebracht, den Kopf zu schütteln. »Das wollte ich eigentlich den Herrn Professor fragen.«

Hauff war auf der Hut. Er konnte nicht wissen, was das »hornbebrillte Riesenbaby« mir sonst noch erzählt hatte. Er hob entschuldigend die Achseln und meinte: »Leider kann ich Ihnen da auch nicht weiterhelfen.« Julia habe auf der Toilette mit dem rothaarigen Engländer gestritten, und er, Hauff, habe nicht verstanden, was Gegenstand des Wortwechsels gewesen sei. »Aber sie war sehr aufgebracht, als sie herauskam, und hat wüste Beschimpfungen und Drohungen ausgestoßen.« Deshalb sei er auch so besorgt gewesen und habe sie hinausbegleitet, um sie zu besänftigen oder zu trösten, so ihr denn danach gewesen sei. »Was aber nicht der Fall war.«

»Halten Sie Ihre Schwester für fähig, einen Menschen zu töten?«, hörte ich Gómez' Stimme neben mir. Julia habe nämlich gedroht, den inglés umzubringen. Die Augen des Kommissars funkelten beinahe lustig, als wisse er die Antwort auf seine Frage und wolle nur überprüfen, ob ich sie auch kannte.

Dirk! schoss es mir durch den Kopf. Sie wussten von Julias Angriff auf mich. Von dem Messer. Von Julias Jähzorn. Von ihren Drogenexzessen. Sie wussten alles. Und es passte ihnen in den Kram!

Ich antwortete: »Jeder ist fähig, einen Menschen zu töten.«

Gómez lächelte sibyllinisch. »Auch Sie?«

Ich wiederholte: »Jeder!«

Der Kommissar brummte zustimmend und öffnete seine Jacke. Das Hemd darunter war noch fleckiger als das Sakko.

Mit einem Tuch fuhr Gómez sich über den schweißnassen Specknacken und schnäuzte sich anschließend damit.

Angewidert wandte ich mich an den Professor: »Was hat Julia Ihnen gesagt, als Sie sie vor der Bar trösten wollten?«

»Sie sagte, alles sei in Ordnung und sie wolle nach Hause.« Sie habe darauf bestanden, alleine zu gehen. Und er habe ihrem Wunsch entsprochen. Mit gefalteten Händen auf dem Schreibtisch fügte er hinzu: »Leider!«

»Warum sind Sie dann mitten in der Nacht bei der alten Isabella aufgetaucht, um sich nach Julia und Dave zu erkundigen?«

Hauff erstarrte und schwieg.

Aber ein Geräusch kam von der Tür. Der Kommissar schnaufte missfällig. Und dieses Missfallen galt nicht meiner Frage, sondern der Information, die er dieser Frage entnahm. Er schüttelte andeutungsweise den Kopf und meinte: »Das würde mich allerdings auch interessieren.«

Der Professor schoss Pfeile mit seinen Augen, und seine Mundwinkel senkten sich bedrohlich, als er erklärte: »Ich sagte doch bereits, dass wir uns Sorgen gemacht haben. Und deshalb wollten wir sicher gehen, dass …«

»Wir?«, unterbrach ich ihn. »Wer hat sich denn sonst noch gesorgt?«

»Nun, unter anderem Ihr Ex-Gatte.«

Wer sonst? dachte ich und fragte: »Hatten Sie irgendeinen bestimmten Grund für Ihre Besorgnis?«

Englische Hilferufe! Dirk im Hof der »Taka-Tuka-Bar«. Und der Professor im Türrahmen. Wir kümmern uns darum!

Ich wollte mir eine Zigarette anstecken, wurde aber vom Professor darauf aufmerksam gemacht, dass der Genuss von Drogen in der Finca untersagt sei. »Sieht man einmal vom Messwein ab.« Ein spitzbübisches Grinsen umspielte seine Lippen, als er dies sagte. Und mit einer leichten Verbeugung fügte er hinzu: »Aber wenn Sie nervös sind und Ihnen das

Nikotin Erleichterung verschafft, will ich gerne eine Ausnahme machen.« Allerdings würde er mich bitten wollen, am offenen Fenster zu rauchen.

Hauff war wahrlich ein Meister der Verdrehung von Tatsachen. Er war nervös, aber ich brauchte Erleichterung. Und es gelang ihm, sich aus der Defensive zu befreien und Luft zu verschaffen. Angriff als beste Verteidigung!

Ausgerechnet Gómez fiel ihm in den Rücken: »Haben Sie sonst noch jemanden um Auskunft über das Verbleiben der Deutschen und ihres englischen Freundes gebeten?« Erneut dieser Unterton!

Hauff antwortete ihm mit einem hasserfüllten Blick.

Ich trat grinsend ans Nordfenster, öffnete es, setzte mich aufs Fensterbrett, rauchte und bestaunte die Aussicht. In der Ferne sah ich die Siedlung Taguluche und eine paradiesisch gelegene Badebucht. Im hinteren Teil des ummauerten Fincageländes erkannte ich einen kleinen, künstlich angelegten See und den Steinhaufen, von dem Martin gesprochen hatte und dessen Sinn mir unerfindlich blieb. Weiter im Vordergrund sah ich das Frauenhaus und ein Gebäude, bei dem es sich nur um die Küche handeln konnte. Rauch stieg aus dem Schornstein. Und plötzlich hörte ich es unter mir rumpeln und rascheln. Ich stutzte.

»Der Gärtner«, antwortete Hauff auf die Frage, die ich gar nicht gestellt hatte. Im Erdgeschoss des Anbaus befinde sich der Schuppen für die Gartengeräte.

Ich schaute hinunter und sah direkt unterhalb des Fensters eine geöffnete Tür, durch die nun ein weißgekleideter Mönch mit breitkrempigen Strohhut ins Freie trat. In der einen Hand hielt er eine Sense, in der anderen einen Weidenkorb.

Und meine ganze hübsche Theorie stürzte in sich zusammen!

Kein Verlies, kein Kerker! Nur ein Geräteschuppen..

Ich wehrte mich dagegen, die Ansichten des Kommissars zu teilen. Obwohl (oder auch weil) ich sie gar nicht für abwegig hielt … Ich wollte nicht glauben, was er mir darlegte und einreden wollte. Meine Schwester war keine Mörderin oder Totschlägerin. Es durfte nicht sein. Und ich wusste, dass Gómez mir keinerlei Unterstützung bieten würde, dies zu beweisen … Für ihn war der Fall klar: Julia hatte Dave im Affekt getötet, das Motiv war ihm noch unklar, aber er vermutete Eifersucht oder eine »Drogenangelegenheit« (er verzog angeekelt das Gesicht, als er das Wort in den Mund nahm) … Nur Julia kam als Täterin in Frage. Sie hatte sich mit Dave gestritten; sie hatte gedroht, ihn umzubringen; sie hatte schon einmal versucht, einen Menschen zu töten. Und sie war ein Junkie. Einmal abhängig, immer abhängig!

Dirks und Hauffs Nachforschungen in der (vermuteten) Mordnacht störten den Kommissar sichtlich. Und dies ließ er den Professor spüren. Er gab ihm zu verstehen, dass er dessen dilettantisches Vorgehen missbilligte. Nicht dass der Professor nach Julia gesucht hatte, ärgerte den Kommissar, sondern dass er dies unvorsichtig getan hatte. Weil es mich veranlasst hatte, misstrauisch zu werden und nachzufragen … Gómez hasste Fragen. Er stellte keine, und er wollte keine hören. Und damit war für ihn die Angelegenheit bereinigt und erledigt … Meine Einmischung (und die meines neugierigen Freundes) verstand er als Zeitverschwendung. Und Gómez hielt streng mit der Zeit haus!

»Ich kann verstehen, dass Sie Ihre Schwester in Schutz nehmen«, wandte er sich an mich. Aber Fakten seien nun mal Fakten. »Warum sonst ist sie mitten in der Nacht verschwunden?« Immer noch stand der Kommissar wie eine Statue vor der Tür und verschränkte die Hände vor seinem dicken Bauch. Julia habe die Leiche verscharrt und sei mit dem nächsten Boot nach Teneriffa gefahren. »Ihre Schwester werden wir auf Gomera nicht mehr antreffen!«

»Wie erklären Sie sich dann dies?«, fragte ich und reichte ihm Julias Postkarte.

Viele herzliche Grüße von der sonnigen Insel Gomera.

Er las, staunte und sah mich fragend an.

»Das Datum«, erklärte ich. »Die Karte ist zwei Tage nach Julias Verschwinden abgestempelt.«

Nun wurde auch der Professor hellhörig und ließ sich die Postkarte geben. Mit steinerner Miene las er den Text, schüttelte den Kopf, warf erneut einen Blick auf die handschriftlichen Zeilen, reichte mir die Karte und meinte: »Spanische Postbeamte arbeiten nicht so schnell wie ihre deutschen Kollegen.« Es klang nicht sehr überzeugend.

Gómez gab ein abschätziges Schnaufen zum besten und sagte: »Ihre Schwester ist eine erstaunliche Frau.« Dabei schaute er den Professor im wahrsten Sinne des Wortes von oben herab und beinahe mitleidig an und wiederholte grinsend: »Erstaunlich!« Dann setzte er lapidar hinzu: »Aber das ist alles nicht wirklich von Belang.« Für ihn war die Diskussion damit beendet.

Wie gern hätte ich ihm von den nächtlichen Hilferufen erzählt oder von Julias Tagebuch. Auch die Frage, wie meine Schwester in die ehemalige Umkleidekabine gelangt war, ohne dabei das Schloss an der Tür zu demolieren, lag mir auf den Lippen. Und auf welche Weise sich Daves Leiche das Genick und den Schädel gebrochen hatte! All diese Fragen gingen mir durch den Kopf, aber ich widerstand dem unvernünftigen Impuls, zu reden und zu fragen. Der comisario mochte dem Professor nicht in allen Punkten untertänig ergeben sein, aber er trug einen Weißkittel und ein Achtspitz auf der Brust. Gómez hatte mir deutlich zu verstehen gegeben, dass er an der Wahrheit nicht interessiert war. Und deshalb wollte und würde ich ihn nicht mit der Wahrheit belästigen.

Der Kommissar schaute auf die Uhr, schüttelte ärgerlich den Kopf und verabschiedete sich. Rausgeworfene Zeit! Und zudem nach Feierabend.

Grummelnd verließ er den Raum. Und ich glaubte, das spanische Wort amateur auf seinen Lippen zu lesen, als er sich ein letztes Mal verbeugte.

»Es tut mir leid, dass ich Ihnen so wenig weiterhelfen konnte«, sagte der Professor, als wir seine Wohnung verließen. Und er wolle sich erneut für den unverschämten Tonfall des Kommissars entschuldigen. »Gómez ist nicht gerade eine Hilfe«, fügte er hinzu, und sein Blick verdüsterte sich.

»Ist er ebenfalls Meister des Ordens?«

»Gómez?« Hauff lachte abfällig. »Ich glaube nicht, dass es ihm viel ausmachen würde, wenn Spanien immer noch unter der Herrschaft der muslimischen Mauren stände.«

»Warum trägt er dann das Kreuz auf der Brust?«

Erneut der düstere Blick und das Zucken in den Mundwinkeln, als er sagte: »Das werde ich ihn bei gegebener Situation selbst fragen.« Hauff wischte das Thema mit einer ausholenden Geste mit der Hand vom Tisch und setzte sein Maskenlächeln auf. »Darf ich Ihnen den Rest unseres Aedificuums zeigen?«

Ich bat darum, und er führte mich hinauf ins zweite Obergeschoss.

Die Flure und Gänge waren mittlerweile wieder bevölkert. Die Gebetsstunde war vorüber. Die Männer gingen zurück an ihre Arbeit, und auch Frauen waren nun im Hauptgebäude zu sehen, einige in schwarzer Tracht, anderer in normaler Freizeitkleidung. Wie Ameisen huschten alle durch den Bau, hurtig, aber schweigend. Niemand sprach ein Wort, man grüßte sich nickend.

Durch eine der offen stehenden Türen konnte ich einen Blick in einen großen Raum werfen, in dem es wie in einem Grundschulklassenzimmer der siebziger Jahre aussah. Hölzerne Bänke in Reih und Glied, ein Pult an der Stirnseite des Zimmers, dahinter eine mit Kreide beschriebene Schiefertafel und ein Galgen zur Befestigung von Landkarten. Frontalunterricht mit Zeigestock und Klassenbuch. Keine elektrischen Hilfsgeräte, keine Projektoren, keine Monitore.

»Hier oben befinden sich die Seminarräume und einige der Werkstätten«, flüsterte der Professor. »Und im Ostflügel gibt es ein kleines Gymnasium für leichtere Leibesübungen.« Damit nicht nur der Geist trainiert werde.

Aus einer der vielen Türen trat in diesem Moment eine dicke Frau in den Flur und strebte zur Treppe. Ihre Tücher waren nun schwarz, aber Debora war dennoch unverkennbar. Sie senkte den Blick, als sie mich und den Professor erkannte, berührte aber wie zufällig meinen Arm, als sie mich passierte.

»Hallo Debora«, sagte ich und lächelte sie an. »Wie geht's?«

»Hallo«, grummelte sie verlegen, wich meinem Blick aus und hastete vorbei.

Hauff quittierte unsere kurze gegenseitige Begrüßung mit einer krausen Stirn, gab aber keinerlei Kommentar dazu ab. Nur seine Stimmung schien umgeschlagen zu sein, in knappen Worten gab er mir zu verstehen, dass es im zweiten Stock nicht viel zu sehen gebe und dass er die Seminare nicht stören wolle. »Möchten Sie den Garten noch sehen, bevor Sie fahren?«

Eine höfliche, aber bestimmte Aufforderung zu gehen.

Seitdem wir das Herrenhaus verlassen hatten und auf den heckengesäumten Kieswegen durch den parkähnlichen Garten spazierten, war der Professor vollends verstummt. Seine mürrisch dreinblickenden Augen drückten aus, dass ich ihm lästig wurde, aber seine Hände sprachen eine andere Sprache. Er streichelte meinen Unterarm, während wir den künstlichen See umrundeten. Eigentlich kam ich ihm ungelegen, aber er konnte nicht aus seiner Haut. Der Professor wollte mich loswerden, aber der Mann genoss meine Anwesenheit.

Schließlich obsiegte der Professor. Das Streicheln ebbte ab, und Hauff räusperte sich. Er habe noch einiges zu erledigen und müsse sich um dringende Geschäfte kümmern. Ob ich noch Fragen hätte.

Wir schlenderten gerade an dem Steinhaufen vorbei, dessen Funktion mir schleierhaft war, und ich sagte: »Ja. Was ist das?«

»Das fragen sie lieber den Landschaftsarchitekten«, antwortete er mit bezauberndem Lächeln auf den Lippen. »Er meinte, solch ein Wall lockere die Strenge eines englischen Gartens auf und erinnere an gomerische Kultstätten. Deshalb auch die Kreisform.«

Erst jetzt erblickte ich die weiteren menhirartigen Steine, die in einigem Abstand zum Hügel aufgestellt worden waren und einen Kreis bildeten.

»Guanchen?«, fragte ich.

»Ureinwohner sind in gewissen Kreisen momentan hoch im Kurs«, antwortete Hauff mit einer Ironie, die ich befremdend fand. »Und wenn diese Urbewohner auch noch ausgestorben sind, umso besser. Da lässt sich trefflich spekulieren und in Mystik schwelgen.«

Zum ersten Mal ließ er durchblicken, dass er den ganzen Zirkus, den er veranstaltete, als albernen Hokuspokus betrachtete. Bei Hauff handelte es sich gewiss nicht um einen weltfremden Spinner, er wusste genau, was er tat und mit welchen Folgen. Und wie er erreichen konnte, was ihm vorschwebte.

»Und deshalb die Steine?«, fragte ich.

»Steine sind fast so beliebt wie Ureinwohner«, erklärte er nickend. »Wir nennen diesen Hügel ›Toter Mann‹.«

»Warum?«

»So hießen in früheren Zeiten Steinhügel, die an Orten errichtet wurden, an denen ein Martyrium stattgefunden hatte.«

»Wie furchtbar!«, rief ich aus und spürte eine Gänsehaut den Rücken hochkriechen. »Sie sollten Ihren Landschaftsplaner wechseln.«

»Gräber sind selten hübsche Anblicke«, erwiderte der Professor und ging zum Hauptgebäude voraus. »Egal, welchen Kult man darum errichtet.« Nachdenklich fuhr er sich mit der Hand über den Bart und lächelte gequält und abwesend.

Die Leichen im Keller! Eine Frage lag mir auf den Lippen, aber Hauffs entrückter Gesichtsausdruck riet mir, lieber den Mund zu halten.

Der Gärtner lüpfte den Strohhut, grüßte den Professor mit einem Nicken und bedachte mich mit einem Lächeln. »Grüß Gott!« Er war gerade dabei, den mit geschnittenem Gras gefüllten Korb in einem Unterstand neben der Gärtnerhütte zu verstauen, als wir die rückseitige Terrasse betraten.

Die Tür zum Schuppen stand offen, und da innen Licht brannte, konnte ich einen Blick ins Innere werfen. Die Remise bestand ebenfalls nur aus einem einzigen Raum, an den Wänden hingen die kleineren Werkzeuge und Gartengeräte, auf dem Boden standen die schwereren Utensilien und Maschinen. Ein ganz normaler Schuppen mit nur einem winzigen Fehler. Er war nicht quadratisch. Und er war zu klein!

Das Skriptorium des Professors im ersten Stock maß in der Länge wie in der Breite etwa sieben Meter. Der Gärtnerraum direkt darunter war ebenfalls sieben Meter breit, aber allerhöchstens fünf Meter lang. Es fehlten gute fünfzehn Quadratmeter. Und es gab keine Tür zu einem hinteren Raum.

Nur dass es einen hinteren Raum gab, lag auf der Hand.

Diana. Göttin der Jagd. Beschützerin der Jungfräulichkeit. Und der Sklaven!

Und ein Schreibtisch auf Rollen.

»Nachsehen?« Martin starrte mich konsterniert an und hielt das Glas Bier vor seinem Mund in der Schwebe. »Willst du etwa einbrechen? Oder glaubst du, Hauff wird dir freiwillig seinen Geheimraum zeigen?«

»Die Tür zu seiner Wohnung dürfte kein großes Problem darstellen. Als wir heute eintraten, war sie nicht abgeschlossen, lediglich das Schnappschloss hielt sie zu. Mit einer Scheckkarte sollte die Tür einfach zu öffnen sein.«

»Bist du denn wahnsinnig?« Martin griff meine Hand und schaute mir tief und eindringlich in die Augen. »Der Typ ist gefährlich!«

»Eben drum!«, antwortete ich und erwartete nicht, dass er mich verstand.

Wir saßen im »Café der anderen Art«, einer rein deutschen und im Bistrostil eingerichteten Bar in Vueltas, unweit der »Taka-Tuka-Bar«, aus der wir vor nicht einmal einer Stunde hochkant hinausgeworfen worden waren. Dirk hatte sich zunächst schlichtweg geweigert, uns zur Kenntnis zu nehmen und zu bedienen. Und als seine Frau uns dennoch zwei Flaschen Bier auf den Tresen stellte, beschimpfte er sie, schüttete das Bier aus und verwies uns des Ladens. Dirk war nachtragend. Die Ohrfeige hatte er noch nicht vergessen.

»Solange ich in diesem Laden etwas zu sagen habe, seid ihr hier unerwünscht!« Er stand im Türrahmen, spuckte auf den Boden und fuchtelte aufgeregt mit den Händen in der Luft.

Ich drehte mich um, grinste ihn höhnisch an und meinte: »Du hast in diesem Laden doch gar nichts zu sagen.« Und dann duckte ich mich, als der Aschenbecher geflogen kam.

»Ich hoffe, du hast deine Tarnkappe dabei«, sagte Martin, und immer noch hielt er meine Hand. »Denn sonst dürfte es schwierig werden, ungesehen in die Finca zu gelangen und quer durchs Gebäude zu marschieren, ohne von irgendjemandem beobachtet zu werden.«

»Um fünf ist das Herrenhaus so gut wie leer. Die Frauen haben Hausverbot, und die Männer gedenken der Todesstunde des Gottessohnes. Ein Kinderspiel.« Ich bemühte mich, das Ganze als lustiges Abenteuer darzustellen und den Ernst der Lage zu ignorieren. »Was soll schon passieren?« Meine Hände zitterten bei dem Gedanken, was mir alles passieren könnte.

Martin schwieg, aber seinem Blick war zu entnehmen, dass er mich durchschaute. Er schüttelte den Kopf, sah jedoch ein, dass ich fest entschlossen war. Darum brachte er ein letztes, sehr stichhaltiges Argument: »Und wie willst du aufs Gelände gelangen?« Die Mauern seien hoch und mit Glas und Stacheldraht gesichert, und vermutlich sei das ganze Gut videoüberwacht. »Wie willst du an dem Pförtner und seinen unsichtbaren Augen vorbeikommen?«

»Das lass nur meine Sorge sein«, erwiderte ich, »ich hab' da schon eine Idee.«

»Du meinst das wirklich ernst, oder?«

Ich nickte.

»Dann komm ich mit.« Er streichelte meine Hand und schluckte.

Ich schüttelte den Kopf und gab ihm einen Kuss auf die Wange. »Aber danke, dass du dir soviel Sorgen machst.«

Er wurde rot im Gesicht und schaute verlegen auf die marmorierte Tischplatte. Dann räusperte er sich und wollte etwas sagen, hielt jedoch plötzlich inne und starrte an mir vorbei auf die Straße.

Meine Augen folgten seinem Blick. Ich wandte mich um und sah, was ihn so erstaunt hatte. Mireia! Dirks Frau. Sie hastete die Straße entlang, schluchzte hörbar und hielt einen Schal oder ein Tuch über ihre linke Gesichtshälfte. Sie schaute einen kurzen Augenblick durch die geöffnete Tür des Cafés, sah Martin und mich, fuhr zusammen, schluchzte dann noch lauter und rannte die Straße hinunter. Sie war offensichtlich auf dem Weg nach Hause. Aber noch war es eigentlich nicht Zeit für den Feierabend.

Auch Martin war heute nicht untätig gewesen. Er hatte den Nachmittag am Strand verbracht und seine Hauptquellen angezapft: Sandy und Christiane.

»Beide Frauen haben eines gemein«, sagte er schmunzelnd. Sie seien sauer, dass sie nur noch die zweite Geige spielten. Sandy sei völlig durcheinander und schwanke hin und her zwischen glühender Bewunderung und wüsten Beschimpfungen, und Christiane führe sich auf, als habe der Professor sie tödlich beleidigt. »Sie scheint endlich begriffen zu haben, dass Hauff sie nur benutzt hat und keineswegs die Absicht hat, sie in sein Himmelbett einzuladen. Die Arme! Sie war so zerknirscht, dass sie sogar zugab, die Geschichte mit Julias Rückflug erfunden zu haben.«

»Im Auftrag des Professors?«

»Es hatte eher den Anschein, als habe sie ihm einen Gefallen tun wollen. Doch an Hauffs ungehaltener Reaktion hat sie wohl erkannt, dass dies keine glänzende Idee gewesen ist. Er hat ihr recht unwirsch zu verstehen gegeben, dass sie sich aus den Sachen, die sie nicht versteht, gefälligst heraushalten soll.«

»Und Sandy? Hatte die noch ein paar hübsche Anekdoten auf Lager?«

Martin sah mich überrascht an. »Du kannst sie nicht leiden, was?«

Ich zuckte lediglich mit den Schultern.

»Sie ist noch ein halbes Kind«, sagte er.

»Mag ja sein«, war alles, was mir dazu einfiel.

»Hast du gewusst, dass Hauff Witwer ist?«, fragte er plötzlich und freute sich, da ich überrascht schaute. »Sandy hat erzählt, dass er Deutschland verlassen und den Templerorden gegründet hat, nachdem seine Frau gestorben ist.«

»Wann war das?«

»Nicht wann das war, ist interessant, sondern wie!« Martin genoss es, dass ich ihm an den Lippen hing und darauf brannte zu hören, was er zu erzählen hatte.

»Jetzt mach's nicht so spannend«, sagte ich, fischte eine Zigarette aus der Schachtel und suchte nach den Streichhölzern.

Er grinste schelmisch, hielt mir ein brennendes Streichholz hin und sagte: »Sie hat sich umgebracht.«

»Selbstmord?« Vor Überraschung ließ ich die Hand mit der Zigarette sinken. »Warum?«

»Hauff soll sich an einer Studentin vergangen haben.« Bevor er sich die Finger verbrannte, blies Martin das Zündholz aus, entzündete ein weiteres und gab mir Feuer. »Eine Doktorandin hat ihn wegen Nötigung und Vergewaltigung angeklagt.« Am Tag, als der Prozess gegen ihn eröffnet wurde, habe seine Frau sich auf dem Dachboden erhängt. »Sie soll nervenkrank gewesen sein, das behauptet jedenfalls Sandy.«

Gräber sind selten ein hübscher Anblick!

»Und Hauff hat sich anschließend ins Ausland abgesetzt, um nicht in den Knast zu gehen?«, vermutete ich.

»Ach wo!« Martin lachte abfällig. Das Verfahren sei eingestellt worden, es habe Aussage gegen Aussage gestanden. Und schließlich habe die Frau die Vorwürfe sogar zurückgenommen. »Wie Sandy vermutet, nach großzügiger Abfindung.«

»Das alles hat dir Sandy erzählt?« Die Indiskretion und Illoyalität der jungen Schwäbin war beeindruckend. »Warum tut sie das?«

»Reaktionsbildung«, meinte Martin.

»Was ist denn das?«

»Man hasst, was man nicht lieben darf! Ein bekanntes psychologisches Phänomen.« Martin schmunzelte. »Micki hat dies heute Nachmittag erläutert. Ihn scheint Sandys plötzlicher Umschwung auch erstaunt zu haben.« Erklärend fügte er hinzu: »Micki will Psychologie studieren.«

Reaktionsbildung! … Triebpsychologie. Sexual- und Aggressionstrieb. Und Todestrieb! … Keine Wunder, dass Therapien auf Gomera so angesagt waren.

»Seitdem gefällt sich Hauff als Opfer einer fraulichen Hysteriekampagne«, sagte Martin. Und seine Frau sei zur Märtyrerin hochstilisiert worden.

Ein Steinhügel, genannt »Toter Mann«.

»Und er rächt sich, indem er einen Männerorden gründet und Frauen wie Trophäen sammelt?« Das alles erschien mir zu logisch und erklärlich. Zuviel Psychologie! Zu viele Gründe! Zu viele Entschuldigungen! Ein dreckiger alter Mann mit dreckigen Gedanken und Taten, der diese reinwaschen will, indem er eine Religion und Ideologie um sie herum baut. Mir reichte es für heute!

»Kommst du noch mit in die Disco?« Martin wusste nicht, wohin mit seinen Händen und verschränkte sie schließlich hinter seinem Rücken.

»Nein, ich bin müde und will ins Bett.«

»Soll ich dich begleiten?«

Ich stutzte und schluckte.

»Nein, nicht was du jetzt denkst … nicht ins Bett … ich meine … also … soll ich dich nach Calera … ähm … du weißt schon …« Er verhaspelte sich vollends und verstummte schließlich.

Ich lächelte und versuchte, das Lächeln nicht allzu verkrampft aussehen zu lassen. »Nicht nötig, ich komme schon zurecht.«

»Ich weiß«, sagte er, und es klang beinahe traurig. »Gute Nacht.«

Ich gab ihm einen Gute-Nacht-Kuss und ließ ihn mit gesenktem rotem Kopf zurück. Was hätte ich tun sollen? Ihn aus reiner Gefälligkeit bitten, die Nacht mit mir zu verbringen? Das hätte weder ihn noch mich glücklich gemacht. Warum hatte ich also dieses schlechte Gewissen, als ich die Treppe zur Hauptstraße hinunterstieg? Das Gefühl, mich für irgendetwas entschuldigen zu müssen? Verdammte Sentimentalität! Ich kehrte um.

Martin stand immer noch an der Ecke vor dem Café, die Hände auf dem Rücken. Ich trat auf ihn zu, sah in sein erstauntes Gesicht und flüsterte: »Nicht böse sein.«

Er lächelte. »Warum sollte ich dir böse sein?«

»Und nicht traurig sein.«

Er zuckte mit den Schultern.

Es war ein langer und merkwürdiger Tag gewesen, und während ich allein den stetig ansteigenden Weg nach Calera hochstapfte, schossen mir allerlei wirre Gedanken durch den Kopf. Ich versuchte, sie zu ordnen, aber es wollte mir nicht gelingen. Alles blieb konfus und irritierend. So viel war passiert, aber so wenig Konkretes konnte ich aufweisen. Nur diffuse Gefühle und Ahnungen, Unausgesprochenes oder zwischen den Zeilen Gelesenes. Abenteuerliche Theorien und psychologische Abgründe. Warum musste immer alles so kompliziert sein, warum nicht einfach und übersichtlich?

»Ksch!«, machte es. Und dann noch mal: »Ksch-ksch!«

Ich zuckte zusammen und fuhr herum.

»Ist da wer?« Ich stand auf dem Gehweg zwischen Borbalán und Calera und starrte in die Dunkelheit. Ich drehte mich um die eigene Achse und horchte und spähte. Niemand war zu sehen, die Straße war menschenleer, keine Häuser weit und breit. Links und rechts des Weges Bananenplantagen. Eine Katze streunte umher und schnupperte an einer umgestürzten Mülltonne.

Wieder das Geräusch: »Ksch!« Das Geräusch kam aus der Bananenplantage oberhalb der Straße.

Ich rief in die Finsternis: »Alguien aqui?«

»Sí, aqui!« Eine Frauenstimme, rauchig und rau. Und außer Atem.

Jetzt sah ich einen Schatten in der Plantage, der sich von hinten näherte. Eine Hand winkte. Und eine kleine Funzel leuchtete kurz. »Aqui. Hier!« Das Licht ging aus, der Schatten verharrte und wartete. »Kommen Sie! Schnell!«

Nur kurz zögerte ich, dann kroch ich unter den Bananenstauden hindurch in Richtung des Schattens. Wieder ging die Lampe für einen kurzen Moment an, und ich sah in das Gesicht der hübschen Spanierin. Oder nur einen Teil davon. Immer noch hatte sie die linke Gesichtshälfte verdeckt.

»Mireia?«, flüsterte ich. »Was machen Sie hier? Was hat das zu bedeuten?«

»Wir müssen reden!«, antwortete sie. »Nein, ich muss reden.«

»Dann kommen Sie mit zu meiner Pension«, schlug ich vor.

Sie schüttelte aufgeregt und heftig den Kopf und sagte: »Bloß nicht! Wenn man mich mit Ihnen sieht, dann bin ich geliefert. Er bringt mich um!«

Mehr als ihre Worte erschreckte mich ihr Aussehen. Bei dem Kopfschütteln war das Tuch in ihrem Gesicht verrutscht, besser: der Verband. Trotz der Dunkelheit erkannte ich, dass ihr Gesicht geschwollen war und blutete.

»Mein Gott, was ist mit Ihnen?«

Sie knipste die Taschenlampe in ihrer Hand an und strahlte ihr Gesicht an.

Und mir entfuhr es: »Oh, nein!« Das linke Auge war blau angelaufen und zugeschwollen, die Augenbraue aufgeplatzt, und eine böse blutende Schnittwunde verlief quer über ihre Wange.

Das sei eine andere Geschichte, hatte Kati heute morgen delphinisch über Dirk und seine Frau gesagt. Nein, es war die immer gleiche Geschichte …

Mireia tupfte die Wunde ab und sagte: »Ich hätte nicht rennen sollen, jetzt blutet es wieder.«

»Hat Dirk das getan?«

»Das blaue Auge und die Platzwunde stammen von ihm«, antwortete sie. Aber der Schnitt sei nicht beabsichtigt gewesen. »Ich bin bei dem Sturz in ein Glas gefallen.« Als gehe die Wunde damit nicht auf Dirks Rechnung.

»Warum hat er …?« Ich konnte die Frage nicht beenden. Ich konnte Mireia nicht ins Gesicht schauen. Ich konnte mich nicht bewegen. Und wieder hatte ich dieses beklemmende Gefühl, mich entschuldigen zu müssen.

»Was glauben Sie wohl, warum?« Sie schaltete die Funzel aus und seufzte. »Weil ich es nicht mehr aushalte. Weil ich diese Lügen satt habe.« Mit Mord wolle sie nichts zu tun haben. Sie setzte sich im Schneidersitz auf den Boden, und hieß mich neben ihr niedersetzen.

Ich erwachte aus meiner Lethargie und fragte: »Wissen Sie, wo Julia steckt?«

Es gehe nicht um Julia, antwortete sie. »Nicht in erster Linie.«

»Sondern?«

Sie sah mich skeptisch an und schien zu überlegen, ob sie wirklich reden wollte oder durfte. Schließlich sagte sie: »Kati hat mir erzählt, dass Sie von der Nacht wissen. Von den Hilferufen.«

»Kati?«, wunderte ich mich. »Sie haben mit ihr gesprochen?«

»Sie sagte, ich solle Ihnen alles erzählen, was ich gesehen habe.«

Kati, der gute Geist des Tals! Professor Hauff hatte sie so genannt. Wie recht er doch hatte!

»So kann es doch nicht weitergehen.« Mireia begann zu schluchzen und schnäuzte sich. Das sei doch kein Leben!

»Was ist geschehen? Was haben Sie gesehen?«

Sie schwieg, dachte nach und wusste nicht, wo und wie sie beginnen sollte.

»Erzählen Sie einfach der Reihe nach«, schlug ich vor.

Mireia nickte und begann: »Einiges hat Kati Ihnen ja bereits berichtet. Von dem Streit Ihrer Schwester mit dem Engländer. Und von ihrem Verschwinden.«

Ich nickte.

»El profesor kam nach einiger Zeit wieder zurück in die Kneipe, da war Kati bereits gegangen. Der lange inglés stand am Tresen und hat sich fürchterlich betrunken, er war ja sowieso schon völlig high.« Er sei laut und grölend und recht ekelhaft geworden. Die andere Engländerin habe sich schleunigst verdrückt und sich zum Professor gesellt, aber der sei anscheinend nicht gut auf sie zu sprechen gewesen. »Sie hatten einen Streit, und der Professor hat die Bar fluchend verlassen. Kurze Zeit später ist auch der Rothaarige rausgetorkelt.«

»Und Rosanna?«

Ein gleißendes Licht streifte durch die Bananenplantage. Mireia warf sich zu Boden, und ich machte es ihr nach. Der Strahl des Scheinwerfers richtete sich direkt auf unsere regungslosen Körper, verweilte dort eine Weile, kroch dann langsam weiter durch die Plantage um schließlich ganz zu verschwinden. Ich setzte mich auf und atmete erleichtert auf. Eine Auto hatte lediglich auf der Straße gewendet. Das Motorengeräusch entfernte sich, und auch Mireia hob den Kopf. Weil sie ihr Gesicht regelrecht im Boden vergraben hatte, war es nun nicht nur blut-, sondern auch dreckverschmiert. Ich holte ein Taschentuch aus meiner Hosentasche und wischte ihr, so gut es ging, den Schmutz aus dem Gesicht.

Mireia lächelte matt. »Wollen Sie die Wahrheit wirklich wissen?«

»Natürlich«, antwortete ich, obwohl ich mir dessen gar nicht so sicher war.

»Gut!« Sie setzte sich und erzählte. Es sei kurz nach Feierabend gewesen, sie habe den Müll rausgebracht. »Die Tonnen stehen im Hof.«

»Und dann haben Sie die Hilferufe gehört?«

»Erst nur ein Rascheln unter einem Strauch.« Sie habe schon gedacht, es sei eine streunende Katze, aber dann habe sie die Stimmen gehört. Erst nur Gemurmel, aber schließlich richtige Schreie. »Ich hab' gerufen, und plötzlich war alles still.« Und dann sei sie hingegangen und habe nachgeschaut.

»Haben Sie irgendetwas erkennen können?«

»Ja, leider«, sagte sie mit gepresster Stimme. Die Engländerin habe auf dem Boden gelegen und gestrampelt, mit Händen und Füßen.

»Rosanna?«

Mireia nickte. »Ihr Gesicht konnte ich genau erkennen. Ihre Augen waren riesengroß und traten aus den Höhlen.« Ein Mann habe auf ihr gelegen und ihr den Mund zugehalten. Und die Nase. Und dann habe sie mit einemmal nicht mehr gestrampelt, sondern leblos dagelegen. »Nur noch ihre Augen schauten mich an. Und der Mann auf ihr schaute sie an, und er schaute mich an …«

»Der Professor!«, rief ich. Ich dachte an Rosannas Bemerkungen über die nicht vorhandene genitale Größe des Templers. An den Streit zwischen ihr und dem Professor. An dessen wutentbrannten Abgang und sein Wiederauftauchen mitten in der Nacht: Wir kümmern uns darum!

»El profesor?«, fragte Mireia erstaunt. »Was hat der denn damit zu tun? Nein, der Engländer. Der große Rothaarige lag auf ihr, und seine Hose war bis zu den Knien heruntergerutscht. Er stierte mich an wie ein Wahnsinniger.«

»Dave?«

»Ja, der Freund Ihrer Schwester!«

»Dave hat Rosanna umgebracht?« Ich verstand immer noch nicht. »Sind Sie sicher?«

»Ich hab' ihn doch gesehen, genauso wie ich Sie jetzt sehe.« Wahrscheinlich habe er Rosanna am Schreien hindern wollen, und dabei sei sie erstickt. »Ich bin sofort zu Dirk gerannt und hab' ihm erzählt, was draußen passiert war. Aber als der mir endlich glauben wollte und mit mir in den Hof kam, war der Engländer verschwunden. Und die tote Frau auch.«

Es war, als drehte sich alles. Mir wurde schwindlig. Dave war Rosannas Mörder! Vergewaltigt und erstickt! ... Mein Kopf brummte, als hätte ich einen Schlag bekommen. Dave! ... Wahrscheinlich hat er anschließend die Leiche ins Meer geworfen. Bei Ebbe. Und bei Flut war sie am nächsten Tag wieder angeschwemmt worden ... Und ein desinteressierter Arzt hat sich nicht die Mühe gemacht, die Leiche genauer zu obduzieren. Ersticken und ertrinken ist nicht ganz das gleiche. Und eine Leiche kann nicht ertrinken.

Ich konnte Mireia nur anstarren, die Stimme versagte mir.

»Dirk hat dem Professor Bescheid gegeben und ...«

»Ich dachte, der wäre längst gegangen«, murmelte ich.

»Er war mit seinem Gehilfen unten in der Disco. Um sich abzureagieren, vermute ich.« Mireia machte eine lange Pause und atmete tief durch. »Und gemeinsam sind sie dann verschwunden, um den Engländer zu suchen.«

Wenn du das tust, bring' ich dich um! schossen mir Julias Worte durch den Kopf. Und plötzlich ergaben sie einen ganz anderen Sinn. Der Streit auf der Toilette und Julias Tagebucheintrag: Er hat so hässliche Andeutungen gemacht.

Den hässlichen Andeutungen waren hässliche Taten gefolgt. Es ging tatsächlich nicht allein um Drogen. Und plötzlich hatte ich das Tatmotiv, nach dem der Kommissar noch suchte. Oder vorgab zu suchen.

Doch wenn Julia Dave aus Eifersucht, aus Enttäuschung, aus Wut oder in Rage getötet hatte, warum hatten dann der Professor und Dirk den Mord an Rosanna verschwiegen? Und warum hatten sie nicht die Polizei informiert?

»Ich muss nach Hause«, unterbrach Mireia meine wirren und zweifelnden Gedanken. »Wenn ich nicht da bin, wenn Dirk kommt, dann gibt's ein Donnerwetter!« Sie stand auf, klopfte sich den Sand aus der Hose und hielt sich das Tuch vors Gesicht.

»Seit wann ist Dirk Geschäftsführer der ›Taka-Tuka-Bar‹?«

Sie lächelte traurig und meinte: »Sie kennen die Antwort.«

Ich nickte und fragte: »Und warum?«

»Keine Ahnung.« Sie berührte meinen Arm und fügte hinzu: »Ehrlich.«

»Sie haben Dirk nie gefragt?«

»Doch, aber er hat nur gesagt: ›Eine Hand wäscht die andere!‹« Sie drückte meine Hand, sah mich einige Sekunden mit dem ängstlichen Blick an, den ich schon mehrmals an ihr wahrgenommen hatte. Bevor sie davonschlich, bat sie flüsternd: »Sagen Sie niemandem, dass ich mit Ihnen geredet habe.«

Ich nickte und blieb allein in der Bananenplantage zurück.

Was tat ich hier eigentlich? Und für wen?

Der dritte Tag

Die Missstimmung war verflogen. Es schien, als habe der morgendliche Regenschauer nicht nur die Temperaturen auf ein erträgliches Maß zurückgeschraubt, sondern auch die Atmosphäre zwischen den Menschen gereinigt. Der Himmel war wolkenverhangen, die Sonne versteckte sich hinter einem grauen Vorhang, aber unsere Mienen hatten sich aufgehellt. Martin schaute weder vorwurfsvoll noch traurig. Die Röte seines Gesichts hatte nachgelassen, auch die durch den Sonnenbrand hervorgerufene. Die Abenteuerlust hatte ihn wieder ergriffen, lausbübisch inspizierte er die mannshohe Mauer, die das Fußballgelände umgab, und forderte mich schelmisch grinsend auf, ihn hinüberzuheben.

»Sonst noch was?!« Ich tippte ihm mit dem Zeigefinger an die Stirn. »Da hebe ich mir ja einen Bruch.«

»Eben!«, antwortete er. »Und auch Julia hätte es kaum vermocht, die Leiche eines Mannes über die Mauer zu hieven.«

»Wer sagt denn, dass Dave da schon tot war. Vielleicht ist er ja selbst hinübergeklettert und erst im Schuppen erstochen worden.«

»Ich glaube nicht, dass der Fundort auch der Tatort ist. Warum hätte Dave in die Umkleidekabine einbrechen sollen? Was wollte er mitten in der Nacht dort?«

»Sich verstecken«, erwiderte ich.

Er verstummte, nickte nachdenklich, fuhr sich mit der Hand über den Mund und schüttelte plötzlich heftig den Kopf. »In dem Kabuff saß er ja wie in einer Falle fest. Würdest du dich in einem fensterlosen Raum ohne Hinterausgang verstecken, wenn es viel einfacher und sinnvoller wäre, in die Berge zu flüchten oder sich in den diversen Plantagen und Wäldern zu verstecken?«

Das war allerdings wahr. Ich schaute die steilen Felsen des Berges La Merica hinauf, die sich nur wenige Meter hinter der alten Umkleidekabine in schwindelerregende Höhe schraubten. Auf halber Höhe kraxelte eine Bergziege auf einem winzigen Vorsprung am Abgrund entlang. Und plötzlich wusste ich, wie eine Leiche sich das Genick und den Schädel brechen konnte. Einiges an dem Engländer sei zu Bruch gegangen, hatte Doktor Álvarez gesagt.

Martin sah meinen Blick, wusste im gleichen Moment, was ich dachte, blickte gen Himmel und nickte. »Verdammt, das ist es!«

»Du warst doch oben auf den Klippen«, sagte ich flüsternd. »Wo würde jemand landen, der von den Felsen stürzt?«

Anstatt auf meine rhetorische Frage zu antworten, sagte Martin: »Du hast recht!« Mit einem beherzten Schwung kletterte er auf die Mauer und schaute aufs Spielfeld. »Schade, dass es geregnet hat. Sonst könnten wir vielleicht noch Spuren finden.«

»Damit ist aber immer noch nicht geklärt, wie Daves Leiche in die Hütte kam.« Ich zündete mir eine Zigarette an, es half beim Denken. »Und wer sie dort hingeschafft und vergraben hat.«

Martin ging auf der Mauer in Richtung zur Straße und sprang dann hinunter. »Wie mir der Platzwart des Vereins erzählt hat, sind die Umkleidekabinen grundsätzlich verschlossen. Das ganze Gelände ist abgeriegelt. Es sei denn, es wird trainiert oder gespielt. »

»Der Platzwart?«, staunte ich. »Wie hast du denn den ausfindig gemacht?«

»Kinderspiel«, antwortete er, setzte eine gespielt lässige Miene auf und zündete sich in cooler Manier eine imaginäre Zigarette an. Wie ein Detektiv in einem amerikanischen B-Movie. »Auf dem Weg zum Strand, noch vor dem Gewitter, hab' ich einen Mann auf dem Spielfeld gesehen, der Netze an den Toren angebracht hat.« Mit dem habe er ein paar Takte gesprochen. Von Mann zu Mann.

»Auf Spanisch?«, wunderte ich mich.

»Nein, er sprach ein wenig deutsch«, erwiderte Martin. »Er hat gesagt, seine Familie habe eine Zeitlang in Deutschland gelebt.«

Sieh an, dachte ich und sagte: »Verstehe. Und da habt ihr ein wenig geplaudert. Sozusagen unter Sportsfreunden.«

»Ich hab' mich als großer Fußballfan zu erkennen gegeben und ihm erzählt, dass ich Sportreporter bin.« Martins Grinsen wurde ein wenig säuerlich. Wie es aussehe, sei das ja nicht einmal gelogen.

»Was hat der Platzwart erzählt?«

Wir gingen auf dem Sandweg in Richtung Dorf, Martin wies mit der Hand nach rechts und deutete auf ein kleines Haus, das relativ einsam in der Gegend stand. »Er wohnt in dem Häuschen dort drüben. Quasi in Sichtweite zu seinem Arbeitsplatz, damit er die Kinder vertreiben kann, die dann und wann den Fußballplatz missbrauchen oder an den Umkleidekabinen herumlungern. Deshalb seien die Kabinen auch verschlossen. Der Platzwart kontrolliert die Schlösser täglich und schaut nach, ob irgendjemand sich unbefugt Zutritt verschafft hat. Aber in den letzten Wochen seien die Schlösser unversehrt gewesen.« Martin lachte kopfschüttelnd. Vor einigen Monaten habe der Platzwart einige Kids mit einem Joint hinter der Kabine erwischt. Einen der Jugendlichen habe er zu fassen bekommen, ihn verprügelt und anschließend bei den Eltern abgeliefert, die abermals auf den Jungen eingedroschen hätten. »Seitdem ist den Blagen wohl die Lust vergangen, sich auf dem Sportplatz herumzulümmeln.«

»Wer außer dem Platzwart besitzt einen Schlüssel?«

»Niemand!« Wieder lächelte Martin schelmisch und meinte: »Komm mal mit.« Wir bogen vom Weg ab und gingen zu dem Wärterhäuschen. Niemand war zu sehen, die Türen waren verschlossen, die Vorhänge zugezogen. Nur ein Katze räkelte sich vor der Haustür und beäugte uns misstrauisch. Neben dem Haus befand sich eine Garage. Auf diese schritt Martin zu und öffnete das Tor.

»Was machst du denn?«, fragte ich. »Wenn dich der Platzwart sieht ...«

»Der ist in Taguluche, um bei einer curandera essigsaure Tonerde zu besorgen.«

»Curandera? Du meinst, bei einer Heilerin?«

»Ich kann durchaus verstehen, dass die Einheimischen nicht zu Doktor Álvarez gehen. Der ist nicht gerade eine Zierde seines Berufsstandes.« Martin zuckte mit den Schultern, schob kurzerhand das Garagentor nach oben und deutete grinsend ins leere Innere. »Siehst du? Der Vogel ist ausgeflogen.«

»Was willst du hier?«

Martin grinste und wies mit einer Kopfbewegung in die Garage. Ich solle doch mal in die Ecke dort drüben schauen, über dem Rasenmäher.

Zunächst wusste ich nicht, was er meinte und wonach ich suchen sollte. Über dem Rasenmäher hingen die üblichen Gerätschaften und Werkzeuge an der Wand. Doch dann verstand ich. Zwischen den Zangen und Sägen hing ein Schlüsselbund mit einem Schlüsselanhänger in Form eines Fußballs.

»Ich hab' zufällig gesehen, wie der Platzwart den Schlüssel dorthin gehängt hat, bevor er mit dem Wagen weggefahren ist.« Und wenn er, Martin, dies so einfach herausgefunden habe, dann wisse wahrscheinlich der halbe Ort, wo sich die Schlüssel zum Sportgelände befänden.

»Vielleicht sollten wir einfach mal nachschauen«, sagte ich.

»Vielleicht aber auch nicht«, erwiderte Martin und wies mit einer Kopfbewegung zur Straße. Dort war am Dorfrand ein VW-Käfer zu sehen, der sich mit röhrendem Krach dem Haus näherte. »Der Platzwart!«

»Buenas días, señorita. Holá amigo!« Der Käfer hielt auf der Straße direkt neben uns, und der Kopf eines etwa vierzigjährigen Mannes schaute aus dem Seitenfenster und lächelte uns fröhlich zu. »Wollen Sie zu mir?«

»Nein«, erwiderte Martin, »wir machen nur einen Spaziergang.«

»Sí, sí, el aire fresco«, antwortete der Platzwart schelmisch grinsend. »So ein Gewitter wirkt manchmal Wunder.« Wieder lächelte er und fügte achselzuckend hinzu: »Ich dachte, ich hätte Sie vor meinem Haus gesehen.«

»Haben Sie Ihre essigsaure Tonerde bekommen?«, wechselte Martin das Thema und versuchte sich an einem Lächeln, das allzu verlegen aussah. »Gibt es in der Apotheke keine Antiseptika?«

»El acetato de alúmina no es para mi. Es ist für meine Schwester. Und die hält nicht viel von normaler Medizin. Und noch weniger vom medico.«

»Hat Ihre Schwester sich verletzt?«, wollte ich wissen. Ich erinnerte mich, dass ich früher einmal mit essigsaurer Tonerde behandelt worden war, als ich mir einen rostigen Nagel in den Fuß getreten und sich anschließend ein dunkler Strich von der entzündeten Wunde den Fuß hochgearbeitet hatte. »Hat sie eine Blutvergiftung?«

»Desgraciadamente sí!« Erneut zuckte er mit den Achseln und fügte hinzu: »Un accidente. Sie hat einen Schnitt auf der Wange, und da ist ein wenig Dreck reingekommen. Nichts Schlimmes, nur eine winzige Entzündung.«

Die Faust aufs Auge. Der unglückliche Sturz in eine Glasscherbe. Das blutverschmierte Gesicht einer Frau, die sich aus Angst vor ihrem Mann in den Dreck wirft. Wieder ein Zufall, der keiner war! Ich gewöhnte mich langsam daran. Nichts Schlimmes! Nur eine andere Geschichte.

»Bestellen Sie Mireia einen schönen Gruß von mir«, sagte ich. »Und ›Gute Besserung!‹.«

»Gracias«, antwortete der Platzwart, und erst dann stutzte er. Er setzte zu einer Frage an, sah mich jedoch plötzlich wissend an und nickte unmerklich. Ihm dämmerte es, wen er vor sich hatte. Er griente unsicher, verabschiedete sich kurz und unverbindlich, kurbelte das Fenster hoch und fuhr eilends davon.

»Ist das nicht prima?«, sagte ich zu Martin. »So kommt eins zum anderen, und am Ende ergibt eben doch alles einen Sinn.«

Es hatte nicht den Anschein, als könne er mir folgen.

»Der Bus hat Verspätung.« Martin sagte dies, als hoffe er, der Bus würde heute überhaupt nicht mehr kommen. Als könne er mich doch noch davon abhalten, meinen Plan in die Tat umzusetzen.

Ich lächelte, zuckte mit den Schultern und sagte: »Ich fahre nicht mit dem Bus.« Die leinenen Tücher hielt ich wie eine Trophäe auf meinem Arm. Es war nicht einfach gewesen, sie zu ergattern. Schwarz war nicht gerade eine Modefarbe auf Gomera, die Farben der Saison waren orange und sonnenblumengelb sowie ein mattes hellgrün. Doch in einem Lack-und-Leder-Shop in Vueltas war ich war schließlich fündig geworden, die Besitzerin des Ladens hatte die Tücher zur Verkleidung des fetischbestückten Schaufensters benutzt und sich überreden lassen, mir die Leinentücher zu einem übertriebenen Preis abzutreten. Meiner Maskerade stand nichts mehr im Weg.

»Was heißt das?«, fragte Martin. Wenn ich nicht mit dem Bus fahren wolle, warum wir dann an der Bushaltestelle stünden.

»Warum du hier stehst, weiß ich nicht. Ich bin hier verabredet.« Es tat mir leid, ihm so vor den Kopf zu stoßen, aber ich hatte die starke Befürchtung, Martin könne alles verderben, wenn ich ihn nicht bald abschüttelte. Er machte sich

Sorgen um mich, und genau das würde ihn dazu verleiten, alles zunichte zu machen. Ich musste allein vorgehen, es war meine Angelegenheit, lang genug hatte ich mich hinter anderen versteckt. Jetzt war ich an der Reihe.

»Willst du mir nicht wenigstens sagen, was du vorhast? Was hat das mit den schwarzen Bettlaken zu bedeuten?« Beschwörend hob er die Arme, als wolle er mir eine Predigt halten. »Glaubst du wirklich, die Templer werden dich einfach hereinbitten und herumschnüffeln lassen?«

»Ganz bestimmt nicht!«

»Und wie willst du dann auf das Gelände gelangen?«

»Da vorne kommt meine Eintrittskarte angefahren!«

Der weiße Fiesta schoss mit rasantem Tempo über die Brücke, die den barranco überquerte, nahm mit einer scharfen Rechtskurve den Kreisverkehr, fuhr nun mit aufheulendem Motor die Hauptstraße in Calera hinauf und hielt mit quietschenden Reifen direkt neben uns. Kati lehnte sich zur Beifahrerseite hinüber und öffnete mir wortlos die Tür.

»Mach dir keine Sorgen um mich«, sagte ich und strich Martin mit der Hand über die Wange. »Mir passiert schon nichts.«

Ungläubig und überrascht starrte er auf den Wagen, auf Kati, die ungeduldig mit dem Gaspedal spielte und den Motor aufheulen ließ, und auf mich, während ich krampfhaft versuchte, lässig und aufmunternd zu grinsen.

»No te asustes!«

»Ich hab' aber Angst«, erwiderte er.

Ich stieg ein, und im gleichen Moment sauste das Auto los.

Im Rückspiegel sah ich Martin verloren an der Bushaltestelle stehen. Er schüttelte den Kopf und wippte nervös mit dem rechten Bein. Der verspätete Bus kroch im Hintergrund langsam die Straße hinauf. Eine alte Frau mit einem Paket unterm Arm überquerte die Fahrbahn und winkte dem Busfahrer, der daraufhin den Blinker setzte. In der Ferne war Donnergrollen zu hören. Und über dem Meer ballte sich eine schwarze Wolkenwand zusammen.

»Ich hätte mich niemals überreden lassen dürfen«, war alles, was Kati zur Begrüßung sagte. »Das nimmt kein gutes Ende.« Sie schaltete hinunter in den zweiten Gang und nahm mit laut aufheulendem Motor eine Haarnadelkurve. »Ich werde das noch mal bereuen.«

»Wenn du es dir anders überlegen willst, dann lass mich einfach an der nächsten Bushaltestelle raus«, sagte ich und zündete mir eine Zigarette an.

»Das werde ich nicht tun«, antwortete sie, »außer du entfernst nicht sofort die stinkende Zigarette aus meinem Auto.« Wieder heulte der Wagen auf. Kati schaltete die Gänge, als wolle sie ihre schlechte Laune an dem Motor auslassen.

»Halte doch mal da vorne an der Kirche«, sagte ich, drückte die Zigarette im Aschenbecher aus und warf den Stummel nach draußen. Wir hatten La Calera und die Siedlung Casa de la Seda hinter uns gelassen und krochen nun die Serpentinen hoch in Richtung Arure. Auf der rechten Seite hatte ich eine kleine Kapelle mit einem Parkplatz und einer Aussichtsplattform erblickt, von der aus man eine hübsche Panoramasicht aufs Valle Gran Rey hatte. Kati hielt auf dem Parkplatz, schaute mich überrascht an und fragte: »Und jetzt?« Immer noch haderte sie mit sich und ihrem Entschluss, mir zu helfen.

Ich stieg aus und sagte: »Bin gleich wieder da!«

Als Ute Ikemann, gekleidet in luftigem Sommerkleidchen, betrat ich die Kapelle. Als bekennende Templer-Anhängerin trat ich aus dem Dunkel des Gotteshauses wieder ins Freie. In den schwarzen Tüchern sah ich aus wie eine katholische Nonne oder orthodoxe Muslimin.

Als Kati mich sah, lachte sie schallend los und fragte: »Fertig für den Ayatollah?«

Ich setzte mich nicht wieder auf den Vordersitz, sondern klappte den Sitz um, kletterte nach hinten und legte mich auf den Boden des Autos, so dass ich von außen nicht gesehen werden konnte. Jedenfalls nicht bei flüchtiger Betrachtung.

Ich hörte die Reifen quietschen und den Motor aufheulen. Und ich hörte die ersten Regentropfen aufs Autodach klatschen.

Die Pforte war kein Problem. Kati hatte gleich nach unserem Gespräch am Morgen telefonisch ihr Erscheinen beim Professor angekündigt. Angeblich wollte sie zur Finca hinauffahren, um mit Hauff einige Unregelmäßigkeiten in der Buchführung der Diskothek zu besprechen und diese bei einem Gespräch unter vier Augen aus dem Weg zu räumen. Der Pförtner wusste Bescheid und öffnete das Tor, ohne einen Blick ins Innere des Wagens zu werfen.

Kati grüßte ihn freundlich und fuhr aufs Gelände. Sie parkte den Wagen direkt vor dem Eingang, damit ich es in meiner Verkleidung nicht so weit zum Gebäude hatte und nicht womöglich von einer Glaubensschwester aufgefordert wurde, während der Gebetsstunde ins Frauenhaus hinüberzugehen.

»Warte auf jeden Fall bis nach fünf Uhr«, riet mir Kati, während sie den Motor abstellte und den Schlüssel abzog. »Und gib mir noch ein wenig Zeit, damit ich den Professor aus seinen Gemächern herauskomplimentieren kann.«

»Wie willst du das schaffen?«

Ihr werde schon was einfallen, erwiderte sie. »Der Professor weiß, dass ich mich in der Finca am liebsten in der Bibliothek aufhalte. Ich schätze, er wird nichts dagegen haben, mich dorthin zu begleiten.« Sie öffnete die Tür und wollte aussteigen, doch plötzlich zögerte sie, beugte sich über den Vordersitz und schaute mir von oben direkt in die Augen.

»Falls irgendetwas schiefgeht, musst du allein sehen, wie du zurechtkommst. Auf mich darfst du dann nicht zählen.«

»Du hast schon mehr als genug für mich getan. Danke!«

Sie kniff die Lippen zusammen, hob die Augenbrauen und zuckte dann mit den Schultern. Das letzte, das ich von ihr hörte, war das Knallen der Tür.

Es können nur wenige Minuten gewesen sein, aber es schien mir wie Stunden, bis die Glocken der Finca endlich zur Gebetsstunde läuteten. Ich wartete einige weitere Minuten, bis ich wagte, mich aufzusetzen und vorsichtig umzusehen. Keine Menschenseele war zu sehen. Der Rasen vor dem Haus und die Auffahrt waren leer, die große hölzerne Tür zur Finca stand offen und präsentierte nichts als schwarze Finsternis im Inneren. Wie ein großer Schlund, der bereit war mich zu schlucken. Wie er Julia geschluckt hatte. Dessen war ich mir sicher. Wenn ich mich wie Pinocchio in den Bauch des Wals begab, so nur mit der Gewissheit, meine Schwester darin zu finden. Und ich hoffte, genau wie die hölzerne Puppe anschließend vom Wal wieder ausgespuckt zu werden.

Ich stieg aus dem Wagen, rannte die Treppe hinauf, lugte durch den Eingang in den Flur und war erleichtert, als ich bestätigt fand, was ich gehofft hatte. Das Gebäude war verwaist. Als ich den ersten Fuß auf die Schwelle der Finca setzte, ließ ein unbeschreiblicher Krach von draußen mich plötzlich zusammenfahren. Die Gewitterfront hatte sich vom Meer her genähert, und die Blitze zuckten nun direkt über den Bergen. Das Donnern war gewaltig und schien mich davon abhalten zu wollen, meinen Kopf in den Rachen des Raubtiers zu legen. Im gleichen Moment ging ein Platzregen vom Himmel nieder, unzählige und riesige Tropfen klatschten neben mir zu Boden. Zum Glück war ich nicht abergläubisch und hielt nicht viel von himmlischen Zeichen. Ich grinste lediglich bei dem Gedanken, die Götter zu erzürnen. Genau das war schließlich der Sinn und Zweck meines Besuches in der Finca.

Ich betrat also das Gebäude und hörte murmelnde Geräusche aus dem Kapitelsaal, wo der Hüne Albers vermutlich gerade das Gebet leitete. Über die Fliesen huschend gelangte ich zur Treppe, horchte an der Tür zur Bibliothek und glaubte, auch dort Stimmen vernehmen zu können. Kati hatte mir, wie versprochen, den Weg frei gemacht.

Dass es so einfach sein könnte, ein Schnappschloss ohne Schlüssel zu öffnen, hätte ich niemals gedacht. Ich kannte derartige Szenen nur aus Kriminalfilmen, wenn geübte Einbrecher mit einer Scheckkarte oder einem Draht umgehen, als hätten sie einen Generalschlüssel in den Händen. Zur Not hatte ich mir einige kleine Werkzeuge wie Schraubenzieher und Messer eingesteckt, doch ich brauchte sie gar nicht. Meine Kreditkarte reichte tatsächlich. Ich weiß gar nicht, wie ich es gemacht habe, aber plötzlich stand ich im Zimmer des Professors. Als wäre die Tür nicht richtig verschlossen oder nur angelehnt gewesen.

Nachdem ich die erste Überraschung hinuntergeschluckt hatte, verriegelte ich die Tür hinter mir und schaute mich um. Im Raum sah es genauso aus wie am Vortag, nur die Luft roch abgestanden und verbraucht. Der Professor schien bis vor kurzem im Zimmer gewesen sein, dies bewiesen auch die handschriftlich beschriebenen Papiere auf dem Schreibtisch und die Lesebrille, die auf den Notizen lag. Und die Schreibtischlampe leuchtete. Durch die Scheiben der geschlossenen Fenster blickte ich nach draußen und sah ringsum das Unwetter toben. Es blitzte nun nicht mehr so heftig, aber es goss wie aus Kübeln. Der Himmel war pechschwarz.

Sofort machte ich mich an die Arbeit und schob den Schreibtisch zur Seite. Da er auf Rollen stand, war dies trotz der enormen Ausmaße des Tisches kein großes Problem. Leider jedoch hatte ich die Schreibtischlampe vergessen, das Kabel steckte in einer Steckdose neben der Tür. Die Lampe fiel mit lautem Geschepper zu Boden, und das Licht erlosch. Mit rasendem Herzen horchte ich, ob sich irgendwo irgend etwas regte, und atmete schließlich erleichtert auf, da dem nicht so war. Ich zog den Stecker aus der Dose und stellte die Lampe wieder auf den Tisch. Dann machte ich mich daran, den bestickten Teppich aufzurollen. Ich betete zur Göttin Diana, und diese erhörte mein Flehen. Unter dem Teppich kam eine Klappe im Boden zum Vorschein. Eine Art hölzerner Falltür oder Luke. Der sorgsam versteckte Zugang zu einem Geheimraum.

Nach der ersten Freude kam die Ernüchterung. Natürlich war die Falltür verriegelt. Und anders als bei der Zimmertür konnte ich mit meiner Kreditkarte wenig ausrichten. Es gab keine Klinke, keinen sichtbaren Riegel, den ich mit dem Messer hätte bearbeiten können, nur ein Sicherheitsschloss. »Zeiss-Ikon«, deutsche Wertarbeit.

Ich klopfte leise an die Luke und rief: »Julia?! Hörst du mich?«

Stille war die einzige Antwort.

Obwohl es nicht sehr wahrscheinlich war, dass der Professor den Schlüssel zur Geheimtür offen in der Gegend herumliegen ließ, wandte ich mich zum Schreibtisch und untersuchte die Schubladen. Immerhin war die Falltür gut versteckt, vielleicht hielt es Hauff daher nicht für nötig, auch den Schlüssel sorgfältig vor neugierigen Blicken zu schützen. Doch außer Papieren und Akten befanden sich im Inneren des Schreibtisches nur die üblichen Büroutensilien. Locher, Stempel, Stifte und Kleber. Nichts Außergewöhnliches, nichts Schlüsselartiges. Das einzige, das nicht hierherpasste, waren eine Unmenge von unbeschrifteten Videoetiketten, die ich zwischen den Kontoauszügen und Geschäftsbriefen fand.

Es gab keinen Videorekorder in diesem Zimmer, in der ganzen Finca hatte ich nicht einen einzigen Fernseher wahrgenommen. Nicht einmal in den Seminarräumen. Ich erinnerte mich, dass der Professor gestern bei unserem Spaziergang im Park gesagt hatte, alles was es sich zu sehen lohne, befinde sich direkt vor unseren Augen und zu unseren Füßen. Und er halte die Vorstellung, durch elektronische Medien den Horizont zu erweitern, für einen bedauerlichen Trugschluss.

Was wollte er also mit den Videoetiketten?

Vor unseren Augen und zu unseren Füßen! Ich blickte zu Boden und sah eine Falltür, die ich nicht öffnen konnte. Ich schaute mich im Raum um und erschrak, als ich mein verkleidetes Spiegelbild in einem goldgefassten Spiegel sah. Ich grinste, drehte mich um die eigene Achse und sah plötzlich das gefährliche Grinsen in Hauffs Gesicht.

»Suchen Sie das hier?« Ich hatte ihn nicht eintreten hören. Er stand in der geöffneten Tür und deutete auf meine tuchene Kleidung. »Schwarz steht Ihnen.« Er hielt mir einen Schlüssel vor die Nase und befahl: »Nehmen Sie!« Da ich zögerte, setzte er gütig lächelnd hinzu: »Tun Sie sich keinen Zwang an!«

Seitlich hinter ihm stand Kati, die betreten dreinblickte und die Lippen zusammenkniff. Mein Blick wanderte zwischen ihr und dem Professor hin und her. Ich sagte nichts und bewegte mich nicht.

»Kati hätte die Tür nicht entriegeln sollen, nachdem sie ins Zimmer zurückgegangen war, um ihre Tasche zu holen, die sie angeblich vergessen hatte«, sagte Hauff und lachte abfällig. »Das war ein wenig zu auffällig.«

»Es tut mir leid, Ute«, sagte Kati. »Ich hab' mich fürchterlich dumm angestellt.« Sie trat neben den Professor, berührte seinen linken Unterarm und bat ihn: »Lassen Sie sie doch gehen.«

»Das werde ich nicht tun!« Hauff schüttelte unwirsch Katis Hand ab und gab ihr mit einer unmissverständlichen Kopfbewegung zu verstehen, die Zimmertür zu verschließen. Anschließend hielt er mir wiederum den Schlüssel hin und befahl: »Jetzt nehmen Sie schon den Schlüssel und öffnen Sie die Tür!«

»Sagen Sie mir doch einfach, was sich unter der Falltür befindet«, erwiderte ich und trat einen Schritt zurück, als der Professor mich mit wütendem Blick anfunkelte und seinerseits auf mich zuschritt.

»Sie werden erst zufrieden sein, wenn Sie sich mit eigenen Augen überzeugt haben!«, rief er und drückte mir den Schlüssel in die Hand. »Los! Aufmachen!«

Ich tat, wie er befahl, und öffnete die Luke. Mit einer hydraulischen Automatik klappte die Falltür nach oben, und eine kleine Holztreppe wurde darunter sichtbar. In dem Geheimraum war es dunkel und still und angenehm kühl, kein Geräusch war zu hören, keine Bewegung zu sehen.

»Der Lichtschalter ist neben der Treppe«, sagte Hauff. »Unten rechts.«

Ich stieg die Treppe hinab und versuchte, mich an die Dunkelheit zu gewöhnen und den Lichtschalter zu finden. Hinter mir stiegen auch Hauff und Kati die Stufen hinab. Niemand sagte ein Wort.

Ich fand den Schalter und machte das Licht an.

»Was um alles in der Welt ist denn das?«, entfuhr es Kati und sprach damit genau die Worte aus, die mir durch den Kopf gingen. Beide starrten wir den Professor verständnislos an und warteten auf eine Erklärung.

»Sind Sie enttäuscht?«, fragte Hauff und lachte. »Was haben Sie erwartet? Einen Folterkeller? Ihre Schwester, geknebelt und gefesselt, womöglich auf einer Streckbank?« Damit könne er nicht dienen. Die Frauen, die er in diesem Raum als Sklavinnen halte, seien leider nur auf Magnetband festgehalten.

Der an Wand und Boden weiß gekachelte und fensterlose Raum war etwa drei mal fünf Meter groß und wirkte steril wie ein Labor. In der Mitte des Raumes befand sich ein riesiger Fernseher sowie ein Videorekorder. Vor dem Monitor stand in etwa zwei Metern Entfernung eine schwarze Ledercouch mit einem kleinen, ebenfalls schwarzen Beistelltisch an der Seite. In der hinteren rechten Ecke stand eine Videokamera auf einem Stativ. An sämtlichen vier Wänden befanden sich weiße Metallregale, die eine Unmenge von Videokassetten beherbergten.

»Schauen sie sich nur alles genau an«, sagte der Professor, und sein Lachen verebbte und starb auf seinen Lippen. So könne ich wenigstens meine Neugier befriedigen. »Sie sind doch neugierig, nicht wahr? Geben Sie es ruhig zu.«

Der merkwürdige, beinahe angeekelte Unterton in seiner Stimme war mir nicht entgangen, aber ich hielt es für ratsam, nicht darauf zu reagieren, und betrachtete kommentarlos den Inhalt der Regale. Sämtliche Videos waren einheitlich mit den Etiketten beklebt, die ich auch oben in Hauffs Schreibtisch entdeckt hatte. Namen waren darauf zu lesen, Frauennamen zumeist, und Datumsangaben. Die Kassetten waren chronologisch geordnet, das älteste Datum stammte aus den frühen Achtzigern, das neueste aus diesem Jahr, diesem Monat, dieser Woche. Und der Name lautete: Sandy Neuhaus.

»Geben Sie mir das Video«, befahl der Professor und schaltete den Rekorder und den Fernseher an. »Damit Sie sehen können, was Sie sehen wollen!«

Hilfe suchend blickte ich zu Kati, doch diese starrte fassungslos und mit weit aufgerissenen Augen auf die Videos. Sie wirkte wie paralysiert und gab keinen Ton von sich. Wie Lots Weib war sie beim Blick auf Sodom und Gomorra zur Salzsäule erstarrt.

Ich schaute auf die Etiketten der Videos der vergangenen Monate, es waren (im Vergleich zu den Vorjahren) nicht so viele, und es befand sich kein mir bekannter Name darunter. Weder Julia noch Rosanna hatten sich demzufolge von Hauff »initiieren« lassen. Ich gab dem Professor die Kassette mit der Aufnahme von Sandy und setzte mich, da mir die Beine versagten, auf die Couch. Kati ließ sich wie in Trance neben mir nieder. Ich nahm ihre Hand.

Sie lächelte verkrampft und flüsterte: »Das ist doch alles nicht wahr, oder?«

»Ich wünschte, es wäre so«, antwortete ich und senkte den Kopf.

Der Monitor flackerte, im Display erschienen die Worte »Fast Forward«, und der Rekorder gab spulende Geräusche von sich. Der Professor stand vor den Geräten und hantierte mit der Fernbedienung herum.

»Müssen wir uns das wirklich ansehen?«, fragte Kati, und sie sah aus, als müsse sie sich jeden Augenblick übergeben. »Was wollen Sie uns denn damit beweisen?«

»Ihre liebe Freundin scheint mich für einen modernen Gilles de Rais zu halten, der auf seiner mittelalterlichen Ritterburg Menschen misshandelt und schlachtet«, antwortete Hauff und lachte abfällig. »Und ich möchte ihr darlegen, dass dieser Eindruck ganz und gar und grundsätzlich falsch ist.« Alles was in diesen Wänden vor sich gehe, geschehe aus freiem Willen und zur gegenseitigen Beglückung. Er lachte und fügte hinzu: »Die Finca ist ein Haus der Freude!«

»Ein Freudenhaus«, murmelte Kati und schloss die Augen.

Der Rekorder machte »Klack!«, der Schriftzug »Pause« erschien im Display, und der Fernseher zeigte ein Standbild: die splitternackte Sandy lag, die Arme und Beine von sich gestreckt, auf einem mit Matratzen ausgelegten Boden und starrte apathisch lächelnd zur Seite. Man sah ihr an, dass sie high war. Ihr Lächeln war ausdruckslos und geistesabwesend.

Mir gingen Sandys Worte von dem bewusstseinserweiternden Getränk durch den Kopf, und ich murmelte: »LSD und 2-CB.«

»Alle Achtung!«, rief der Professor und lachte. »Sie kennen sich aus.«

»Bin ja nicht von gestern«, zitierte ich die junge Schwäbin.

»Na dann, Film ab!«, sagte Hauff, drückte auf die Play-Taste, und das Videobild wurde lebendig: Aus der Richtung, in die Sandy geschaut hat, kommt nun der Professor ins Bild, ebenfalls nackt und gleichfalls berauscht wirkend. Er lässt sich neben dem Mädchen nieder, streicht ihr mit der Hand über den Körper, als vollziehe er irgendwelche heiligen Salbungen. Wie ein Schamane, der sich seinen Kultritualen hingibt. Sandy brummt entrückt und beginnt schließlich, erregt zu keuchen, als Hauff sie mit seiner (immerhin gummigeschützten) Mannespracht »beglückt«. Passenderweise in der Missionarsstellung.

Kati öffnete widerwillig die Augen, schluckte hörbar, und mir wurde übel.

Abstoßender als die eigentliche Handlung, deren unfreiwillige Zeugen Kati und ich wurden, war der Ort, an dem diese Handlung stattfand. Im Hintergrund, jenseits des geräuschvoll kopulierenden Paares, war eine Statue der Mutter Gottes zu erkennen. Die Videoaufzeichnung war in der Marienkapelle entstanden. »Hier wird viel auf den Knien gebetet«, hatte der Professor am Vortag mit schelmischem Grinsen im Gesicht gesagt. »Deshalb die Matratzen.«

»Igitt!«, rief ich. »Ausgerechnet vor der Jungfrau Maria!«

Kati schaute mich überrascht an, stutzte einen Moment und brach dann in schallendes und ein wenig hysterisch anmutendes Gelächter aus.

Die ganze Situation war ebenso absurd wie ekelhaft.

Der Professor schaltete indigniert den Rekorder aus und stellte sich drohend vor uns, seine Mundwinkel zuckten, und die Augen traten ihm aus den Höhlen.

Kati verschluckte sich an ihrem Lachen, und mein Herz raste. Ich erwartete einen Wutausbruch von Hauff, womöglich sogar mit physischer Gewalt, doch es gelang ihm, sich unter Kontrolle zu halten. Er wandte sich ab, nahm in aller Seelenruhe die Kassette aus dem Rekorder und schaltete den Monitor aus.

»Sie sollten eigentlich wissen«, flüsterte er beinahe unvernehmlich, »dass die Jungfrau Maria ihre Jungfräulichkeit erst vierhundert Jahre nach Jesu Tod erhalten hat. Auf dem Konzil von Ephesos.« Er drehte sich um und schleuderte uns die nächsten Worte regelrecht ins Gesicht. »In der Urfassung der Bibel ist sie lediglich eine treulose, ehebrechende Frau, die ihrem gutmütigen Gatten Josef Hörner aufsetzt. Ein Flittchen!«

Kati starrte ihn an wie eine Figur aus dem Gruselkabinett, als sehe sie ihn zum ersten Mal ohne seine Maske. Sie schnappte nach Luft, suchte offensichtlich nach Worten und sagte schließlich tonlos: »Sie müssen ja fürchterliche Angst vor uns Frauen haben!«

Die Ohrfeige, die er ihr verpasste, kam ohne Ankündigung.

Ich war zunächst so perplex, dass ich nicht reagieren konnte. Und als ich mich dann auf ihn stürzen wollte, wurde ich ausgerechnet von Kati zurückgehalten. Auch sie war eine Meisterin der Selbstbeherrschung, sie fasste meinen Unterarm und schüttelte einfach den Kopf. »Nicht, Ute«, sagte sie. »Nicht!«

Zwar hielt ich mitten der Bewegung an und sprang dem Professor nicht an den Kragen, doch ich schrie ihm ins Gesicht: »Glauben Sie wirklich, Sie können den Tod Ihrer

Frau rächen oder ungeschehen machen, indem sie kleine, dumme Mädchen beschlafen, nachdem Sie ihnen Drogencocktails verabreicht haben? Wem wollen Sie eigentlich was weismachen?«

Wieder griff Kati meinen Unterarm und redete beschwichtigend auf mich ein, doch ich schüttelte ihre Hand ab und baute mich vor dem Professor auf. Ich war in Fahrt gekommen und hatte noch etwas hinzuzufügen. »Nur weil Sie sich schuldig an dem Tod Ihrer Gattin fühlen«, fauchte ich ihn an, »spielen Sie den zürnenden Engel. Sie sind wirklich ein armer Wicht. Was Sie brauchen, ist kein Gott, sondern ein Psychiater! Gehen Sie zum Arzt! Sie sind ja krank!«

Ich spürte Katis Hand, die sich in meiner verkrampfte. Es war, als spürte ich ihren ängstlichen Blick in meinem Nacken. Doch ich ließ mich nicht beirren.

»All das hier«, sagte ich und deutete auf den Fernseher und die Videoregale. »All das ist krank, und das wissen Sie auch. Ihr Templerorden ist eine Farce. Und Ihre Finca ein Irrenhaus!«

Hauff stand vor mir, bleich wie ein Laken, Spucke sammelte sich in seinen Mundwinkeln. Er hatte die Hand zur Ohrfeige ausgeholt, schlug aber nicht zu, sondern verharrte in der Position wie eine Statue. Er stierte mich an und stammelte: »Wie können Sie es wagen? Was bilden Sie sich eigentlich ein?! Ausgerechnet Sie reden von Schuld! Ausgerechnet Sie?!« Er ließ die Hand sinken, senkte den Kopf und flüsterte: »Gehen Sie!«

Kati zog mich an der Hand und wollte mich zur Treppe führen, doch ich hielt sie zurück und wandte mich an den Professor: »Ich bin hergekommen, um meine Schwester zu finden. Und ich werde die Finca erst verlassen, wenn ich weiß, was mit ihr passiert ist!«

Plötzlich kam wieder Leben in den Mann. Spöttisch betrachtete er mich und schüttelt fast belustigt den Kopf.

»Ihnen ist nicht zu helfen«, sagte er und wies mit einer Handbewegung zur Luke. »Gehen Sie nach oben, und ich werde Ihnen meine Geschichte erzählen.« Er wischte sich die Spucke aus dem Mund und setzte hinzu: »Aber ich kann Ihnen versprechen, sie wird Ihnen nicht gefallen! Sie ist alles andere als schön.«

Ich ging nach oben und hörte seine unschöne Geschichte.

Es ist Sonntag, der 31. August, kurz vor Mitternacht. Julia und Dave, Rosanna und Christiane sowie Kati sind in der »Taka-Tuka-Bar«, um Daves Geburtstag zu feiern. Mireia und Dirk stehen hinter der Bar. Der Professor und Albers beobachten die Szenerie von einem Stehtisch in unmittelbarer Nähe.

Es scheint eine ungemütliche Stimmung in der Gruppe zu herrschen, alle sind gereizt, besonders das Geburtstagskind macht aus seiner schlechten Laune keinen Hehl. Ärger liegt in der Luft …

Um Mitternacht stößt man mit Cocktails an und fällt Dave um den Hals. Dieser kann sich vor allem von Rosanna gar nicht wieder lösen und wird zugleich von Julia eifersüchtig und misstrauisch beäugt. Zwischen ihr und Dave rumort es seit Tagen, ständig liegen sie im Clinch miteinander oder strafen einander durch Missachtung. Dies ist auch dem Professor nicht entgangen, der es sich nun ebenfalls nicht nehmen lässt, dem Engländer zum Geburtstag zu gratulieren. Leider habe er kein Geschenk parat, entschuldigt er sich.

»Schenken Sie Dave doch ein Wunder«, schlägt Julia vor. »Etwas Einfaches. Wasser zu Wein oder so.« Er müsse ja nicht gleich einen Toten auferstehen lassen. Sie lacht und blinzelt mit den Augen.

»Das übersteigt dann doch meine Kräfte«, antwortet der Professor lächelnd.

Derlei verbales Geplänkel und neckisches Kokettieren gehört zwischen ihm und Julia zum üblichen, durchaus freundschaftlichen Umgangston. Julia macht sich einen Spaß daraus, den Professor zu foppen. Und dieser findet Gefallen daran. So wie er auch an Julia Gefallen findet. Die beiden necken und mögen sich. Und Julia tut dem Professor leid. Wegen Dave …

Zwischen der reichlich betrunkenen Rosanna und der ebenfalls streitsüchtigen Christiane kommt es plötzlich und aus völlig unerfindlichen Gründen zu einer »Kabbelei«. Die Deutsche nennt die Engländerin eine Schlampe und Zimtzicke.

»You dirty slut!«, erwidert Rosanna.

Während die Frauen sich in den Haaren liegen, wird Dave von Dirk an den Tresen gerufen. Die beiden Männer tuscheln geheimnisvoll miteinander, und Dirk drückt Dave ein Präsent in die Hand. Der Professor kann sich bereits denken, worum es sich bei dem kleinen Päckchen handelt, mit dem Dave nun flugs auf der Toilette verschwindet. Hauff weiß von Dirks Drogengeschäften und missbilligt sie. Er hat Dirk nur deshalb noch nicht Hausverbot erteilt, weil dann dessen Frau Mireia nicht länger in der Bar arbeiten dürfte. Und das würde der Professor nur ungern in Kauf nehmen wollen.

Auch Julia ist mittlerweile auf den Abgang ihres Freundes aufmerksam geworden. Sie schaut zunächst Kati und den Professor Hilfe suchend und dann Dirk hasserfüllt an. Was Hauff schon seit langem erwartet und befürchtet hat, wird nun auch Julia schmerzlich bewusst. Dave ist rückfällig geworden. Sie rennt zur Toilette und hämmert an die Tür …

Nichts ist zu hören, Dave antwortet nicht. Julia gerät völlig außer sich und tritt in Rage gegen die verschlossene Tür. Sie hat Tränen in den Augen und schaut hilflos in die Runde. Die einen begegnen ihrem Blick mit Unverständnis, die anderen mit Mitleid.

Der Professor tritt hinzu, will sie trösten und beiseite nehmen, als Dave plötzlich im Türrahmen auftaucht. »What the hell!«, sagt er grinsend und schaut unfokussiert wie ein Baby.

Julia schreit entgeistert auf und stößt Dave zurück in die Toilettenkabine.

Da im gleichen Moment die Musik vom Tonband zu Ende ist, kann der Professor Bruchstücke des Streits zwischen Julia und Dave hören …

»Seit wann, Dave?«, fragt sie. »Seit wann?!«

»Shut the fuck up!«, lallt er als Antwort.

»Du verdammter Scheißkerl!« … Das Klatschen einer Ohrfeige.

Julia kommt wie eine Furie aus der Toilette gestürmt. Dave stolpert hinterher, will sie festhalten, geht jedoch zu Boden. »Dann hau doch ab«, ruft er ihr am Boden liegend nach. »Es gibt zum Glück auch noch andere Weiber! Mehr als genug! Another day, another bitch! Hast la vista, baby!«

Julia bleibt abrupt stehen, dreht sich um, starrt ihren Freund fassungslos an und schreit gegen die nun wieder einsetzende Musik an: »Wenn du das tust, dann mach' ich dich alle. Ich schwör' dir, ich bring' dich um!« Sie nimmt ein halbvolles Cocktailglas vom Tresen und schleudert es in Daves Richtung. Es verfehlt ihn nur um Zentimeter und zerscheppert an der Wand …

Julia rennt hinaus. Dave schreit: »Piss off, bitch!«

»Wieso wussten Sie, dass Dave rückfällig werden würde?«, fragte ich und schaute aus dem Fenster. Es war mir, als hätte ich eine Bewegung im Gelände hinter dem Frauenhaus wahrgenommen. Doch ich hatte mich wohl getäuscht. Nichts rührte sich im Park, auch der Regen hatte aufgehört. Die tief stehende Sonne blinzelte zaghaft unter den Wolken hervor.

»Man konnte es ihm ansehen«, antwortete der Professor auf meine Frage. »Er war ein Schwächling!« Hauff saß der regungslos und apathisch dreinblickenden Kati gegenüber in einem der Ledersessel und starrte auf seine Fingernägel. Mit bitterem Lachen fügte er hinzu: »Und Dave verstand sich für meinen Geschmack viel zu gut mit Ihrem Ex-Gatten.«

»Wenn Sie eine so schlechte Meinung von Dirk hatten, warum haben Sie ihn dann zum Geschäftsführer Ihrer Bar gemacht?«

Dazu komme er später noch, antwortete er und lächelte matt.

»Und Sie wollen mir wirklich erzählen«, hakte ich nach, »dass Julia und Sie miteinander befreundet waren?« Ich dachte an Julias Tagebucheintrag: Dieser lüsterne alte Knilch!

»Unser Verhältnis war geprägt von gegenseitiger Hochachtung und Wertschätzung«, erklärte der Professor mit Pathos in der Stimme. »Und, jawohl, wir waren gute Freunde. Mehr als das.«

»Sie lieben sie?«, fragte ich.

»Ich habe sie angebetet«, antwortete er.

Zum ersten Mal seit einiger Zeit gab Kati wieder ein Lebenszeichen von sich. Sie schnaufte abfällig und schüttelte den Kopf. Tränen standen ihr in den Augen. Ihr war anzusehen, was in ihr vorging. Die Scheinwelt, in die sie sich, aus welchen Gründen auch immer, geflüchtet hatte, war in sich zusammengebrochen. Sie hatte gedacht, man würde sie in Ruhe lassen, wenn sie die anderen in Ruhe ließe. Ein fataler Irrtum. Der Vogel Strauß war gezwungen worden, den Kopf aus dem Sand zu ziehen, und was er zu sehen und hören bekam, ekelte ihn und machte ihn sprachlos.

Der Professor bedachte Kati mit einem giftigen Blick, wandte sich dann aber wieder milde lächelnd an mich: »Wie weit meine Hochachtung für Ihre Schwester gegangen ist, sollen Sie gleich erfahren. Sie werden sich wundern.«

Es ist circa vier Uhr in der Frühe, der Hafenort Vueltas schläft friedlich. Nur Professor Hauff, sein Gehilfe Albers sowie Dirk sind hellwach, sie gehen auf der Straße nach Calera und halten Ausschau nach dem Mörder und Vergewaltiger Dave. Mireia ist etwa eine Stunde zuvor Zeugin geworden, wie der Engländer im Hof der »Taka-Tuka-Bar« seine Jugendfreundin Rosanna vergewaltigt und sie, um ihr Schreien zu verhindern, erstickt hat. Als Mireia ihren Gatten Dirk herbei- und zu Hilfe geholt hat, ist Dave längst über alle Berge. Und die Leiche der Frau verschwunden.

Dirk setzt den Professor und dessen Assistenten Albers, die sich in der Diskothek am Hafen aufhalten, von dem Vorfall in Kenntnis. Gemeinsam beschließen sie, nicht zu warten, bis die Polizei alarmiert und vor Ort ist und der Mörder womöglich das Valle schon verlassen hat, sondern selbst einen Suchtrupp zu bilden und Dave seiner gerechten Strafe zuzuführen.

Wenige Minuten später sieht der Professor den Schatten eines Mannes auf der Mole in der Nähe des Hafens. Der Mann klettert von der Wasserseite her über den mannshohen Steinwall, springt auf die Asphaltstraße und hastet auf dieser zum Kreisverkehr in Vueltas. Auf dem Asphalt hinterlässt er matschige Fußspuren, als habe er mit den Füßen in schlammigem Wasser gestanden.

Dirk ruft laut »Hallo!« und will den Mann ansprechen, doch dieser reagiert nicht, rennt stattdessen auf der Hauptstraße in Richtung La Calera und verschwindet in der Dunkelheit.

Die drei Männer nehmen mit dem Wagen die Verfolgung auf, doch die Zielperson bleibt verschollen. Der Mann scheint sich abseits des Weges durch die Bananenplantagen seinen Weg nach Calera zu bahnen. An der Brücke über den barranco wartet der Professor auf den Flüchtigen und wird nach einigen Minuten für seine Ausdauer belohnt. Die

Silhouette eines Mannes schleicht sich am Rande der Straße zur Tankstelle in Calera und verschwindet hinter dem Gebäude in den Plantagen.

Hauff und seine Helfer folgen dem Mann und finden hinter der Tankstelle einen kleinen Trampelpfad, der sich durch die Bananenstauden schlängelt.

»Wohin führt dieser Weg?«, will der Professor wissen.

»Zur alten Isabella«, erwidert Albers. »Hinter der Bananenplantage sind die ›Apartamentos Gran Rey‹.«

»Ich hätte nicht gedacht, dass er so dumm ist«, sagt Dirk und grinst abfällig. »Er läuft heim zur Mama.«

»Apartment Nummer zwei«, sagt der Professor. »Wenn ich mich recht entsinne.« Und er lächelt, als entsinne er sich recht gut und sehr gerne.

Mit Fackeln und Taschenlampen in den Händen, Funkgeräten in den Jackentaschen und entschlossener Miene im Gesicht stehen die drei Männer vor Julias und Daves Apartment und hämmern an die Tür. Im Innern des Zimmers brennt Licht, aber kein Geräusch ist zu hören, und durch das milchverglaste Fenster neben der Tür ist keine Bewegung wahrzunehmen.

»Julia, sind Sie da?«, fragt der Professor, bekommt aber keine Antwort.

»Tür aufmachen!«, ruft Albers. »Sonst tret' ich sie ein!«

»Das würde ich an Ihrer Stelle nicht tun«, meldet sich aus dem Hintergrund die Stimme der Vermieterin, der alten Isabella. »Sonst ruf' ich die Polizei.«

Sie seien auf der Suche nach einem Verbrecher, versucht der Professor zu erklären. Doch Isabella will keine Erklärungen hören.

Der einzige criminal, den sie hier sehe, sei der Professor selbst, herrscht sie den Deutschen an. »Machen Sie, dass Sie von meinem Grundstück verschwinden! Váyase!«

Plötzlich öffnet sich die Tür zum Apartment, und Dirk steht im Türrahmen. »Bitte freundlichst einzutreten«, sagt er und grinst. Er ist um das Gebäude herumgegangen, hat auf der Rückseite ein sperrangelweit offen stehendes Fenster entdeckt und sich kurzerhand erlaubt einzusteigen. »Der Vogel ist durch den Hinterausgang ausgeflogen«, bemerkt er und weist ins Zimmer. »Scheint es eilig gehabt zu haben.«

Der Raum sieht tatsächlich so aus, als sei er erst vor kurzer Zeit verlassen worden. Eine kleine Schreibtischlampe leuchtet, und auf dem Tisch liegen Füllhalter, Notizblock und Etui. Der Aschenbecher neben der Lampe quillt über, eine Filterzigarette ist ungeraucht darin verglüht. Die Betten sind ungemacht, die Schränke stehen offen, und einige Schubladen sind herausgezogen. Zwei Rucksäcke stehen an der Wand, Bücher liegen herum, und Fußspuren sind auf dem Boden zu erkennen. Es sieht aus, als sei jemand durch Wasser und Matsch gelaufen. Eine kleine Pfütze hat sich in einer Bodenmulde gesammelt.

»Sie können noch nicht lange weg sein«, sagt Albers.

»Na, dann los«, gibt der Professor den Befehl zum Aufbruch.

»Warum haben Sie Gómez nicht alarmiert?«, hakte ich nach. »Ich verstehe immer noch nicht, warum sie die Angelegenheit nicht der Polizei übergeben haben. Vor allem da der Kommissar Mitglied Ihrer Sekte ist.«

»Das Wort Sekte höre ich nicht so gern«, antwortete er.

»Wie auch immer«, entgegnete ich und wiederholte: »Warum?«

»Wir Templer nehmen die Dinge gern selbst in die Hand«, antwortete er orakelhaft. Nicht immer sei es angebracht, die Verantwortung auf andere zu schieben. »Manchmal ist es besser, selbst zu handeln.«

Plötzlich schossen mir Sandys Worte durch den Kopf: »Die Templer sind fürchterlich streng und leben wortwörtlich nach der Bibel.«

Auge um Auge, Zahn um Zahn.

»Sie wollten Dave umbringen?«, entfuhr es mir. »Sie wollten ihn lynchen!«

»Er war ein Mörder und Vergewaltiger, vergessen Sie das nicht!«, erwiderte der Professor. »In der Bibel heißt es: ›Wer einen Menschen schlägt, so dass er stirbt, soll getötet werden.‹ Drittes Buch Moses.«

»Mord bleibt Mord«, beharrte ich. »Und in der Bibel steht jede Menge Unsinn, vergessen Sie das nicht!«

Der Professor sah mich beinahe mitleidig lächelnd an, zuckte mit den Schultern und meinte: »Was wir mit dem Mörder vorhatten, spielt jetzt eh keine große Rolle mehr. Es kam nämlich alles ganz anders als geplant.«

Als erster sieht Albers die Lichtkegel am Berg. Seit einer halben Stunde laufen die drei Männer getrennt durch die Straßen, schauen in verlassene Winkel und leer stehende Gebäude, durchstöbern die Plantagen und sonstige Orte, die als Versteck dienen könnten.

Vergeblich. Bis Albers die Lichtkegel sieht.

»Sie klettern den Berg hinauf«, spricht er in sein Funkgerät. »Ich sehe Lichter auf halber Höhe von La Merica. Sie wollen aufs Hochplateau.«

»Verstanden«, antwortet ihm die Stimme des Professors. »Wir treffen uns in fünf Minuten am Auto!«

»Roger«, meldet sich nun auch Dirk. »Die schnappen wir uns.«

Der Geländewagen rast mit irrer Geschwindigkeit die Serpentinen hoch. Hinter dem Steuer sitzt Albers, der die Strecke wie aus dem Effeff kennt und den Wagen trotz des Tempos und der Finsternis mit schlafwandlerischer Sicherheit lenkt. Auf dem Beifahrersitz schaut Hauff gebannt aus dem Fenster und schweigt. Nur Dirk auf dem Rücksitz redet ohne Unterlass. Er hat sich allem Anschein nach kurz zuvor eine »Nase voll« Kokain genommen und wirkt überdreht und aufgepeitscht. Er kann nicht stillsitzen und lacht übertrieben. Jagdfieber, wie es scheint!

Sie erreichen den Ortseingang von Arure und biegen rechts ab, lassen den mirador, die ermita und den Abzweig zur Finca Calatrava rechter Hand liegen und brausen über die Sand- und Schotterpiste gen Westen. Vorbei an der wilden Müllkippe und hinauf auf die Hochebene. Sie wollen die beiden Flüchtenden am oberen Ende des Wanderwegs in Empfang nehmen. Direkt an den Klippen. Sie parken den Wagen am Abgrund und warten.

Am Horizont über den Bergen beginnt es bereits zu dämmern. Noch ist es Nacht, und die Temperaturen sind frisch bis kühl, aber der Tag kündigt sich an. Einige Vögel zwitschern. Ein Sturmtaucher gibt in der Ferne jaulende Geräusche von sich.

Bevor sie Julia und Dave sehen können, hören sie sie bereits. Die beiden haben das Plateau beinahe erreicht und stapfen keuchend die letzten Meter des Steilweges hinauf. Julias Stimme ist laut und deutlich zu vernehmen.

»Mensch, jetzt rede schon! Was soll das alles?! Warum müssen wir mitten in der Nacht wie Diebe zum Fenster hinausklettern? Wo willst du überhaupt hin?« Sie klingt gereizt und müde, als sie hinzufügt: »Jetzt renn doch nicht so!«

»Ich hab' dir doch gesagt, die sind hinter mir her!«, lautet Daves kurz angebundene Antwort. »Die wollen mich fertigmachen!«

»Und warum?« Julia ist stehen geblieben und stemmt die Arme in die Seite. »Das ergibt doch alles keinen Sinn. Wenn du nicht sofort sagst, was hier eigentlich los ist, dann lauf' ich auf der Stelle wieder nach unten.«

»Das wird nicht nötig sein«, meldet sich der Professor zu Wort. »Unser Wagen steht abfahrbereit hier. Wir bringen Sie selbstverständlich gern zu Ihrem Apartment zurück.«

Dave und Julia schreien unisono auf, starren ungläubig in die Dunkelheit und scheinen nun die drei Männer zu erkennen. Dave lässt den Strahl seiner Taschenlampe über die Schattengestalten gleiten und schreit entsetzt auf, als er den entschlossenen Gesichtsausdruck des Professors erkennt. Die stoische Miene des Gehilfen. Und den etwas irren Blick Dirks.

»Was hat das alles zu bedeuten, verdammt noch mal!« Julia schaut ihren Ex-Schwager, den hünenhaften Templer und dann den Professor fragend an.

»Die Antwort«, sagt Hauff, »sollte Ihnen wohl ihr verehrter Freund geben.«

Doch dieser antwortet, indem er fortrennt. Nicht den Wanderweg hinunter, weil dort Julia steht und ihn fragend anstiert, nicht aufs Hochplateau, weil dort die drei Männer warten, sondern zur Steilküste rennt er. Als wolle er sich hinunterstürzen.

Und Julia fragt: »Kannst du mir erklären, was hier vor sich geht, Michael?«

»Michael?« Mir fiel beinahe die Zigarette aus dem Mund. Ich saß auf der Fensterbank und verschluckte mich an dem Rauch. »Wer ist denn Michael?«, fragte ich, obwohl mir die Antwort klar war.

»Meine Wenigkeit«, antwortete Hauff. Mit Vornamen heiße er Michael Alexander. »Haben Sie das nicht gewusst?«

»Julia hat Sie Michael genannt?«

Ich schaute Kati fragend an, doch diese zuckte mit den Schultern.

»Mich solltest du besser nichts fragen«, sagte sie und lächelte müde.

»Ich sagte bereits, Sie haben ein etwas schiefes Bild von mir«, erklärte der Professor. »Und von der Beziehung zwischen Ihrer Schwester und mir.«

»Das glaube ich mittlerweile auch.« Ich dachte an Dirks Worte: »Deine Schwester ist eine gute Schauspielerin, eine verdammt gute sogar.«

Die Unruhe und das Getrappel, das ich hinter oder unter mir im Garten der Finca hörte, schien beinahe aus meinem Kopf zu kommen. Es klang wie der Lärm in meinem Hirn.

Dave steht direkt an der Steilküste. Mit dem Rücken zum Tod. Es gibt kein Entrinnen mehr für ihn. Er ist umzingelt. Drei Richter stehen vor ihm. Und eine Verteidigerin, der die Argumente fehlen, weil sie von dem Fall nichts weiß.

»Wollen Sie Ihrer Freundin nicht erklären, warum wir auf der Suche nach Ihnen sind?«, will der Professor wissen.

Helmut Albers ballt seine mächtige Faust und verzieht keine Miene.

Dirk lacht dreckig und holt ein großes Klappmesser aus der Innentasche seiner Jacke. Ein so genanntes Butterflymesser, mit aufklappbarem Schaft, wie die Flügel eines Schmetterlings. Das Messer habe er immer dabei, erklärt er, für alle Fälle. »Man weiß nie, wofür's gut ist!« Und er lässt das Messer aufschnappen und von einer Hand in die andere fliegen.

Das werde nicht nötig sein, beschwichtigt der Professor, geht einen Schritt auf Dave zu und sagt: »Sie wissen, was Sie zu tun haben, nicht wahr?«

Instinktiv will Dave zurückweichen und bleibt dann plötzlich stehen. Noch ein paar Zentimeter, und er würde in die Tiefe stürzen.

»Hört sofort auf mit dem Blödsinn!«, befiehlt Julia. Sie ist den Tränen nah. Tränen der Verzweiflung, des Unwissens, Tränen der Ohnmacht.

»Dein Scheiß-Tommy ist ein verdammter Mörder!«, schnauzt Dirk Julia an und fuchtelt mit seinem Messer herum. »Und deshalb wird er jetzt umgelegt!«

Julia starrt ihn verständnislos an. Dann Dave. Dann den Professor.

Dieser nickt.

Und Julia schreit: »Nein!«

»Es ist leider wahr, Julia«, sagt Hauff. »Dave hat Rosanna umgebracht. Nachdem er sie vergewaltigt hat.«

Wieder der Schrei: »Nein!« Und an Dave gewandt: »Sag, dass das nicht stimmt!« Sie fuchtelt hilflos mit den Armen herum und scheint nicht zu wissen, was sie tun und wen sie anschauen soll. Dann schreit sie ihren Freund an: »Das ist nicht wahr, oder?!«

»Es war keine Absicht«, stammelt Dave. »Ich hab's nicht gewollt. Ehrlich! Ich weiß ja selbst nicht, wie es passiert ist.«

»Sie haben sie erstickt«, meldet sich der stoische Albers zu Wort, als müsse er Dave tatsächlich daran erinnern, was geschehen ist. Er veranschaulicht seine Worte, indem er seine Hände um einen imaginären Hals legt. »Sie haben ihr die Gurgel zugedrückt, weil sie geschrien hat, als Sie sie vergewaltigt haben.«

»Es war doch keine Absicht!«, wiederholt Dave flehentlich.

Das folgende passiert zu schnell und zu plötzlich, um es zu verhindern. Und dennoch hat es der Professor in Erinnerung, als sei es in Zeitlupe geschehen.

Mit einem unmenschlich klingenden Schrei stürzt Julia sich auf ihren Freund und will ihn, so scheint es, die Felsen hinunterstoßen. Doch der sichtlich aufgewühlte Dave reagiert erstaunlich geschwind und geschickt. Er kann Julias Attacke abwehren, verpasst ihr einen Faustschlag ins Gesicht und stößt sie von sich, so dass sie zu Dirks Füßen landet.

»Das reicht!«, ruft der Professor zornig und gibt seinem Gehilfen ein Zeichen. »Wenn Sie noch ein letztes Wort zu sagen haben, dann tun Sie dies, denn gleich werden Sie vor den Herrgott treten.« Wie ein Richter baut er sich vor dem Delinquenten auf, um ihm das Todesurteil zu verkünden. Und dann erstarrt er vor Schreck und Überraschung, als er sieht, was passiert ist.

Dave mit dem Messer in der linken Brust. Der ungläubige Blick in seinen Augen. Der ausgestreckte Arm, als suche er Halt.

Julia steht vor ihm und sticht erneut zu.

Dirk schaut auf seine Hand, er kann nicht fassen, wie das Messer in Julias Besitz gelangt ist. Dave reißt ein letztes Mal die Augen auf und fällt nach hinten. Er stürzt die Felsen hinunter.

Und Julia bricht bewusstlos zusammen. Das blutige Messer in ihrer Hand.

»Ich stech' dich ab!« … Das blutige Küchenmesser in Julias Hand … Die Narbe unterhalb meiner linken Brust. Die gleiche Stelle wie bei Dave … Martins Frage: »Sie wollte dich umbringen?« Und meine Antwort: »Ich glaube nicht, dass sie in dem Moment wusste, was sie tat.« … Die Frage des Kommissars: »Halten Sie Ihre Schwester für fähig, einen Menschen zu töten?« Und meine Antwort: »Jeder ist fähig zu töten.« »Auch Sie?« »Jeder!«

»Julia hat Dave erstochen?«, wiederholte ich die letzten Worte des Professors.

»Ich denke, dass sie in dem Augenblick nicht wusste, was sie tat.«

»Mord bleibt Mord«, sagte ich, wie ich es bereits vor wenigen Minuten gesagt hatte, als Hauff von der geplanten Lynchjustiz berichtet hatte.

Und wie vorhin antwortete der Professor: »Dave war ein

Mörder und Vergewaltiger, vergessen Sie das nicht. Er ist lediglich seiner gerechten Strafe zugeführt worden. Julia war ein Werkzeug Gottes.«

»Und deshalb haben Sie alles vertuscht?«

»Das war das mindeste, was ich für Ihre Schwester tun konnte!«

»Und wieso haben Sie dem Doktor aufgetragen, den Mord an Rosanna als Badeunfall darzustellen?«

»Das habe ich gar nicht«, antwortete er und lachte schallend. »Álvarez ist einfach nur ein schludriger Arzt und unfähiger Pathologe. Aber uns konnte das natürlich nur recht sein, denn wenn niemand im Mordfall der Engländerin recherchierte, dann suchte auch niemand nach Dave. Oder seiner Leiche.«

Das Ende der Geschichte: Dirk wird von Hauff beauftragt, sich um Dave zu kümmern. Die Leiche des Engländers ist auf dem Fußballfeld zu Füßen des Berges gelandet. Mireias Bruder ist Platzwart des Fußballvereins, und Dirk weiß, wo sein Schwager die Schlüssel für die Anlage aufbewahrt. Eine ehemalige, mittlerweile nur noch als Abstellkammer genutzte Umkleidekabine drängt sich als letzte Ruhestätte geradezu auf. Aber Dirk stellt Bedingungen: Eine Hand wäscht die andere! So wird der Leichenbeseitiger zum Geschäftsführer einer Bar. Ein gutes Geschäft. Ein fürstliches Schweigegeld. Dirk ist wie eine Katze, er landet immer auf den Füßen.

Die bald aus ihrer Bewusstlosigkeit aufwachende, aber immer noch völlig verstörte Julia wird von Albers und Hauff zur Finca gebracht. Sie weint unentwegt und phantasiert und redet unzusammenhängend. Sie will sich stellen. Sie will, dass der Alptraum endlich beendet ist. Sie will tot sein.

Der Professor bringt sie in seiner Wohnung unter, päppelt sie auf und kümmert sich rührend um sie. Nach zwei Tagen in der Finca und auch dank der pflegenden und heilenden

Hilfe einer gewissen Debora ist Julia wieder soweit hergestellt und nervlich gefestigt, dass der Professor es wagen kann, sie außer Landes zu schaffen. Er hat Boots- und Flugtickets besorgt, begleitet sie nach Teneriffa und setzt sie dort persönlich in ein Flugzeug nach Berlin. Der Versuch, ihr Gepäck (und das des toten Engländers) von der alten Isabella zu beschaffen, scheitert zwar an deren Misstrauen und Sturköpfigkeit, aber da keine Leiche vorhanden ist, gibt es auch kein Verbrechen. Nur zwei verschwundene Personen, nach denen niemand sucht.

Schweren Herzens verabschieden sich Julia und ihr Michael am Flughafen Reina Sofia voneinander, und sie dankt ihm für alles, was er für sie getan hat.

Es ist ein Abschied für immer, das weiß auch der Professor. Und er schämt sich seiner Tränen nicht.

»Wie rührend!«, unterbrach ich den Professor, bevor er auch mir etwas vorheulen konnte. »Ersparen Sie mir Ihren Herzschmerz!«

Ich war ernüchtert, entsetzt, enttäuscht und ergriffen, was das Schicksal Julias anging, aber mein Mitgefühl für den vermeintlich unglücklich liebenden Hauff hielt sich arg in Grenzen. Ich dachte an die abartigen Sexvideos in seinem Keller, an seine Komplexe den Frauen gegenüber, und ich wollte und konnte ihn mir nicht als Julias Romeo vorstellen.

Die Postkarte!, schoss es mir durch den Kopf. Was war mit der Postkarte?

Bevor ich den Professor auf diese womöglich letzte Ungereimtheit hinweisen konnte, wurde unsere Aufmerksamkeit durch einen Tumult jenseits der Tür zum Großkapitelsaal abgelenkt. Die vorherige Unruhe aus dem Garten hatte sich anscheinend ins Aedificuum verlagert. Aufgeregte Stimmen und hallende Schritte waren zu vernehmen. Und geschriene Befehle. Und plötzlich wurde an die Tür gehämmert.

Der Professor sprang aus seinem Ledersessel auf, öffnete die Tür und starrte in das Gesicht seines sonst so stoischen, nun aber erregt dreinschauenden und aufgeregt gestikulierenden Gehilfen.

»Was ist los?«, fragte der Professor.

Und Albers antwortete mit stockendem Atem: »Der Tote Mann!«

Das war alles, was er sagte. Und dann überschlugen sich die Ereignisse.

DRITTER TEIL – DER TOTE MANN

Erzählung beschlossen von Martin Brandt

»Man muss versuchen, die lokalen Gegebenheiten in das Drama einzubauen. Die Seen müssen da sein, damit Leute darin ertränkt werden, und die Berge, damit sie in Schluchten stürzen.«

Alfred Hitchcock

1

Wie lange ich regungslos dastand, vermag ich nicht zu sagen. Es mögen etliche Minuten gewesen sein, aber vermutlich waren es nur wenige Sekunden. Ute war soeben mit Kati, der Kellnerin aus der »Discoteca Esmeralda«, davongefahren, und ich schaute dem weißen Fiesta apathisch hinterher.

»Hòla! Alto!« Die blechern klingende Stimme der alten Frau ließ mich zusammenfahren. Ich starrte sie geistesabwesend an und erkannte an ihrem Blick, dass sie nicht mich angeschrien, sondern jemanden hinter mir mit ihrem »Hallo! Halt!« gemeint hatte. Die unglaublich kleine und gebückt gehende Frau war mit Paketen bepackt, humpelte nun an mir vorbei und bedachte mich keines Blickes. Ich wandte mich um und fuhr erneut zusammen, als ich den Bus vor mir stehen sah. Ich hatte dessen Ankunft überhaupt nicht wahrgenommen.

»Gracias!« Die alte Frau schrie den Busfahrer regelrecht an, als sie einstieg. Wie viele Schwerhörige schien ihr jegliches Gefühl für die eigene Lautstärke abhanden gekommen zu sein. »Las Hayas!«, verkündete sie unvermindert laut ihr Fahrtziel und drückte dem Fahrer das Geld für das Ticket in die Hand.

Dieser grummelte etwas Unverständliches und blickte mich erwartungsvoll an. Ich stand nach wie vor wie gelähmt auf dem Gehweg und stierte in die Luft. Am Horizont braute sich ein Unwetter zusammen.

»Si o no?« Der Busfahrer wurde langsam ungeduldig.

Ich hatte die Frage, die er zuvor gestellt hatte, gar nicht mitbekommen, aber es war nicht schwer, sie zu erraten. »No sé«, antwortete ich wahrheitsgemäß.

»Como que no sabes?« Der Fahrer zog die Stirn kraus, schüttelte den Kopf und wollte die Tür schließen, als ihn eine Stimme von hinten zögern ließ.

»Einen Augenblick bitte!« Die Stimme war die eines Jungen und kam mir bekannt vor. »Un momento, por favor!«, wiederholte die Stimme.

»Hallo Micki«, sagte ich, noch bevor ich seinen Kopf in der Bustür auftauchen sah. An der Bushaltestelle in Calera hatte ich ihn nicht gesehen, er musste bereits in Vueltas oder unten in La Playa den Bus bestiegen haben. Ich fragte: »Wohin des Weges?«

»Wir hauen ab.« Er lächelte verlegen und deutete mit einer Kopfbewegung nach hinten. Ich sah in die gewiesene Richtung und erkannte Sandys Gesicht in der vierten oder fünften Sitzreihe am Fenster. Sie schaute säuerlich drein und senkte sofort den Blick.

Ich schmunzelte, bestieg den Bus, sagte: »Arure« und gab dem Fahrer sein Geld. Ich hatte mich entschieden. Auf zur Finca!

»Schön, dass ich dich noch sehe.« Micki ging den Gang entlang bis zu seinem Sitzplatz, setzte sich neben Sandy und wies auf den Sitz auf der anderen Seite des Ganges. »Ich hatte schon gedacht, ich müsste die Insel verlassen, ohne dir ›Adieu‹ sagen zu können.«

»Warum musst du die Insel verlassen?«

»Isch doch voll ätzend hier«, antwortete Sandy an seiner Stelle und fügte mit Flunsch im Gesicht hinzu: »Das Valle isch echt nicht mehr, was es mal war.« Sie sah immer noch mitgenommen aus, ihre Augen waren dunkel gerändert und ihr Gesicht war auffallend bleich. Sie schien einen schweren Tag und eine unangenehme Nacht hinter sich zu haben. Beinahe schwermütig seufzend setzte sie hinzu: »Letschtes Jahr war's geiler.«

Beim Versuch, ein unangebrachtes Lachen zu unterdrücken, verschluckte ich mich und musst mich räuspern, bevor ich fragen konnte: »Und wohin fahrt ihr jetzt?«

Ich hatte mich demonstrativ an Micki gewandt, aber

wiederum war es Sandy die mir antwortete, während ihr Freund dazu übergegangen war, rhythmisch mit dem Oberkörper hin und her zu schaukeln.

»Ach, weischt, El Hierro soll voll abgefahren und cool sein. Und noch nicht so überlaufen.« Sie schenkte mir ein verkniffenes und unechtes Lächeln.

»El Hierro? Wo ist denn das?«

»Des isch 'ne Nachbarinsel von Gomera. Von San Sebaschtián fährt einmal am Tag 'ne Fähre hinüber.« Mit Seitenblick auf ihren Freund setzte sie lachend hinzu: »Öfter mal was Neues, sonscht wird's fad, gell?!« Ihre Flapsigkeit wirkte gestelzt und aufgesetzt.

Wieder wandte ich mich an Micki: »Ich dachte, dir gefällt das Valle?«

Er wich meinem Blick aus, schwieg und fuhr fort, hospitalistisch zu wackeln.

»Hör mit dem ewigen Rumgeschaukel auf!«, entfuhr es mir. »Und sieh mich gefälligst an, wenn ich mit dir rede!« Ich weiß nicht, was in mich gefahren war, aber ich blaffte den armen Kerl an, wie eine strenge Mutter, die ihr ungezogenes Kind zurechtweist. Was mich in Rage geraten ließ, war nicht das Wackeln an sich; aber die Tatsache, dass Micki in Sandys Gegenwart wieder zum sabbernden Säugling geworden war und nur wenig mit dem Menschen zu tun hatte, den ich in den letzten Tagen zum Freund gewonnen hatte, brachte mich zur Weißglut. »Was ist mit dir los, verdammt noch mal?! Bist du plötzlich zum Idioten geworden?«

Sandy wollte bereits zum verbalen Gegenschlag ausholen und ihren Micki gegen meine Angriffe verteidigen, doch dieser hielt sie mit einer Armbewegung zurück, sah mich eindringlich an und fragte: »Was willst du in Arure?« Der bestimmte und zugleich sehr beherrschte Tonfall seiner Stimme verriet, dass er wusste oder ahnte, was mich zur Finca Calatrava trieb.

Ich sagte: »Ich muss jemandem helfen!«

»Habt ihr sie gefunden?«

Ich schüttelte den Kopf. »Es geht nicht um Julia, sondern um Ute!«

Er nickte, und sein Oberkörper hörte auf zu wippen. »Verstehe.«

»Kannsch du Halbdackel mir mal erklären, was hier eigentlich los isch?« Sandy schüttelte enerviert den Kopf und schickte böse Blicke in die Runde. »Wovon redet ihr beide überhaupt?«

»Nichts!« Micki schnaufte. »Jedenfalls nichts, was dich etwas anginge.«

Sandy war sprachlos. Und ich war es ebenfalls.

»Arure«, meldete sich in diesem Augenblick der Busfahrer über den Lautsprecher. Der Bus hielt, und die Vordertür wurde geöffnet.

Ich sprang auf, verabschiedete mich mit einem Kopfnicken von Sandy, fasste Mickis Hand und meinte: »Pass auf dich auf!«

Er sah mich nur an, und seine Mundwinkel zuckten. Er rang mit sich.

Ich stieg aus, lief um den Bus herum und hielt Ausschau nach dem Weg zur Finca. Hinter mir stand der Bus immer noch an Ort und Stelle und spuckte stotternd seine Dieselfahne in die frische Bergluft. Der Gestank vermischte sich mit dem Geruch nach nassem Teer. Es hatte zu regnen begonnen. Endlich legte der Fahrer den ersten Gang ein und fuhr davon. Ich wandte mich um, um den beiden Schwaben ein letztes Mal zuzuwinken und blickte in Mickis Gesicht.

»Brauchst du vielleicht Hilfe?« Er stand am Straßenrand, den Rucksack geschultert, und schaute mich unschlüssig an.

Ich lachte und sagte: »Kann schon sein.«

»Gut dann!« Er grinste und gab mir, wie um einen Handel zu besiegeln, die rechte Hand.

Ohne ein weiteres Wort über das gerade Vorgefallene zu verlieren, gingen wir in westlicher Richtung auf der Straße, die zur Finca und zum Berg La Merica führte. Ich war froh, ihn an meiner Seite zu wissen, und wollte nicht weiter in ihn dringen. Und er schien regelrecht erleichtert zu sein.

»Vielleicht sollte ich meinen Rucksack bei der Alten solange unterstellen.« Micki wies zu einer kleinen Taverne, die rechts des Weges stand und auf deren Terrasse eine alte Frau vergeblich nach Kundschaft Ausschau hielt. , »Könnte sonst hinderlich werden, das Ding.« Er betrat die Terrasse.

Ich nickte, folgte ihm und versuchte zu verstehen, was er mit der Frau besprach. Sie schien nur gegen ein kleines Entgelt willens zu sein, auf Mickis Gepäck achtzugeben. Während Micki mit ihr feilschte, hörte ich hinter mir das Aufheulen eines Motors, ich drehte mich um und sah auf der mittlerweile regennassen Straße einen roten Golf mit irrem Tempo vorbeirasen. Der Wagen bog nach einigen Metern rechts ab, sauste durch den Viadukt und verschwand nach einem gewagten Linksschwenker hinter den Bäumen.

Micki und ich beschlossen, genau wie vor zwei Tagen nicht auf dem Hauptweg zur Finca gehen, sondern uns etwas oberhalb am Hang des Berges durch das Dickicht zu kämpfen und somit einen Blick aufs Gelände werfen zu können, ohne selbst gesehen zu werden. Wir kletterten am Viadukt den Hang hinauf und waren erstaunt, als wir unter uns, direkt an der Aussichtsplattform den roten Golf stehen sahen. Die Fahrertür stand offen, ein Mann beugte sich ins Wageninnere und präsentierte uns sein Hinterteil.

»Nicht gerade das beste Wetter, um das Tal von Taguluche zu fotografieren.« Micki grinste, wischte sich die Regentropfen aus dem Gesicht und zuckte mit den Schultern. Dann sah er mich forschend an und fragte: »Was schausten so?«

»Was hat der da unten vor?« Ich deutete mit einer Kopfbewegung zu dem Golffahrer, der mittlerweile die Wagentür geschlossen hatte und uns nun seine Vorderseite zuwandte. Der Mann war gut aussehend, hatte stechend blickende Augen und ein hervorstehendes, unrasiertes Kinn.

»Dirk!«, entfuhr es Micki.

Utes Ex-Mann schien ebenfalls dem Professor einen Besuch abstatten zu wollen, wegen der atemberaubenden Aussicht war er sicherlich nicht hierher gekommen. Er zog sich die Kapuze seines roten Anoraks über den Kopf, klemmte sich eine kleine Ledertasche unter den Arm und verließ den mirador.

»Warum fährt er nicht auf den Parkplatz auf dem Gelände?« Ich schüttelte den Kopf und konnte mir keinen Reim darauf machen. »Warum stellt er den Wagen hier ab und geht die ganze Strecke durch den Regen?«

Wir schlichen uns durch das Gestrüpp und blieben stets auf Dirks Höhe, der auf dem Schotterweg direkt zur Pforte der Finca ging. Als er das Holztor erreicht hatte, grüßte er das unsichtbare Auge des Pförtners, wartete jedoch nicht, bis dieser ihm öffnete, sondern ging linker Hand an der Mauer entlang.

Ich konnte mir bereits denken, wohin Dirk strebte.

Auch Micki hatte im selben Moment das gleiche gedacht, er stieß mich an und meinte: »Das Gitter! Er nimmt den Hintereingang.«

So schnell es uns möglich war, krochen wir durchs Unterholz, stets darauf bedacht, keinen Lärm zu machen und Dirk nicht aus den Augen zu verlieren. Der Regen hatte mittlerweile zugenommen, es blitzte und donnerte, und Micki und ich waren längst pitschnass. Unsere Nerven waren bis zum äußersten angespannt, keiner von uns sprach ein Wort, wir wagten kaum zu atmen.

Auf einer kleinen Lichtung war es mir möglich, einen Blick auf den Parkplatz vor dem Herrenhaus zu werfen. Ich erkannte Katis weißen Fiesta, der einsam und verlassen vor dem Gebäude stand. Von den beiden Frauen war nichts zu sehen. Keine Menschenseele war zu entdecken, das ganze Gelände schien wie ausgestorben.

»Wie spät ist es?«, fragte ich flüsternd.

»Zehn nach fünf.« Micki faltete die Hände und griente. »Betstunde!«

Dirk hatte in der Zwischenzeit das kleine eiserne Tor in der Mauer erreicht, durch das sich vor zwei Tagen Micki und Sandy unterhalten hatten. Er schaute sich um, horchte, spähte durch das Gitter auf das Gelände der Finca und holte schließlich einen Schlüssel aus seiner Tasche.

»Was hat das zu bedeuten?«

»Das werden wir gleich sehen!« Ich wartete, bis Dirk das Schloss aufgeschlossen, die Tür geöffnet und das Gelände betreten hatte, und kroch hinunter zur Mauer. Ich rutschte auf dem morastigen Untergrund aus, landete auf dem Hosenboden und schlidderte die letzten Meter auf allen vieren nach unten.

Micki kam mir nachgeschlichen und fragte: »Und jetzt?«

»Ich geh ihm hinterher, und du legst dich oben am Hang auf die Lauer und wartest, was passiert.«

»Bist du meschugge?«, protestierte er. »Du willst doch wohl nicht alleine da rein?! Ich komm natürlich mit!«

Ich zögerte und schlug schließlich einen Kompromiss vor: »Ich geh vor, und du folgst mir unauffällig in einiger Entfernung. Dann werden wir ja sehen, was geschieht.«

»Na, das nenn ich einen tollen Plan«, antwortete Micki und lachte. »Dann kann uns ja gar nichts mehr passieren.«

Wir klopften uns, wie richtige Männer es zu tun pflegten, auf die Schultern und schlichen in gebückter Haltung zur Pforte. Ein wenig kam ich mir vor wie ein Kind auf Schnitzeljagd. Die ganze Situation erschien mir viel zu unecht, um wirklich gefährlich zu sein. Es war wie ein Spiel, ein unterhaltsames Abenteuer. Und doch zitterten mir die Knie, als ich die Klinke der Eisentür herunterdrückte.

Dirk hatte die Pforte nicht wieder verschlossen, und so war es uns ohne weiteres möglich, das Gelände zu betreten. Utes Ex-Mann allerdings schien sich in Luft aufgelöst zu haben. Von seinem signalroten Anorak war weit und breit nichts zu sehen.

»Wo ist der hin?«, fragte Micki. »Wie vom Erdboden verschluckt!«

Beide sahen wir uns an. Beide dachten wir an den Professor, der zwei Tage zuvor wie aus dem Nichts hinter Sandy aufgetaucht war. Beide schauten wir in die gleiche Richtung und sagten: »Der Steinhaufen!«

Ich lief voraus und wies Micki an, einige Meter hinter mir zu bleiben. Für alle Fälle. »Und wenn jemand kommt, mach deinen Käuzchenruf.«

»Aye, aye, Sir!« Er versteckte sich hinter einem Immergrün, von dem es in diesem Teil des Gartens etliche gut geratene Exemplare gab. Von dort aus hatte er sowohl die eiserne Pforte als auch den Toten Mann im Auge.

Der Steinhügel lag (oder stand) in etwa zwanzig Metern Entfernung vor mir, direkt vor dem künstlich angelegten See, auf dessen Oberfläche das Wasser zu schäumen schien und die Seerosen wie Bojen hin und her wankten und von den Regenmassen regelrecht bombardiert wurden. Das Gewitter war nun unmittelbar über uns, der Himmel pechschwarz. Ich schaute zum Gutshaus und zur Frauenunterkunft. Nichts regte sich, niemand ging bei diesem Sauwetter vor die Tür. Ich umkreiste den Toten Mann gegen den Uhrzeigersinn und war enttäuscht, als ich wieder am Ausgangspunkt ankam, ohne irgend etwas Türähnliches entdeckt zu haben. Ich ging ein zweites Mal um den Hügel herum, diesmal im Uhrzeigersinn, und hatte ebenso wenig Erfolg. Der Steinhaufen war ein Steinhaufen und sonst nichts!

Missmutig blickte ich in Mickis Richtung und wollte ihm bereits signalisieren, dass ich mit meinem Latein am Ende war, als ich den Menhir sah. Rund um den Toten Mann war ein halbes Dutzend dieser etwa anderthalb Meter hohen Steine aufgestellt. Sie bildeten einen Kreis um den Hügel, wie Satelliten um einen Planeten. Unweit der eisernen Pforte stand ein besonders großes Exemplar dieser Menhire und auf seiner der Ringmauer abgewandten Seite gähnte ein großes schwarzes Loch. Ich rannte hinüber zu dem Stein, begutachtete das Loch und erkannte einen Schacht, in dem eine Steintreppe nach unten führte. Licht drang aus dem unterirdischen Raum an die Oberfläche. Der Menhir bestand, wie sich leicht herausstellen ließ, nur zur einen Hälfte aus Stein, die andere war aus einer Art Kunststoff gegossen und ließ sich wie eine Tür zur Seite klappen.

Micki trat aus seinem Versteck hervor, sah mich fragend und zunehmend alarmiert an und schüttelte den Kopf. Seine blonde Mähne klebte ihm wie Zuckerguss am Schädel, der Regen prasselte auf ihn ein, er öffnete den Mund, als wolle er mich warnen, sagte aber kein Wort, da in diesem Moment ein Blitz nicht weit von uns einschlug und der Donner fast zeitgleich grollte.

Ich deutete mit dem rechten Zeigefinger auf mein linkes Handgelenk und streckte anschließend alle fünf Finger der rechten Hand in die Höhe.

Er verstand und nickte.

Und ich betrat den Hades.

2

Der betonierte Eingangsschacht mit der steilen Steintreppe führte einige Meter fast senkrecht ins Erdreich hinab, verbreiterte sich jedoch bald und endete in einem gemauerten und beinahe waagerechten Gang, der wiederum nach wenigen Schritten zu einer eisernen Tür führte, die einen Spalt breit offen stand.

Ich horchte und hörte nichts außer meinem eigenen Pulsschlag, ich öffnete langsam und vorsichtig die Tür, lugte durch den Spalt und wurde von dem Anblick, der mich erwartete, überwältigt. Was ich zu sehen bekam, übertraf meine kühnsten Phantasien. Ich hatte mit einem steinernen Kellergewölbe gerechnet, vielleicht sogar mit einem bunkerähnlichen Labyrinth, nicht jedoch mit einer unterirdischen Luxussuite.

Hinter der eisernen Tür befand sich ein großer, kreisrunder und durch Deckenfluter indirekt beleuchteter Raum, dessen Boden und Wände weiß gekachelt waren. In der Mitte des Raumes stand ein niedriger Glastisch, umringt von schweren Ledersesseln und einer Art Liege, die mich an Arztpraxen erinnerte. Links neben dem Eingang befand sich eine Cocktailbar, ein einzelner Barhocker stand verlassen in der Gegend herum, und in den Glasregalen an der Wand warteten exotische Getränke in bunten Flaschen darauf, von durstigen Gästen getrunken zu werden. Rechter Hand gingen zwei weitere Türen ab, die lederverkleidet und verschlossen waren. Zwischen den Türen stand eine Stereoanlage, und neben der linken Tür befand sich ein Sekretär, auf dem ein schnurloses Telefon stand. Das Beeindruckendste und Unglaublichste in diesem Raum war jedoch ein überdimensional riesiges Aquarium, das in der gegenüberliegenden Wand eingemauert zu sein schien. Es war von solch großem Ausmaß, dass ich die Rückwand des Bassins nicht sehen konnte, außerdem schien es keine seitliche Begrenzung zu besitzen, die Fische schwammen links und rechts aus dem Bild. Ich stutzte und betrachtete das Becken aus der Nähe. Und erst dann erkannte ich, was ich in Wirklichkeit vor mir sah: dies war keineswegs ein Aquarium, sondern der künstliche See, an dessen Ufer der Tote Mann errichtet worden war. Und ich schaute den Fischen durch ein Unterwasserfenster bei ihrem Treiben zu!

Die Architektur dieses submarinen Domizils war so überkandidelt, dass ich beinahe glaubte, mich in einem alten James-Bond-Film zu befinden. Gleich würde Gert Fröbe als Bösewicht Goldfinger auftauchen und »den Wal machen«. Oder das Licht im Kino würde angehen und das Publikum sich die Augen reiben und den Saal verlassen.

Ein quietschendes Geräusch ließ mich zusammenfahren. Die Klinke der rechten Tür wurde heruntergedrückt. Im letzten Augenblick konnte ich hinter der Bar in Deckung gehen, bevor die Tür sich öffnete und Dirk den Raum betrat.

»So, mein Schätzchen«, hörte ich ihn mit ironischem Unterton sagen, »jetzt bist du eine Zeitlang wieder ein braves kleines Mädchen.« Das Lachen, das diesem Satz folgte, klang unecht und beinahe traurig und brach abrupt ab.

Vorsichtig lugte ich an der Bar vorbei und schaute gebannt auf die Szenerie. Dirk stand breitbeinig in der rechten Tür und schaute ins Zimmer, bei dem es sich um Schlafzimmer zu handeln schien. Ein hellblaues Himmelbett und eine schwarz gekleidete Person, die reglos darauf lag, konnte ich gerade noch erkennen, bevor Dirk das Licht löschte und die Tür schloss. Er schüttelte den Kopf, drehte sich um und murmelte: »So 'n Irrsinn!« Achselzuckend verstaute er einige Utensilien in seiner kleinen Ledertasche und klemmte sich diese unter den Arm. »Feierabend«, sagte er zu sich, ging jedoch nicht zum Ausgang, sondern öffnete die zweite lederverkleidete Tür und verschwand in dem linken Raum. Nach einer Weile hörte ich eine Toilettenspülung und anschließend das Rauschen eines Wasserhahns. Wieder erschien Dirk im Türrahmen, schnaufte erleichtert und erstarrte plötzlich. Wahrscheinlich hatte ich mich zu auffällig bewegt oder irgendein ein Geräusch von mir gegeben. Misstrauisch blickte er sich um und horchte angestrengt, schließlich jedoch zuckte er mit den Schultern und verließ durch die eiserne Tür die unterirdischen Gemächer, nachdem er an einem Dimmer neben der Tür die Deckenfluter ausgeschaltet hatte.

Ich atmete erleichtert auf, wartete noch einige Sekunden in der Dunkelheit und trat dann aus meinem Versteck hervor. Ein diffuses grünliches Licht drang durch das Seefenster in den Raum und ließ das Ganze noch unwirklicher und unheimlicher erscheinen. Ohne das Licht anzuschalten, ging ich hinüber zur rechten Tür und öffnete sie. Totale Finsternis erwartete mich im Inneren und das leise Geräusch regelmäßigen Atmens. Ich suchte nach dem Lichtschalter, fand ihn, machte Licht und fuhr zusammen, als ich sah, wer dort auf dem Bett lag und in diesem Augenblick die Augen aufschlug.

»Ute!«, rief ich und rannte zum Bett. Tatsächlich hatte ich sie einen kurzen Moment lang für die ältere der beiden Zwillingsschwestern gehalten. Die Frau auf dem Bett hatte Utes Aussehen, ihre Frisur und ihre Figur, und sie trug eine schwarze Kutte. Ebenso schwarz wie der Stoff, den Ute vorhin an der Bushaltestelle in den Händen gehalten hatte. Doch als ich ihr ins aschfahle Gesicht und in die schwarzgeränderten und blutunterlaufenen Augen schaute, wusste ich, dass ich Utes kleiner Schwester gegenüberstand. Julias Augen glänzten trübe und schauten angsterfüllt. Sie starrte mich wie ein gehetztes Tier an und unternahm dennoch keinen

Versuch, vor mir zu fliehen. Sie stierte nur mit weit aufgerissenen Augen, ohne mich dabei wirklich wahrzunehmen.

»Was … wer?«, war alles, was sie sagte. Und bereits diese wenigen Worte verrieten mir, dass sie nicht Herrin ihrer Sinne war. Der trübe Glanz ihrer Augen war keineswegs, wie ich zunächst gedacht hatte, auf vergossene Tränen zurückzuführen. Was auch immer Dirk in seiner Ledertasche transportiert hatte, es hatte Julia zu einem »braven kleinen Mädchen« gemacht. Durch Narkose! Julia stand unter Drogeneinfluss und unternahm eine Reise ins psychedelische oder psycho-pharmazeutische Wunderland.

Ich setzte mich zu ihr aufs Bett und sprach beruhigend auf sie ein, doch sie wich vor mir zurück und stammelte unverständliche Worte. »Es wird alles gut«, murmelte sie und schüttelte dann den Kopf. »Nein, nein, das stimmt nicht. Nicht wahr? Es ist nicht gut, oder?«

»Sie brauchen keine Angst zu haben. Ich bin ein Freund Ihrer Schwester Ute. Und ich bin auch Ihr Freund.«

Sie öffnete den Mund, als könne sie nicht glauben, was sie hörte. Wieder schüttelte sie den Kopf. »Nein, nein, nicht mein Freund.« Sie schlang die Arme um ihre Knie, verkroch sich in die hinterste Ecke des Himmelbetts und wiederholte: »Nicht mein Freund!«

Ich schaute mich in dem Zimmer um und sah auf dem Nachtschränkchen neben dem Bett eine ganze Batterie von leeren Medikamentenschachteln. »Remedacin« las ich auf einer Packung, »Rohypnol« auf einer anderen. Bei letzterer Arznei handelte es sich um ein sehr starkes Schlafmittel, das gern von Junkies benutzt wird, um die Wirkung des Heroins zu verstärken oder um dem eigentlich nicht rauschproduzierenden Methadon ein gewissen Kick zu geben. Ich warf auch einen Blick in den Papierkorb und erkannte neben einer Plastikverpackung, wie sie für Einwegspritzen verwandt wird, eine Anzahl von kleinen Ampullen mit der

Aufschrift »Ketanet. Ketaminhaltiges Anästhetikum«. Ein Schmerzmittel, das mir bislang noch nicht unter die Augen gekommen war und allem Anschein nach intramuskulär verabreicht wurde.

Ich betrachtete Julias Arme, die unter der schwarzen Kutte hervorlugten, und sah die Einstiche. Die rechte Armbeuge und der Oberarm waren völlig zerstochen und mit Blutergüssen übersät. Es sah gräulich aus und ließ mich würgen. »Verdammter Schuft!«, zischte ich.

»Meinste mich?«, meldete sich plötzlich eine Männerstimme von hinten.

Julia zuckte zusammen und versteckte sich unter der Bettdecke, und ich schrie erschrocken auf und fuhr herum.

»Ach, nee! Sieh mal einer an, der Schnüffler!« Dirk stand im Türrahmen und schüttelte mitleidig den Kopf. »Wenn du schon bei so 'nem Sauwetter in eine weißgekachelte Wohnung einbrichst«, sagte er und grinste schelmisch, »dann solltest du dir wenigstens die Füße abtreten, sonst gibt's verräterische Fußspuren auf dem Boden.«

Das also hatte ihn vorhin stutzen lassen, als er aus dem Badezimmer in den Vorraum getreten war. Er hatte meine Fußspuren auf den Kacheln gesehen und sofort gefolgert, dass ihm jemand gefolgt war. Ich Stümper! Wieder einmal hatte es sich erwiesen, dass ich als Privatdetektiv eine schlichte Katastrophe war.

»Tja, da staunste, wa?« Er lachte schallend und betrat das Schlafzimmer.

»Seit wann duzen wir uns?« Ich versuchte, meine Erregung und Unsicherheit zu überspielen, indem ich auf Offensive schaltete. Ich erhob mich, baute mich vor ihm auf und meinte, auf Julia deutend: »Was haben Sie mit ihr gemacht? Was haben Sie ihr gespritzt?«

»Dieset und jenet! Ein hübscher Cocktail. Ein paar downer, ein paar Glücklichmacher. Ein bisschen was für die

Bewusstseinserweiterung. Nichts, was sie sich nicht schon diverse hundertmal selbst injiziert hat. Und nichts, was sie nicht gut gebrauchen könnte.« Er lachte hämisch, wies mit einer Handbewegung auf das Himmelbett und fügte hinzu: »Hübschet Liebesnest, wa? Der Professor hat 'nen unverkennbaren Hang zum Kitsch.«

»Sie wollen mir doch wohl nicht einreden, dass sich Julia freiwillig hier aufhält?!« Ich deutete auf die Tür und setzte hinzu: »Oder warum gibt es auf der Innenseite der Tür keine Klinke?«

»Julia wird schon ihre Gründe haben, sich hier zu verstecken«, antwortete er orakelhaft. »Und wir sperren sie nur zu ihrem eigenen Besten ein. Damit sie sich nicht selbst in Schwierigkeiten bringen kann. Man muss die gute Julia vor sich selbst schützen.« Wieder lachte er dreckig, zog ein metallenes Butterflymesser aus der Innentasche seines Anoraks und ließ es gekonnt einige Male auf- und wieder zuklappen. Dirk wusste mit dem Messer umzugehen, er schien Übung zu haben. »Weiß der Teufel«, sagte er grinsend, »warum el profesor so verschossen in sie ist, der alte Narr verwöhnt sie wie 'ne Prinzessin und liest ihr jeden Wunsch von den Lippen ab.«

»Und wenn nichts auf den Lippen steht, helfen Sie ein wenig nach!« Ich nahm eine der leeren Ampullen aus dem Papierkorb und warf sie ihm zu.

Er fing das Fläschchen geschickt mit der linken Hand und sagte: »Geiles Zeug, solltest auch mal probieren!«

»Welche Rolle spielen Sie denn am Hofe des Professors? Sind Sie der Dealer von Hauffs Gnaden?«

»Ach, Gottchen, bist du niedlich!« Er schien tatsächlich höchst amüsiert, legte die Ampulle aufs Bett und reinigte sich mit dem Messer die Fingernägel. Erst jetzt sah ich, dass die Klinge des Messers wie eine züngelnde Flamme geformt war und eine beidseitige Schneide besaß. Ein gefährliches

Werkzeug. Dirk sagte: »Julia hat hier alles, was sie braucht. Ich sorge bloß dafür, dass dies so bleibt. Und dass dabei kein Malheur passiert.«

»Warum sollte denn ein Malheur geschehen?«

»Julia hat 'ne harte Zeit hinter sich. Schwere Depressionen und so. Kein Wunder, nach all dem Trabbel mit ihrem Typen!« Nachdenklich betrachtete er seine Fingernägel und fügte hinzu: »Im Vergleich zu dem, was sie draußen in der bösen Welt erwarten würde, geht es ihr im Lustschloss des Professors geradezu glänzend, das kannste mir ruhig glauben. Die beiden sind ein richtig hübsches Paar, findste nicht?«

»Die Schöne und das Biest«, entfuhr es mir.

Dirk lachte. »Das hast du gesagt!« Er deutete mit dem Messer auf Julia und meinte: »Frag doch das Fräulein Ikemann, wie es ihr beim Professor gefällt!«

Julia hatte unseren Wortwechsel mit unverändert starrem Blick verfolgt. Als sie das Messer auf sich gerichtet sah, schrie sie plötzlich auf und verkroch sich wieder unter der Bettdecke.

Ich sagte: »Das scheint mir nicht sonderlich erfolgversprechend zu sein.«

Dirk zuckte bedauernd mit den Schultern. »Und jetzt zu dir, Freundchen!« Er kam einen weiteren Schritt ins Zimmer hinein und richtete drohend das Messer auf mich. »Ich kann mir gut vorstellen, dass der Professor ein paar ernste Worte mit dir zu reden hat. Das verstehste sicherlich.« Er zog plötzlich die Stirn kraus und fügte fragend hinzu: »Was grinsten so dämlich?«

Ich antwortete: »Ich sehe was, was Sie nicht sehen. Und das ist etwa einen Meter achtzig groß, hat lange blonde Haare und einen Knüppel in der Hand.«

Dirk fuhr herum und wurde im gleichen Moment von Micki mit einem Schlag auf den Kopf niedergestreckt. Volltreffer und Knockout!

»Wo hast du so lange gesteckt?« Wieder streckte ich alle fünf Finger der rechten Hand aus und setzte hinzu: »Fünf Minuten, hatte ich gesagt.«

»'tschuldigung«, erwiderte Micki schmunzelnd. »Meine Uhr ist stehen geblieben. Sie ist nicht wasserdicht.« Sein Blick verdüsterte sich plötzlich, er drehte sich einmal um die eigene Achse, bestaunte die Räumlichkeiten und fragte: »Was um alles in der Welt ist das?!«

»Wenn du mich fragst: es ist krank!«

»Durchgeknallt!«

Ich nickte und sagte: »Nichts wie weg!«

»Und die Frau?«

»Kommt mit!«

Julia starrte uns regungslos an und begriff gar nicht, was gerade vorgefallen war. Micki trat zu ihr ans Bett und sah die Ampulle auf der Bettdecke. Er nahm sie, betrachtete sie nachdenklich und fragte: »Ketamin? Hat sie das intus?«

»Glaub schon.«

»Na, prima!« Micki schüttelte genervt den Kopf und meinte: »Dann werden wir noch Spaß mit ihr bekommen.«

Ich schaute ihn fragend an. »Ein Schmerzmittel, oder?«

»Von wegen!« Er lachte und schüttelte erneut den Kopf. »In Krankenhäusern wird das Zeug nur noch mit Valium verabreicht, weil die Leute Halluzinationen davon bekommen. Das ist aber noch nicht das Schlimmste. Wenn sie ...« Er deutete auf Julia und wies auf ihren Oberarm. »Wenn sie die Dosis gerade erst verabreicht bekommen hat, dann spürt sie jetzt ihren Körper kaum noch und kann ihn entsprechend wenig unter Kontrolle halten. Die Motorik ist gestört.«

»Woher weißt du das alles?«

Er lächelte und sagte: »Sandy hatte 'ne ziemlich ausgiebige psychedelische Phase. Und damit ich mich nicht langweilte, während sie auf Trips ging, hab ich's auch mal versucht.«

Diesmal war ich es, der sagte: »Na, prima!«

3

»Wir sollten uns etwas beeilen!« Micki war vorangegangen, wartete am oberen Ende der Steintreppe auf uns und linste durch den geöffneten Menhir in den Garten. »Draußen scheint schon wieder die Sonne, und die Betstunde ist auch vorbei. Wenn wir nicht anmachen, ist der Garten gleich voller Templer.«

»Julia ist ein wenig wacklig auf den Füßen.« Das war stark untertrieben, sie trippelte, auf mich und von mir gestützt, wie auf wabbeligen Stelzen daher und knickte ständig mit den Füßen ein. Ich rief: »Schneller geht's nicht!«

»Dann trag sie doch!«

Julia war mittlerweile so weggetreten, dass sie kaum mitbekam, wie ich sie auf die Arme nahm und sie auf diese Weise die Treppe hochhievte. Plötzlich jedoch schlang sie die Arme um meinen Hals, als wolle sie mich erwürgen, und murmelte immer wieder: »Ute kommt und holt mich!«

Als wir endlich das Tageslicht erreicht hatten, erwartete Micki uns mit einer schlechten Nachricht. »Da haben wir die Bescherung!« Er wies mit einer Handbewegung zum Hauptgebäude, aus dem in diesem Moment etliche Weißgekleidete heraustraten. Das Wetter hatte sich tatsächlich gebessert, das Gewitter war ins Landesinnere abgezogen, die Luft roch frisch und gereinigt, und unter den Wolken am Horizont schielte die tief stehende Sonne hervor. Die Templer schienen die Abendstunde für einen Spaziergang im Park nutzen zu wollen. An ihrer Spitze erkannte ich den blonden Hünen Albers. Und an seinem beschleunigten Gang erkannte ich, dass auch er uns bemerkt hatte. Plötzlich hielt er inne, fuchtelte mit den Armen, wies mit ihnen in unsere Richtung und lief zurück zum Gebäude. Wahrscheinlich, um seinen Chef zu informieren. Die anderen Templer rannten derweil direkt auf uns zu.

Micki und ich nahmen unsere Beine in die Hände und liefen, so gut es uns angesichts des weiblichen Ballastes und des glitschigen Untergrunds möglich war, zur eisernen Pforte. Gerade als wir durch das Tor getreten waren, hörten wir einen dumpfen Hilfeschrei. Der Ruf schien direkt aus dem Boden zu kommen.

»Dirk ist wieder wach!«, konstatierte Micki und wollte linker Hand an der Außenmauer entlang in Richtung Arure laufen. »Jetzt aber hurtig!«

»Aber nicht da lang!«, rief ich. »Bis wir an der Hauptpforte vorbei sind, ist der Pförtner längst alarmiert. Dann sitzen wir in der Falle!«

»Und was schlägst du vor?«

Ich schaute den Steilhang hinauf.

»Was?!« Micki sah mich konsterniert an. »Du willst sie den Berg hochtragen?«

Ich zuckte mit den Schultern.

Und im gleichen Augenblick liefen wir los.

Was zunächst wie eine unsinnige Aktion erschien, war in Wirklichkeit unsere Rettung. Vorerst zumindest. Als die Templer im Pulk die geheime Pforte durchschritten, zögerten sie einen Augenblick und teilten sich dann auf. Das Gros wandte sie sich nach links und lief in Richtung Hauptpforte. Die anderen schlugen die entgegengesetzte Richtung ein, marschierten aber ebenfalls an der Mauer entlang. Niemand kam auf die Idee, dass wir geradeaus den Steilhang hinaufgekraxelt sein könnten. Noch nicht.

Obwohl wir uns beim Tragen der Frau abwechselten und den Weg durchs Dickicht schon kannten, weil wir ihn vor zwei Tagen bereits ausgiebig beschritten hatten, kamen wir nur sehr mühsam voran. Immer wieder wandten wir uns um und horchten, ob die Meute unsere Fährte aufgenommen hatte. Und immer wieder mussten wir eine Pause einlegen, weil uns die Puste ausging, ein kaum passierbarer Felsvorsprung uns zu schaffen machte oder Julia in ihrem Delirium zu toben begann. Mal hielt sie uns für Freunde und forderte uns auf, sie möglichst schnell fortzubringen, mal starrte sie uns wie hässliche Monster an und begann zu zetern und krakeelen, so dass wir ihr den Mund zuhalten mussten, um nicht entdeckt zu werden.

»Das schaffen wir nie und nimmer!« Micki schnaufte und hielt sich die Seite. Wir hatten knapp hundert Meter an Höhe gewonnen und waren etwa einen Kilometer in westlicher Richtung vorgedrungen. Er drehte sich um die eigene Achse und reckte die Arme verzweifelt gen Himmel. »Wo willst du eigentlich mit ihr hin?«

»Zu Isabella. Sie ist die einzige, die dem Professor Paroli bieten kann«, antwortete ich ihm und wandte mich dann an Julia: »Lass es uns mal Huckepack versuchen.«

Sie sah mich verständnislos an und klammerte sich an meinem Hals fest.

Ich zuckte mit den Schultern und schüttelte resigniert den Kopf.

»Das haut niemals hin!« Auch Micki starrte mich an, als sei ich verrückt geworden. Er sah aus, als sei er den Tränen nah. »Wir können froh sein, wenn wir vor den Weißkitteln das Hochplateau erreichen. Aber wenn wir erst einmal auf dem Wanderweg ins Valle sind, sitzen wir in der Falle. Die Templer werden uns von oben herab folgen und uns zugleich aus dem Dorf entgegenkommen, und wir haben keine Chance.« Als müsse er mir diese Tatsache ins Gedächtnis rufen, fügte er hinzu: »Es gibt nur den einen Weg nach Calera!«

»Lass es uns wenigstens versuchen!«, war alles, was ich ihm entgegnen konnte. »Oder sollen wir aufgeben?«

»Aufgeben?« Er fuhr sich mit den Händen über die Augen, sah mich mit merkwürdig eindringlichem Ausdruck im

Gesicht an und schüttelte entschieden den Kopf. Ich weiß nicht, was seinen plötzlichen Umschwung bewirkt hatte. Vielleicht dachte er an Sandy, die mittlerweile die Fähre nach El Hierro erreicht haben dürfte, oder an Albers, der ihn vor wenigen Tagen mit einem einzigen Schlag bewusstlos zu Boden geschickt hatte; vielleicht waren es aber auch das Knacken der Zweige, das Rascheln der Blätter und die leisen Rufe, die von unterhalb zu uns hinaufdrangen, die sein Zögern in Luft auflösten und ihn mit Bestimmtheit sagen ließen: »Aufgeben? Von wegen!«

Auch ich hatte die Rufe gehört und sagte: »Sie haben unsere Spur!«

Doch Micki war längst vorangestiefelt und bahnte mir und Julia den Weg. Wie ein Besessener schlug er sich durchs Dickicht, riss Dornenzweige aus und schaffte Äste beiseite, die den Weg versperrten. Mit eigentümlichem Grinsen auf den Lippen drehte er sich zu uns um und meinte: »Ich schätze, eine Zeitlang werden wir sie noch ärgern können.« Er betonte das Wort »sie«, blickte dabei den Abhang hinab und spuckte auf den Boden.

Die Geräusche und Stimmen unserer Verfolger kamen langsam, aber stetig näher. Bei der nächsten Übergabe Julias an Micki schielte ich nach unten durchs Unterholz und glaubte an der Spitze der Gruppe einen roten Anorak ausmachen zu können. Dirk war erstaunlich schnell wieder auf die Beine gekommen, wahrscheinlich wollte er sich nun für die Beule an seinem Kopf revanchieren. Und ich ärgerte mich, weil ich ihm vorhin das Messer nicht abgenommen hatte.

Micki und ich nahmen exakt den Weg, den wir vor zwei Tagen erklommen hatten, und wir gelangten an exakt derselben Stelle auf das steinige Hochplateau: sehr weit im Westen, fast direkt an den Klippen. Bis dahin hatten wir nur unwesentlich an Vorsprung eingebüßt, und dies vor allem dank Julia. Sie hatte auf den letzten Metern des Hangs darauf bestanden, sich auf eigenen (wenn auch nackten) Füßen den Berg hinaufzukämpfen. Zwar war sie immer noch ziemlich schwach auf den Beinen und musste an der Hand gehen und von mir gestützt werden, da sie Probleme mit den Augen und ihrem Gleichgewicht zu haben schien, aber wir kamen dennoch um einiges schneller voran als zuvor.

Stolz sah Julia uns an und fragte: »Wir gehen zu Ute, nicht wahr?« Ohne auf eine Antwort zu warten, bekräftigte sie: »Zu Ute!« Sie war immer noch jenseits von Gut und Böse und schien nach wie vor nicht zu realisieren, was um sie herum vor sich ging, aber immerhin zeigte sie wieder Anzeichen von Leben. Ihre Grobmotorik funktionierte wieder. Dies änderte sich jedoch schlagartig, als wir die Hochebene erreichten. Mit einemmal blieb sie wie angewurzelt stehen und starrte mit weit aufgerissenen Augen zum Horizont, wo gerade die Sonne malerisch im Meer versank.

»Wo sind wir?!« Ihre Stimme klang panisch.

»Auf dem Hochplateau«, erwiderte ich und versuchte zugleich, sie zum Weitergehen zu bewegen. Vergebens.

»Das sind die Klippen!« Sie schüttelte den Kopf und warf sich zu Boden. »Die Klippen! Warum gehen wir zu den Klippen?!«

»Was hat sie?« Micki, der bereits einige Meter vorausgerannt war, um zu schauen, ob auf dem Wanderweg nach Calera die Luft rein war, kam zurück und deutete auf die sich am Boden wälzende Julia. »Was ist mit ihr los?«

»Sie hat Angst vor dem Abgrund.« Ich kniete mich nieder, strich ihr übers Haar und fragte sie: »Ist es wegen Dave? Hier ist er gestorben, oder?«

Sie wich vor mir zurück, als wollte ich ihr etwas antun, und murmelte aufgeregt: »Waren Sie auch dabei? Waren Sie auch … auf den Klippen?«

»Nein, aber ich weiß Bescheid. Ich weiß, dass Dave Rosanna umgebracht hat. Und Sie sind mit ihm vor dem Professor geflohen.«

»Wo ist der Professor?« Sie saß nun regungslos auf dem schlammigen Boden und schien zu horchen. Plötzlich schrie sie: »Ich will zurück zu Michael. Warum haben Sie mich fortgebracht? Michael soll mir helfen. Er soll mich wieder beschützen. Ich will hier weg! Lassen Sie mich gehen!«

»Beschützen?«, fragte Micki. »Wovor soll er Sie beschützen?«

»Na, vor der Polizei! Vor dem dicken Kerl.« Sie sah uns ängstlich fragend an und fügte hinzu: »Sie wissen doch Bescheid, nicht wahr? Sagen Sie, dass Sie Bescheid wissen. Sagen Sie es. Bitte, sagen Sie … Nein, sagen Sie es niemandem. Es ist ein Geheimnis. Michael sagt, es ist ein Geheimnis. Niemand darf es der Polizei sagen. Niemand! Ja, ein Geheimnis, ja. Er beschützt mich. Michael sagt, man kann Gómez nicht trauen.« Sie lächelte wie ein kleines Kind und schaute an sich hinab, sie deutete auf ihre schwarze Kutte und murmelte: »Jetzt ist sie schmutzig. Debora wird böse sein.«

Und erst dann dämmerte es mir. Ich fragte: »Sie haben Dave getötet?«

»Es war Gottes Wille, sagt Michael. Er glaubt an so was. Er glaubt überhaupt sehr viel. Es ist sein Beruf.« Völlig unvermittelt lachte sie hysterisch und brach ebenso plötzlich ab. Mit versteinerter Miene und als trage sie ein auswendig gelerntes Gedicht vor, fuhr sie fort: »Dave war ein Vergewaltiger und Mörder. Ja, so war es, genau! ›Erschlägt jemand einen Menschen, soll er des Todes sterben.‹ Das steht in der Bibel. Da stehen lauter so Sachen.« Sie schüttelte den Kopf und schien ihre eigenen Worte anzuzweifeln. »Es steht geschrieben: ›Bruch um Bruch, Auge um Auge‹ …«

Ich unterbrach sie: »Und deshalb haben Sie ihn umgebracht?«

»Da staunste, wa?«, meldete sich eine Berliner Schnauze hinter mir. Es war das zweite Mal, dass Dirk dies heute zu mir sagte. Und es war das zweite Mal, dass er wie ein Gespenst hinter mir aufgetaucht war. Nur diesmal mit Verstärkung. Drei der weißgekleideten Templer standen hinter ihm, und einer von ihnen sprach in ein Walkie-Talkie. Dirk grinste hämisch und zückte sein Messer. Er deutete damit auf eine Platzwunde an seiner Stirn, die nur notdürftig verbunden war, und sagte: »Wiedersehen macht Freude!«

Julia war bei Dirks Auftauchen zusammengezuckt und aufgesprungen. Doch statt wie zuvor in panische Starre zu verfallen und ängstlich schweigend zu verharren, lächelte sie entrückt und beendete ihr Bibelzitat: »… ›Auge um Auge, Zahn um Zahn. Denselben Körperschaden, den jemand einem Menschen zugefügt hat, soll man ihm zufügen‹!«

Und dann lief sie schnurstracks und so schnell es ihre wackligen Beine erlaubten auf die Klippen zu.

Während Dirk und ich und die Templer ihr erschrocken und wie paralysiert hinterherschauten, reagierte Micki geistesgegenwärtig und rannte ihr nach. Bevor sie sich im Drogenwahn die Felsen hinunterstürzen konnte, gelang es ihm mit einem waghalsigen Hechtsprung, sie am Kittel zu fassen und zu Boden zu reißen. Und erst danach rannten wir anderen zu den Klippen.

Micki hielt Julia fest umklammert. Sie lag direkt am Abgrund auf dem Rücken, starrte zum Himmel und weinte. Und flüsterte: »Ich will zu Dave. Lasst mich doch alle in Ruhe!«

»Es ist alles gut«, redete mein junger schwäbischer Freund beschwichtigend auf sie ein. »Ganz ruhig, es wird ja alles wieder gut.« Er streichelte ihre Hand.

Doch Julia war völlig ruhig. Sie setzte sich auf, sah mich mit leeren Augen an und sagte: »Nein, es ist nicht gut. Es ist sogar schlecht, ganz fürchterlich schlecht. Sie haben recht, Sie haben ganz recht!«

Ich hatte kein Wort gesagt.

»Dave ist tot«, fuhr sie fort. »Hier hab ich ihn hinuntergestoßen. Genau hier.« Wieder weinte sie und fuhr zugleich schluchzend fort: »Er hat Rosanna ermordet, und deshalb hab ich mich auf ihn gestürzt, und dann ist er gefallen. Und als ich wieder wach wurde, war er tot. Zu Tode gestürzt.«

Ein Motorengeräusch ließ mich aufhorchen. Zwei Scheinwerfer waren am Ende der Hochebene zu sehen. Ein Auto näherte sich in hoher Geschwindigkeit aus östlicher Richtung. Der Professor und sein Gefolge.

»Als Sie wieder wach wurden?« Micki hielt sie immer noch in den Armen und streichelte sie, ohne dass Julia dies wirklich registrierte.

»Ich war doch so in Rage. Ich hab gar nicht gewusst, was ich tat. Das passiert mir manchmal, dann tu ich so was.« Sie schaute auf ihre Hände und schien etwas darin zu sehen, das uns verborgen blieb. »Ich bin auf ihn losgegangen und dann kann ich mich an nichts mehr erinnern. Ich bin zusammengeklappt, glaub ich. Michael hat mir gesagt, was passiert ist. Und er hat gesagt, dass er mich beschützt.« Mit tränenerstickter Stimme rief sie: »Wo ist der Professor denn jetzt? Ich will zu ihm.«

»Lieben Sie ihn?«, fragte Micki.

Julia starrte ihn verständnislos an. »Ich bin ihm dankbar.«

»Das ist kein Grund«, lautete seine Entgegnung.

»Der beste, den es gibt.« Trotzig schaute sie uns an und forderte: »Ich will zum Professor!«

Wie auf ihr Kommando erschien der Angesprochene auf der Bildfläche.

»Wenn man vom Teufel spricht ...«, zischte Micki.

Der Geländewagen war nur wenige Meter vor den Klippen zum Halt gekommen, und aus dem Fond des Wagens sprang nun der Professor heraus und lief eilends zu seiner

Liebsten, die sich freudig aus Mickis Umarmung befreite und im nächsten Augenblick wieder zu weinen begann. Ihre Gefühle gingen wie in einer Achterbahn auf und ab.

»Da bin ich ja«, rief der Professor und schickte mir giftige Blicke entgegen. »Ich bin ja da, mein Täubchen! Nicht weinen, Kleines, Michael ist ja da.« Er sprach mit ihr wie mit einem kleinen Kind, nahm sie in den Arm und schaukelte sie hin und her. »Michael passt auf dich auf.«

Angewidert wandte ich mich ab und blickte direkt in Utes totenbleiches Gesicht. Sie hatte ebenfalls in dem Geländewagen gesessen, stand nun etwas abseits und versuchte zu begreifen, was sie sah. Sie war wie Julia in schwarz gekleidet, und da sie gleichfalls aschfahl im Gesicht war, schien sie mir wie das exakte Ebenbild ihrer Schwester. Sah man einmal von den leeren Augen ab.

Auch Albers und Kati, die Bedienung aus der Diskothek, waren anwesend, sie waren jedoch am Auto geblieben und verfolgten das Ganze aus respektvoller Entfernung. Ich kam mir vor wie in einer billigen Boulevardkomödie, in der sich die gesamte Belegschaft in der Schlussszene auf der Bühne versammelt, um dem allumfassenden Happy End beizuwohnen und sich anschließend vor dem amüsierten Publikum zu verbeugen. Die Bühne, auf der wir standen, hieß La Merica und lag 850 Meter über dem Meeresspiegel. Aber von einem Happy End und von amüsierten Zuschauern konnte und wollte ich nichts sehen.

Ute schaute erst mich, dann Micki und schließlich Dirk fragend und vorwurfsvoll an und wartete dann, bis ihre kleine Schwester sie wahrnahm. Als Julia zu ihr aufschaute, zeigte ihr Gesicht eine Mischung aus Entsetzen und Freude, und Ute erstarrte und wagte kaum zu atmen. Einige Sekunden stierten die Schwestern sich an und warteten jeweils auf eine Reaktion der anderen. Sechs Jahre lang hatten sie sich nicht gesehen, nicht miteinander gesprochen, nichts vom anderen gehört.

Und nun standen sie sich gegenüber und wussten nicht, was sie sagen oder tun sollten. Beide schienen ein schlechtes Gewissen zu haben, sie machten sich selbst, aber auch der Schwester Vorwürfe und schämten sich ihrer widerstreitenden Gefühle. Es hatte den Anschein, als gebe es eine unsichtbare Barriere zwischen ihnen. Sechs Jahre! Eine lange Zeit.

Julia brach als erste das Schweigen. Sie sagte: »Ute!«

Und erst dann fiel diese ihrer Zwillingsschwester in die ausgebreiteten Arme.

Der Professor hatte gütigst und huldvoll Platz gemacht, um der schwesterlichen Wiedervereinigung nicht im Wege zu sein. Gerührt stand er neben dem Paar, wischte sich eine imaginäre Träne aus dem Augenwinkel und faltete die Hände zum Gebet. Als wolle er Gott danken.

Was für ein abgeschmacktes Schmierentheater!

Nach der ersten Wiedersehensfreude bemerkte Ute, in welchem Zustand Julia sich befand. Sie nahm das Kinn ihrer Schwester in die Hand, registrierte ihren toten Blick und fragte forschend und besorgt: »Was ist mit dir? Bist du krank?«

»Es ist nichts«, wisperte Julia. »Nichts.«

»Nichts, was sie sich nicht schon diverse hundertmal selbst gespritzt hat«, zitierte ich Dirks Worte und wandte mich direkt an ihn: »So war es doch, oder? Ein hübscher kleiner Pharma-Cocktail.«

»Was soll das heißen?«, wollte Ute wissen.

»Das heißt, dass Julia unter Drogen gesetzt wurde«, erklärte ich. »Damit sie im unterirdischen Lustschloss des Professors auch hübsch ruhig blieb und sich nicht wehrte, wenn Papa Hauff zum Betütteln kam.«

»Wie können Sie es wagen!« Der Professor sprang entrüstet auf und wollte mich niederbrüllen, doch ich ließ ihn nicht zu Wort kommen und fauchte ihn an: »Sie halten jetzt gefälligst Ihr Maul, Hauff!«

Tatsächlich schnappte er wortlos nach Luft und rang um Fassung.

Ich richtete mich derweil wieder an Dirk, der merklich unruhig mit seinem Messer herumfuchtelte und zur Seite wich. »Ein paar Glücklichmacher, ein bisschen Bewusstseinserweiterung, nicht wahr, Dirk? Und wenn's gar nicht anders geht, kann auch etwas Heroin nicht schaden.«

»Ich hab bereits gesagt, es war zu ihrem eigenen Besten. » Er ging ein paar Schritte rückwärts und näherte sich dem Abgrund, als wolle er vermeiden, jemanden hinter seinem Rücken zu haben. »Sie stand unter Schock und brauchte ein paar Beruhigungsmittel.« Er versuchte sich an einem hämischen Lachen und setzte hinzu: »Bei Junkies kann das halt manchmal nach hinten losgehen. Einmal süchtig, immer süchtig. Und nach dem, was sie durchgemacht hat, wundert's mich nicht.«

»Was hat sie denn durchgemacht?« Meine Frage war als Provokation gedacht, verfehlte jedoch ihre Wirkung auf die anwesenden Herren. Sowohl Hauff als auch Dirk lächelten mitleidig und schüttelten ihre Häupter.

Stattdessen antwortete mir Ute: »Julia hat Dave umgebracht.«

Jetzt lächelte ich und schüttelte den Kopf. Und sagte: »Das hat sie nicht!«

»Doch, das hab ich!«, meldete sich nun Julia zu Wort. »Das hab ich!«

Anstatt ihr zu antworten, richtete ich meine nächsten Worte an den Professor. »Wie dumm, dass Sie damals noch nicht wissen konnten, dass ein zotteliger Terrier eine etwas überempfindliche Nase hat und nach einer verbuddelten Leiche scharrt. Sonst hätten Sie das Messer sicherlich nicht vergessen. Sie hätten Julia die Tatwaffe in die Hand gedrückt, bevor sie aufgewacht wäre.« Ich lachte und setzte hinzu: »Aber das konnten Sie ja nun wirklich nicht ahnen.«

Julia und Ute sahen mich verständnislos an. Hauff und Dirk aber verstanden, ersterer gab seinem Gehilfen Albers ein Zeichen, und letzterer hielt das Butterflymesser verkrampft in seinen Händen.

»Alles wiederholt sich.« Julias Stimme klang angsterfüllt. »Alles fängt wieder von vorne an. Genau wie damals.«

Und Ute fragte: »Was ist hier los?«

»Der Professor konnte damals nicht damit rechnen, dass Daves Leiche jemals gefunden und die wirkliche Todesursache festgestellt werden würde. Und solange Julia selbst davon überzeugt war, ihren Freund von den Felsen gestürzt zu haben, war alles in bester Ordnung für ihn, und er konnte den großmütigen Beschützer und großzügigen Liebhaber spielen.«

Wieder war es Julia, die sich meldete: »Aber ich hab Dave doch hinuntergestoßen! Ich hab mich auf ihn gestürzt und dann ist er gefallen. So war es doch, Michael?! Sag doch, dass es so war!«

Der Professor schwieg.

Ute starrte mich mit großen Augen an und wandte sich dann wie in Zeitlupe an ihre Schwester. Sie schüttelte langsam den Kopf und sagte: »Dave ist erstochen worden!«

»Erstochen?«, wisperte die kleine Schwester.

»Wie passend, dass Julia nach ihrer wütenden Attacke auf den Engländer in Ohnmacht fiel und erst wieder zu Bewusstsein kam, als Dave längst in der Tiefe lag.« Unverändert adressierte ich den Professor, behielt aber zugleich dessen Gehilfen im Auge, der sich langsam, aber bedrohlich näherte. »Wie war es? Hat Dave Julia k.o. geschlagen, als sie sich auf ihn stürzte?«

Hauff stand bewegungslos und presste die Lippen aufeinander.

»Es gab überhaupt keinen Grund, an das Messer zu denken«, fuhr ich fort. »Vorausgesetzt, dass Dave verschwand und verschwunden blieb. Keine Leiche, keine Obduktion, aber eine vermeintliche Täterin, die sich in Ihren Armen vor der bösen Welt verstecken muss.«

»Aber wer …?« Die Frage blieb Ute im Halse stecken.

Es war Micki, der ihr nun darauf antwortete. »Ich sehe nur ein Messer hier, und das befindet sich in den Händen Ihres Ex-Gatten.«

»Messer?«, murmelte Julia. »Was denn für ein Messer?«

»Aber Sie haben mir doch vorhin gesagt, dass Julia Dirk das Messer aus der Hand gerissen und damit Dave erstochen hat.« Ute wandte sich in Verzweiflung an den Professor und wiederholte ihre vorherige Frage: »Was ist hier los?!«

»Er hat gelogen«, rief Kati aus dem Hintergrund. »Genauso wie er gelogen hat, als er behauptete, Julia hätte die Insel verlassen, während sie in Wirklichkeit die ganze Zeit bei ihm war. Er ist ein verdammter Lügner! Alles Lüge!« Ihre Stimme hatte einen merkwürdigen Unterton, so als redete sie von einer Lüge, von der wir anderen keine Ahnung hatten.

Albers stand mittlerweile direkt vor mir und wartete auf ein Zeichen seines Herrn und Meisters. Doch dieser starrte lediglich zu Boden und regte sich nicht.

»Die Gelegenheit war einfach zu günstig für el profesor.« Ich blickte Ute ins Gesicht. Ihre Augen funkelten, die Mundwinkel zuckten und die Wangenknochen mahlten unruhig.

»Nichts ist verpflichtender, als in jemandes Schuld zu stehen. Und der Professor hat dies äußerst geschickt ausgenutzt. Einen verliebten Narren hat Dirk ihn vorhin genannt. Und was tut man nicht alles aus Liebe?!«

»Soll ich ihm das Maul stopfen, Professor?«, fragte Albers und hielt mich mit ausgestrecktem Arm am Schlafittchen. »Soll ich?«

Der Professor schüttelte den Kopf. Und Kati rief: »Es ist vorbei!«

Albers war erstaunt und ließ mich los.

»Sie haben Dave umgebracht? Um Julia in Ihre Hand zu bekommen?!« Ute war außer sich und ging auf den Großmeister los. »Sie sind ja noch viel kranker als ich dachte.«

»Sie irren sich, ich war es nicht!«

»Dirk hat ihn erstochen!«, erklärte ich. »Eine Hand wäscht die andere, nicht wahr, Dirk? Ein kleiner Mord im Tausch gegen die Geschäftsleitung einer Bar. Hauff bekommt die Frau zur freien Verfügung, und Sie halten den Mund und erhalten die ›Taka-Tuka-Bar‹ und den Auftrag, die Leiche auf Dauer verschwinden zu lassen. Ein hübscher Plan, nur leider allzu schlampig ausgeführt. Mit Spaten und Schaufel scheinen Sie nicht annähernd so gut umgehen zu können wie mit einem Messer.«

»Ich mach dich alle, du Ratte!« Mit diesen Worten stürzte sich Dirk auf mich und wollte mir das Messer in den Leib rammen, doch ausgerechnet der stoische Albers kam ihm in die Quere. Mit einer knappen, aber zielsicher ausgeführten Handbewegung schlug er ihm das Messer aus der Hand und streckte ihn mit einem zweiten, ebenso wohl kalkulierten Schlag zu Boden.

»Gut gemacht, Helmut!« Der Professor spendete seinem Gehilfen Beifall und nahm das Butterflymesser an sich, indem er es mit einem Taschentuch vom Boden aufhob. »Dies werden wir wohl noch als Beweismittel benötigen.«

»Alles wiederholt sich«, rief Julia erneut. »Alles von vorne!«

Dirk rappelte sich mühsam auf und stand nun direkt am Abgrund. Er deutete auf den Professor und stammelte: »Er hat es doch so gewollt. Es war alles seine Idee! Was hätte ich denn machen sollen?! Der Professor hat mir den Auftrag gegeben.«

»Und du hast ihn ausgeführt!« Ute stand plötzlich vor ihm, und ihre Nasenspitze berührte beinahe die seine. Wieder funkelten ihre Augen und zuckten ihre Mundwinkel.

»Aber der Engländer war ein Mörder!«

Ute schnaufte verächtlich und meinte: »Das bist du auch!«

Dirk lachte affektiert, während ihm gleichzeitig die Schweißtropfen auf die Stirn traten. »Und deshalb willst du jetzt mich umbringen?«

»Nein!« Ute lächelte mitleidig. »Ich bring dich um, weil du Julia verkauft hast. Weil du sie wie ein Stück Vieh verschachert hast. Weil du den Tod verdienst. Weil ich dich schon vor Jahren hätte töten sollen!«

Wieder lachte Dirk.

Und dann stieß sie ihn.

Ein kollektiver Schrei ging durch die versammelte Menge.

Auch Dirk schrie, aber es war nur aus der Ferne zu hören und wurde immer leiser. Ein dumpfer Aufprall, ein kurzes Echo, und dann war es still.

Totenstill.

EPILOG

»Was bedeutet das Wort Verbrechen? Mein Gewissen ist ruhig. Natürlich ist eine kriminelle Handlung begangen worden, natürlich wurde gegen den Buchstaben des Gesetzes verstoßen und Blut vergossen; nun wohl, nehmt dem Buchstaben des Gesetzes gemäß meinen Kopf … und die Sache ist erledigt!«

Fjodor M. Dostojewski, »Schuld und Sühne«

Dritter Briefwechsel

Frau … an Herrn Mani Beckmann

14. September …

Lieber Herr Beckmann,

verzeihen Sie vielmals, dass ich nicht eher auf die Fertigstellung Ihres Manuskripts und die Zusendung des dritten Teils Ihrer Erzählung reagiere. Zu meiner Entschuldigung kann ich lediglich vorbringen, dass ich nicht in der Lage war, auf Ihren Text zu antworten. Nicht weil es nichts dazu zu sagen gäbe, nicht weil ich Ihnen nicht hätte antworten wollen und auch nicht weil es meine Zeit nicht erlaubt hätte. Nein, mir fehlte schlicht der Mut!

Während ich bei der Lektüre des ersten Teils Ihres Romans vor lauter Krimispannung vergaß, dass es sich um meine Geschichte handelte, war die Wirkung der weiteren Teile eine genau gegenteilige. Die Ereignisse, die sie nach dem Auftauchen Ute Ikemanns beschreiben, gingen mir so nahe, wühlten auf, was ich längst verarbeitet glaubte, nahmen mich so gefangen und berührten mich so unangenehm, dass ich vergaß, dass es sich bei »Sodom und Gomera« lediglich um einen Kriminalroman handelt. Ihr Text hat mich erschreckt und mir einige schlaflose Nächte bereitet! In meinem letzten Brief an Sie habe ich noch herumgeflachst und Sie scherzhaft aufgefordert, mir »neuen Lesestoff« zu besorgen. Und nun wünsche ich mir beinahe, ich hätte mich niemals auf den Deal mit Ihnen eingelassen.

Obwohl Sie die Personen und die Handlung verfremdet haben, wie ich es Ihnen aufgetragen hatte, erkannte ich mich plötzlich in jeder Zeile und jedem Buchstaben Ihres Textes wieder. Mitunter fühlte ich mich sogar ertappt, überführt und an den Pranger gestellt. An einigen Stellen verfälschen Sie die Realität bis zur Karikatur und kommen doch der Wahrheit näher, als sie vermuten würden. Figuren, die gänzlich Ihrer Phantasie entstammen, wirken auf mich wie Spiegelbilder meiner selbst. Und Ereignisse, die es in Wirklichkeit nie gegeben hat, kommen mir vor, als hätte ich sie selbst erlebt.

Wochenlang habe ich nun das Manuskript nicht angerührt und es gemieden wie der Teufel das Weihwasser. Und erst vor einigen Tagen brachte ich es übers Herz, den Text ein zweites Mal zu lesen, um Ihnen, wie versprochen, meine Meinung mitzuteilen. Da ich beim wiederholten Anlauf auf das vorbereitet war, was mich erwartete, war ich in der Lage, die Geschichte lediglich als Geschichte zu sehen und sie als solche zu studieren und zu beurteilen. Sie können mir glauben, es hat mich Anstrengung gekostet.

Ich möchte einige Bemerkungen loswerden, die sich auf die innere Logik und den äußeren Aufbau der Geschichte beziehen. Bei der abermaligen Lektüre sind mir einige kleinere oder auch gewichtigere Mängel Ihrer Erzählung aufgefallen, auf die ich Sie hiermit aufmerksam machen möchte.

Es sind vor allem zwei Punkte, die von Ihnen – wie ich glaube – nicht genügend oder zufriedenstellend erklärt oder sogar (wissentlich oder nicht) sträflich vernachlässigt worden sind.

Bei dem ersten Punkt handelt es sich um die Absichten des Professors in Bezug auf meine Schwester und um die Rolle der verabreichten Drogen dabei. (Sie sehen, ich übernehme die Namen und Berufe der von Ihnen erfundenen Figuren, um nicht unnötig für Verwirrung zu sorgen und um mir das Schreiben leichter zu machen.) Meines Erachtens erweckt ihr Manuskript einen etwas missverständlichen Eindruck, den ich im Folgenden ausräumen möchte.

Der zweite Punkt betrifft das Geheimnis der ominösen Postkarte samt der kryptischen Zeilen, die Ute Ikemann von ihrer Schwester erhalten hat. Sie, Herr Beckmann, bedienen sich dieser Karte ausgiebig und nach Belieben, um

Spannung aufzubauen, und unterschlagen dann dem Leser die Lösung dieses Rätsels und gehen darüber hinweg, als sei sie nicht weiter von Belang. Am Ende des zweiten Teils schreibt Ute Ikemann: Die Postkarte! schoss es mir durch den Kopf. Was war mit der Postkarte? Eine gute und berechtigte Frage. Und eine, auf die der Leser, wie ich finde, eine Antwort verdient hat.

Gerade bezüglich der Drogen spiele ich eine nicht unwesentliche und nicht gerade glückliche Rolle und fungiere als Spielball des Schicksals (so es denn etwas Derartiges gibt). Und die Ironie, die darin liegt, würde mich zum Lachen bringen, wäre all das nicht so außerordentlich traurig.

Die Geschichte mit den Drogen.

In Ihrem Text erwecken Sie den Eindruck, als habe der Professor meinen Ex-Mann Dirk (der Einfachheit halber bleibe ich auch weiterhin bei Ihrer Namensgebung) damit beauftragt, meine Schwester mittels Drogen gefügig zu machen und ihr Heroin zu verabreichen, damit er, der Professor, sich nach Belieben mit ihr vergnügen konnte. Dieser Eindruck ist, wie Sie wissen, ein falscher.

Fakt ist vielmehr, dass Hauff wahrlich und ehrlich und beinahe untertänigst in Julia verliebt war und sie zwar fürchterlich belogen und ihr übel mitgespielt hat, aber keineswegs die Absicht hegte, sie zum willenlosen Junkie zu machen. Nach dem Mord an Dave (von Dirk im Auftrag des Professors begangen) nutzte Hauff seine Chance und machte Julia von sich abhängig, indem er den Beschützer mimte und vorgab, sie vor der Polizei zu verstecken. Er hoffte, sie würde mit der Zeit Gefallen an ihm finden oder sich doch zumindest an ihn gewöhnen. Und sei es nur aus Dankbarkeit.

Die Drogen, die er ihr in den ersten Tagen verabreichen ließ, dienten tatsächlich nur dem Zweck, sie zu beruhigen und ihren Depressionen entgegenzuwirken. Julia glaubte,

Dave ermordet zu haben, und war selbstmordgefährdet. Sie wollte nicht mehr leben, egal ob man sie des Mordes überführen konnte oder nicht. Dirk (entgegen der Aussage der Professors nicht erst seit dieser Zeit der Drogenlieferant für die Finca) gab ihr Beruhigungs- und Schlafmittel und sah sich genötigt, die Dosis zu erhöhen, da auch die tätige therapeutische Mithilfe der esoterischen Heilerin Debora nur unwesentlich zur Besserung der psychischen Kondition meiner Schwester beitrug.

Julias Zustand stabilisierte sich zwar mit der Zeit, und die Selbstmordgefahr nahm ab, aber sie blieb dennoch nur unter massiver Einwirkung von Medikamenten ruhig. Sie lebte wie unter einer starren Maske aus Psychopharmaka, und sie hauste in einem gekachelten Sarkophag, nichts rührte sie, sie vegetierte lustlos dahin und ließ sich auch durch die Aufwartungen des Professors nicht erheitern. Dies war der Grund, warum Dirk dazu überging, ihr einige Psychedelika zu verabreichen, die ihr die Glücksmomente zumindest suggerieren sollten, wenn diese in der Realität schon nicht vorhanden waren. So kamen 2-CB und Ketamin ins Spiel.

Noch war von Heroin nicht die Rede, das hätte der Professor, wie er später mehrmals und glaubhaft beteuerte, niemals zugelassen.

Und dann trat ich, also Ute Ikemann, auf den Plan.

Die Nacht, in der Julia zum ersten Mal (nach langer erfolgreicher Zeit der Abstinenz) das fürchterliche Gift injiziert bekam, war die Nacht, in der Ute im Valle Gran Rey auftauchte. Und der Grund für die Injektion war: Utes Auftauchen! Mein Auftauchen! (Sie sehen, es fällt mir schwer, innerhalb »Ihrer« Geschichte zu bleiben.)

Es war die Nacht, in der die Schwäbin Sandy ihren »Blutfluss« bekam und von ihrem Geliebten des Bettes verwiesen wurde. Die Nacht, in der sie Hauff und Albers und einen dritten Mann in der Nähe des Frauenhauses streiten hörte:

Der Professor fuhr seinen Gehilfen an, warum er nicht besser acht gegeben hätte. Und ob er sich etwa verplappert habe. Albers verteidigte sich und beharrte darauf, er habe ja nur nachgeschaut und gar kein Wort gesagt. Und der dritte Mann, kein anderer als Dirk, mischte sich ein und drängte zur Eile. Er wolle es kurz und bündig machen, damit er bald wieder nach Hause komme. Kurz und bündig!

Wenige Stunden zuvor, am frühen Abend, war Ute auf der Insel angekommen. Auf der Straße begegnete ihr Mireia. Diese hielt sie natürlich für Julia und gab sofort dem Professor Bescheid , der sich zu diesem Zeitpunkt in der »Taka-Tuka-Bar« aufhielt. Hauff war prompt alarmiert und rief in der Finca an, um Albers (der gerade mit der menstruierenden Sandy schimpfte) damit zu beauftragen, im »Toten Mann« nachzuschauen und sicherzugehen, dass Julia in sicherem Verwahrsam an Ort und Stelle war.

Entgegen der späteren nächtlichen Beteuerung verplapperte sich Albers, als er zu Julia ins Schlafzimmer trat. Er atmete erleichtert auf und sagte, Mireia habe sich wohl vertan. Julia horchte auf und fragte nach. »Sie will Sie unten in Vueltas auf der Straße gesehen haben«, antwortete Albers lachend, löschte das Licht und verließ den Raum. Dann fuhr er hinunter in den Ort, um Entwarnung zu geben, erfuhr von der Existenz einer Zwillingsschwester und erhielt von dem Großmeister den Auftrag, Utes Nachtdomizil ausfindig zu machen.

Julia addierte derweil in ihrem Versteck eins und eins zusammen und kam zu dem nahe liegenden Ergebnis, dass ihre Zwillingsschwester auf der Insel angekommen war. Und das führte zu ihrem nervlichen Zusammenbruch.

Als Albers einige Stunden später (nachdem er Ute in der »Taka-Tuka-Bar« kennengelernt hatte) noch einmal zu Julia ins unterirdische Verlies kam, um ihr die nächtliche Ration Rohypnol zu verabreichen, fand er eine aufgelöste und kreischende Julia vor, die sich auf ihn stürzte und von ihm verlangte, er solle sie auf der Stelle zu ihrer Schwester bringen. Sie war völlig außer sich und schrie hysterisch, so dass er kurzerhand die Tür ins Schloss warf und sich aufmachte, dem Professor von dem Vorfall zu berichten.

Er fand Hauff in der Disco, in Begleitung einer nichts ahnenden Ute, die mit ihrem unschuldigen Auftauchen ihre Schwester erneut an die Nadel brachte. Er wolle es kurz und bündig machen, hörte Sandy später Dirk im Garten der Finca sagen. Seine Medikation: Heroin! Damit er rechtzeitig wieder nach Hause komme.

Der Professor ließ ihn gewähren. Allmählich begann die Geschichte auch für ihn brenzlig zu werden. Was sollte er machen?!

Darum entschieden sie sich für kurzen Prozess!

Dass meine Schwester am Ende der Geschichte ein jämmerliches Drogenwrack war, vollgepumpt mit Heroin und Ketamin und einigen anderen Substanzen, ist, wie unschwer zu erkennen, zu einem gerüttelt Maß auch auf mein Eingreifen zurückzuführen. Ich weiß, was Sie jetzt einwenden werden, Herr Beckmann, und Sie haben recht: natürlich konnte ich nicht wissen, was mein Auftauchen bewirkte, aber wie heißt es so treffend: Unwissenheit schützt vor Strafe nicht. Niemand wirft mir ernsthaft vor, ich hätte meine Schwester (ein zweites Mal!) an die Nadel gebracht. Niemand. Außer mir!

Ich war nach Gomera gefahren, weil sie mir einen Notruf geschickt hatte. Aber meine Hilfe hat sich nicht als hilfreich erwiesen.

Womit wir bei Punkt zwei meiner Ausführungen wären…

Das Geheimnis der Postkarte.

Liebe Ute, viele herzliche Grüße von der sonnigen Insel Gomera sendet Dir Deine Schwester Julia. Das Wetter ist herrlich, ich faulenze den ganzen Tag, liege am Strand und trinke frisch gepressten Orangensaft. Ich hoffe, wir sehen uns bald einmal. Alles Liebe, tausend Küsse. Deine Julia.

Unbestrittene Prämisse der ganzen Geschichte (Ihrer wie meiner!) ist es, dass es sich bei obigen Zeilen um einen codierten Hilferuf handelt. Nach sechs Jahren ohne Lebenszeichen und nach allem, was zuvor an fürchterlichen Dingen geschehen ist, würde Julia ihrer Schwester Ute niemals eine solch banale Postkarte schreiben und schicken. Der frisch gepresste Orangensaft als kindlicher Geheimcode der Zwillingsschwestern. Als Ute die Karte liest, weiß sie: Julia ist in Gefahr. Und als sie auf der Insel ankommt, ahnt sie: die Gefahr heißt Professor Michael Alexander Hauff.

Der Ausgang der Geschichte scheint die Prämisse ebenfalls zu stützen, denn Utes Vermutung sollte sich als richtig erweisen: Julia war des Professors Gefangene, sie hauste in einem unterirdischen Verlies und war durch Drogen handlungsunfähig gemacht worden.

Alles scheint aufzugehen und der anfängliche Verdacht sich zu bestätigen. Aber die Sache hat einen kleinen, jedoch irritierenden Haken. Julia wusste nicht, dass sie eine Gefangene war! Sie hielt sich für eine gejagte Mörderin und den Professor für ihren Beschützer. Warum also sollte sie einen Hilferuf losschicken? Wieso sollte sie?!

Die Antwort ist ebenso nahe liegend wie verwunderlich: sie hat die Karte nicht geschrieben, weil sie Angst vor Hauff hatte und sich von ihm bedroht fühlte, sondern weil sie sich vor sich selbst fürchtete. Vor dem, was sie getan hatte und noch tun würde oder könnte. Sie hatte Angst vor ihrem eigenen Ich. Der Professor ließ ihr Beruhigungsmittel verabreichen und hielt ihr die Polizei vom Leib, aber wirklich helfen konnte er ihr dennoch nicht. Weil sie ihn nicht an sich heranließ. Die einzige Person, die ihr als Retterin in den Sinn kam, war zugleich diejenige, die ihr im Moment am entferntesten war. Nur ihre Schwester konnte ihr noch helfen. Ihre Zwillingsschwester würde ihr helfen. Trotz allem. Wegen allem! Die letzte Zuflucht. Eine ebenso hilflose wie verzweifelte Flucht in die Vergangenheit.

Deshalb schrieb sie die Karte. Nicht weil der Professor ihr Leben bedrohte, sondern weil ihr Leben bereits zerstört war. Weil sie am Ende war und nicht weiterwusste. Weil sie einsam war. Und daran konnte auch Hauff nichts ändern.

Julia hat die Postkarte bewusst belanglos und nichts sagend gestaltet, um Ute gerade dadurch zu alarmieren. Und um Debora, die ihr als unwissende Botin diente, eben nicht zu alarmieren. Das Mitgefühl der »tuchenen Frau« war ihr von Beginn an sicher, und so erzählte Julia ihr, dass diese Karte nur zur Beruhigung ihrer Schwester diene. Damit diese sich nicht unnötig Sorgen mache. Außerdem nahm sie Debora das Versprechen ab, dem Professor nichts von ihrem unschuldigen Geheimnis zu erzählen. Julia wusste, dass Hauff die Postkarte keinesfalls gutheißen und womöglich sogar den Code knacken würde. Der Professor war ein strenger und eifersüchtiger Gott, der keine Götter neben sich duldete und Dankbarkeit in Form von Folgsamkeit forderte. Das hatte er Julia deutlich zu verstehen gegeben.

So schmuggelte sie zwei Tage nach dem Mord an Dave mit Deboras Hilfe die Karte aus ihrem »Gefängnis« und hoffte darauf, dass Ute den Code knackte und sich aufmachte, ihrer Schwester als Schutzengel beizustehen. Und der Grund für das verspätete Datum auf dem Poststempel bestand somit keineswegs in der langsam arbeitenden spanischen Post.

Lieber Herr Beckmann, Sie werden mir vermutlich vorhalten, dass es nicht wirklich von Belang ist, aus welcher exakten Motivation (oder Angst) heraus Julia die Karte codierte und an ihre Schwester sandte. Ich entgegne Ihnen dennoch: für mich ist es von Belang! Mir ist es wichtig.

Dieser Brief ist sehr lang geworden und vielleicht schütteln Sie bereits genervt den Kopf. Bitte lassen Sie mich wissen, was Sie von meinen Anmerkungen halten und wie (und ob) Sie diese in Ihre Geschichte einarbeiten wollen. Ich denke, dass der Leser die ganze Wahrheit erfahren sollte. Auch wenn es nur eine fiktive Wahrheit ist.

Alles Liebe und Gute.

…

Mani Beckmann an Frau …

Berlin, 18. September …

Liebe Frau …,

ich kann Ihnen gar nicht sagen, wie sehr es mir leid tut, dass ich Sie mit meinem Manuskript in Angst und Schrecken versetzt und Ihnen schlaflose Nächte bereitet habe. Dies war wahrlich nicht meine Absicht. Umso erstaunlicher und bewundernswerter ist die Selbstüberwindung, mit der Sie sich ein weiteres Mal den Text »angetan« haben, um mich auf meine Fehler und Unzulänglichkeiten hinzuweisen. Ich kann Ihnen versichern, dass ich keineswegs genervt den Kopf geschüttelt, sondern ihn stattdessen beschämt gesenkt habe. Ich muss zu meiner Schande gestehen, dass ich die von Ihnen angesprochenen und zu Recht kritisierten Punkte ganz einfach übersehen habe und dass ich immer noch nicht genau weiß, wie mir dieser Schnitzer unterlaufen konnte. Einen Tag nachdem ich Ihren Brief erhalten hatte, rief auch meine Lektorin an (der ich das Manuskript ebenfalls geschickt hatte), um mir meinen Text samt den darin enthaltenen peinlichen Ungenauigkeiten verbal um die Ohren zu hauen. In einem langen Gespräch haben wir uns schließlich darauf verständigt, die »Geschichte mit den Drogen« und das »Geheimnis der Postkarte« nicht (wie von Ihnen angeregt) nachträglich in die Erzählung einzubauen, sondern sie in Form eines Briefwechsels (ähnlich wie in Prolog und Intermezzo) der Geschichte anzuhängen. Meine Lektorin schien von dem Gedanken geradezu begeistert, meine erzählerischen Mängel in Epilogform zu offenbaren und sie damit schwarz auf weiß zu zementieren. Wie auch immer. Ich kann nur wiederholen: Asche über mein Haupt!

Liebe Frau …, einen weiteren Punkt möchte ich an dieser Stelle ansprechen und Sie diesbezüglich um einen Gefallen bitten, der – wie ich zugeben muss – nicht Gegenstand unseres Vertrags ist und der hoffentlich nicht zu schmerzlich für Sie sein wird:

Die mir von Ihrem Anwalt übergebenen Unterlagen, Dokumenten und Fotos beziehen sich allesamt und ausschließlich auf die Zeit vor und bis zu dem Tod Ihres Ex-Gatten. Die »Büchse der Pandora«, wie Sie das Paket in einem früheren Brief genannt haben, enthält keinerlei Informationen und Material zu dem Prozess gegen Sie, zum Fortgang der Geschichte, zum weiteren Schicksal des Professors und seines Gehilfen Albers (um in der Figurenkonstellation des Romans zu bleiben). Und mit keinem Wort ist vom Verbleib Ihrer Zwillingsschwester die Rede.

Ihr Anwalt (ein vom Gericht gestellter Pflichtverteidiger, wie ich nun herausgefunden habe) hat mir mitgeteilt, dass er zwar sämtliche in meinem Roman benutzten Quellen zusammengetragen und ausgewertet hat, dass diese aber von ihm nicht vor Gericht verwendet wurden, da Sie ihm dies ausdrücklich untersagt hätten. Nach seinen Worten haben Sie es unterlassen, sich in irgendeiner Form zu verteidigen, Reue zu zeigen oder wenigstens zu heucheln. Und auch die Versuche des Anwalts, die Schwere des Delikts abzuschwächen (als Affekthandlung unter schwerster psychischer Belastung), seien von Ihnen geradezu sabotiert worden. Dies sei, so der Verteidiger, der Grund gewesen, warum Sie von der Boulevardpresse während des Prozesses als »schwarzer Racheengel«

und von den seriöseren Nachrichtenmagazinen als »zürnende Erinnye« bezeichnet worden seien. Und dies habe dazu geführt, dass Sie (obwohl bislang unbescholten und trotz der in diesem Buch beschriebenen außerordentlichen Umstände der Tat) mit einer erstaunlich und, wie ich finde, unmäßig hohen Haftstrafe von zehn Jahren bedacht worden seien. Auch das Ansinnen Ihres Verteidigers, in die Berufung zu gehen, sei von Ihnen verworfen worden. »Ich hatte den Eindruck, als wolle sie sich selbst bestrafen!« So lauteten die Worte des Anwalts. »Als wolle sie es dem Richter leicht machen, übertrieben hart mit ihr umzuspringen. Sie hat geradezu darum gebettelt.«

Ich weiß, dass ich kein vertraglich festgelegtes Recht habe, die folgende Frage zu stellen, aber ich frage Sie dennoch: Wieso? Warum haben Sie das getan? Es wäre doch ein einfaches gewesen, den Richter milde zu stimmen. Stattdessen haben sie stoisch und ungerührt auf der Anklagebank gesessen und nicht einmal versucht, sich zu erklären (wenn schon nicht zu entschuldigen).

Liebe Frau …, seien Sie mir bitte nicht böse, dass ich all diese Fragen stelle und womöglich in Wunden stochere, aber wie Sie in Ihrem letzten Brief ganz richtig schreiben: es sind Fragen »auf die der Leser, wie ich finde, eine Antwort verdient hat.«

Eine Antwort, die ich mit Spannung erhoffe, wenn ich sie auch nicht erwarten darf.

Liebe Grüße und bis bald.

Mani Beckmann

Frau … an Herrn Mani Beckmann

22. September …

Lieber Herr Beckmann,

es hat beinahe den Anschein, als machten Sie sich wieder einmal (diesmal jedoch an unangebrachter und für mich schmerzhafter Stelle) über mich lustig. Stoisch und ungerührt?! Ich halte Sie nicht für so herzlos, dass Sie wirklich glauben könnten, ich hätte emotionslos und kühl den Prozess verfolgen können. Tausende Tode bin ich innerlich gestorben, ich hätte schreien können vor Wut und Verzweiflung, während ich äußerlich um Fassung rang und meine Gefühle nicht zeigte. Ich kann Ihnen nicht in Worten beschreiben, welche dramatischen und herzergreifende Szenen sich in meinem Inneren abgespielt haben. Aber was hätte es gebracht, heulend und zeternd um Gnade zu winseln und mein eigenes schweres Los zu bejammern. Ich hatte getan, was ich tun musste! Was ich glaubte, tun zu müssen!

Auch ist es nicht ganz korrekt, wenn mein Anwalt behauptet, das Urteil hätte anders ausgesehen, wenn dem Richter die gesamte Vorgeschichte und die Ihnen vorliegenden Dokumente bekannt gewesen wären. Zwar ist es richtig, dass ich mich geweigert habe, irgendeine Stellungnahme zu dem Vorgefallenen von mir zu geben. Aber immerhin gab es etliche Zeugen, die sowohl die Hintergründe als auch die direkten Umstände der Tat in ihren Aussagen vor Gericht beleuchteten. Genügend Personen, die erklären konnten, wieso es zu dem Mord gekommen war und was sich zuvor ereignet hatte. Das Problem bestand nur darin, dass mein Motiv nicht wirklich von Belang war. Es war dem Richter herzlich egal, ob ich aus Rache, Habsucht oder sonstigen niederen Gründen gemordet hatte. Ein gutes Motiv ist keine gute Entschuldigung vor Gericht, jedenfalls entspricht dies meiner Erfahrung. Was der Richter tatsächlich von mir hören wollte, war, dass ich gesenkten Hauptes die Tat bereute und um Nachsicht bat. Und das war mir schlichtweg unmöglich! Alle Anwesenden schienen nur darauf zu warten, dass ich sagte: »Es tut mir leid! Ich weiß selbst nicht, wie es dazu kommen konnte. Ich bereue es von ganzem Herzen! Es war die verzweifelte Tat einer Irregeleiteten.« Doch stattdessen sagte ich: »Ich bereue nichts, weil es nichts zu bereuen gibt. Ich habe meinen Ex-Mann ermordet, weil er es verdient hatte, ermordet zu werden. Und wäre ich noch einmal in der gleichen Situation, ich würde genauso handeln.«

In Ihrer Geschichte lassen Sie Ute Ikemann schreiben: »Dirk war wie eine Katze, er landete immer auf den Füßen.« Das ist völlig richtig. Aber aus 850 Metern Höhe nützte ihm das wenig.

Wahrscheinlich halten Sie mich jetzt für unangebracht zynisch und sind ebenso geschockt, wie der Richter, als er mich konsterniert fragte: »Das ist doch nicht Ihr Ernst, Frau…, oder?!«

»Und ob!«, antwortete ich ihm. »Ich würde alles genauso tun. Nur würde ich dann den Professor (bleiben wir bei dem Titel) gleich mit in den Abgrund stoßen. Ja, ich bereue, dass ich nicht auch den Großmeister des Freitemplerordens getötet habe. Das ist das einzige, was mir leid tut.«

Der Grund für das hohe Strafmaß war nicht etwa Unkenntnis der Sachlage oder Verdrehung der Tatsachen. Ganz im Gegenteil, ich wurde zu zehn Jahren Haft verurteilt, weil ich nicht lügen konnte und wollte. Weil ich nicht heuchelte und schauspielerte. Weil ich keine Einsicht zeigte.

Sie haben recht, Herr Beckmann, es wäre wahrscheinlich ein einfaches gewesen, den Richter (nebenbei bemerkt, ein ganz sympathischer und sehr prinzipientreuer Mann) mit einer filmreifen und tränenreichen Performance milde zu stimmen. Nennen Sie es Dummheit oder, wie mein Anwalt, Betteln um eine harte Strafe, es ist mir gleich. Ich habe nur die Wahrheit gesagt.

Ich sehe Sie bereits nach psychologischen Erklärungsmustern suchen und von »unverarbeiteten Schuldkomplexen« (in Bezug auf meine Schwester) oder »psychoanalytischer Übertragung und Stellvertreterfunktion« (in Bezug auf meinen Ex-Gatten) sprechen. Sei's drum! Wer weiß, vielleicht würde ich heute anders handeln. Die Monate im Gefängnis haben einiges relativiert, und die Perspektive auf vieles hat sich geändert. Es ist nicht schön, eingesperrt zu sein. Und es tut weh, von meiner Schwester getrennt zu sein.

Was das weitere Schicksal des Professors angeht, sollte sich allerdings mein Bedauern hinsichtlich seiner unterlassenen Hinrichtung auf den Klippen als beinahe prophetisch erweisen. Professor Michael Alexander Hauff ist, wie es scheint, die einzige Figur dieses undurchsichtigen, unwürdigen und falschen Spiels, der gänzlich ungeschoren davongekommen ist. Zwar wiederholte Martin Brandt (wie Sie ihn in Ihrem Roman nennen) vor Gericht die Aussage Dirks, er habe nur im Auftrag des Professors den Engländer getötet, aber dies wurde von Hauff vehement bestritten. Und Albers bestätigte selbstredend die Aussage seines Herrn und Meisters. Dirk habe in eigener Regie und ohne Befehl von oben gehandelt, beteuerte der treue Gehilfe. Und nur aus Liebe habe der Professor anschließend den bedauerlichen Fehler begangen, sich auf den Deal mit Dirk einzulassen. Julia schied als Zeugin aus, und somit musste das Verfahren wegen gemeinschaftlich begangenen Mordes wegen Mangels an Beweisen eingestellt werden. Und bevor das weitere, anhängende Verfahren wegen Vertuschung einer Straftat (nennt man das so?), Freiheitsberaubung und Verstoßes gegen das Betäubungsmittelgesetz gegen den Professor eröffnet werden konnte, war dieser bereits über alle Berge. Besser: über alle Meere. Die Finca Calatrava war an einen Meister der Freitempler übergeben worden, der mit der ganzen Sache nichts zu tun hatte und sich während der betreffenden Zeit gar nicht auf Gomera aufhielt. Und der Professor tauchte auf einer abgeschiedenen Insel im Stillen Ozean unter, wo er sich noch heute gütlich tut. Ich schätze, er hat sich zuvor versichert, dass es zwischen dem betreffenden Land und der Bundesrepublik kein Auslieferungsabkommen gibt. Wir werden ihn wohl nie wiedersehen …

Und meine kleine Schwester? Erst gestern habe ich einen Brief von ihr erhalten. Nach einer langen Phase voller Depressionen und wiederholter Rückschläge schaut sie wieder ein wenig positiver in die Zukunft und lässt mich Ihnen liebe Grüße ausrichten. Sie befindet sich im benachbarten Ausland in einem erneuten Methadon-Programm. Die Ärzte meinen, sie mache mittlerweile gute Fortschritte, und wenn alles glatt gehe, könne sie die Anstalt in wenigen Wochen verlassen. Vorausgesetzt sie unterziehe sich anschließend einer Therapie. Ich hoffe sehr, dass wir in einigen Jahren noch einmal die Chance haben werden, das zu bereinigen und wieder gutzumachen, was zwischen uns zerbrochen ist. Das wäre schön …

Ich glaube, damit ist vorerst alles gesagt.

Machen Sie es gut, Herr Beckmann, und sollten Sie sich einmal in der Nähe der JVA … aufhalten, so besuchen Sie mich doch mal. Jetzt, da unser »Projekt« abgeschlossen ist, wäre es doch ganz nett, wenn wir uns persönlich kennenlernen würden. Ich würde mich freuen.

Liebe Grüße!

…

PS: Sobald Ihr Buch erschienen ist, hätte ich gern ein handsigniertes Exemplar. Oder gleich zwei. Eines für meine Schwester. Im Gegensatz zu mir mag sie Krimis.

Weitere Kanaren-Krimis
im Zech Verlag...

Krimis und historische Romane von den Kanarischen Inseln

Krimis

Irene Börjes:
Tod am Teide
Kanaren-Krimi
ISBN 978-84-934857-0-2

Karl Brodhäcker:
Tödlicher Abgrund
Kanarische Kriminalgeschichten
ISBN 978-84-934857-5-7

Mani Beckmann:
Sodom und Gomera
Kriminalroman
ISBN 978-84-934857-7-1

Demnächst NEU
Harald Braem:
Der Vulkanteufel
Kanaren-Thriller
ISBN 978-84-934857-2-6

Romane und Erzählungen

Horst Uden:
Der König von Taoro
Historischer Roman der Eroberung Teneriffas
ISBN 978-84-933108-4-4

Horst Uden:
Unter dem Drachenbaum. Kanarische Legenden
ISBN 978-84-933108-2-0

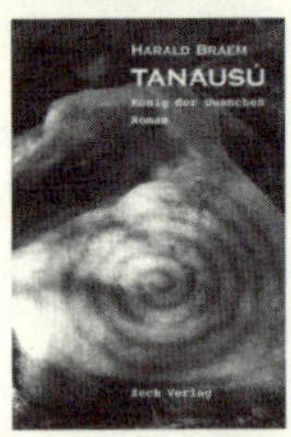

Harald Braem:
Tanausú, König der Guanchen. Roman
ISBN 978-84-933108-0-6

Marga Lemmer:
Der Inseltraum. Story einer Aussteigerin
ISBN 978-84-934857-4-0

Bestellungen per Post: ZECH, Carretera Vieja, 40
E-38390 Santa Úrsula

Das Verlagsprogramm im Internet:
www.zech-verlag.com

Sachbücher

Alfred Gebauer:
Alexander von Humboldt. Seine Woche auf Teneriffa 1799. Beginn der Südamerika-Reise.
ISBN 978-84-934857-6-4

Harald Braem:
Auf den Spuren der Ureinwohner.
Ein archäologischer Reiseführer
ISBN 978-84-934857-3-3

Luis Ramos:
Spanisch im Alltag
Ein praktischer Sprachführer
ISBN 978-84-934857-1-9

Ángeles Violán / Rafael Arozarena:
Galerie der kanarischen Volksbräuche.
Naive Malerei
ISBN 978-84-933108-9-9

In spanischer Sprache

Roberto Zapperi:
El salvaje gentilhombre de Tenerife.
La singular historia de Pedro González y sus hijos. ISBN 978-84-933108-7-5

Horst Uden: El rey de Taoro
ISBN 978-84-933108-1-3
Harald Braem: Tanausú, rey de los guanches. Novela histórica
ISBN 978-84-933108-5-1

Ángeles Violán / Rafael Arozarena:
Guía naïf de costumbres canarias
ISBN 978-84-933108-6-8
In Englisch: ISBN 978-84-933108-8-2

Bestellungen per E-Mail: info@zech-verlag.com
per Fax: (34) 922 302596